别人可以用老师的身份绑架我

但是陆剑鸣，你不可以

Teacher invites parents

总有老师要请家长

璟梧——著

长江出版社
CHANGJIANG PRESS

图书在版编目（CIP）数据

总有老师要请家长 / 璟梧 著 . 一 武汉 ： 长江出版社 ,2024.2
ISBN 978-7-5492-9271-4

Ⅰ . ①总… Ⅱ . ①璟… Ⅲ . ①长篇小说一中国一当代
Ⅳ . ① I247.5

中国国家版本馆 CIP 数据核字（2023）第 254588 号

总有老师要请家长　　璟梧　著
ZONG YOU LAOSHI YAO QING JIAZHANG

出　　版	长江出版社	
	（武汉市解放大道 1863 号）	
选题策划	眸　眸	
市场发行	长江出版社发行部	
网　　址	http://www.cjpress.cn	
责任编辑	罗紫晨	
封面设计	莫意闲书装	
印　　刷	长沙鸿发印务实业有限公司	
版　　次	2024 年 2 月第 1 版	
印　　次	2024 年 5 月第 1 次印刷	
开　　本	880mm×1230mm　1/32	
印　　张	10.5	
字　　数	302 千字	
书　　号	ISBN 978-7-5492-9271-4	
定　　价	54.80 元	

目 录
Contents

$$E = \frac{Ec}{q} \int_{-a/L}^{+a/L} \sin(\omega\tau + \Phi)\,dy$$

$$\rho = \frac{E}{c} = \frac{hf}{c} = \frac{h}{\lambda}$$

目 录
C o n t e n t s

$$E = \frac{E_c}{a} \int_{-a/\iota}^{+a/\iota} \sin(\omega t + \phi)\, dy$$

$$p = \frac{E}{c} = \frac{hf}{c} = \frac{h}{\lambda}$$

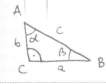

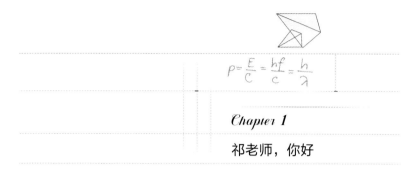

$$P = \frac{E}{c} = \frac{hf}{c} = \frac{h}{\lambda}$$

Chapter 1

祁老师，你好

下过雨的傍晚，连日入秋失败的江城终于降温，刮起了丝丝凉风，街道两旁的香樟树被风吹得沙沙作响，枝叶抖落下一地的水珠。

街角处有家酒吧，玻璃墙内浮动着微弱的灯光，歌手正抱着吉他自弹自唱，空气里混合了香水味与脂粉味。

学校的期中考试刚结束，祁言约了几个朋友出来小聚。

"总算考完了，我能暂时休息几天，这几天像打仗一样……"她像女王一样被围坐在中间，一袭红裙张扬似火，深 V 领口衬得她脖子修长，颇为性感妩媚。

她边说边给自己倒酒，朋友们闻言都笑了，你一句我一句地接话。

"早就跟你说过当老师很操心，你能坚持三年已经不错了。"

"就是，言言，你家又不缺钱，实在熬不住，还是趁早走吧。"

"你这个条件，去别的行业一定会轻松很多。"

祁言抿了口酒，淡笑道："话是这么说，但我还挺喜欢的，等以后真的想走，再走也不迟。"

"哈哈哈……"

大家嬉笑着，七嘴八舌的，聊着聊着话题就拐去了别处。

她们静坐一会儿的工夫，就有不少人前来搭话，可是来人要么长得差些意思，要么衣品不敢恭维，祁言越看越觉得没趣，全部给轰走了。

几个身形曼妙的长发女人在旁轻轻摇晃，肢体跟随音乐打着节拍，看得人眼热。

祁言目光流转，四处打量，须臾，她停住。

靠窗的角落里，不知什么时候多了道影子——女人独自静坐着，长发及肩，五官肃冷，身上过分正式的白西装与这里的气氛格格不入。

她手里捧着高脚杯，眼神有些空洞。

附近都是三三两两凑成一桌，喝酒聊天玩游戏的，好不热闹。唯独她一个人，身旁冷冷清清，显得十分孤寂，不像是来寻欢作乐的，倒像是来买醉的。

祁言的目光多停留了会儿，像被磁石牢牢吸住了。

"言言，看什么呢？"

朋友们察觉她发了好一会儿，顺着她的视线望过去，抬起胳膊轻轻撞她一下："还用说，我们祁老师又想给人当知心姐姐了。"

"哈哈哈……"大家调侃着笑了起来，一下子说中了祁言的心思。

她是行动派，想法刚过脑子，人已经端着酒杯往那边走，身后的朋友喊了一声，她装作没听到。

舒缓的音乐让人放松，陆知乔闭上眼，食指轻轻揉着太阳穴。

突然耳边掠过一阵风，感觉像是有人坐下来，她迅速睁开眼，视线里闯入一张温柔明媚的笑脸。

"一个人？"祁言挑眉。

她才靠近，就闻到一股淡淡的木质香，像是冰凉的柑橘，又像是沉厚的檀木，冷得云淡风轻，非常高级的香味，顷刻就俘获了她的鼻子。

陆知乔愣住。

恰恰此时舞台灯光扫过来，短暂地照亮了角落，也照亮女人的脸，祁言看得更清楚了。

女人有着深邃清冷的眉眼，左眼尾有一颗黑色泪痣，脸上化着恰到好处的淡妆，干净又精致。白西装里面是立领衬衫，扣子扣到了最上面一颗，遮得严严实实。

"我也是一个人。"祁言笑了笑，撒谎也不脸红，"不介意的话，一起喝一杯吧？"

她的眼神像漩涡一样深，对视的瞬间，陆知乔愣了一下，有些意外。

在酒吧里遇见搭话的是常有的事，今晚陆知乔特地选了靠窗边角落的位置，一个人清静自在，却还是不断有男人来搭话，她拒绝了一个又一个，已经烦了。但是同性的示好没关系，她一点也不反感。

见她不说话，祁言就当是默许了，转身朝服务生招手，点了一整瓶Baikal——烈性伏特加。酒很快送过来，她先往那只空杯子里倒入三分之二。

"我请你。"

陆知乔看着酒杯一动不动。

"如果喝不惯，可以换别的酒。"祁言给自己倒了同样的量，举杯示意，不紧不慢地先喝了一口，然后挑衅似的冲她眨眨眼。

陆知乔这才回过神来，举起杯子跟她碰了一下。

伏特加很烈，即使陆知乔经常应酬，也难以消受，一杯下去人已经有些恍惚。她就是喜欢这种半醉不醉飘浮起来的感觉，什么压力和烦恼，统统丢到一边。

台上歌手唱完一首后换了曲，灯光随着曲调慢慢变柔和。

祁言的视线没离开过面前的人，盯了会儿她的泪痣，又上下打量一番："我第一次见到有人穿西装来酒吧……真有意思。"

陆知乔一怔，低头看自己。

这身正经严肃的打扮确实不太能融进酒吧的氛围，也难怪她坐在角落里还那么惹眼。她不想解释什么，只淡淡地笑了一下，继续喝酒。

"失恋了？"祁言玩笑似的问。

陆知乔又是一愣，终于开口说话："没有。"

这声音清冽沉稳，像冬雪消融后的潺潺流水，有些低冷，很衬她的长相。

祁言调侃道："总算说话了，我还以为你是哑巴呢……"

陆知乔嘴唇动了动，正想说什么，手突然伸进口袋里摸了摸，摸出振动的手机来。她看了祁言一眼，说："我接个电话。"

"好。"

祁言目送她去了厕所，但随后就看见一个鬼鬼祟祟的男人跟了过去，在门口探头探脑的。

没一会儿，陆知乔出来了。

"哎，美女，一起喝酒吗？认识一下？"暗蓝的灯光扫过来，照亮了男人脸上不怀好意的笑，他说着就要伸手去抓陆知乔。

陆知乔嫌恶地皱起眉，正要绕开，一道人影突然挡住了她的视线——祁言不知什么时候出现在眼前，硬生生把那人挤开，狠狠地一脚踩在他鞋尖上。

"哎哟——"高跟鞋的威力不小，男人嗷叫着疼得跳了起来。

祁言抬腿又是一脚，直接踹他屁股，怒道："给你面子？你算老几？让开！"这一脚把本来就站不稳的男人踢翻在地，祁言扔了个白眼，拉着陆知乔扬长而去。

回到座位，祁言喊来服务生重新点了一瓶 Baikal，见对面的人投来疑惑的目光，解释道："在这种地方，离开你视线的点心饮料都不能再喝，因为不安全。"

祁言说着抬手撩了一下头发，乌黑柔顺的发丝从指间滑落。

陆知乔恍然大悟。她不是第一次来酒吧，每次来只是闷头喝酒，这家环境相对清净，她一个人坐在角落里小酌片刻很放松，倒是没怎么在意过这些"规矩"。

"谢谢你。"陆知乔望着祁言说，浮动的灯光落在她脸上，忽明忽暗。

这时服务生送来了新的酒和杯子，祁言摆摆手，一边倒酒一边笑眯眯地说："女人就应该帮助女人。"

陆知乔嘴角扬起浅浅的弧度，举杯与她碰了碰。

两人有一搭没一搭地聊天，陆知乔话很少，大多数时候是祁言一个人在说。她心里想着工作上的事，有些借酒浇愁的意思，一口接一口灌酒的速度越来越快，不知不觉就三大杯下了肚。

酒劲渐渐上头，陆知乔的脸很烫，脖子也烫，感觉脑袋昏昏沉沉又发涨，她便将上半身倚着桌子。

祁言正警惕地扫视四周，生怕那猥琐男又来，可一转头就发觉她不对劲，便问："喂……你还好吧？"

"没事。"陆知乔轻轻摇头，从脸到耳朵到脖子红了一大片，像要滴出血，眼神似迷离似涣散，明明一副醉得不行的样子。

祁言看了看她的杯子，又看看自己的，她已经喝了三杯，自己这一杯都还没喝完。

这人怎么明知自己酒量不行，还能一下子灌那么多？祁言哭笑不得，也知道这事不能开玩笑，一个女人在酒吧喝醉了，是非常危险的。

"脸都红成这样了，还说没事，行了别喝了，我送你回去。"祁言一把夺走陆知乔的杯子，伸手去扶她。

陆知乔这会儿意识还算清醒，但行动上已经开始迟缓，她知道自己可能喝多了，也知道在这里喝多了不是好事，便没有拒绝祁言，大半个身子的重量倚着对方站起来。

"不用，找家酒店把我放下就好……"

祁言以为她是不放心把住址给陌生人，应了声好，扶着她去跟朋友们招呼了一下，出门打车。

离这儿不远的地方有家四星级酒店，空房间所剩无几，祁言开了间房，扶着陆知乔躺到了床上，老母亲似的替她脱鞋、盖被子。

"那我先走了，你自己好好休息。"她凑到陆知乔耳边说。

陆知乔迷迷糊糊地"嗯"了声。

祁言一步三回头走到门边，正要开门，又不放心似的往回看了一眼……

翌日，闹钟响了三遍才把祁言吵醒，她慢悠悠地从被窝里爬起来，抓过手机一看，七点整。

天已经大亮，窗帘没拉，阳光肆无忌惮洒进来，很刺眼。

祁言环顾四周发现是在酒店的房间，自己身上还穿着火红的小礼服，这才想起昨晚的事——她送那个女人来了酒店，不放心对方一个人睡在这里，就干脆自己也留下了，一觉沉沉地睡到天亮。

她也喝得有点多，此时脑袋隐隐发涨。

祁言揉了揉额头，瞥见枕头上有张便笺纸，上面写着：谢谢你。这是房费。

底下压着五张粉红纸币。

祁言："……"

便笺纸上的字写得凌乱，对方像是很急迫的样子。祁言无声地笑了，撕碎便签扔进垃圾桶，把钱收好。

枕头缝隙里不知什么东西反光，祁言凑过去看了看，发现是一枚精致小巧的耳钉——昨晚这东西还戴在那个女人耳朵上，今天就落在这里，可见对方走得有多急，成双成对的东西少了一只也不在乎。

八点半，祁言开着车进入江大附中。

今天是开运动会和家长会的日子，上午的开幕式结束后，有比赛项目的同学留下，没项目的可以回家过周末。

值日生打扫干净初一（2）班教室，黑板上用红色粉笔写着"家长会"三个大字。这是祁言第一次当班主任，也是第一次开家长会。

下午两点半左右，家长们陆陆续续来了。

班长搬了张桌子坐在讲台边，桌上放着一张签到表和一支笔，每位家长进来都要在自己孩子的名字后面签名，然后去老师那里领学生的成绩单，再随意找位置坐。

祁言有意认认家长的脸，便一个个询问来人的身份："您是？"

"老师好，我是周雨翔的爸爸。"

"好的，先签到吧。"

"是祁老师吗？我是郭诗颖的妈妈，刚才差点走到隔壁班……"

"没关系，先签到，位置随便坐。"祁言微笑着回答，低头去找对应的成绩单。

门外走廊传来清晰有力的高跟鞋声，由远及近，一路进了教室，随后，空气中弥漫开一阵熟悉的冷香，像冰凉的柑橘，又像沉厚的檀木。

祁言手一顿，猛然抬头，接着四目相对。

"祁老师？"

来人身形纤瘦，眉目清冷，穿一件藏青色西装外套，直筒长裤衬得双腿笔直，优雅又干练。是她……昨晚的"泪痣"女人？

祁言心一惊，装作镇定地问："您是……哪位家长？"

陆知乔愣愣地站在那儿，眼里错愕一闪而逝，但很快就从震惊中回过神来，扯起礼貌的淡笑："……陆葳的妈妈。"

陆葳——祁言在四十多张学生的脸里锁定了一个小姑娘，她不动声色地点头，指了指桌子，说："先签到。"

祁言平静的表面下波涛暗涌，谁能想到，昨天晚上在酒吧里遇见的女人竟然是自己学生的家长……她怎么看起来这么年轻？

祁言心里尴尬极了。

"好。"陆知乔脸色没什么变化，弯腰去看签到表。

鬓边的碎发落下来，她用手抨了上去勾在耳后，露出轮廓柔和的侧脸。她身上还是西装，但换了颜色，看上去比昨晚更加干练，一丝不苟。

既然陆知乔是学生家长，就意味着结婚十几年了，少说也快四十岁。可是这人看着怎么也不像奔四的，反而看起来与祁言一般大，难以相信这是个十二三岁孩子的妈妈。

真好看……祁言发自内心赞叹。

"祁老师？"陆知乔签好了名，直起身，就发现祁言正盯着自己，有点好笑。

"哦……"祁言回过神，笑了笑，递过去成绩单，"这是陆葳的期中考试成绩单，随便找位置坐。"

"谢谢。"陆知乔客气接过，粗略扫了一眼，转身就走。她选了离讲台最远的大组最后一排靠窗的座位，习惯性从包里掏出纸巾擦了擦桌椅才坐下去，目光一动不动地盯着成绩单。

"哎，老师，那是成绩单不？你还没给我。"郭妈和周爸被晾了许久，看到祁言优先把成绩单给了一个后面来的家长，有些不爽。

祁言这才收回目光，分别找出成绩单交到他们手上。

三点整，大部分家长都到了，教室几乎已经坐满，祁言把签到表收回来，迫不及待找到陆葳的名字，往后看——陆知乔。

很诗意的名字，祁言记得她在学生信息上看到过。这字迹苍劲有力，笔锋锐气。

这孩子居然是随母姓？

祁言顿时对母女俩好感倍增，但又忍不住猜测，也许父母都姓陆？也许家里有两个孩子，一个随父姓一个随母姓？还有可能父母离婚了，孩子跟着妈妈生活，改了母姓……

在学生眼里，家长会是老师向爸妈告状的一大机会，尤其每次家长会都在大考之后，成绩好的学生淡定无畏，成绩差的紧张分分。

江大附中是重点中学，三年前祁言来到这里成了一名语文老师，那会儿她还不是班主任，带第一届学生时也不太有经验，总想着跟孩子们交朋友，用爱感化之。可是时间长了，她才发现自己太天真。

她年轻漂亮，思想开明，最初的确很容易与学生打成一片，但随之而来的就是失去在学生中的威信。

这些孩子知道她好说话，渐渐开始不交作业、不遵守课堂纪律、胡乱开过分的玩笑，甚至一句批评的话也听不得。

这些十三四岁的小孩子，心智还不成熟，最是叛逆难管。

吃过亏后，祁言摒弃了天真的想法，今年做了班主任才明白，老师永远都是老师，是特定范围内的绝对权威，她不再跟学生做朋友。

但是客套话她还是得讲一讲。

"这是初一开学以来的第一次考试，孩子们小学毕业没多久，在踏入初中的第一个学期难免不适应，所以分数并不能说明什么问题，我希望各位家长能多一些耐心……"

祁言身高一米七，穿了双低跟鞋，声音清亮威严，站在讲台上颇有气势。

她今天没扎头发，任由瀑布般垂顺的黑长直发披散下来，瘦削的瓜子脸上长目高鼻，五官立体，笑起来时面若桃花，看着温柔亲切，不笑时却凉薄冷淡，一副拒人千里之外的模样。

其他班级开家长会，总有人睡着，而初一（2)班，家长们个个儿正襟危坐，聚精会神，比各自的孩子上课还认真。

只有一个人例外。

陆知乔正低头看成绩单，衬衫扣子依旧扣到最上面一颗。她长发挽在脑后，眼尾处深黑的泪痣楚楚动人，眉目间却带着疏离冷淡，给人一种傲然不可犯的感觉。

保持这个姿势久了，陆知乔的脖子有点酸，她稍微活动了一下，但就是不肯抬头，目光始终紧锁在成绩单上。

讲台上的声音像魔咒般，一字一句敲在她的神经上，每听一个字就让她记起昨天晚上的场景——陆知乔怎么也想不到，昨晚帮她解围、陪她去了酒店的女人，竟然会是女儿的老师。

她怀疑自己在做梦。

一束阳光斜照进来，落在陆知乔的头发上，窗外偶有学生走过，探头探脑地往里看两眼，然后迅速跑开。

时间走得格外慢，半小时后，家长会结束了。祁言把家校微信群的二维码放在投影上，让家长们扫码进群，改好备注。

此时她终于看到陆知乔抬起了头，不过很快又低了下去——就抬了几秒的工夫。

祁言努力憋着笑。

家长们陆陆续续离开，一时堵在前门口，陆知乔把成绩单折好放进包里，转身走向后门，她刚一伸手，还没碰到那扇门就被人喊住了。

"陆葳妈妈，请等一下。"

这道声音来自讲台，顿时几十双眼睛顺着祁言的视线看向陆知乔。

如果说学生在课堂上惧怕被点名，那么家长也一样，在家长会上最不愿被老师点名——那往往意味着自己的孩子惹了事。

陆知乔站着没动，等到其他家长都走了，她才转过身，迎上了祁言意味深长的目光，缓步走到讲台边，问道："祁老师，有什么事吗？"

"今天学校开运动会。"

陆知乔露出疑惑的表情。

"陆葳下午有比赛，要不要去看看？"祁言虚指了一下操场方向。

她的脸上素净寡淡，一身休闲朴素的打扮，看起来只是个普普通通的中学老师，与昨晚那浓妆艳抹的美女完全不像同一个人，唯独那双琥珀色的眼睛让人印象深刻。

陆知乔暗暗打量祁言，两人又是一阵尴尬，只得笑着与她客套："不了，我还要回去上班。"

说完，陆知乔转身就要走，恰好这时班长搬着课桌从外面进来，一个没刹住不小心撞了上来，她脚下不稳，身形一晃。

"小心。"祁言眼明手快地上前扶住她。

班长吓了一跳，慌忙放下桌子道歉："阿姨，对不起……我不是故意的……"

"没事。"陆知乔扶着祁言站稳了，对那孩子轻轻摇头。

班长悄悄看向班主任，祁言安抚道："没事了，桌子我来放吧，你去操场看看比赛的同学。"

班长点点头，放下桌子，一溜烟跑出教室。

刚才这么一番动作，陆知乔耳后的碎发又落了下来，有些狼狈，她抬手把头发别回去，对祁言说："谢谢。"

"想不到我们这么有缘啊……"祁言叹了一声。

陆知乔沉默，算是认同她的说法，确实是很巧。

见她不吭声，祁言突然来了兴致，遂收起了笑容，一本正经道："陆葳妈妈，刚才我讲话的时候你在开小差，我想说，这样是很不尊重人的。"

"家长要以身作则，给孩子树立一个好榜样。"

陆知乔错愕。

"抱歉，祁老师，我刚才在看成绩单，可能是太专注了。"她连忙道歉，这是女儿升初中后的第一次家长会，不管怎么说她都要给老师留个好印象。

祁言点了点头，还想说什么，走廊忽然传来蹦跳的脚步声，一下一下朝这边来，突然就停在班级门口，小小的影子挡住了廊檐的光线。

"妈妈……"

陆知乔和祁言同时转头。

一个穿校服扎马尾的小姑娘站在门口，直愣愣地看着陆知乔，眼神既惊讶又有些害怕。

她刚跑完一百米，满头大汗，小脸通红，呼吸还有点急喘，本来掐算着时间家长会结束了，想到教室休息一会儿再回家，谁知道妈妈却还没走，还单独跟祁老师说悄悄话？手上还拿着成绩单……

她完蛋了。

"陆葳，"祁言柔声喊小姑娘，"比赛怎么样？"

女孩忐忑地看向祁言，走过去乖乖喊了声祁老师，很小声说："我进半决赛了。"

"这么厉害？"

"嘿嘿……"陆葳腼腆地笑了，又偷偷去看母亲。

祁言假装没看见，拍了拍她的肩膀，笑着说："那今天晚上要早点休息，养精蓄锐，明天半决赛加油。"

"嗯，一定！"

"好了，跟妈妈回家吧。"

话音刚落，陆知乔立刻让女儿去拿书包，迫不及待地离开了教室……

母女俩走出校门，上了一辆黑色轿车。

"妈妈……"陆葳小心翼翼地喊陆知乔，"你的脸好红，不舒服吗？"

陆知乔一怔，用手背贴了贴脸："没事，教室里太闷了。"说着抽了张纸巾递过去，"擦一下汗，把外套脱掉。"

她又探身到后排拿了瓶矿泉水，拧开盖子给陆葳："喝点水，不要喝太多，刚跑完步。"

陆葳脱掉校服外套，接过水抿了两口。

"在学校适应得怎么样？还习惯吗？"

"嗯，还好。"

陆知乔自顾自地点头，捋了一下碎发，想解开衬衫最上面的扣子透透气，但是又不太习惯，想了想还是作罢，打开车窗让自然风吹进来。

"你们班主任……我记得你说过，是教语文的？"

"嗯，是呀。"

"你觉得她怎么样？"

陆葳不假思索道："很好啊，祁老师长得漂亮又特别幽默，还很新潮呢，有时候上课还会讲笑话，可有意思了。"

"那你喜欢她吗？"

"当然喜欢啊。"

陆知乔陷入沉思，这会儿已经不去想昨晚的"巧遇"了，满脑子都是刚才祁言严肃的面孔，说的那些话。

她有点担心自己在老师心中留下了不好的印象，会影响到女儿未来三年在学校的生活。

但是直觉告诉她，祁言应该不是那么计较这些事的人。

陆知乔纠结地拧起了眉。

"妈妈……"陆葳见母亲皱眉，脸色不太好的样子，有点慌了，"你……怎么突然问这个啊？"

该不会是祁老师告状了吧？还有她期中考试的成绩……可她又不敢问妈妈到底跟祁老师说了什么，怎么办呀……

女儿的声音在耳边炸开，陆知乔若无其事地掩饰着情绪，顺势问下去："那数学老师呢？"

"还，还好。"陆葳心虚地缩了缩脖子。

数学老师是个中年大叔，四五十岁，戴着厚厚的酒瓶底眼镜，身材高大健壮，看起来凶巴巴的——事实上他确实有点凶，何况陆葳数学成绩不太好，对老师虽然不讨厌，但也喜欢不起来。

就知道妈妈突然问这个肯定有情况，她忽然有种不祥的预感……

"既然不讨厌老师，为什么数学还考这么点分？"陆知乔把成绩单拿出来，展开扔过去。

陆葳："……"

数学只考了四十二分，狠狠拖了总分排名的后腿，让一百零几分的语文和英语成绩都黯然失色了。

陆知乔在家长会上留意了周围家长的反应，全班似乎唯独自家女儿的数学没及格，说明这不是老师的问题。

家长们陆陆续续从校门口涌出来，一个中年男人边走边骂自己儿子："考这么点分，书都读到哪里去了，还不如回去养猪！"

车窗半开着，他声音浑厚粗犷，母女俩听得一清二楚。

陆知乔听着不适，当即关上窗，一转头看见女儿那委屈的模样，心底涌起复杂的滋味，话到嘴边又咽了下去。

"算了，回去吧。"

车子缓缓驶离校门口，十分钟后，到了景御铭府小区。

前年陆知乔在这里买了房，根据江城的政策，这片算是学区房，户主的孩子可以直接念江大附中。所以即便房价高，每月还贷压力大，但为了女儿念书，陆知乔觉得是值得的。

等将来女儿毕业了，房子她可以转手卖出去再赚一笔，也就当作投资了。

车停在 C 栋楼门前，陆葳下车后隔着门望向母亲，小声问："妈妈，你不回家吗？"

"我上班。"陆知乔瞥了眼手表，"晚上你自己吃饭，记得练琴，不准看电视玩电脑。"

小姑娘乖乖点头，松了一口气。

周末两天是运动会，祁言没闲着，在学校给参加比赛的同学加油鼓劲当后勤，等周日下午所有项目结束了，才算忙完一个阶段。

大部分老师住的地方离学校不远，祁言却是个例外。她跟父母住，家在宁湖湿地森林公园附近，每次往返家和学校都要在路上花费将近一个小时。

祁言到家的时候天都黑了。

夜幕沉沉，月亮斜挂在天上，成群的独栋别墅坐落在山水怀抱之中，家家户户陆续亮起灯。

祁言把车停进自家院子里，看着旁边空空如也的位置，就知道她的老父亲不在家。

一楼餐桌上已经摆好碗筷，用人们还在忙活晚餐，祁言径直上楼。

"妈，我回来了。"

三楼露台亮着灯，一个中年美妇斜靠在贵妃椅上，怀里抱着肥嘟嘟的橘猫，眼睛一眨不眨地盯住手机屏幕，看得正入神，连有人走近了都没发觉。

"喵——"橘猫叫唤了声，伸出一只毛茸茸的爪子。

祁言轻轻托住那只爪子，看向亲妈林女士，无奈地道："又看那些小年轻，等会儿让我爸知道，醋坛子又要翻了。"

只见林女士眉头紧锁，口中喃喃："太可怕了……言言，你快看，看这个新闻……"她抓住女儿的胳膊，把手机转过来。

屏幕上不是年轻的流量明星，而是一则微博新闻：一个学生因为没及时交作业被老师批评，心生不满……

"现在的学生不得了啊，被批评一句就心生怨恨，这可是重点中学！言言，你看看当老师这么危险，你还是……"林女士脸色微白，一边碎碎念一边手发抖，怀里的橘猫团子险些掉下来。

"妈，"祁言笑着打断她，"没那么夸张，只是个例而已。"

林女士担忧道："那万一呢？概率虽然小，遇上了就是百分之百。再说今年出了多少类似的新闻，概率也不小了……"

"照你这么说，每年出车祸死那么多人，干脆大家都别开车了。"

她被亲女儿说得语塞。

祁言抱着橘猫团子坐下来，温柔地抚着猫背上的毛，团子舒服得眯起了眼，毛茸茸的尾巴扫帚似的悠闲晃荡起来，一副主子的做派。

“言言，妈也是担心你，现在当老师比不了从前……”

林女士的话匣子打开就收不住，絮叨个没完没了。

她和丈夫早年经商，什么行业都涉猎过，赚点小钱，当个小老板。后来夫妻俩开了家工厂做代工，正好碰上新世纪之初形势剧变，对外贸易产业迅猛发展，大大小小的进出口公司如雨后春笋般冒出来，供货需求大了，厂里生意越来越红火，就这么一路做起来，变成大老板。

现在他们家的工厂能组成一个集团，其中最大的厂——“森阳科技”，专门做电子产品零部件加工，合作对象也都是大公司。

祁家一家人常常自我调侃是“暴发户家族”，祁言也这么称呼自己，即使在朋友们看来，她是个绝对低调的富二代。

祁言不愿意接手家业，也不想去家里的公司帮忙，只喜欢当老师。她这会儿听着亲妈唠叨，左耳朵进右耳朵出，不说话，只管摸怀里的猫。

团子被摸得舒服极了，一高兴就仰面伸腿翻肚皮，两只爪子抱住那只手，喵呜喵呜地叫。

“对了，你不是说这个学期会好好考虑要不要继续干下去吗？现在都快两个月了，当班主任的新鲜劲儿过去了吧？考虑得怎么样？”林女士忽然想起这茬，眉眼间流露出喜色。

自家闺女自己懂，林女士心里都明白，可是想到她的宝贝这些年在学校没少受委屈，就止不住心疼，想再劝劝。

祁言自然知道亲妈在想什么，挑眉一笑：“嗯，考虑好了，我决定继续为教育事业奉献青春。”

林女士：“……”

她的脸一下就垮了，像个小孩儿似的噘起嘴。

“妈，这个世界还是好人多一点。”祁言握住她的手。

“任何事物都有正反两面，虽然有时候我会被个别学生气得半死，但大多数孩子还是很单纯可爱的啊！工作哪有不操心的，当老板还得发工资呢，我自己会权衡利弊的，你就安心追你的小明星吧。”

林女士摆摆手，叹道："算了，说不过你。"

祁言吐了下舌头，忽然又想起一件事："那我下个周末就搬到景御铭府去住了，上下班方便点，以后就只有周末能来看你们，可别想我哦。"

林女士没好气地回道："去吧去吧，翅膀硬了自己飞。"

整整一个星期，祁言在学校格外关注陆葳，上课时总忍不住瞟她，继而就会想起陆知乔，想起那天逗对方的样子就好笑。

祁言搬家这天是周六，三年前她读完海外硕士，毕业回国工作，父母大手一挥，就给她在学校附近的景御铭府小区买了套房。但是这三年她一直住在家里，直到今年这个学期确定了不辞职，继续带第二届学生，才准备搬过来。

她的房子在 C 栋九楼，装修完毕后空置了三年，屋里家具应有尽有，拎包就能入住。

祁言开着车进入小区地库，找到专属车位停好，拉着自己的两个行李箱去乘电梯。她住惯了家里的独栋别墅，突然来这儿还有点不太习惯。

从今天开始，她就要过上美妙的独居生活了。

电梯缓缓上升，停在九楼，祁言推着箱子出来，一眼就看见对面的901 门边贴了对联，明显有人住。

咦？有新邻居啊。

当初父母买房子的时候对面那户还没有人，装修完祁言再也没来过这里，只是每半年让家里的用人过来打扫一次卫生。她没想到，已经有新邻居搬进来了，不过这里是学区房，卖得快也不奇怪。

祁言没在意，拿钥匙开了 902 的门进去。

这房子空置久了，打扫也不勤，瓷砖地面上积了厚厚一层灰，还是得重新收拾。她这一收拾就是几个小时，前前后后忙到天黑才打扫干净。

晚上六点半，祁言累了一下午不想做饭，拿出手机点外卖，看了一圈也没有想吃的，索性决定出去觅食。她拎起包，顺手带上了垃圾。

这小区的设计是一梯两户，两家互为对门，每层楼梯间有个大垃圾桶，祁言把垃圾丢进去，转身按电梯，楼层数字正好在往上升。

叮——电梯到了九楼，门开了，里面的人走出来。

一双修长笔直的腿映入眼帘，祁言的视线从下往上，先是黑色尖头高跟鞋、窄口西裤，再是某大牌的经典款包包，最后看见来人的衬衫扣子扣到最上面一颗，遮得严严实实。

两人视线交汇，祁言愕然。又是她？

陆知乔也是一惊，整个人愣在那儿，直勾勾地望着祁言："祁老师？你……"然后想了想又说，"是来家访的吗？"

她第一时间想到的只有这个。

记得九月份开学那天，陆知乔在外出差，是托了朋友带女儿去学校报到的，据朋友说，当时每个孩子都填了一张信息表，上面有写住址。

可是随后她又觉得不对劲——

今天是周末，又是大晚上的，老师没有提前通知，怎么会突然跑过来家访？

陆知乔这么一说，祁言也想到了。

开学当天她看见陆葳家的小区名字觉得熟悉，但房子空了太久，学生又多，事情乱且杂，这件小事她早就抛到脑后，忘了个干净。

"你住这里？"祁言不答反问，瞟了眼 901 的房门，两边的大红对联贴得相当喜庆。

陆知乔迟疑地点头："嗯……"

她心里忽然有了一种预感，余光瞥向对门。

"很巧啊，"祁言莞尔一笑，"我住你对面，902。"

陆知乔眉心动了动，没说话，脸上的淡然有些绷不住。

前年她买房时，物业说对门是有人住的。去年春节后，她和女儿搬了进来，一直到现在都没见对面的门开过，也毫无生活痕迹。可是现在突然来了新邻居，竟然还是女儿的老师……

也是她那天晚上在酒吧里遇见的女人。

巧合太多，便很难让人相信真的是巧合，陆知乔一下子无法消化这个事实。

她分明记得那晚自己没有说出家里地址，第二天醒来发现是在酒店，看见祁言躺在另一边，还觉得庆幸感激，心是安定的。

祁言盯着陆知乔的脸，好像看穿了她在想什么，解释道："房子是我三年前买的，装修后一直空着没住，今天我刚搬过来，这边离学校近，上班方便。"她说完，又主动伸出手，"邻居，你好。"

陆知乔还在消化这桩巧合，听着祁言的解释心才落地——她的房子是两年前买的，比祁言晚一年，人家都装修完了，她这儿才开始动工。

难怪了……她眼帘低垂，为自己恶意揣测恩人而羞愧，遂伸手与祁言相握："你好。"

"周末还上班吗？"

"加班。"

"哦——"祁言了然。

陆知乔嘴唇动了动："祁老师，那天晚上……谢谢你。"

她目光诚恳地望着祁言，虽然留过纸条了，但既然两个人这么有缘，她想还是有必要当面再次道谢。

"你都谢过我几次了？"祁言憋不住笑出了声。

陆知乔也忍俊不禁。

"我正打算出去吃饭，要不要一起？"祁言指了指901大门，"叫上陆葳。"

陆知乔婉拒道："今天不了，改天吧。"

两人道了别，祁言目送陆知乔进家门，原地站了会儿，突然一个人笑起来……

今晚祁言心情格外好，吃过晚饭在外面晃荡到八点多才回家，她从电梯出来，鬼使神差般地望了一眼901紧闭的门，突然蠢蠢欲动。

她是不是应该去拜访一下新邻居？

念头一旦有了就很难扼制住，即使强迫自己不去想，它也蛰伏在心底深处，时不时冒出来挠一挠，使人心痒，像是有个声音在耳边不断劝说、怂恿。

最终还是感性战胜了理性，祁言思索片刻，觉得空手去别人家不妥当，匆匆跑回自己屋。

她翻箱倒柜找出来一瓶未拆封的红酒，一盒包装精美的进口巧克力——都是别人送的礼物，正好借花献佛了。

两分钟后，祁言敲响了 901 的门。

开门的是陆葳，那张清丽稚嫩的脸蛋出现在门背后，看见祁言的一瞬间，她都快吓傻了："祁老师……"

小姑娘睁大了眼睛，嘴巴张得能塞进一个鸡蛋，第一反应以为祁言是来家访的，顿时心慌不已，转头看了看屋里，又转回来，什么情绪都写在了脸上。

"吃饭了吗？"祁言微笑着问。

陆葳僵硬地点头，嗯了两声，身体站得笔直。她到底是小孩子，心思单纯，没有大人圆滑，性格也过分老实了些。

"我今天搬家，刚巧在对面 902，以后我们就是邻居了。"祁言诚恳地说，把巧克力递给她，"一点小礼物，很好吃的。"

陆葳讷讷地接过，不敢相信地问："对面？"

刚才只是心慌，而现在仿佛一道霹雳从天而降，她小小的世界里彻底塞满了绝望。班主任住在她家对门——没有比这更恐怖的事了。

祁言的目光往屋里探了探，装作随口问道："你妈妈呢？"

这下陆葳更笃定老师要向妈妈告状了，一张小脸笑得比哭还难看，开口就磕磕巴巴的："她……她……"

"妞妞，是谁啊？"女人的声音跟着响起的脚步声从厨房出来。

陆知乔系着围裙，头发高高盘起，手里拎着还在滴水的抹布，脚上跶着居家拖鞋，一副温柔贤惠的家庭主妇模样。她猝然看见祁言，不自觉攥紧了抹布。

"是，是祁老师……"陆葳看向母亲，缩着脖子小声说。

祁言勾唇颔首，陆知乔回以淡淡一笑，对女儿说："去写作业吧。"

陆葳如获大赦，一溜烟回了房间。

屋子里一时间静得针落有声。

陆知乔被盯得不自在，却又不得不抬头看那个人，以表示礼貌——

不管怎么说，那都是女儿的老师。

"祁老师，有事吗？"

抹布滴着水，攥得越紧水分挤出来越多，陆知乔的整只手都被打湿了。

祁言站在门外灯下，身姿秀丽，乌亮的长发垂顺飘逸，她拍了拍臂弯里的红酒，眨眨眼道："我今天搬家，登门拜访邻居，以后还请多多关照。"

祁言的那双眼睛生得特别，介于丹凤眼和桃花眼之间，长而不细，深邃锐气，像玻璃杯中荡漾的琥珀色陈酒。

陆知乔终于又能将她与那天晚上的美女联系起来——那晚的她也是这样一双眼睛。

"我可以进去坐坐吗，陆葳妈妈？"祁言扬了扬秀眉，故意把后面两个字音咬得很重，目光耐人寻味。

陆知乔猛然回神："当然可以……"她侧身打开鞋柜，拿了一双拖鞋放下。

祁言大步踏进屋换拖鞋，关门时特别看了一眼地垫——没有摆放男人的鞋子。

"祁老师，你坐。"陆知乔客气地招呼，"喝花茶吗？"

"好啊。"祁言暗暗打量起了这间屋子。

陆知乔转身进了厨房，抹布的水滴了一路，从客厅滴到厨房门口，透明水渍反射着客厅暖黄的灯光。

祁言把红酒放在桌上，抽了两张纸巾，弯腰沿着水滴的路线擦拭过去，听到厨房里有水流声和碗筷碰撞声。她抿着嘴笑，顺手把纸团丢进垃圾桶，抬头看了眼阳台。

晾衣竿上零星晒了几样衣物，有校服、衬衫、袜子，还有款式简单的女士内衣，没有发现男人的衣物。

这房子格局是三室两厅，装潢是清新素雅的温馨风格，墙壁上挂着大小不一的相框，整体色调和谐又舒服。客厅里明的暗的储物柜较多，看得出来主人非常注重收纳。

祁言又扫了眼茶几，没有烟灰缸、打火机等物件，最后目光锁定在了卫生间。

"陆葳妈妈，我想洗个手，可以用一下你家卫生间吗？"

"可以啊，你自便。"陆知乔的声音从厨房传出来。

祁言起身去卫生间看了看，洗手台和置物架上没瞧见剃须刀之类的用品，里间马桶盖也闭合着，没有男人生活的痕迹。初步判断，这个家应该不存在男主人。那天家长会上她的猜测有了答案。

她打开水龙头洗了洗手，回到客厅的沙发坐下。

不多一会儿，陆知乔出来了，已经脱去围裙，露出了里面的丝质衬衫，扣子依旧扣到最上面一颗，遮得严严实实。

"祁老师，喝茶。"她将被子放在祁言面前，坐在了旁边的单人沙发上。

祁言轻声道谢，如获至宝般捧起杯子喝了一口，水温刚刚好。她意外觉得这茶的味道还不错，又多喝了几口，夸赞道："味道不错，里面是玫瑰花瓣吗？"

陆知乔温和道："嗯，自己做的，祁老师喜欢的话我送你一些，家里还有很多。"

祁言也不扭捏，大大方方点头接受："那我就不客气了。"

"当然。"

"你平常一个人带孩子吗？"

陆知乔愣了愣，没想到她会问这个，但转念一想，班主任了解自己学生的家庭情况也不是奇怪的事。

"嗯。"

"现在这种情况很普遍，很多孩子从小到大都是妈妈一个人操心，唉……做母亲真的很辛苦。"祁言这话颇有几分试探的意味。

茶水冒着热气，她双手捧住杯子，玻璃杯壁温度适宜，一缕水蒸气升上来遮挡住她的视线，视线里的人好像变得朦胧，怎样也看不真切。

陆知乔的嘴唇动了一下，似乎有别的话想说，却又咽了下去，淡笑着答道："老师也挺辛苦的，一人要管整个班的孩子，不比当妈妈轻松。"

眼见她开门，又见她关门。

祁言自知两人不算很熟，对方没必要把隐私交代清楚，再问下去就没有分寸了。

"这次期中考试，只有陆葳数学没及格。"她笑着转移话题，"不过，新初一这种情况很常见，需要时间适应，一次考试也说明不了什么，别给孩子太大压力。"

陆知乔一惊，自己竟然就这么被戳中了心思，老师果然是老师，非常清楚她这个做家长的心里想什么。她收起笑容，忘掉自己与这个人在酒吧的记忆，表情变得严肃起来。

"嗯，我明白。"

"她小学的时候成绩怎么样？"

"语文和英语好，数学不行。"

"能及格吗？"

"三年级以前还能考九十多分，甚至满分，从四年级开始就不行了，好的时候七八十分，有时候考过不及格。"说起这个陆知乔就头疼，在她看来，小学数学是很简单的东西，小学就开始不及格，以后只会学得更吃力。果然，这次期中考试她的猜测就应验了，这孩子以后上高中怎么办呢？

祁言见她满脸担忧，想了想，说："四年级开始学一元一次方程了，她是不是选择和填空题对得多，应用题总是错或者不会写？这样考出来分数就很低。"

"对。"陆知乔连连点头，那眼神分明在说"你怎么知道"。

祁言也觉得奇怪，自己一个语文老师，怎么关注起数学方面的问题来了？但她嘴上还是没停，继续道："基础题的正确率高，说明她上课有认真听讲，也听懂了，只是可能还无法理解更复杂的发散性题目，或者反应比较慢，要等将来学了更难的内容，才能完全理解和运用旧知识。"

陆知乔惊讶地望着祁言。

祁言被她这模样逗笑了，做了个安心的手势："每个孩子都有自己擅长的东西，先不要太早下结论，多给她一点耐心，平常也可以多留意一下她的优点，比如她语文和英语不错，说不定就是很有语言天赋呢？"

这一席话暖如春风，吹进陆知乔心里，她连日来的焦虑慢慢被抚平了。

她很容易在女儿的事情上焦虑，也从来没有人与她交流过这些，譬如怎么教育孩子，怎么与孩子沟通，怎么面对类似的情况……

谈起教育问题，两个人都打开了话匣子，不知不觉就聊到了九点多。

祁言自觉该走了，她一起身，陆知乔也站了起来，跟着送人到门口。

"祁老师……"她斟酌片刻，才说，"陆葳在学校，还要拜托你多照顾。"

"我对学生一视同仁的。"祁言掩嘴打了个呵欠。

"不过……"她突然语调一转，玩味地冲陆知乔眨眨眼，"陆葳妈妈有要求，我会尽力而为。"

陆知乔发自内心地感激，真诚道："谢谢。"

"早点休息吧，晚安。"

"晚安。"

翌日是周一，陆知乔上班，顺便送女儿上学。

母女俩下到停车场，老远就看见祁言站在一辆白色小车边，正低头瞧手机，旁边是陆知乔的车，两车紧邻，并排停着。

小区车位得户主掏钱另买，自从陆知乔带着女儿搬进来，旁边位置一直是空的，昨晚陆知乔看到那辆白车，以为是谁乱停，没在意，不承想上去就遇见了新邻居。

空旷的停车场里响起高跟鞋声，陆知乔一手拎包，一手捏着车钥匙，还没等走近，就见祁言闻声抬起了头，显然很意外："陆葳妈妈，这么巧。"

"祁老师早上好。"陆葳乖乖喊人。

"早。"祁言笑了笑，抬头看向陆知乔，"送孩子上学？"

陆知乔今天穿着件裸色皮夹克，里面搭一条白的直筒连衣裙，看起来不那么强势冷淡，反倒有些温柔大方、优雅知性的味道。

"嗯。"

"正好我也上班，带她一起过去。"祁言抬手敲了敲自己的车。

陆知乔顺着她的动作望过去，粗略打量一眼，这车表面看起来低调普通，其实并不便宜，她们公司老板也收藏了一辆，以一个老师的工资根本养不起它。

她转向祁言，目光里带了一丝探究，但很快就意识到自己在多管闲事——说不定人家还有副业，当老师只是图稳定。

祁言以为她在犹豫，二话不说拉起陆葳的手："就这么办吧，路上堵，再磨蹭就要迟到了。"说着打开了车门。

比班主任住对门更恐怖的事，就是坐班主任的车去学校。陆葳没有立刻上车，迟疑地看向母亲，情绪都从眼睛里流露了出来。

陆知乔不想拂了祁言的面子，冲女儿点点头，示意可以。

陆葳："……"

小姑娘只好认命上车。

陆知乔客气道："那就麻烦祁老师了。"

祁言绕过车头拉开了门："邻里邻居的，不用这么客气。"她挥了挥手，钻进车里。

小区到学校车程只需要五分钟，但因为路上红灯太多，有点堵，又是周一早高峰，所以她们满打满算也要留出至少十分钟的时间。

祁言在出小区的第一个路口就遇到了红灯，将车停稳，她习惯性瞥了眼后视镜，就看见那辆黑色的车跟在自己后面停下了。嘴角微微上扬，祁言转头看向身边的女孩，叫她："陆葳。"

小姑娘规规矩矩坐在副驾驶上，像一只被安全带绑住的羊羔，神经绷得格外紧，一听老师喊就立刻转头，睁大了眼睛。

她的五官只有眼睛略像妈妈，不过骨相很好，皮肤很白，是个小美人坯子。班上学生太多，这孩子平常又比较内向文静，祁言没怎么注意过她，只依稀记得她作文写得不错。

"平常都是妈妈送你上学吗？"

"不是，我自己坐地铁。"

"爸爸不送？"

红灯还剩二十秒，窗外人声车笛声此起彼伏，祁言单手握紧方向盘，另一手按起右侧车窗，噪音被隔绝在外。

陆葳此刻低埋着头，迟迟没回答。

就在红灯最后一秒，她小声说："爸爸去世了……"

绿灯亮了，祁言手心全是汗，滑了一下，险些挂错挡。

"抱歉。"

八点五十分，陆知乔踏入公司大楼。

这栋楼隶属新北集团，坐落在寸土寸金的江城 CBD 中心，主要做智能硬件和电子产品研发。陆知乔是本地人，大学刚毕业就在这里工作，一路摸爬滚打，到如今十年有余，已然跻身高层。

"陆总监。"

"陆总监好。"

"陆总监早。"

……

到了营销部，陆知乔大步流星地进了办公室。

百叶窗被拉起，阳光透过玻璃斜照进来，很亮，桌上泡好的花茶还在冒热气。助理小万正用座机打内部电话，见她进来，草草说了几句便挂掉。

"总监，舒总让您上去一趟。"

陆知乔点点头，把包放在桌上说："知道了。"

营销部是个大部门，细分为销售部、市场部和公关部，她一人管理三个部门，每天忙成陀螺，领导有事一般都直接打她手机，不至于这么弯弯绕绕的。

她一面心里掂量着，一面乘电梯上到二十九楼，敲响了总经办的门。

"舒总。"

一个中年女人站在落地窗前讲电话，闻声转过来，看到陆知乔笑了一下，用眼神示意她先坐。

女人便是新北集团的总经理，舒敏希。

陆知乔难得勾了勾嘴角，坐到办公桌对面的椅子上，耐心等待。

耳边是舒敏希流利的外语，公事公办的口气，她虽然听不懂，但能猜到是工作电话。

过了一会儿，舒敏希挂掉电话，绕过办公桌坐下，开门见山道："R国帝成会社的代表团下周四会过来，需要我亲自接待，但是跟展会的时间撞了，所以展会那边要辛苦你替我跑一趟。"

每年十一月，G市会举办大型国际贸易展会，全国大大小小的参展商将与来自世界各地的客户面对面交流，公司一直很重视这个活动，以往都是副总带队参展，但上半年副总离职了，董事会始终没有任命新的人选，这事儿自然落到了舒敏希头上。

可她日理万机，忙得很，这事情十有八九要交给信得过的下属去做。

负责展会是个香饽饽，公司高层们盯红了眼，谁能接手，谁就几乎可以说是半边屁股坐上了副总之位。

陆知乔很清楚其中的弯弯绕绕，只是没想到舒敏希会如此干脆地将任务交给她，一时就觉得没那么简单了。

"怎么，时间安排不过来吗？"见陆知乔没反应，舒敏希微微皱了下眉，这件事的确来得突然，很仓促。

"如果你也抽不出空，我就只能另选他人了。"这话里带着惋惜的意味和些许暗示。

陆知乔迟疑片刻道："有空。"

原本她答应了女儿，下个周末一起去野外烧烤，现在看来这个计划算是泡了汤。

展会会持续两三天，等她回来又是新一周的工作，别说出去玩，连个休息的日子都没有。

但大好的潜在升职机会，她没道理不抓住，至于香饽饽为什么给了她，她隐约也能猜个七八分。

舒敏希松了口气，十指交叠，笑道："展会资料和参展策划，我一会儿发到你邮箱里，你以前也跟着去过，可以自己看着调整。"

"嗯。"

"好了，去忙吧。"

陆知乔起身，走到门边又停住，再次开口："舒总。"

"嗯?"

她转头问:"青木会长的女儿也在代表团里吗?"

舒敏希沉默不语。

陆知乔识趣地不再问,开门离去。

接下展会任务后时间紧迫,少不了要加班,陆知乔便提前打电话给女儿,让她晚上自己吃饭,然后一直忙到八点多才走出写字楼。

晚高峰已经过去,路上不堵,十五分钟后,陆知乔的车子就驶入小区地下车库。

陆知乔刚下车,明晃晃的大灯带着两束光扫过来,她眯着眼抬头,只见一辆熟悉的白车停在跟前,方向一转,稳稳当当地倒进旁边的位置。

她差点忘记自己还有个邻居。

"这么晚下班?"车窗缓缓下降,祁言探头出来对她笑了一下。

陆知乔往前走了两步,客气道:"祁老师也是。"

如果她记得没错,初中老师只要不带毕业班,工作时间基本就是朝八晚五,规律得很,不会像她一样加班到现在才回来,有时候这种规律和安稳着实让她羡慕。

"陪我们副书记吃饭,吃到现在,唉……"祁言无奈地摇了摇头,下来锁了车,"走吧,一起上去。"

"嗯。"

两人并肩踏进电梯,陆知乔心下想着祁言刚刚的话。

副书记……听着像是个油腻的中年男人,她不太清楚学校的领导层级,难道学校里也有所谓的"酒桌文化"?陆知乔担忧地看了祁言一眼,又想到酒吧那晚碰见的猥琐男。

祁言转过脸,好像知道她在想什么,笑着解释道:"我们副书记是女的。"

陆知乔暗暗心惊,这人该不会有读心术吧?

"对了,在家不用总是喊我'祁老师',直接叫名字吧,下班之后我就不是'祁老师'了。"祁言努力憋着笑说。

陆知乔张了张嘴，那两个字有些叫不出口——如果祁言只是酒吧里的祁言，不是女儿的祁老师，她当然可以毫无顾忌地喊出来。

"好。"她决定先答应再说。

电梯缓慢上升，狭小的空间里一片寂静，两人之间隔着半个身位的距离，不远不近。

鼻尖萦绕着熟悉的香味，像冰凉的柑橘，又像沉厚的檀木，冷冽感十足。祁言不常喷香水，但略懂一二，她的鼻子很挑，对于满大街喷同款香水的女人一概觉得俗气，唯独认为陆知乔身上的香味与众不同。

"你用的什么香水？"

"阿尔忒弥斯。"

"是希腊神话里那个？"

"嗯，狩猎女神。"

"挺特别的……"

陆知乔以为祁言对香水感兴趣，便道："你喜欢这个味道吗？我家里还有一瓶全新的，不介意的话送给你。"

"不行不行，我可不能收学生家长的东西。"祁言竖起食指对她摇了摇。

陆知乔："……"

这人刚才还说自己下班之后不是"祁老师"。

电梯停在九楼，门缓缓打开，祁言率先出去了，突然间想起什么，脚步一顿："那个……"

陆知乔紧随其后，一脸疑惑地看着她。

"上次你落了东西，我一直忘记给你了。"祁言低头翻包，从里面拿出一枚小巧的耳钉，摊开掌心送到陆知乔眼前，"你的耳钉。"

耳钉上小小的碎钻在灯光下闪着细碎的光。

陆知乔猛然想起在酒吧那晚，像是闹了个大笑话，她有点不好意思，接过耳钉收进了口袋里，忙说："谢谢，那天早上我有点急事，匆匆忙忙就走了……"

这副耳钉并不便宜，当时她发现少了一只还挺心疼的，但之后工作太忙，也就没放在心上，现在她都不知道该怎么感谢祁言。

　　"没事，物归原主就好，那我回去了。"祁言没在意，摆了摆手。

　　"好的。"

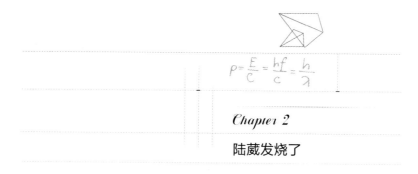

$$p = \frac{E}{c} = \frac{hf}{c} = \frac{h}{\lambda}$$

Chapter 2

陆葳发烧了

周五这天，运动会的获奖情况统计了出来，奖状和奖品被下发到各班班主任手里。

当初报名的时候，校领导要求每个班参与人数不少于十五个，每人至少报两个项目，班主任必须想法子动员学生。祁言没搭理，由着孩子们自愿报名参赛，于是她因为人数没达标还被领导喊去谈话。

不想成绩出来后，反而二班拿奖最多。

这天第二节上语文课时，祁言挪了课前几分钟出来，在班上挨个念名字发奖状。

孩子们都很开心，也许是刚到初中，还未完全褪去小学阶段的稚嫩，他们的集体荣誉感很强，老师说什么就是什么。

而祁言清楚地知道，至多再过半年，等他们适应了初中生活，一个个就会变成叛逆的少年。

一堂课有四十五分钟，时间总是过得很快，祁言对课堂节奏的把握依然精准，下课铃响时，刚好讲完预期的内容。

眼保健操的广播响了，她朝靠窗那组最外面位置的女孩招了招手，喊道："班长上来。"

班长站上讲台临时代替班主任监督同学们，祁言去了一趟厕所，回来发现全班都在认真做眼保健操，只有陆葳低着头，不知道在桌子下面捣鼓什么。因为她坐在中间组的中间位置，正对讲台，有人进来一眼就能看到她。

祁言快步走过去，屈起指节敲了敲桌子，冷冷地说道："手机拿出来。"

这道声音在只有眼保健操音乐的环境里尤为突兀，陆葳身子抖了一下，猛抬起头，怔怔地看着祁言。她藏在课桌底下的手机屏幕还亮着，上面显出一行行黑色方块字。

全班同学纷纷侧目，四十六道目光，如四十六根针，齐刷刷地扎在小姑娘脸上，陆葳白润的皮肤很快泛起一片绯色。

她噘了噘嘴，极不情愿地交出手机。

祁言接过来掂了掂，目光扫过屏幕，上面显示的，是一本这个年纪的女生很少会看的电子书。

她有些惊讶，但什么都没说，转身回讲台把手机跟教案摆在一起，继续监督学生做操。等眼保健操放完了，广播里又响起课间操的前奏。

"下去排队吧。"祁言说完看了陆葳一眼，端起东西离开教室。

上午二班的最后一节课是体育课，老师们都去上课了，办公室里寂静无声，阳光透过宽大的玻璃窗照进来，被分割成一块一块，均匀地洒落在每张办公桌上。

祁言没课，这会儿正在批改作文，办公室里只有她一人。

笃笃笃——祁言抬起头，办公室门缓缓被推开了一小半。

"祁老师……"陆葳从外面探头进来，转了转眼珠子，打量了一圈办公室，发现其他老师都不在，内心窃喜，关上门小跑过来。

"不是在上体育课吗？"祁言已然猜到她要说什么。

"胡老师说可以自由活动。"

祁言"嗯"了声，故作冷淡地问："有事？"

女孩点点头，看着她的眼睛，语气诚恳道："祁老师，我知道错了，可以把手机还给我吗？"

"错哪儿了？"

"不该上课玩手机。"

"知道就好。"

陆葳咬了下嘴唇，手指紧紧绞着校服边角，小声试探道："那手机……"

"叫你妈妈来。"祁言漫不经心地开口，身体往后仰靠在椅背上，刻意冷下了脸。

面对这个女孩，她无法避免地会想到陆知乔，两人之间尴尬且戏剧性的交集似乎阻碍了祁言的判断。她既做不到像过去两个月那样忽视陆葳，也不能对其区别对待，怕自己主观偏袒之下，会失去原则。

"我妈妈很忙的，她没有时间……"陆葳说到一半，就觉得这个理由站不住脚。

果然，祁言打断道："周末也没时间吗？"

"她经常出差。"

"那傍晚下班呢？"

"妈妈有时候还要加班的。"

祁言皱起眉，陆知乔真的这么忙？

她忽然想起搬家那天，在楼梯间撞见了刚加班回来的陆知乔……对方好像是挺忙的，孩子也没说谎。

祁言沉吟片刻道："没关系，我会给你妈妈打电话，问问她什么时候有空。"

小姑娘涨红了脸，黑眸里起了水雾，没一会儿眼泪就簌簌地落下来。

长相漂亮的小孩子，即使哭泣也那么惹人怜爱，祁言感觉胸口被戳了一下，皱起眉，把纸巾递给她："犯了错误就应该承担责任。"

陆葳吸了吸鼻子，默默擦眼泪。

她也不明白，平时看起来温柔亲切的祁老师，为什么突然变得如此冷漠，那个会跟大家开玩笑，会安慰人、鼓励人的祁老师呢？

陆葳越想越委屈，眼泪怎么也擦不尽。

"快下课了。"祁言面无表情地看了看手表，"你想等会儿被其他老师看见你这个样子吗？"

小孩子的自尊心很强，像陆葳这类性格的会更敏感些，更在意别人的看法。虽然良心上她不该利用孩子的弱点，但眼下还是先把人打发走要紧，否则万一她母爱泛滥，妥协了，班主任的威严何在？

这招果然有奇效，陆葳慌里慌张地抬起头，看了一眼办公室大门，手忙脚乱擦干净眼泪，闷头小跑出去了。

祁言如释重负地松了口气，甩甩头，继续改作文。

傍晚，陆知乔回到家，连续一周的加班让她身心俱疲，难得今天能准时下班，明早却又要出差。连着两个周末都不能陪孩子，她心里难免愧疚，于是买菜的时候顺便买了些零食和女儿最爱吃的小蛋糕。

次卧里传来钢琴声，她换了鞋反带上门，琴音戛然而止。

房间门打开了，陆葳没有像往常一样飞奔出来，而是先探头看了一眼，才慢吞吞地走过去，叫道："妈妈……"

她低头捏着手指，声音像蚊子叫似的，随后目光落在小蛋糕上，眼前一亮："哇！蛋糕！"

"先吃饭，"陆知乔把袋子给她，"蛋糕放冰箱，明天再吃。"

小姑娘欢喜地接过来，馋虫似的直勾勾地盯了蛋糕一会儿，虽然很想吃，但还是听妈妈的话，乖乖把蛋糕放进了冰箱。

陆知乔提着菜进厨房，洗了洗手出来，把另一个袋子放到茶几上。

"妞妞，明天妈妈要出差，大概下周二回来，这些零食是下个星期的，记得不能一次吃太多。"她一边说一边摸着女儿的脑袋，眼睛里写满了歉疚，"还有，下个周末不能陪你去烧烤了……等春节妈妈放假，我们一起去旅游，好不好？"

女孩露出失落的表情，却仍是乖巧地应了声"好"。

至少还有春节可以期待，那是陆葳最喜欢的节日，因为每年只有那几天她们可以尽情享受私人时光，妈妈会做很多好吃的，会带她出去玩，会整天陪着她。

因为一年才有一次，所以弥足珍贵。

"天黑以后不要出去，晚上反锁门窗，家里没人要关掉电闸和燃气阀，上学和放学都要给你打电话，先练琴再写作业，不能超过十点半睡觉……"陆葳掰着手指头一条一条地背，这些都是妈妈叮嘱过无数遍的注意事项，她从小记到大，已然烂熟于心。

女孩的嗓音又甜又脆，白白净净的脸蛋上带着几分稚气，可眉宇间却流露出与年龄不符的成熟。

陆知乔怔怔听着，止不住心酸。

陆葳这孩子从小就不怎么哭闹，很少主动表达自己要什么，比起同龄的小朋友真的很让她省心。可是没有哪个孩子不渴望撒娇，不渴望被关注，过早懂事容易缺乏安全感，长大了很难再弥补回来。

陆知乔虽然明白，但是实在无能为力。

家里只有她们母女俩相依为命，这些年她拼命工作，努力赚钱，压根儿挤不出多余的时间陪孩子，连好好照顾陆葳都是奢侈。

女儿上小学时读的半寄宿制学校，中午晚上都在学校食堂吃饭，由生活老师照顾，等她下了班再接回家，若是正好遇到她出差的日子，就自己坐地铁去上学。才七八岁的年纪，陆葳已经能认得大部分交通指示牌，能记住三条地铁线的全部站名，能辨清方向不会迷路……

而造成这一切的人是她这个母亲。本来谁也不用活得这么辛苦。

"妈妈，我能照顾我自己，你放心去出差吧。"陆葳仰起脑袋看着母亲，声音很小，睫毛一颤一颤的。

陆知乔心酸得说不出话，勉强扬起笑脸，俯身亲了亲她的额头。

"对了，妈妈，有件事……"陆葳咬着唇低下头，一会儿捏自己的手指，一会儿揪衣服边角，纠结半晌才闷闷道，"我手机被祁老师没收了……"

晚饭后，陆知乔敲响了 902 的门。

女儿手机被没收的事，下午她已经在电话里知道了。祁言要她去学校拿回手机，顺便谈谈，但她最近工作太忙，白天实在挤不出时间。

此刻陆知乔才体会到，老师住在自家对门有多方便，她已经与祁言约好晚饭后去拿手机。

"晚上好，陆葳妈妈。"祁言那张脸出现在门背后，橘黄色的灯光里，她的笑容依旧温柔，"进来吧。"

原本紧张的陆知乔稍稍放松了一点，笑道："打扰你了，祁老师。"

"又跟我客气？"

祁言穿着酒红色丝绸睡衣，身量高挑，长发柔顺，眉眼形状看似温和无害，目光却深邃锐气，像一把温柔刀。她嗔笑一声，拿出特意为陆知乔准备的拖鞋。

"怎么样，还合脚吗？"

"嗯。"

这拖鞋出乎意料地合脚，款式和颜色也符合自己的喜好，陆知乔颇有些意外，还没来得及细想，一抬头就看见电视背景墙上的相框。

三个相框里分别镶嵌着三个女人的照片，每张照片都像是艺术类写真，以森林、沙漠、河流为背景，构图精妙。她们造型很前卫，但并不低俗，有一种与大自然相融的和谐之感。

陆知乔不由得多看了几眼。

"坐。"祁言引她来到沙发边，转身倒了一杯温水放在她面前。

"谢谢。"陆知乔捧起杯子喝了一口。

祁言在她旁边坐下，拿起放在茶几上的手机递过去，挑了一下眉："给你。"

陆知乔接下，眼里流露出歉意，诚恳道："不好意思，祁老师，孩子给你添麻烦了。"

"倒也没有。"祁言温和地望着她，"只是今天课间做眼保健操的时候，她在玩，刚好被我看见而已，她上课还是很认真的。"

她们之间的距离不过咫尺，祁言的眼底映出陆知乔的脸，那颗泪痣像一枚莹润饱满的黑珍珠，生动地嵌在她眼尾下，好似随时都会变成一滴乌黑的泪，滚落下来。

听说，有泪痣的人一生易情苦心酸。

陆知乔轻轻点头，也不知该说什么，她理亏，干脆闭嘴，专心听老师教训就是。

"学校不允许学生带手机。"

祁言如是说着，突然闻到了浅淡的"狩猎女神"的味道——冰凉的柑橘，沉厚的檀木。

"祁老师，我能理解你的工作，但是我平时很忙，经常需要电话联系孩子，所以手机……她还是要带着。"陆知乔的神情有些落寞，连抱歉的笑容里都带着一丝苦涩。

"不过我会叮嘱她，在学校不要拿出来，不要被老师同学看见，也不许她上课的时候看手机。"

明面上学校的规定摆在那儿，但偷偷带手机的学生数也数不过来，每天午休的时候小男生们在教室凑在一起玩手机，那激动的喊声稍微大一点，便传到了隔着一个楼道口的教师办公室。

到了上课时间，教导主任披着学生校服在走廊上巡逻，班主任则时不时出现在后门或是窗外，抓他们个措手不及。

祁言只是笑了笑，转而问道："哦，你工作很忙吗？"

"嗯。"

"从事什么行业？"

陆知乔欲言又止，她潜意识里觉得这是隐私，自己跟祁言还没熟悉到可以谈论这些的程度。在她心里，在酒吧遇见的祁言的形象好像渐渐淡化，取而代之的是"祁老师"。

祁言没有再问，随手撩了一下头发，平直柔顺的发丝从指尖滑落到肩后，浓郁的黑融进一片血样的红，妖冶冷艳。

"手机……这次就算了，下不为例。小孩子有时候难免犯错，家长最好还是以引导为主，打骂是没有用的。"她侧头微笑，眉梢绽开几丝温柔之意，话里却有潜台词。

陆知乔自然也听出来了，便说："祁老师说得很对，不过……我没有打骂孩子。"

祁言松了一口气："那就好。"

陆知乔："……"

"没什么事了，你回去吧。"

"……那就不打扰祁老师了。"陆知乔淡笑着起身，如释重负。

"等一下。"祁言忽然想起了什么。

陆知乔愣在门口，只见祁言大步跑进房间，里面传出一阵窸窸窣窣的动静，没一会儿她就捧着一本书出来，递到自己面前。

"我看陆葳挺喜欢这本书，正好我这里有精装版，送给她。"

是陆葳今天在手机上看的那本电子书的纸质版，包装精美。

"这……"陆知乔犹豫着接过来，抬头看她。

祁言双手交叉做了个拒绝的手势，佯怒道："不许说谢谢。"

陆知乔："……"

人离开了有大约半小时，祁言披着毯子坐在刚才陆知乔坐过的地方，拿出香薰机，点了一支熏香。

烟雾弥散着清新的玫瑰香，隐没了她半张脸，她一条腿伸得笔直，搭在茶几上，指间夹了细长的烟卷，懒懒地靠着。

是她的错觉吗？陆知乔是不是客气得有些过分了？处处礼貌周到，生怕怠慢她似的，难不成她是什么吃人不吐骨头的猛兽，还是地狱里爬上来索命的恶鬼？

祁言低笑两声，猛吸了一下，淡淡的熏香味顺着她的鼻尖，直沁心脾。

手机里不断弹出微信消息提示，她瞥了一眼，家长群里很热闹，不知是谁发了一个投票链接，引起了家长们的讨论，他们你一句我一句的，很快便发了几十条消息。

祁言发了一句：请各位家长不要在群里闲聊。

群里最活跃的永远是那几个——蔡××妈妈、胡×妈妈、欧阳××爸爸、罗××妈妈……这个群建得比较迟，所以短短一周内，大部分说过话的家长祁言都有印象，唯独陆知乔是例外。

无论祁言发什么，不管作业或是通知，一连串的"收到"回复中愣是没有陆知乔的，一度让她怀疑这人根本不在群里。

群内安静了下来，祁言打开群成员列表，循着名字挨个看过去，找到"陆葳妈妈"——微信头像是一片紫罗兰花田，昵称一个简简单单的"陆"字。

她毫不犹豫地选择添加其为好友。

现在的人手机不离身，微信更是使用最频繁的软件之一，添加对方为好友后应该会很快回复。祁言抱着如此想法，发送了三遍，一直等到深夜，而那消息就如沉进大海的石子，没有半点回应……

第二天早晨祁言醒来一看，微信依然毫无动静。她也没坚持，梳洗一番后在家做了会儿热身动作，换上运动服去跑步。

踏出家门的时候电梯正开着，她三两步跑过去，按住外面的按钮，正要合上的门又向两边缓缓打开。

然后，她就与里面的人遇个正着。

祁言一怔，主动打招呼："早上好。"

电梯门在身后关上，封闭狭小的空间里弥漫着"狩猎女神"的味道，时而冰凉，时而沉厚，紧密地附着在她鼻腔里。

"早啊，祁老师。"陆知乔站在右侧，原本严肃的表情变得柔和，她今天没穿衬衫，但脖子上系了条浅色丝巾，依旧遮得严严实实。

祁言好奇地打量她，问道："今天周末……你又加班吗？"

"不，出差。"陆知乔有些不自在，她也说不清楚怎么回事，在祁言面前总是很拘束。

电梯一层层下降，今天的速度似乎格外慢。祁言听了她的话默默点头，盯了一会儿门缝，突然像是自言自语道："你……不方便加微信吗？"

工作是隐私，微信也是隐私，她们的一切交集似乎仅仅浮在表面。

原本祁言不打算问，她知道问出口会让人难堪，可是一大早碰见事主就在自己面前站着，她按捺不住。除此之外，她还存着那一丝侥幸心理，也许对方并没有看微信。

陆知乔侧头看了她一眼，斟酌着怎么说。

这时候电梯缓缓停住，数字显示五楼，"叮"的一声，门打开。

外面两个工人模样的中年大叔抬着床板要进来，见着人，吆喝了一嗓子："哎，麻烦让一让啊。"

陆知乔正要往后退，突然被人拉住往前带了一下。大叔们小心翼翼抬着床板进来，本就狭小的空间里挤了四个人、两块大床板，更加逼仄不堪。

祁言怕她撞到床板边角，两只手护着她后背，自己被挤在角落里不得动弹。

陆知乔重心不稳，只能借祁言来支撑着自己不摔倒，总好过靠在男人身上。这短短十几秒钟漫长得犹如过了几分钟，每一秒都是煎熬。

终于电梯在一楼停住，开了门，大叔们抬着床板慢慢挪出去，陆知乔迅速往后退两步："祁老师，你还好吧？"

"没事。"祁言撑着轿壁站直。

"那我先走了。"

陆知乔尴尬得头皮发麻，转身就要出去，祁言喊住她："哎，你不是要去停车场吗？这是一楼。"

陆知乔脚步一顿，又退回来。

祁言不去停车场，这会儿该走了，但还没有等到加微信好友这件事的答案，她便一动不动站着，任由电梯将她带往负一楼。

电梯里只剩下她们，陆知乔再不愿意回答，也顾及祁言是孩子的老师，自己不能太无礼，想了想才说："祁老师有什么事的话，可以打电话或者发短信，我的手机号码你应该知道。"

昨晚她看见了微信提示，祁言第一遍添加她为好友的时候她没同意，第二遍她有些动摇，第三遍开始犹豫，就像她不愿意坦白自己的工作情况一样。在她的认知里，家长和老师不应该走得太近。

但如果祁言发了第四遍，或许她会忍不住同意吧……

"哦，也好。"祁言心中的侥幸破灭，生出了挫败感。昨晚不是她的错觉，这人已经用行动明明白白告诉她，要跟她保持距离。

电梯很快到负一楼了，门外是整片粗糙的灰色水泥墙，昏暗阴沉。

"我……"陆知乔感觉自己做了亏心事。

祁言若无其事地笑了笑，说："去吧，别耽误了时间。"

早上的事让祁言郁闷了一整天，下午接到母亲的电话让她回家吃饭。

林女士生怕宝贝闺女一个人住那边不习惯，拉着她问东问西，还要从家里调派一个用人过去替她做家务。

祁言自然是拒绝了。母女俩聊了会儿天，傍晚时分，家里用人做好了饭，祁爸爸也回来了。

平常周末他都在家陪老婆，今天则是临时有事去了趟厂里，早晨走的时候不情不愿，这会儿满面春风地进家门，笑得脸上尽是褶子，问他也不说，只变戏法似的拿出给母女俩买的礼物。

等一家人坐上饭桌，祁爸爸才郑重说道："新北集团想跟我们合作。"

"哟，"林女士冷笑一声，"风水轮流转。"

祁爸爸也笑了，那笑容既讽刺又得意。

祁言不知道爸妈在打什么哑谜，只觉得听着云里雾里的，林女士给她夹了一筷子菜，解释说："这家公司傲得不得了，早前和我们谈过一次合作，嫌我们规模太小，像作坊，临时反悔了，大概就是你念高中那会儿的事。"

祁爸爸接话道："之后新北找了一家外资厂，结果今年因为政策问题出事倒闭了，货供不上。"

祁言这才听明白，这种情况用一句烂俗的话来说便是：今天你对我爱理不理，明天我让你高攀不起。

祁家现在挑选合作对象非常谨慎，考核流程亦烦琐复杂，毕竟名声大了，他们要爱惜羽毛，不是什么都能看上的。

"我有个朋友在新北集团总部工作，要不要改天我去找她打探一下？"祁言沉吟道，"她不知道我的家庭情况。"

夫妻俩对视一眼，祁爸抿了一口佐餐酒，问："什么职位？"

"外贸分部的项目主管，应该是中层管理？"祁言有些不确定，在学校待久了，她对私企里的职位等级并不熟悉。

"没用，至少得是总监级别，才可能知道一点具体内情。"祁爸爸摇了摇头。

"那不一定。"林女士看向女儿，"言言啊，改天你找个借口去新北总部看你朋友，请人家吃个饭，当面讲话好一点……"

祁言比了个 OK 的手势，说："包在我身上。"

新一周来临，离期末考试的日子又近了，明年春节来得早，意味着放假也早，各科老师都在有意无意地加快教学进度，好留些时间给学生做总复习。

周二早晨祁言起晚了，下到停车场才想起今天自己的车限号，没法开出去。

她已经耽误了几分钟，这个时间点打车也会被堵在路上，无奈之下，祁言挤了工作以来的第一次地铁，赶在上课前抵达了办公室。今天上午她有两节课，是三班和二班的，分别是第一节第二节。

第二节课上到一半，祁言放在讲台上的手机突然振动起来，来电显示"陆知乔"。

九月开学之初，班上所有学生家长的电话登记在册后，祁言将它们做成表格文件，同步存了电脑和手机里。家长会后，她回去把陆知乔的号码单独拎出来，存进了通讯录。

那天陆知乔说得没错，自己有她的手机号码，以此为由不加微信似乎也合理。

但祁言一想起这件事就郁闷。

教室里很安静，手机振动声便显得突兀。祁言上课从来不接电话，但看到备注的那一刻，她在讲台上愣了好几秒钟。众目睽睽之下，最终她还是没有接。

电话没再打来，祁言觉得后半节课的时间变得格外漫长。

等到下课铃一响，祁言抓起手机快步走出教室，翻出通话记录回拨过去："喂？我刚才在上课，不方便接电话。"她等不及对方开口，自己先解释了，然后才问，"有什么事吗？"

"祁老师，不好意思打扰你了。"那头传来陆知乔温润清越的声音，一如既往地客气，带着歉意。

"我刚才停车不小心撞到了你的车，你看你大概什么时候回来，我们协商一下赔偿事宜。"

祁言没想到是这种事，愣了好一会儿才反应过来，问了句不相干的："你今天不上班？"

"……我出差刚回来。"

"哦。"

眼保健操的广播声有点大，盖过了祁言这句不痛不痒的应和，她将胳膊肘支在走廊栏杆上，双眼在斜射的阳光下眯了起来。

"祁老师？"

"我下午还有课，大概五点回去，你把撞到的地方拍下来发到我微信上，其他的等我回去再说。"祁言微拧的眉心渐渐松开，展平，嘴角有了浅浅的弧度。

那边顿了顿，应了声"好"。

挂掉电话，祁言迟迟没进教室，站在走廊上发呆。

车子被撞了，正常人多少都会不开心，她呢？她好像一点也不关心车子的情况，不在意被撞了哪里，被撞成什么样，反倒有一丝窃喜。

这下陆知乔不得不加她微信了吧？

果然，她的手机屏幕亮了，弹出一条微信消息。

祁言立刻通过验证，陆知乔一连发来五张照片，祁言看也没看，直接把她的备注改成"陆麻麻"，然后又进行了一番操作。

下午回去，祁言看了一眼自己的车。

右大灯的灯罩裂开了，前盖与车灯衔接处被蹭掉了一块漆，虽然不算严重，但是那缺口很难看。她浑不在意，给保险公司打了个电话，说自己开车不小心撞上了墙，然后给陆知乔发消息：我到家了，你过来吧。

同一时刻，快递驿站发来取货短信，祁言顺便去取了快递，抱着一个大箱子上楼。进屋洗手换衣服的工夫，敲门声就响了起来。

祁言一脚把箱子踢到茶几边，小跑着去开门。

陆知乔站在外面，神色有些疲倦，满脸歉疚地对她笑："祁老师。"

祁言"嗯"了声，招手示意她进来。

"车子的事，我已经报给保险公司了，然后……"

陆知乔边说边换鞋，上次穿的那双拖鞋还摆在地垫旁，整整齐齐的，似乎是特意等着她。

"不急，坐。"祁言指了指沙发，坐下来。

沙发正对面是那三幅艺术写真，照片上的女人一眨不眨地盯着她们，好像随时都能从里面走出来。陆知乔看了一会儿，移开了目光。

祁言什么也没说，拉开抽屉拿出一把美工刀，将茶几边的箱子挪过来，沿着缝隙割开胶带——她自顾自地拆起了快递。

那里面是满满一箱书，陆知乔瞥了一眼，祁言却忽然抬头，两人目光相撞。

偷看被抓了个正着，陆知乔脑子里嗡的一声，忙假装心不在焉地看别处。祁言将她的窘态尽收眼底，也不拆穿，慢条斯理地整理着，过了一会儿才把箱子挪去角落。

"车子，有点难办。"祁言悠悠开口，手里把玩着一本书，说话的同时撕开了塑封。

陆知乔脸色凝重，问道："是指很难修，还是……"

"大灯很好修，漆面比较麻烦。"祁言漫不经心地回，随手把塑封塞进垃圾桶，翻了翻书，然后丢到一边，抬起头望着陆知乔。

"那车刷的是原厂进口漆，有钱也不一定买得到。即使预订到了，还要等漆送过来，意味着这段时间我要带着刮痕开车上路，影响心情。你说，精神损失该怎么算？"

陆知乔皱眉，想了想说："也折算现金吧，照价赔偿。"

"如果我不想让你赔呢？"

陆知乔困惑地看着她。

"我的意思是，不用赔钱，你答应我一件事，就当抵消了。"祁言眨眨眼，心里打起了小算盘。

"什么？"

"给我当模特。"

陆知乔有点没明白："啊？"什么模特？

祁言忍住笑，轻咳两声，一本正经地说："我的副业是摄影，平常喜欢拍拍人，拍拍风景什么的，喏——"她伸手指向电视背景墙，"那些就是我最喜欢的作品，你觉得怎么样？"

陆知乔一惊，问她："你拍的？"

"对。"

陆知乔还想说什么，手机突然响了，一看是保险公司客服打来的电话，便接起来："你好……嗯，是的，我……"

她刚说了两句，祁言就一把夺过手机放到自己耳边，语气慵懒道："你好，我是被撞车辆的车主，不用赔了，我们私下解决，再见。"说完立刻挂掉，把手机藏到自己身后。

"哎，你……"陆知乔无奈地望着她，心里不是滋味。

她明白祁言的意思，却正是因为明白才更觉得不该这么做，她向来不到万不得已绝不求助于人，也不愿意欠人情，毕竟欠人情比欠钱还要麻烦。

"该赔还是要赔，我不想欠别人什么。"

"你做我的模特就不算欠我了啊。"

"祁言……"

"哎呀，你终于肯叫我的名字了呢。"

陆知乔："……"

"车漆不难补，我刚才是跟你开玩笑呢，就是想逗逗你。本来就不是什么严重的事，咱们是邻居，我不想计较那么多。"祁言收起笑容，认真且诚恳地对陆知乔说。

陆知乔还在犹豫。

"而且……我觉得你非常符合我的审美，难得找到一个这么好的模特，我可不想错过，就当帮我忙？"

"……好吧。"

看着陆知乔努力想要保持距离的样子，祁言心里忽然有种说不来的滋味，喊道："陆知乔。"

陆知乔以眼神示意她继续说。

"你好像……对我有意见？是不是我做了什么不太好的事？"祁言百思不得其解，人与人之间不应该是越来往越熟悉吗？怎么到了她和陆知乔这里却是相反的？

陆知乔不明所以，反问道："没有啊，祁老师，你怎么会这么想？"

"可是我感觉你有意跟我保持距离，不太想搭理我的样子，难道是我自己产生了错觉……"祁言懒得藏着掖着，把猜测一股脑儿都说了出来。

陆知乔语塞，自己竟然表现得这么明显吗？

保持距离是真的，不想搭理是假的，可是要做到前者就只能先做后者。对于她们彼此的身份来说，保持距离对两个人都好，除非……女儿不在附中念书。

既然被看出来，陆知乔也不想再遮掩，直白道："祁言，你是我女儿的老师。我们的身份……如果走得太近，可能会给你我带来麻烦，尤其是你。"

听她痛快地讲出来，祁言心里也舒畅了许多，眉毛一挑道："原来是担心我啊，受宠若惊。"

刚进学校那年，师父告诉她，教师这一行有三条底线碰不得，一是收受礼金，二是打骂学生，三便是师生恋。

她和陆知乔的交际中稍有不慎，就会踩在第一条红线上。尤其是她，身处行业内，面临的监督只会更甚。

两人静坐着，相视无言。

"老师也是人，老师也会有个人生活，只要是在下班时间，不涉及工作都无所谓，我不希望职业成为自己的束缚。"祁言一字一句地说。

陆知乔面露愧疚之色："我不是那个意思……"

"不说这个了，"祁言摆摆手，"周末去宁湖公园拍外景吗？"

"周末我要出差。"

"唉……你总是很忙。"

这话似乎戳中了陆知乔的痛点，那双眼睛里流露出凄惘，但只是一瞬，很快又恢复清明。她无奈道："很重要的工作，不得不去。"

"那什么时候回来？"

"大概下周一。"

"你不在家，陆葳一个人吗？"

"嗯……"陆知乔蹙起眉，蜷缩的手指戳着掌心，"她可以照顾自己。"

祁言若有所思地看着她。

江城的秋天湿冷多雨，一场雨过后，冷空气来势汹汹，天空被沉沉的阴云掩盖着，整整一周没见阳光。

班里有几个孩子感冒了，上课时咳嗽声此起彼伏，祁言在群内叮嘱家长们注意孩子的身体，她自己也穿上了保暖的绒裤，办公室里的老师们更是人手一个保温杯，每天热水不间断。

早些年她年轻，大冬天也无所畏惧地喝冷水，穿衣服也是要风度不要温度，如今奔三了，渐渐开始养生。

周末又连着下了几场雨。

祁言把车子送去维修，然后到父母家吃饭，一直待到下午三点才打车回来，出门的时候没下雨，这会儿外面雨势越来越大。

她付了钱下车，撑着伞往小区大门走，刚进单元门，就看见一道瘦小的身影站在电梯前，正在等电梯下来。

"陆葳？"

小姑娘低着头站在那里，穿着一件紫色秋装，双手抱住背在身前的书包，肩膀微微发抖，额前湿透的发丝黏在皮肤上，很是狼狈。

"唔……"陆葳闻声转头，乌黑的眼睛带着惊讶望向祁言，"祁老师？"

她的嗓子有点沙哑，说话带着浓浓的鼻音。

祁言这才发现她浑身都被淋湿了，像只落汤鸡，忙上前扶住她肩膀，皱眉道："你去哪儿了？怎么淋成这个样子？"

"上钢琴课，忘记带伞了。"陆葳吸了吸鼻子，咳嗽两声。

祁言闻言愣住。

这孩子周五上课还好好的，一天没见就感冒了，且严重成这样，现在又淋了雨，一不小心很容易发烧。她正要问妈妈怎么不接送，忽然想起前几天陆知乔说周末要出差，家里只有孩子一人。

电梯停在一楼，门缓缓打开。

祁言揽着女孩进去，上到九楼，问道："你妈妈不在家吧？"她一面说一面带着陆葳往自己家走，语气焦急，"赶紧把湿衣服脱掉，泡个热水澡，我给你煮生姜水喝。"

陆葳诧异地看祁言一眼，心里疑惑老师怎么知道妈妈不在，转头到家门口，心里有点慌："祁老师，我自己可以的，不用麻烦你……"

自从上次祁言当堂没收了她的手机，让妈妈去拿，她便对班主任产生了一点畏惧，尽管那天妈妈回来并没有说任何责备的话。在她心里，老师终究是老师，无论长得多漂亮，偶尔多温柔，她们的关系永远都不平等，既然做不了朋友，也就无法自在相处。

女孩的声音很小，却让祁言瞬间清醒。

师父也曾告诫她，为人师千万不要管得太宽，否则，万一弄巧成拙出了什么事情，到头来不光别人不领情，自己也有口难辩。

"可是你这个样子，家里又没人……要不去我那儿吧？"祁言也不确定自己是不是在多管闲事。

一听去老师家，陆葳更慌得不得了，连连摇头："不用了不用了，祁老师，我没事的，能照顾自己，真的不用……"

看得出来小姑娘很抗拒，可怎么怕老师怕成这样？

祁言哭笑不得，没办法再勉强，但她还是有些不放心，叮嘱道："家里有地暖吗？没有就马上开暖空调，洗澡的时候要开浴霸，不能再着凉了知道吗？头发一定要尽快吹干，记得吃感冒药，如果有什么不舒服就打我电话，或者直接去对门找我，别一个人硬扛……"

她唠唠叨叨，像个老妈子似的。

陆葳松了一口气，乖乖点头："好。"

祁言看着女孩进了屋，关上门，愣愣地站在原处望着 901 那三个数字，想起了些往事。

有一次，她好心主动送一个住得远的男生回家，结果那孩子谎报了住址，送到了地方，但等她走后，男孩就在外面玩。家长下班发现孩子没回家，电话打到班主任那里，随后冲到学校找人，看了监控，就一口咬定是她对学生不负责，而当时她正在家吃晚饭。

这件事惊动了领导，所幸后来那个男生自己回了家，向父母说明实情，误会才得以解除。

至今她仍心有余悸。

不知站了多久，腿有些麻，楼道灯也熄灭了，祁言这才醒过神来，转身回家。

雨一直未停，夜越深下得越大。

临近十点，祁言备完课早早躺上床，一边敷面膜一边刷手机。家校群里有几个家长在讨论作业，她大致扫了两眼，没吭声，退了出去。

陆知乔的头像上从未出现过红色圆点，那天她们加过好友之后，除了陆知乔发来的车子照片，两人再没有聊过一句。最后的消息时间停在周二，不知不觉已经过去了好几天。

祁言无数次想说些什么，指尖在键盘上反复点着，编辑一句又删一句，始终没发出去。

陆知乔的朋友圈很干净，亦很无聊，没有照片和日常，只隔三岔五转发一些新闻链接，从其中的内容大致能够推断出她是做电子产品相关的，如此就不难明白她为何总是那么忙。

空调悠悠地吹着暖风，床头橘黄色的灯光照亮了整间卧室，温馨而柔和。

祁言盯着陆知乔的微信头像出神，那大片的典雅高贵的紫色，一如其人。看着看着，紫罗兰渐渐幻化成紫色的衣服，她又想起了陆葳。

那孩子又是鼻塞又是咳嗽的，一副病恹恹的模样，家里也没有大人，实在可怜，她心里始终不踏实……

放下手机，闭眼躺了一会儿，祁言突然坐起来，一把掀掉脸上的面膜，丢进垃圾篓，匆匆洗干净脸抹了点面霜，抓起钥匙一阵风似的出去。

她来到 901 门前，连敲带按铃，半天也没人来开门。

祁言想着陆葳也许已经睡下，没再继续敲。她转过身正准备回屋，门突然开了。

一缕柔亮的光线从门内泄出来。

"祁……喀喀……祁老师……喀……"陆葳身上裹着厚厚的毛毯，神情恍惚，整张脸红得几乎要滴出血来，说话间不断地咳嗽，人止不住地发抖。

祁言愣了一下，皱起眉，伸手探向她额头，掌心下的皮肤滚烫。

这孩子都发烧了，竟然还一声不吭地闷在家里，冷成这样，宁愿裹着毯子硬扛也不给她打电话，所幸她留了个心眼过来看看，否则任由这孩子这样下去，第二天怕是脑子都烧坏了。

那一瞬间，祁言既后怕又生气，急切道："我不是说了，不舒服要给我打电话吗？怎么连自己发烧都不知道？"她一边说一边揽着女孩进屋，反手带上门。

"体温计在哪里？"

客厅的立式空调正在运行，空气温暖却很干燥，陆葳被按在沙发上坐着，蜷缩着不停地发抖的身子，嗓音沙哑："电视……喀……机……喀喀，下面的柜子……"

她咳得厉害，祁言越听越揪心，翻箱倒柜找出了体温计，连忙给她量体温。看着女孩通红的小脸，祁言纵有再多的气也消退得干干净净。

也许是年纪渐长的缘故，每每看到乖巧漂亮的小姑娘，她便满心柔软，忍不住母爱泛滥。虽然不是自己的孩子，但母性似乎是共通的，她也说不上为什么。

"陆葳，还有哪里不舒服吗？"等待的几分钟里，祁言倒了杯温水喂陆葳喝，轻轻地拍抚着她的背，声音不自觉放柔。

陆葳喝一口水就不得不停下来咳嗽，她的小手紧紧揪着毛毯，按在胸口处，声音像奶猫哼哼似的："这里……喀喀……痛……"她一下子咳得狠了，张开嘴巴猛吸了一口气，像是喘不过气来。

那个地方是——肺？心脏？

祁言脸色凝重，眉心紧紧拧成一团。

最近大幅度降温，很多人感冒。她以为这孩子只是因为着凉而患了重感冒，吃点药休息一下便会好。可是，伴随感冒症状出现的还有胸痛和呼吸困难，或许就没那么简单了。

时间差不多到了，陆葳主动把体温计拿出来，祁言接过去对光看了看——竟然有四十度！

"不行，必须去医院了……"她喃喃道，随手将体温计放到茶几上，替女孩拢了拢毛毯，"陆葳，你在这里等我一下，门不要关上。"

"喀喀……好……"

祁言回去迅速收拾穿戴好，拿了一件自己的羽绒服过来给陆葳披上，然后搀扶着她下楼，打车去儿童医院。

外面夜风凛冽，冷雨不停，陆葳烧得昏昏沉沉的，耷拉着眼皮，一动不动地蜷缩在祁言怀里。祁言感受到她在不停地发抖，便握紧了她的手。

祁言心里不禁有些埋怨陆知乔，工作忙也可以把孩子送去亲戚家暂住啊，孩子的外公外婆呢？姨姨、舅舅等亲戚呢？再不济，陆知乔还有同事和朋友，怎样也不至于把孩子一个人扔在家里。

儿童医院里的患儿很多，大到十一二岁，小到几个月的都有。急诊处排起了长长的队伍，但也因为患儿实在多，今晚的急诊科加派了人手，队伍前进得还算快。

诊室外面坐满了家长，大部分是年轻妈妈，孩子都很小，有的被抱在手里哭个不停，妈妈们一边哄孩子一边等号，满眼焦急与疲惫。祁言看着她们，不自觉抱紧了陆葳，有一种自己也当了母亲的感觉。

终于轮到她们了，陆葳非常乖巧配合，医生问什么就答什么，即使烧得迷迷糊糊也尽量表达清楚，然后医生让祁言带着孩子去拍CT和抽血，最终确诊是轻度肺炎，需要打针。

输液室里哭号声一片。

护士端着器具过来给陆葳扎针，她有点害怕，缩着脖子往祁言怀里钻，但忽然又想起了什么，不敢再动——这可是老师，不是妈妈，她应该乖一点。

祁言清楚地感受到了孩子的恐惧，抱紧了她，柔声安慰道："别怕，只会有一点点痛，护士姐姐也会轻一点的。"她对小护士笑了笑。

"嗯……"陆葳乖乖应声，闭上了眼睛。

暖烘烘的小脑袋埋在胸前，小女孩这副无助又依赖自己的样子，看得祁言心都化了。谁不喜欢漂亮乖巧又惹人疼的孩子呢？

护士手脚麻利，很快给陆葳扎好了针，长长的输液管连着顶部的大药瓶，祁言一颗心终于安稳下来，给陆葳倒了杯热水，拿出手机说："我先给你妈妈打个电话，跟她说一声。"

"别……喀喀……"陆葳抬起烧红的小脸，可怜巴巴地看着她，"我妈妈很忙的……喀……别打扰她……"

祁言愣了愣，默默重复了一遍她的话，忽然很不是滋味，这么大的孩子乖巧懂事得让人心疼。

"好吧！"祁言怜爱地摸了摸她的脑袋，让她靠在自己身前，"那就先不告诉妈妈。"

夜渐渐深了，凌晨一点，输液室依旧灯火通明，小孩的哭闹声断断续续传来。

陆葳靠在祁言怀里睡着了，祁言强打着精神不敢睡，也不敢挪动肢体，生怕吵醒她。

女孩双目紧闭，娇俏的小鼻子有些红，祁言低眸凝视着她的病容，情不自禁勾起了嘴角，一时思绪万千。

她最终还是"多管闲事"了。虽然陆葳不是自己的孩子，她没有义务和责任去照顾，但她毕竟是孩子的老师，又是母女俩的邻居，就算是素不相识的陌生人，或许都会伸出援手，何况是她，于情于理她都应该这么做。

陆知乔想要与她保持距离，可是从那天晚上开始，从家长会开始，从她搬进母女俩的对门开始……她们就注定会产生无数交集。

现在她倒想看看陆知乔的反应。

凌晨两点，陆葳输液结束，外面雨也停了。

考虑到陆葳家里没有人，祁言便将人带回了自己家。她以为孩子会很抗拒，但陆葳出乎意料地听话，从头到尾没有表现出半点不愿，乖乖地吃医生开的药，乖乖地躺到床上睡觉。

卧室里开着空调，台灯发出黯黄的光，小姑娘盖着被子一动不动躺在床的右侧，半阖着眼皮，却始终不肯闭上。她仍然咳嗽，额头也还有些热，脸颊稍稍退了点红。

祁言用保温杯装了热水放在床头，手轻抚着她额头，温柔笑道："快睡吧，明天妈妈就回来了。"

"祁老师……喀喀……你不睡吗……"

"等你睡着了我就睡。"

陆葳听话地闭上眼，祁言伸手把台灯的光调暗，钻进了被窝，拿起手机，悄悄对着她拍下一条小视频，然后打开微信，发给陆知乔。

祁言：陆葳发烧了，是轻度肺炎，我带她去医院打了针，现在在我家，刚吃完药睡下。

祁言：情况稳定，不用担心。

随后她又拍了挂号单和病历本给陆知乔发过去。

这个点陆知乔应该睡了，祁言盯着自己发出去的消息，她直觉陆知乔不是那种会无理取闹的家长，但吃过的亏告诉她，要留下能让自己规避风险的证据。

不知什么时候，咳嗽声停了，祁言身旁传来均匀粗重的呼吸声……

第二天大清早，祁言被电话铃声吵醒。

她迷迷糊糊抓过手机一看，来电显示"陆知乔"，混沌的脑子霎时清醒，她刚接通还没来得及说话，耳边就传来陆知乔焦急的声音："祁老师，我在你家门口……"

"我马上来。"

祁言说完就挂掉电话，迅速爬起床。

打开门，陆知乔满脸疲惫地站在外面，披散着的头发有些凌乱。

"祁老师——"她松开手中的行李箱拉杆，抓住祁言手腕，布满红血丝的眼睛里流露出担忧，"妞妞怎么样了？"

见多了这人清冷而波澜不惊的模样，看她如此方寸大乱还是头一回，祁言讶然，半晌才回过神来，温声安抚道："已经退烧了，还在睡觉，你进去看看吧。"说着指了指自己的房间。

陆知乔全然顾不上客气，换了鞋，急切地冲进那间大卧室。一阵凉风随着她的动作灌入屋内，祁言哆嗦了一下，顺手把外面的行李箱提进来。

因窗帘还未拉开，房间里有些暗，女孩侧躺着蜷缩在被子里，双目紧闭，呼吸均匀，似乎并没有被外界的动静干扰，睡得很香。

陆知乔轻轻地坐到床边，伸手想要摸摸女儿的脸，想起自己手太凉，又缩回来放在脖子边焐了焐，等到焐热了一点，才小心翼翼地抚摸孩子柔嫩的脸蛋，再缓缓移到额头。

没有预想中滚烫的温度，她长舒一口气，悬在嗓子眼的心终于放回肚里。

祁言倚在门边，默默地凝视着，看见陆知乔把手贴在脖子上焐了一会儿才去碰孩子，看见她纤长的睫毛在昏暗的光线里微弱颤抖，看见她嘴角一点一点扬起来，似乎松了口气……唯独看不见她眼睛里有着怎样的情绪。

祁言轻手轻脚地走过去，挨着陆知乔蹲下来，看着女孩的脸小声说："这几天降温，班上很多孩子感冒，陆葳可能是被传染了。昨天下午我碰到她上完钢琴课回来……"

她简单讲了大致情况，略过了当时自己内心的纠结。

"我没有资格对别人的生活指手画脚，但是……孩子这么小，你把她一个人扔在家里，的确不太合适。"

祁言的声音很轻，陆知乔静静听着，眼里满是愧疚和自责，她深深地吸了一口气，低声道："对不起……"

她是在向祁言道歉，因为给对方添了麻烦，也是在向女儿道歉，因为自己疏于照顾，让孩子遭罪又无助。

睡梦中的陆葳动了动，咳嗽了两下，然后缓缓睁开眼睛："妈妈……"

思绪被这喑哑微弱的声音打断，陆知乔抬头望向女儿，目光一瞬间变得柔和，欣喜不已："妞妞，妈妈回来了……"她俯身亲了亲女儿的额头，话音有些颤抖，"还难受吗？"

女孩耷拉着眼皮摇头，断断续续地咳嗽，两只小手从被子里拿出来伸向她，哑着嗓子哼哼："抱……"

病中的女儿脆弱得像玻璃娃娃，陆知乔身为人母，哪里经得住这般撒娇，心软得一塌糊涂，忙迎上去将她抱进怀里，小心地拉过被子将她包得严严实实。

"喀喀……喀……"陆葳想说话却不停地咳嗽，很快小脸通红，呜咽着搂紧母亲的脖子。

陆知乔心酸又自责，一只手轻轻拍着女儿的背，脸颊紧贴着女儿额头，愧疚道："对不起，妞妞，是妈妈不好……"

女孩喉咙里发出呜呜两声，靠在母亲怀中闭上了眼。

祁言被彻底无视了，她最看不得这种悲苦酸涩的场面，眼睛不知不觉热了起来，带着一点点对陆知乔的生活和工作的好奇，默默退了出去，给母女俩时间和空间。

睡得晚又起得早，祁言站在镜子前用冷水洗脸、刷牙，才算赶跑了困意。

江城这座南方城市秋冬不供暖，外面十几摄氏度，屋里也十几摄氏度，又冷又潮，用冷水洗漱虽然能让脑袋快速清醒，但她一双手却冷得泛红。

祁言原本打算今天跟其他老师换两节课，留在家里照顾陆葳，但现在既然陆知乔回来了，她也没有换课的必要了。

这个时间做个早餐还来得及，祁言平常一个人在家，只做自己吃的量，这次煮了三人份的粥，三个鸡蛋，煎了一碟吐司片。

在厨房里捣鼓了会儿，她把做好的早餐端上桌，一转身，就看见陆知乔倚在门外墙角边,背对着餐桌方向,头微低着,肩膀一下一下地抖动。

一阵极轻极细的抽泣声从那个方向传过来,祁言又看见陆知乔抬起手,似乎是捂住了嘴巴,喉咙里发出低沉克制的呜咽。

她静静地看着,不敢贸然过去打扰。

从后面看,陆知乔很瘦,身形纤细骨架小,但脊背始终挺得笔直,似有一股坚韧不服输的劲头在骨子里。

祁言想起第一次在酒吧见到她,清冷孤傲,与周围的环境格格不入,后来家长会再见,这人云淡风轻又礼貌周到,再后来,对方始终拿捏着分寸,与自己保持一定的距离。可是谁能想到,她的脆弱来得这么快。

昨夜祁言埋怨这位母亲对孩子不上心,今日又怎知对方肩上扛着多少担子。

祁言神思纷乱,过了一会儿,陆知乔仰头深呼吸了一下,指尖抹去眼泪,缓缓转过来,猝不及防撞见了呆愣不动的祁言。

陆知乔眼尾那颗泪痣乌黑生动,显得可怜又狼狈,祁言看着有些不是滋味,抽了两张纸巾走到她面前,递过去。

陆知乔神色间有些慌乱,抓过纸巾胡乱擦了两下。

"陆葳没事的,医生说,好好吃药休息,一到两周就能痊愈。而且……"祁言安慰着陆知乔,伸手轻轻拍了拍她的肩膀。

"又要工作又要照顾孩子,确实忙不过来,你已经很不容易了。是我刚才说话不妥,其实我没有责怪你的意思,别难过,好吗?"

陆知乔眼底又蒙上一层水雾,摇了摇头,轻声说:"祁老师,这次谢谢你……"

怎么会不怪她?生活间接变成今天这样,从一开始就是她的错,她快恨死自己了。

"我说了,我们是邻居啊,举手之劳而已。"祁言凝视着陆知乔的脸,"以后如果你出差去外地,家里没人的话,可以让妞妞到我这里来,反正门对门这么方便,不用跟我客气。"

"毕竟……远亲不如近邻,你说呢?"她冲陆知乔眨眨眼。

陆知乔满脑子都是自责与酸楚,和被撞破失态模样的窘迫,一时之间百感交集，祁言这句话恰如消融冰雪的暖流，无声无息地淌入她心底。

见她神色哀苦不吭声，祁言也不再说话，上前给了她一个安慰的拥抱。

陆知乔抽着气说："对不起，祁老师，又给你添麻烦了，妞妞的医药费……"

"再不吃，早餐就凉了。"祁言笑着打断她的话，转身走到餐桌边，"要叫妞妞起来吗？"

她喊人家女儿的小名可是越来越顺嘴了。

陆知乔眼睛红红的，看了眼餐桌上还在冒热气的早餐，她一早赶回来，什么都没吃，这会儿确实有点饿。

"不，让她再睡一会儿。"

祁言点点头，盛了碗粥放到她面前："我第一次给别人做饭。"

陆知乔愣了一下，低声道谢，用勺子搅动着粥尝了一口，赞叹道："你的手艺真好。"

"啊，被人夸就是开心。"祁言眉眼弯弯地笑。

窗外传来几声清脆的鸟鸣，两个人坐着安静地吃早餐。陆知乔心里塞着太多事，有些走神，一抬头发现祁言正盯着自己，那是一种带着探究和审视的目光。

"做销售确实挺累的……"祁言手里剥着鸡蛋，像是在自言自语，一双手指甲修剪得干干净净，她说着看了一眼陆知乔，"哦，我看到你朋友圈发了很多工作信息。"

陆知乔语塞，她欠了祁言天大的人情，再藏着掖着怎么都说不过去。

"真的这么拼吗？"祁言又问。

"每个月房贷要还三万多，衣食住行，孩子的教育，样样都是钱。"陆知乔素来不爱絮叨抱怨，鲜少向人讲起这些，也许是女儿生病带来的冲击过于强烈，她的情绪有些不受控制。

她破天荒又多说了几句，可是这个女人太冷静了，哪怕此刻情绪不大稳定，眼睛里也依然毫无波澜，只有浅浅的酸涩浮在表面。

祁言叹了口气，把剥好的鸡蛋放进她碗里，问道："你哪年生的？"

陆知乔闻言报了个年份，圆润的鸡蛋沉入粥里，她用勺子捞起来，咬了一小口。

祁言惊讶道："这么年轻？"

陆知乔才三十二岁，就有一个十二岁的女儿，推算起来意味着她二十岁就有了孩子，才刚到法定结婚年龄——也正是她上大学的时候。

大把青春就这样消耗在带孩子上，那个年纪想必经济能力也有限，孩子爸爸又去世了，可以想见陆知乔一个人有多么辛苦无奈。

"你呢？"

"啊？"祁言回过神。

陆知乔问："你哪一年的？"

祁言也答了自己的出生年份，都说"三岁一代沟"，她们相差五岁，四舍五入就是两个代沟。祁言如是想，试探性地问陆知乔："你会不会觉得跟我有代沟？"

"没有啊。"陆知乔摇头。

"真的？"

"我不太认同'代沟'这个概念，所谓的'代沟'，难道不是指性格和经历的差异吗？"

祁言心里窃喜，连连点头道："嗯嗯，我也觉得，没有什么代沟不代沟的。"

也不知是不是祁言的错觉，她们之间的距离好像比从前更近了一点，陆知乔愿意与她谈论工作和生活，虽然只是多说了几句话，她心里那块沉甸甸的大石头终于放了下来……

因为生病，陆葳不得不请假在家休养，整整一周没去上课。陆知乔依然每天上班，她会在前一天晚上备好食材，提前一小时做好饭菜，中午女儿用微波炉加热就能吃。

这样的状态只不过持续了两天，便被祁言不声不响地打破。

起初，祁言只是中午过来帮着做顿饭，后来，只要祁言没课的时候就会回家，给陆葳改改作业。

经过这件事，陆知乔面对祁言时不再感到拘束。虽然她能说服自己接受祁言作为邻居的帮助，却不能心安理得地接受祁言给女儿开小灶。

夜里，两人坐在祁言家说起这件事。

"别的家长都恨不得老师多关注自己的孩子，你倒好，我送上门都不要。"

陆知乔："……"

今天陆知乔下班回来，看到祁言在辅导女儿写试卷，那一大一小两道影子坐在书桌前，灯光柔暖，场景和谐温馨，她心里又酸楚又愧疚。

这些是她身为母亲应该做的，但多年来她从未尽到过这方面的责任，如今突然有人代替了她，且这个人本来没有义务这么做，一下子让她不知所措起来。

另一方面，教育局有规定，禁止教师私下有偿补课，虽然祁言只是帮她的忙，不收钱，但总归对其他学生不公平。她既过意不去，又担心会害了祁言。

陆知乔苦笑道："不，真的不能再给你添麻烦了。"

"我不觉得是麻烦，"祁言摇头，"我们住得这么近，互相照顾、帮忙没什么，下次我有什么事找你帮忙就好了。"

"祁老师……"

"叫名字。"

陆知乔："……"

祁言假装没看见她的无奈，催促道："快点。"

陆知乔在公司好歹是个高管，十年摸爬滚打过来，什么人没见过，可不知为什么，面对祁言就是拿不出气势来。她磨蹭了好久，才很轻地喊了一声："祁言。"

"这才对嘛。"祁言满意地笑了一下，随手撩起头发，"我也不会强人所难，如果你不愿意接受，我就不去了，但是……还有一个月就要期末考试了，初一学的又是基础，妞妞落下了这么多新课，没有及时补上的话，后期可能会追得比较吃力。"

她说得煞有介事，特意放慢了语速。

陆知乔如醍醐灌顶，也许短期内的分数表现不重要，但学习就像造房子，如果地基没有打好，长时间下去，造出来的只会是危房……她不能不重视。

见她默认了，祁言适时转移话题："什么时候有空，我们去拍片？"

"……春节放假吧。"陆知乔含糊地回应，她现在脑子有点乱，不知不觉中欠了祁言越来越多的人情，像被卷入了巨大的漩涡，无法抽身。

"没问题。"

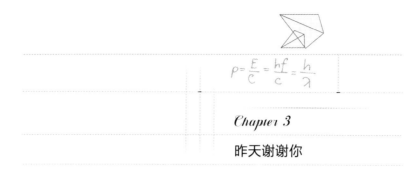

$$p = \frac{E}{c} = \frac{hf}{c} = \frac{h}{\lambda}$$

Chapter 3
昨天谢谢你

周五上午课毕，祁言回办公室歇着，刚跟同事聊两句天，好友池念就打电话过来，说自己升了职要请她吃饭庆祝。

池念是祁言在摄影圈子里认识的朋友，与她同岁，两人平常有空就一起约片、交流，一直都挺合得来。池念大学念的国际贸易专业，出来直接从事外贸行业，目前在新北集团总部工作，前两年升了主管，今年又升为大区经理，发展势头正好。

上半年她与恋爱多年的男友结婚了，加上工作忙，已经很长时间没有与祁言聚在一起。

两人约在新北大楼附近的日料店吃饭。

"这么大的喜事，应该我请你吃饭才对。"两人边聊边走进榻榻米包厢坐下，祁言把菜单推过去，"随便点。"

前几天祁言答应爸妈来找朋友打探情况，原本就是要请池念吃饭的，眼下正好有现成的理由。

池念长了一张娃娃脸，与身上正儿八经的轻熟风打扮丝毫不符，但胜在颜值不错，也有几分职场女强人的气质。她冲祁言笑，挑眉道："那我可要不客气了。"

"千万别手软。"祁言点头。

说归说，池念却也不是占朋友便宜的人，估摸着自己的食量随意点了两样。祁言嫌她是"小鸟胃"，又加了好些菜。

等菜上桌的工夫，两人闲聊叙旧，到底是刚新婚半年的人，池念提起丈夫时眼角眉梢都是甜蜜，活脱脱一副小女儿情态。

祁言听够了她的甜蜜日常，做了一个"放过我"的手势，把话头往工作上带："以后你就是池经理了，忙上加忙，想喊你出来吃饭恐怕要提前几个月预约吧？"

"哈哈，别提了。"

"嗯？"

"别人公司到年底都忙得不可开交，我们倒好，越来越闲，底下的业务员每天只发发函电，维护一下老客户，大单子都不敢接。"

"怎么？"

池念喝了一口柠檬水，说："前段时间跟我们公司合作的工厂出事了，没法再排产，新货供不上，只能发囤的货。可是囤的货毕竟有限，新单子不断地接却发不上货，就会影响信誉。"

祁言还在斟酌如何开口试探，却没想到池念主动说了。她漫不经心地回道："换一个合作对象就好了。"

"我们在跟森阳科技谈，但听说那是块硬骨头，啃不下来，也不知道怎么回事……然后这活儿就落到了我们总监头上。"

祁言："……"

听着自家公司被人说成是"硬骨头"，祁言差点没忍住笑出声，她也没忘记自己是要探听情况的，一本正经地继续问："为什么？是对方不想跟你们合作还是……"

"唉，我也不清楚，都是听同事议论的。"池念两手一摊。

祁言知道自己的老父亲说中了，不是总监级别以上的，还真的不清楚具体情况。

两人吃完饭，时间尚早，祁言表示心血来潮想去新北大楼内部看看，池念欣然带上了她。

新北这大公司不仅装修气派，整栋楼都是自己的地盘，里面员工个个衣冠楚楚精神抖擞，一言一行都规规矩矩的。祁言从小自由散漫惯了，才待了一会儿就感觉到窒息。

她在池念的办公室里坐了会儿，喝了杯咖啡起身要就走，池念说送她，两人便一块儿去等电梯。

经过洗手间的时候，祁言忽然闻到一阵熟悉的冷香。

她一下子没有反应过来，脚步未停，来到电梯前，身后有高跟鞋声从洗手间传出来。那一瞬间，她才想起了什么，猛然转身。

果然她看见一个女人的侧脸，眼尾那颗泪痣无比清晰。陆知乔？

对方没注意电梯这边的情况，出来后就左拐往办公区域走了，高跟鞋声渐渐远去，稳当而有力，空气中只余下淡淡的冷香。

祁言一动不动地盯着那个方向。

"言言，怎么了？"池念折回来，顺着她的目光望去，看到了自己上司的背影。

祁言顺口问："前面那个人是谁？"

"我们总监，"池念如实回答，"就是中午我跟你说接手了'硬骨头'的那个。"

"她姓什么？"

"陆，陆地的陆。"

"是你直属上司？"

"对啊，"池念奇怪地看着她，"言言，你今儿是怎么了？好像对我们总监很感兴趣的样子……"

陆知乔的身影已经消失在拐角处，祁言正感叹她和陆知乔究竟是什么缘分，闻声才回过神来，若无其事地答道："她喷的香水挺好闻的，以前没闻到过。"

一场会开了两个小时，陆知乔冷着脸从会议室出来，跟在她身后的经理们噤若寒蝉，大气都不敢出，各自回到岗位上装鸵鸟。

"总监，这是十年前跟森阳洽谈时的记录，电子版我发到您邮箱里了。"小万把一摞文件放在办公桌上，见上司脸色不好，语气小心翼翼的，说完转身去泡茶。

陆知乔"嗯"了声，坐下来，疲惫地揉着太阳穴。

原先与公司合作供应零部件的外资厂，因为政策的影响倒闭了，公司这边猝不及防地断了货。公司从九月份开始物色新的供应商，可要么不符合公司的生产标准，要么规模太小不靠谱，几轮筛选下来，只有森阳科技符合要求。

两家公司目前规模和实力都相当，合作本该是皆大欢喜的事，但十年前公司放了人家森阳一回鸽子，损失了信誉，如今再谈便有些棘手。

前些天舒敏希亲自去谈了一次，没成。于是这块难啃的硬骨头落在了陆知乔手上——在旁人看来也许难啃，但她觉得还有希望，愿意试一试。

小万将泡好的花茶放在桌上，安静地退出去，陆知乔端起杯子抿了一口，翻开记录案浏览。

笃笃笃——

"进。"

办公室门被推开，一个戴眼镜的男人探身进来："总监，新品的审核案……能不能晚一点拿过来？"

"我不是说五点钟之前吗？"陆知乔瞥了眼手表。

"但是还差一篇文案……"

"怎么回事？"

"昨天下午本来五篇都写好了，我们部门内部也没有意见，结果市场部的人说其中有一篇不行，非要他们重写。谁知道刚才我去问，他们根本就没写，说什么忙不过来，现在就一直扯皮……"男人说着说着声音越来越大，他一个经理，气得形象全无，絮絮叨叨说了许多。

"市场部这种操作不是一天两天了，我们部门的策划也呆头呆脑的，不知道主动去沟通，做两手准备。"

陆知乔最烦下属抱怨和找借口，听着听着脸色越来越难看，冷声打断他："所以你觉得，现在推诿责任比解决问题更重要吗？"

那个经理闭上了嘴。

"你说市场部经常这么做，那就意味着部门之间的协作一直处于混乱状态，这样多久了？要怎么解决？这些你作为经理都想过吗？你只看表面，不从根本上解决问题，以后还会发生这种事，责任推给谁都没用。"

她声音肃冷，一番话明着指点暗里训斥，说得经理哑口无言。

男人脸上青一阵白一阵，连连点头道："是的，不过当务之急是文案，我已经让策划重新写了，还需要一点时间。"

"最晚六点。"陆知乔"啪"的一声合上文件夹，挥了挥手，示意他去忙。

办公室恢复了宁静，她身体往后靠着椅背，食指揉了揉鼻梁。桌边的手机振了一下，有新的微信消息。

祁老师：几点下班？

随着消息来的还有一张图片。

陆知乔拿起手机点进去看，照片上是祁言买的两大袋子生鲜蔬菜。她斟酌后回复：六点半。

祁言：我和妞妞等你回来吃饭。

陆知乔一愣，赶忙编辑文字，"不用麻烦"几个字还没发出去，祁言又发来一条：拍片的时候让我多拍几张。

陆知乔："……"

下班的路上堵车，陆知乔到家已经快七点。

屋里灯火明亮，飘着饭菜香，厨房传来一阵锅铲碰撞声，陆知乔换好鞋怔怔地站在门口，一瞬间仿佛以为自己进了别人家。她放下包，循着声音和味道走进厨房，看到祁言穿着自己的围裙站在灶台前熟练地炒菜。

"我来吧。"她过意不去，上前想帮忙。

祁言吓了一跳，随后才露出笑容，一边摇头一边把她往外推："不用，最后一个菜了，去叫妞妞洗手吃饭。"

陆知乔抿了抿唇，总觉得她的眼神别有深意，但终究没说什么，转身出去了。

次卧的门虚掩着，里面开了大灯和台灯，陆葳坐在书桌前埋头写作业，察觉到有人进来，停下笔转头喊道："妈妈！"

"写作业呢？"陆知乔摸了摸女儿的脑袋。

小姑娘点点头，竖起食指说："就差一题了。"

连续吃了一周的药，女儿的肺炎逐渐好转，这两天已经不再咳了，但感冒还没完全好。这周末陆知乔能完整地休两天假，已经预约了带孩子去医院复查，等痊愈了再回学校上课。

写完最后的题，陆葳自觉收拾好文具，感叹道："唔，好香。"她吸了吸鼻子。

"嗯，祁老师在做饭。"

女孩略带婴儿肥的脸上堆起笑容，兴奋地说："妈妈，我跟你说，祁老师好厉害的，我不会的数学题她都会，她看英语电影都不用看中文字幕的，还能给我翻译，还会拍好看的照片……"

她边说边掰着手指头数，圆溜溜的大眼睛里写满了崇拜。

厨房里炒菜声渐渐停下，接着油烟机也关了。陆知乔看着书桌上的课本和练习册，心里沉甸甸的，她抱着女儿亲了一下脸蛋，提醒道："妞妞，祁老师这几天照顾你，帮你补课，你是不是要对她说声谢谢呢？"

"当然呀。"

"那你还要答应妈妈一件事。"

"唔？"

陆知乔拂了拂女儿额前的碎发，认真地看着她的眼睛，说："祁老师对你好，不可以告诉任何人，尤其是班上的同学。等你回学校上课，要像以前那样跟祁老师相处，不能太亲密。"

陆葳不解地问："为什么？"小孩子心思简单，不懂其中的弯绕。

陆知乔笑了笑，耐心解释道："如果你说出去，被同学知道了，大家就会觉得祁老师偏心，认为她收了不该收的好处。"

"有可能她会因此丢了工作，祁老师对我们这么好，我们要保护她，不能害了她，明白妈妈的意思吗？"

一听祁言会丢工作，陆葳急得小脸皱成一团，迫切地点头："嗯嗯，我不会说出去的，妈妈你也不能说！"

"当然。"陆知乔欣慰一笑。

房门外，祁言炒完了最后一盘菜，正要喊母女俩吃饭，想敲门的手抬起来迟迟未落，僵在半空中，隔着一条缝隙，将她们的对话听得清清楚楚……

祁言儿时的梦想就是当老师，只是因为她觉得老师站在讲台上的样子非常酷。后来，成长的路上，她又遇到过许多优秀的老师，或多或少受到了他们的影响。

刚进学校那年，她像大部分年轻人一样满腔热血，但不到半年，她就被现实的冷水从头到脚淋了个透。在校园里工作并没有她想象中那么美好。

但另一方面，校园环境又比社会更纯粹。在她过生日时，孩子们会送上亲手做的礼物；在她心情不佳时，孩子们会讲笑话逗她开心；在她带病上课时，孩子们乖巧听话，自觉不吵闹。还记得几个月前的毕业季，孩子们一个两个在她面前哭成泪人，舍不得与她道别……

当老师有太多的费力不讨好之处，还要面对社会上颇高的道德要求。

但假如她早早放弃，也许仍能在酒吧里遇到陆知乔，却只能止步于一面之缘，他们不会再有交集。

见过人心黑暗，才晓得光明可贵。

那天晚上在医院，祁言心乱如麻，当脑子冷静下来，才惊觉自己冒了多大的险，如果陆知乔不领情，反咬一口，她就会再次陷入同样的泥淖。

所幸她赌赢了，她没有看错人，能够被理解是生命中最幸运的事情，即使只有一人也好。

祁言的眼睛里涌上一点热潮，听到屋里脚步声朝门口来了，忙做出要敲门的样子："妞妞，陆知乔，吃饭了。"

虚掩的门被拉开，母女俩迎面出来。

"祁老师，谢谢你，"陆葳昂起小脑袋，眼眸晶亮地望着她，"你辛苦啦。"

祁言一愣，笑着拍了拍她的肩膀说："去洗手吃饭吧。"

"嗯嗯。"

祁言看向陆知乔，陆知乔嘴角噙着淡笑，冲她颔首道："祁老师……"

"嘘——"祁言竖起食指，"我知道。"

吃完饭，祁言坐了会儿便要回去，陆知乔起身送她——虽然两家这么门对门的距离也谈不上送，她只是有些话想单独对祁言说。

楼道里灯光明亮，二人站在 902 门前。

"祁老师……"

"说了，叫我名字。"

陆知乔欲言又止。

"或者像我朋友那样，喊我言言，都行。"祁言戏谑一笑。

四周静得针落有声，陆知乔半个身子淹没在阴影中，嘴唇动了又动："祁言。"她们还没有熟悉到可以喊小名的程度吧？

"嗯，我在。"祁言放软了声音。

陆知乔酝酿着想说的话，想得越多越不知怎么开口，好一会儿才说道："这几天真的很感谢你，本来我们非亲非故，你没有义务替我照顾孩子，作为母亲，我确实不太尽责……"

"别这么说，"祁言打断她的话，"你已经尽力了。还有，我不想再从你嘴里听到'谢谢'这类词语。"

"好。"陆知乔咽下心中的苦涩。

"这个周末……我带妞妞去医院复查，如果没问题，下周一她就可以回学校上课了。"

祁言一怔，她本想说不着急，但期末考试越来越近，孩子终归是要回到课堂的，她没道理阻拦，只能应道："也行。"

"那你早点休息，晚安。"

"晚安。"

周末，祁言照例回父母家吃饭，向他们说起新北集团的事。

她所了解到的信息有限，上回池念告诉她，公司里传言董事会有意提拔陆知乔当副总，近一年来委派给她不少超出职责范围的工作，疑似作为升职考量，也许这次谈合作也是评判内容之一。

简言之，这件事或许关系到陆知乔的职业发展。

但生意上的往来不方便掺杂私人情绪，在这方面祁言一直很清醒，所以她没有将这些全部告诉父母，只说打听到合作事宜换了负责人，是个主管外贸业务的女总监。

如果两家公司要谈，陆知乔势必会跟祁爸爸见面。

祁言从不在正式的商务场合露面，这回倒有几分想去，可若是去了，就无异于明明白白告诉对方：是看在我的面子上才能谈。

即使没有她的影响，也难免惹人揣测，以她这些天与陆知乔的相处来看，陆知乔必定难以接受。她不能因为自己的想当然而给陆知乔增添心理负担……

所以此事成或不成，全凭父母考虑，她不掺和。

吃过午饭，祁言想着昨天换下来的衣服还没洗，便早早回了自己房子。

这几天气温有所回升，连续出太阳，最适合洗衣服晒衣服。她把床单、被罩全部拆下来扔进了洗衣机，启动程序放水，准备倒洗衣液。

旧的洗衣液用完了，她翻箱倒柜也没找着新的。

祁言仰头望了望阳台外面的艳阳天，抓起钥匙带上手机，趿着一双外穿的拖鞋就出了门。

她随意在小区门口的超市买了一桶洗衣液，拎着往回走，老远就瞧见小区门口停着一辆黑色跑车，流线型的车身，十分拉风。

驾驶位的剪刀型车门缓缓抬起，一个西装革履的男人钻出来，绕到另一边，打开了副驾门，就见陆知乔从车上下来。

那男人三十几岁，西装笔挺，高高瘦瘦的，瞧着像事业有成的精英人士。两人站在车边聊天，有说有笑，没半点要上去的意思。

祁言猫在一棵树后偷偷观望，这个角度只能看到陆知乔的侧影，她似乎很开心，嘴角始终往上深扬着，与之前那清冷正经的模样判若两人。

过了一会儿，男人朝陆知乔挥了挥手，转身上车，剪刀门缓缓合上了，黑色跑车伴着强劲的引擎声逐渐驶远，消失在路口拐角处。

看着陆知乔转头进了小区大门，祁言连忙快步跟上去……

电梯就停在一楼，陆知乔按开门，踏进去，背后忽然刮过一阵轻风，两只手搭上了她的肩膀。

"啊——"她吓得惊呼，猛然转身，看清了身后人的脸，"祁言，你——"

"吓着了？"祁言挑眉。

电梯门缓缓合上，轻微的失重感环绕而来，陆知乔拍着胸口，缓了口气道："我还以为遇见尾随的变态了。"

"你看我像变态吗？"祁言嗤笑一声。

"不像。"

"那个男的是谁啊？"

"……哪个？"

"刚才送你回来的。"祁言装作随口一问，手上若无其事地晃动着洗衣液，八卦之心却蠢蠢欲动。

陆知乔愣了愣，知道她刚才肯定是看见了，如实回答："是我一个朋友。"

"他那辆车，挺拉风的嘛……"

她也有。以前她藏着掖着，是担心太高调会惹来麻烦，但偶尔开一开也不是不可以。祁言如是想着，脑海中忽然闪过那男人的脸，旁敲侧击道："哦，跟朋友出去玩了？"

"办点事，"陆知乔摇头，"他顺路送我回来。"

"怎么没开你自己的车？"

"最近有点累，不想开……"

祁言问一句，陆知乔就回答一句，像个乖宝宝，比学校里的孩子都要听话。

"好吧。"

祁言打起了小算盘。

陆知乔带女儿去医院复查，肺炎已经痊愈，周一就可以回学校。下午她送女儿上钢琴课，自己回家打扫卫生。

房子大，两个星期没打扫，犄角旮旯里到处都是灰尘和头发，以前她会不定时请钟点工，自从上回家里被偷过一次东西后，她心有余悸，决定还是亲自来。

收拾整理了一遍储物柜，陆知乔搬出许多用不上的东西准备扔掉。

她打开客厅大门，把要扔掉的东西装好放在门边，剩下该重新归置的东西全部挪了出来，其中有个大箱子装满了相册，有女儿从小到大的照片、母女俩的合照，还有……一张全家福、一张男人的照片、一张祖孙三代六口人的合影，都压在最底下。

陆知乔蹲在地上，用纸巾仔仔细细擦拭着每个相框，一遍又一遍，手上动作越来越慢，直到僵硬不动。

啪嗒——温热的眼泪溅落在相框上……

与此同时，外面电梯正好停在九楼，电梯门缓缓打开。祁言从里面出来，被莫名的穿堂风冷得一哆嗦，一抬头，看到901大门敞开，风就是从那个方向吹过来的。

这个季节即使是晴天，外头太阳正盛，在没有阳光的地方也阴冷无比。

901门口堆着几个装得鼓鼓囊囊的大袋子，她迎着冷风上前，探头张望。

偌大的客厅凌乱不堪，地上散落着许多杂物，陆知乔背对大门蹲在那里，头发盘得随意，穿着一身简单休闲的白毛衣和牛仔裤，她整个人被笼罩在暖金色的阳光中，显得温柔而明媚。

祁言微眯起眼，轻声问："需要我帮忙吗？"

那人身形一僵，双手飞快地在脸上抹了几下，然后才起身转过来，看着祁言，声音有些慌乱："不用了。"

她泛红的眼角还带着泪痕，祁言假装没看见，目光扫过满地狼藉，又问："这些书都不要了？"

"不是，要放进柜子里的。"陆知乔见祁言神情自然，也松了一口气。

"哪个柜子？"

"左手第二个。"

"用收纳箱装吗？"

"嗯。"

她怎么问，陆知乔就怎么答，嘴上说着不用祁言帮忙，实际上根本无法拒绝。接着她就看到祁言蹲了下来，将书一本一本地放进箱子里，动作不紧不慢。

陆知乔也顺着祁言给的台阶下了，若无其事地继续整理东西。

祁言偷偷瞥了陆知乔一眼——眼角的泪痕还没完全擦干净，眉宇间充斥着哀思愁苦。也不知这人是发生了什么事，一个人蹲在这里哭，勾得她那颗好奇心愈发膨胀。

但显然陆知乔没打算诉，她也不好问。

凉风卷携着阳光的味道从阳台灌进来，吹在人身上冷飕飕的。

陆知乔打了个哆嗦，起身把窗户关上，转头见祁言已经理好了两箱书，心里有些过意不去，便倒了杯热水放在茶几上，招呼她道："祁老师，不用忙了，坐一会儿吧。"

"喊我名字很费劲吗？"祁言抬头，挑了一下眉。

陆知乔连忙改口："祁言。"

祁言过去挨着她坐下，很给面子地端起水杯喝两口，只是脸上没有笑容，也不说话，气氛有些尴尬。

"昨天那个……"陆知乔忐忑地开口，"确实是朋友。"

"啊？"

"送我回来的那个男的。"

祁言不动声色地放下茶杯，忽然转头，嘴角勾起戏谑的笑："你这是做什么？干吗突然跟我解释这些？"说着语调一转，"难道……你很

071

在意我的看法？"

陆知乔被噎得说不出话。

祁言转过脸，不经意瞧见放在陆知乔身边箱子最上面的相框，下巴一抬，问道："那是你老公？"她看到照片上面是个男人。

陆知乔顺着低头望去，脸色微变，慌忙起身把相框塞进柜子，皮笑肉不笑地说："不是。"

"那是谁啊？"祁言问出口就有些后悔，一瞬间觉得自己像个八婆，这又关她什么事？

果然，陆知乔低垂着眼，没有回答。

因为距离不是很近，祁言没看清照片上的男人长什么样子，可越是如此她就越按捺不住好奇——她觉得陆知乔像一个谜，吸引着她去解谜。以前怎么没发现自己这么八卦呢？

不过她也识趣，没有再问。

有人帮忙，家里很快收拾干净了。祁言什么都要抢着做，陆知乔却不肯，哪有让老师到自己家刷马桶的道理？只好意思意思由着祁言帮忙擦擦灰，最后两人一起提着废品下楼，能卖的就卖，不能卖的扔掉。

天高云淡，太阳晒在身上暖洋洋的，满地落叶枯黄，踩上去咯吱作响，小区的花圃里和运动器材上晒满了被褥。

二人并肩而行，被阳光拉长的影子在她们身后相融。

"上楼去我那儿吧？"祁言拍了一下身旁人的肩膀。

陆知乔愣道："做什么？"

"有东西给你看。"

祁言孩子气的笑容让陆知乔忍俊不禁，她不信，反问："真的？"

"说谎没对象。"祁言发起了"毒誓"。

"好，姑且信你。"

陆知乔去祁言家的次数屈指可数，每回都有正经事，却回回被戏弄，以至于在陆知乔看来，902就是个"狼窝"。

但这次，她一进门就感觉有哪里不对劲。

电视背景墙上空空如也，那几幅艺术照不见了踪影。

陆知乔一边换鞋一边张望，也不知道那照片是什么时候不见的。她想问，但被祁言戏弄得多了，这次长了教训，话到嘴边又咽下去，装作没瞧见。

"你说要给我看什么？"

"跟我来。"

祁言带她进了书房，一把拉开窗帘，让外面金灿灿的阳光透进来。这书房不大，只有一套桌椅和占了整面墙的书柜，旁边放着一个移动式衣架。

架子上挂着各式各样的衣物，长裙短裙，披风吊带，都是这儿露一点，那儿空一块的，没有一件是能完整遮住全身的。

"给你准备的，到时候拍片就穿这些。"祁言伸手随意拨弄了那些衣服两下，拿起一套，贴到陆知乔面前，问她，"怎么样，好看吗？"

祁言手中的泳衣款式性感，还是热情奔放的红色。

陆知乔往后退了一步，避开那刺目的红色，答道："好看是好看，但我穿不习惯。"

"凡事总有第一次，"祁言坏笑道，"多穿几次就习惯了……"

"不行。"

"你可是答应了我的。"

陆知乔蹙起眉，如果没有欠下祁言太多人情，她就可以毫不犹豫地拒绝，但现在自己画了个圈，将自己套了起来，没有反悔的底气。都说人情债难还，而她欠祁言的人情就像滚雪球一样，越滚越大。

思索良久，她还是坚持道："除了这个，其他都可以。"

"那行吧。"祁言大方让步，"其实呢，我不会强迫你做不愿意的事，你能答应当我的模特，我就已经很满足了。"

陆知乔看着她充满真诚的眼睛，终于松了一口气，应道："嗯。"

连续多日晴朗，气温缓慢上升，江城眨眼就进入温暖的初冬。

陆葳已经回到学校上课，小姑娘乖巧老实，将妈妈的话谨记在心，一个字没跟同学提，上语文课时也并未表现出过度的积极，从前怎样，现在就怎样。

倒是祁言，上课时目光有意无意地往陆葳身上瞟，没课时在办公室总想着那孩子，继而就想起孩子妈妈。

下午没课，领导通知四点半开会，祁言坐在办公室无聊，该备的课备了，书也看完了，又不愿跟其他女老师谈老公和孩子的话题，于是决定去巡逻一圈。

二班正在上数学课，数学老师叫徐首逵，是个中年大叔，又高又壮，嗓门粗厚，老远就能听见他的声音。

"期中考试加上两次周测，我大概摸清你们的底子了，平均分不错，但总有个别同学，死都考不及格！"

"看看看，说的就是你，陆葳！"

他突然吼了一声，两片酒瓶底镜片下的眼睛瞪得溜圆，抬手指向靠窗那组的女孩，一阵风似的走下去，拿起她的试卷向全班展示——卷面上硕大鲜红的"37"无比醒目。

"你学的什么哦！回家睡觉去算了！"

他狠狠地瞪了女孩一眼，把试卷摔回她面前，转身返回讲台。近一米九的身高站在那儿像一堵厚实的墙，他以极其傲慢的口吻道："从今天开始，数学考试没及格的，全都蹲在讲台边上课。"

全班哗然。众目睽睽之下，她慢吞吞走向讲台，脸上满是委屈。

教室后门半开，祁言站在门边看得清清楚楚，谁也没有发现她。

数学老师五十岁出头，是附中资历最老的教师之一，在座部分孩子的父母都曾经是他的学生。他的思想维传统古板，非常讨厌成绩差的学生。

同事当中，徐首逵也算最难相处的，他仗着资历老，总瞧不起年轻的老师，有时候沟通起来比较费劲。

但她不能眼睁睁看着……

祁言定下心神，抬手敲了敲后门，冲着徐首逵说道："徐老师，打扰了，方便出来一下吗？"

几十双眼睛齐刷刷地看过来，后排玩手机的男生吓得魂飞魄散，连忙把手机塞进抽屉。

徐首逵也望过来，昂了昂下巴，没说话，直接从前门出去了，站在走廊上等着她过去。

祁言心冷面热地上前，对他笑了笑，小声说："徐老师，我知道您对学生要求严格，现在像您这样经验丰富又负责任的好老师不多了……"她先拍了一通马屁。

"这些孩子刚从小学过渡到初中，可能一时不太适应，我们当老师的还是要多点耐心，如果孩子犯了错，您训斥两句无可厚非，但体罚就不太妥当了。"

"而且，万一孩子出个什么事，家长那边我们也不好交代。"

这话虽然说得圆滑周到，祁言的眼神却始终冰冷，笑意更是未入眼底。她打定主意，徐首逵如果不听，她今天就是跟他撕破脸也要保护陆葳。

所谓先礼后兵，领导她都没怕过，会怕他？

徐首逵脸上青一阵白一阵，显然不满祁言干涉他的教学方式，但伸手不打笑脸人，好歹要给人家班主任几分面子，于是皮笑肉不笑道："也是，呵呵。"

看在祁言的面子上，徐首逵让陆葳回了座位，方才那话也当没说过，继续上课。

开完会时刚过五点，太阳缓慢地往西边沉下去，天空显出微微暗色。

初一初二下午只有三节课，早已过了放学时间，值日生也差不多走光了，整栋南教学楼寂静而空旷。祁言从办公室出来，经过空荡荡的走廊，正要下楼梯，冷不丁瞥见角落里蹲着一个穿校服扎马尾的女孩，颇为眼熟。

"陆葳？"

小姑娘蹲在墙边一抽一抽地哭，闻声抬起头，脸上布满泪痕，眼睛和鼻子都红扑扑的，她哽咽着站起来，开口道："祁老师……"

祁言心一颤，连忙过去抱住陆葳："怎么了？"拂开女孩额前的碎发，她用手给小姑娘擦眼泪，"不哭不哭，谁欺负你了？告诉我。"

陆葳抽噎着正要开口，一直攥在手里的手机振动起来——是她妈妈打来的电话。

她霎时止住抽泣，咳嗽两声清了下嗓子，然后才接起来："妈妈……"

带着哭腔的嗓音很难掩饰，生理性的抽气更是无法克制，她便死死咬住嘴唇，可还是暴露了。

"没事，我刚才不小心撞到头，好痛。"

"嗯嗯，我会的。"

"好。"

"妈妈再见……"

祁言在旁看得目瞪口呆。

挂掉电话，陆葳可怜巴巴地看着祁言，再也憋不住了，一头扑进她怀里号啕大哭："呜呜……祁老师……我不想上数学课……"在课堂上强忍着没有掉下来的眼泪，此刻如山洪暴发一样泄流不止。

祁言抱着她，胸口蔓延开滚烫的湿意。

刚才看到陆葳缩在角落里哭，她心里就有了预感，十有八九是因为数学课上的事情。俗话说打人不打脸，一个成年人都未必能受得了大庭广众之下被羞辱，何况是心智尚不成熟的孩子。

可陆葳明明都那么委屈了，电话里也不肯跟妈妈说，装成一个小大人的模样，咽下所有情绪。

"妞妞……"祁言轻唤着女孩的小名，揉了揉她的脑袋，"不哭了啊，今天是徐老师不对，他年纪大了脾气不好，我已经跟他说过了，以后不会再那样了。"

"呜……我已经很……很努力了……喀喀……我也……呜呜……我也不想……"

"会不会……所有老师……都……都讨厌我……"

女孩哭得直喘，身子发抖，一边抽气一边咳嗽，嘴里哽咽着讲不清话。祁言心如刀绞，用大拇指温柔地擦掉她脸上的泪痕，轻声说："怎么会呢？我就很喜欢你啊，你的作文写得那么好，每次我都当范文念给全班同学听，还有英语老师也很喜欢你，说你是她教过最棒的学生……"

说着说着，祁言的眼底也涌上热乎乎的潮气，她快速眨了两下眼睛，嘴角笑痕渐深。

陆葳哽咽着说道："可我还是觉得……我好笨啊……"

"妞妞，你一点也不笨，每个人都有自己擅长和不擅长的东西，没有人天生就什么都会的，不要对自己失去信心。"祁言看着这双哭红的泪眼心疼不已，像是在看自己女儿一样。

陆葳止住抽泣，睁大了眼睛望着她："真的吗？"

"嗯。"

残阳的余晖透过窗户洒进来，斜照在祁言的侧脸上，她眼中含着温柔笑意。

陆葳觉得，老师有一点点像妈妈……她突然想妈妈了。

"唔。"陆葳垂下眼，抱着祁言不撒手，她想，妈妈不在，抱老师也可以吧？反正，老师和妈妈的关系看起来挺好的。

小女孩乖巧文静，连撒娇都无声无息，祁言的心都软了，浓烈的保护欲满到溢出来，不再多言，就这么安静地抱着她。

直到夕阳完全落下，耀眼的光芒消失于天际，陆葳脸上的泪痕慢慢干了，她抬起头，不舍地放开祁言。

祁言却又捞回她，将人抱住："妞妞，刚才妈妈在电话里说了什么？"

陆葳一惊，乖乖地窝在祁言怀里："妈妈说要加班。"

"那正好，我带你去吃好吃的。"

祁言替她理顺了头发，挽着她下楼。

街边高楼陆陆续续亮起了灯火。

祁言带陆葳去了朋友开的餐厅吃饭，起先小姑娘很拘谨，不愿让她破费，但毕竟是孩子，被她温声软语哄一哄就投了降。吃完饭，她们又去电玩城，祁言豪掷千金买了大把游戏币，抓娃娃、赛车、投篮，一大一小疯玩了近两个小时。

小孩子自然是喜欢玩闹的，这会儿早已把委屈忘在脑后，在跳舞机上扭得很开心。

"啊呀，祁老师，不对不对，是这样跳的……"

"老了老了，扭不动了。"

祁言难得看见陆葳最真实的另一面。原以为这孩子是内向文静的小姑娘，其实身体里藏着巨大的能量，她也会疯，也会哈哈大笑，也有孩子的天性，只是不知道什么缘故，所有天性都被压抑深埋在心底，以早熟和懂事来伪装自己。

这样的孩子让人心疼。

祁言作为老师，其实不该这么零距离和学生接触，不该偏爱某个学生，这些道理她清清楚楚，却仍想任性一次……

两人玩累了，看着时间也差不多了，祁言带孩子去喝奶茶，店里人很多，她们排了好一会儿才拿到，捧着奶茶边喝边往大厦停车场走。

"祁老师，今天谢谢你。"陆葳突然转过头来。

"嗯？"

"我很开心。"

小姑娘眯着眼笑，瞳仁好似在发光，像一对莹润剔透的黑珍珠。

祁言也笑了，怜爱地抚摸她脑袋："开心就好。"

空旷的停车场回荡着二人的脚步声，找到车，陆葳抱着娃娃坐进副驾，祁言替她系好安全带自己才上车，但并不急着开出去。

她咬了一下吸管，装作不经意地问："妞妞，过年的时候外公外婆会去你家吗？"

"我没有外公外婆……"

"爷爷奶奶呢？"

"没有。"

"其他亲戚呢，比如姨姨？舅舅？"

陆葳摇头："从来没见过。"

这答案有些超出祁言猜测的范围，她张了张嘴，珍珠差点没嚼就咽下去。

"祁老师，你问这个做什么呀？"小姑娘疑惑地看着她。

祁言神态自若道："我答应过年的时候帮你妈妈拍照片，担心到时候家里会有客人不方便。"她想，与其搜肠刮肚地扯谎，不如讲实话。

与上回提到爸爸不同，陆葳没有表现出丝毫失落，眼神反倒亮起来，问道："拍好看的照片吗？我们家过年没有人的，我和妈妈会出去度假，祁老师，你可以跟我们一起去，我也想拍！"

人都是爱美的，何况这个年纪的小女生，她们青春伊始，格外注意形象。之前生病的那段时间，祁言给陆葳看过一本摄影集，里面无论风景还是大姐姐都很好看，她也想拥有。

祁言没想到自己一句实话能套出这么多有用信息，暗叹小姑娘的天真单纯，内心忍不住阴暗了一把，故作平静地问："要你妈妈同意才行吧？"

"我会跟妈妈说的！"陆葳信誓旦旦地点头。

她终究是孩子，轻易就被祁言给收买了。

喝完奶茶，祁言驱车回家，到小区停车时看到旁边的车位停着那辆黑色轿车，便晓得陆知乔回来了，便以帮娃娃做借口送陆葳进家门。

客厅亮着灯却空无一人，茶几上摆放着一台笔记本电脑，屏幕显示着一份打开的文档，旁边散落着几个厚厚的文件夹。

陆知乔从卧室出来，三人目光交汇。

她穿着一件米色长袖毛线裙，领口难得开了颗扣子，这裙子长到膝盖，露出一双纸白的小腿。看样子她是刚回来不久，衣服还没换。

"妈妈！"陆葳换了鞋子蹦跳过去，献宝似的举起手中的螃蟹玩偶，"我抓到的，送给你。"

陆知乔却只望着站在门边的人，半晌才回过神来，笑着接过玩偶，温声夸了女儿一句，让她去写作业，小姑娘便听话地回了房间。

周围很安静，祁言站在门口与陆知乔对视，忽然生出一丝虚无感，仿佛那只是个幻影，随时都会消失。她感觉到两人之间隔着一层散不开的雾，谁也看不清谁。

陆知乔被盯得不自在，手指抓紧了螃蟹玩偶，说："今天让你破费了。"

傍晚收到微信消息时，她正忙着加班，没有及时看，等看到时已经来不及婉拒祁言，便只能由着祁言带女儿去玩。

于是，她又欠了祁言一次人情。

"要进来坐坐吗？"

陆知乔难得主动邀请，祁言求之不得，像在自己家似的轻车熟路换拖鞋，往沙发上一坐。

"还在工作？"她瞥了一眼电脑。

陆知乔为祁言倒了杯温水，一点也不介意文档内容被她看，点头道："嗯，收个尾。"

电脑屏幕上是密密麻麻的英文，祁言扫了两眼，毫不费力，她忍不住出声问道："信用证？"

陆知乔有些惊讶："你不是教语文的吗？"

"语文老师就不能会英语了？"

陆知乔："……"

此前虽然听过妞妞夸赞祁言多么厉害，但她以为只是小孩子的夸大之词，并没有在意，现在猛然想起来，看祁言的眼神愈发耐人寻味。

"怎么，"祁言扬眉，"觉得我很厉害吗？"

她从来没见过这么自恋的人，陆知乔被逗笑了："是，祁老师可厉害了，我佩服得五体投地。"

"哈哈哈……"

阳台半开的窗户处吹进来一丝冷风，夹杂着不知谁家的争吵声，断断续续的。

祁言无意听了两嘴，觉得没趣，起身去关了窗户，回来就看到电脑旁边有份合作协议书，上面印着两个公司的 Logo（标志）。

"你在新北集团上班？"祁言这算是明知故问了。

陆知乔"嗯"了声，头也没抬。

祁言先前问时，陆知乔不说，一副抗拒谈论隐私的样子，如今却大大方方不避讳了——那条划在两人之间的界线不知不觉模糊了一点。

祁言若有所思地盯着那份协议书，很想打开看看有没有签成，但还是忍住了。

"你怎么还不睡？"陆知乔才发现祁言还站着。

祁言挪步回到沙发边坐下，耸了耸肩："陪你坐会儿，不好吗？"

陆知乔没有接话。

"哦，既然你不欢迎，那我还是走吧。"祁言又站起来，乌黑柔长的发丝散落在背后，带起淡淡的洗发水香味。

"我不是这个意思……"陆知乔以为她生气了，连忙解释。

"我知道。"

祁言露出笑脸，像个调皮的孩子一样逗她玩，又问："对了，下周五平安夜，你有空吗？一起出去玩怎么样？"

"我……"陆知乔思索着自己未来一周的工作安排，"约了个客户吃饭。"

"好吧。"祁言有些失落，慢吞吞地走到门边穿好鞋，"晚安，我的邻居。"

说完，她便头也没回地踏出去，关上门。

不知谁家的吵架声越来越大，摔东西摔得震天响，在这静谧的夜晚显得十分刺耳突兀，门窗紧闭也听得见。

陆知乔心里烦乱，草草在文档中敲下最后一行字母，保存好文件，关掉了电脑。

平安夜当晚，市区几处商业街热闹非凡，随处可见手牵手走在一起的小情侣。

祁言和朋友们出来吃饭，恰好今天有人过生日，包了五星级酒店的宴会厅开 party（派对），有对象的带对象，没有对象的带朋友，一大群人热热闹闹，疯玩到晚上九点多。

不知是谁提议去酒吧，说是今晚有"脱单"活动，按照往常，以祁言的性子必定要去，但今天她没什么兴致，嫌那地方闹腾，委婉地拒绝了朋友的邀请，提前退场。

无星无月的夜晚，城市被笼罩在黑沉的低云中。

回去时要经过一条遍布异国特色建筑的路，这条路宽阔车少，相对安静，祁言将车速放慢到三十码，慢悠悠地开着，然后打开音乐播放器。

"你说是我们相见恨晚……"

这首很老的歌，她还记得初恋特别喜欢听。自己竟然没删掉它？

祁言在心里啐了一口，正要换歌，忽然瞥见斜前方路边有个人影十分眼熟，她轻踩刹车，缓缓减速靠过去，再一脚将刹车踩到底，把车停下。

车灯强劲的光线将四周染得亮如白昼，也使得她愈发看清楚——那人身量清瘦，一身杏色风衣垂到小腿，及肩卷发被风吹得凌乱不堪，正倚着电线杆吐得天昏地暗。

这不是陆知乔吗？

祁言连忙下车跑过去，扶住她肩膀问："怎么了这是？"

呕——

陆知乔抬起头，还没来得及看人一眼，胃里又一阵翻江倒海，猛地弯腰吐进垃圾桶里。她还没来得及喘口气，接着又吐了两三下。

一股浓烈的酒气四散开来，味道很冲鼻，看样子她是喝了不少。

祁言轻拍了拍陆知乔的背，转身从车里拿来纸巾和矿泉水，一连抽了好几张纸递给她擦嘴，然后拧开瓶盖："喝一点水，漱漱口。"

陆知乔低喘着气，脑袋热得几乎要烧起来，她颤巍巍接过水喝了一口，含在嘴里片刻后吐掉，脚一软差点摔倒……

祁言二话不说，带着人上了车。

天空黑沉沉的，街灯光影飞快地掠过白色轿车的窗，一阵疾驰后终于到了小区。

"来，慢点儿。"

祁言带着醉成一摊烂泥的陆知乔下车，跌跌撞撞地进了电梯。

陆知乔看着瘦，却不轻。直到电梯停在九楼，祁言带着她往901走。

"唔。"陆知乔突然出声，掀了掀眼皮，哑着嗓子开口，"去你家……"

楼道里的灯光照得人脸上发亮，祁言以为自己听错了，她抬头看了看901大门，虽然想不通原因，但也没多问，调转方向扶着陆知乔往自己家走。

　　她松开一只手去包里掏钥匙，没留神陆知乔站不稳，晃了一下，差点摔下去，她连忙抓住了对方。

　　祁言皱起眉，手在包里胡乱摸索着，终于找到钥匙开门。

　　客厅里的灯光亮了起来。

　　"慢点，先不脱鞋。"

　　祁言小心地带陆知乔挪到沙发边坐下，然后让陆知乔脱了鞋，就把鞋子放到门前地垫上，拿来那双为她常备的拖鞋给她。

　　夜间气温低，屋子里亦有些冷，陆知乔靠坐在沙发上，只觉得脑袋昏沉鼓涨，眼前的事物一直打转，但意识还算清醒。她看到祁言拿来海绵拖把，拖干净刚才她们穿鞋踩过的地方，担忧地看了这边一眼，然后进了厨房。

　　她正因为自己忙前忙后的。

　　胃里有股烧灼感，直逼喉咙，身上也燥得很，陆知乔头昏脑涨，难受得拧紧了眉，不停地用手拉自己衣摆……

　　祁言在厨房烧水，手边放着一只隔热玻璃杯，里面倒了两勺蜂蜜，等水开了便灌一半进去，再兑凉水搅拌，温度就刚刚好。

　　她端起杯子出去，在陆知乔旁边坐下，轻声说："喝点蜂蜜水，会好受些。"

　　陆知乔无力地掀了掀眼皮，伸手握住杯子，祁言怕她拿不稳，一只手帮托着，看她慢慢喝下去。

　　"谢谢……"

　　喝完水，陆知乔又阖上眼睛，脖子往后仰靠着沙发背，她整张脸又红又烫，显眼的绯色从额头蔓延到耳后根，在灯光下像抹了胭脂似的。

　　"怎么喝这么多酒？"祁言放下杯子，问道。

　　陆知乔嗓音低弱地回："应酬。"

　　她其实人还清醒，只是行动不太受控制，掌握不好平衡，不过即使是这样也好过不省人事。

　　等了一会儿，祁言起身去浴室。她打开热水器，翻出一条崭新的小方巾,反复浸泡后再拧干,拎着出来回到陆知乔身边,准备递给她擦擦脸。

祁言看她的表情,以为她抗拒,哄小孩儿似的哄她:"擦擦脸就舒服了。"

祁言的话还未说完,陆知乔又闭上眼,将湿毛巾在脸上擦了擦,水汽蒸发散热,这样反复了几次,确实能带走一些热量,让她很舒服。

"好点了吗?"祁言轻声问。

陆知乔用鼻音"嗯"了声,一动不动,眉心拧起的褶皱始终没有松开过。

小时候随父亲上过生意酒桌,祁言还记得,那时候几个大男人喝酒就像喝白开水,一圈喝下来堆的酒瓶子能打保龄球。她曾以为父亲酒量很好——如果不是回去亲眼看见他吐得快要肝胆俱裂的话。

"言言,千万别告诉你妈……"当时那个男人红着脸晕晕乎乎地说。

她当然会保密,但后来不清楚为什么,母亲还是知道了。母亲没有发火,也没有责问,只是满脸心疼地摇头叹气。

那是祁言第一次感受到某种沉重的压力,当时她不明白那是什么,长大以后才渐渐懂得,是生活。

放纵时的喝酒与饭局上的应酬完全不同,一个主动能把控,一个被动不受控,假使今天没有这场偶遇,她哪里得以见到陆知乔如此狼狈的模样?以对方的性格,一定不愿意被别人看见。

但显然比起这些,有更让陆知乔在意的东西,使得她宁愿放下矜持瘫坐在这里,也不肯回家。

祁言好像明白了什么,挨着她坐下,安抚道:"你放心,今晚的事,我不会告诉妞妞。"

陆知乔的手指一下子蜷缩起来,有些发抖。她眉心的褶皱更深了几分,睫毛也颤了几下,突然一滴泪从眼角滑落。

"嗯。"她不想被女儿看见自己这个样子。

祁言鼻头一酸,拍了拍陆知乔的肩膀,问道:"那有没有跟孩子说晚上不回去?"

"说了我要加班,"陆知乔口中嗫嚅,"她会自己睡觉。"

说到最后两个字，她的喉头哽了一下，眼角又滚落几滴泪，再也控制不住地抽泣起来。这一次她没避开祁言，什么自尊矜持，统统都不要了……

记得刚毕业那年，陆知乔还是最底层的一个小小的业务员，底薪只有两三千，完全靠提成活命。那会儿酒桌文化盛行，她经常为了一笔哪怕是很小的单子陪客户吃饭喝酒，饭桌上就她一个女人，群狼环伺，她再害怕也只能笑脸相迎。

当时女儿不满三岁，还没上幼儿园，只能请阿姨照顾。

后来她转到外贸分部，只需要线上与客户沟通，即使有老外亲自过来参观考察，也不搞那些花里胡哨的，吃饭是吃饭，生意是生意。

虽然她的职位越升越高，但社交应酬免不了会有。

女儿上小学二年级时，某天她醉醺醺地回家，抱着马桶狂吐不止时被女儿看见了，那傻孩子吓得直哭，哭到不停抽气，边哭边保证自己会很乖很听话，不让妈妈烦。她心疼却无可奈何，只能更加拼命赚钱，这样日子好歹会轻松些。

近几年大环境好了许多，一笔订单成交与否，跟吃饭喝酒没有太大关系，相反，饭局代表的庆祝意义多一些。

今天是客户高兴，她也高兴，便喝多了一点。

酒精上头，情绪也跟着上来，陆知乔想起从前的很多很多事，酸甜苦辣咸堆积在心里，说不出是什么滋味。

眼泪打湿了祁言的衣服，浅色布料晕开一大片透明痕迹，祁言安慰陆知乔一遍又一遍，不厌其烦。任何安慰的话语都不起作用，与其一知半解说些苍白无力的鸡汤，不如默默陪伴。

此时无声胜过千言万语。

时间缓慢流逝，陆知乔渐渐止住抽泣，眼泪不再流了，只是酒气熏得脑袋胀痛，有点昏昏欲睡。

"如果我没有碰到你，今晚你会去哪儿？"祁言轻声问。

陆知乔打了个哆嗦，回道："酒店。"她又补了一句，"一个人。"

"哦……"

提到酒店，祁言就免不了想起那天晚上，也是陆知乔一个人在酒店，只不过后来她不放心，留下来陪对方。祁言低低应了声，又问："介意今晚在我这儿住吗？"

"给你添麻烦了……"陆知乔点头表示同意。

"不麻烦。"

"我睡沙发。"

祁言脸色微僵，扯了扯嘴角："沙发冷，而且……客厅我没装空调。"

"没事。"

祁言："……"

喝醉了也不忘守着最后那点体面，果然人如其穿衣风格，扣子总要扣到最上面那颗，祁言觉得好笑。

客厅的沙发躺一个成年女性绰绰有余，只是翻身不太自由，动作幅度稍大些就可能掉下来，很考验睡的人睡相是否老实。祁言搬来备用的枕头和蚕丝被，手脚麻利地铺好，陆知乔没立刻躺下，说想洗澡。

"你这个样子能洗澡吗？"

"可以，没事。"陆知乔晃晃悠悠站起来，刚说完就脚一软，差点栽了下去。

祁言眼明手快地扶住她："还说没事，在里面摔跤怎么办？"

家里浴室很大，既有淋浴头也有浴缸，祁言进去简单收拾了一番，放好热水，把洗护用品都摆在伸手可及的地方，又将防滑地垫拼起来铺在浴缸边，然后翻箱倒柜拿出崭新的生活用品。

"这是新的牙刷、杯子、毛巾和浴巾。

"这是洗发水、沐浴露、发膜、身体乳、磨砂膏、浴盐……

"还有护肤品，可以用我的。

"睡衣是我穿过洗干净的，内衣内裤是新的，你先将就一下。

"有事随时叫我，我就在客厅。"

看着祁言像个丫鬟一样跑来跑去，半是紧张半是兴奋的样子，陆知乔有些动容，但很快，这种感觉被酒气与困意冲散，她只想赶紧洗完澡睡一觉。

"谢谢。"她扶着墙进浴室，关上门。

祁言唇边的笑容霎时消失，这人什么都"谢谢"，什么都要跟自己客气……

她反复揣摩着"谢谢"这两个字，心里很不是滋味。即使她看见了陆知乔最狼狈的样子，也无法再拉近一点点关系。

陆知乔就像只蜗牛，明明身上的壳并不坚硬。

祁言转身出去，又把客厅收拾了一遍，洗干净小方巾，挂在洗漱台旁的钩子上，她去房间拿了一本没看完的书，坐在客厅边等边看。

夜渐深，堆积的厚实云层逐渐散去，一弯瓷白皎洁的下弦月钻了出来。

祁言看书看得入神，时间不知不觉过去了大半，她猛地抬起头，墙上挂钟的指针逼近十一点，浴室里的人竟然还没有洗完。

怎么这么久？出事了！

祁言心中一凛，放下书，三两步冲到浴室门口，急切地敲门："陆知乔！你洗完了吗？"

浴室中无人回应，祁言又敲了两下，里面连水声也没有。她顾不得许多，拧开门冲进去，一阵热腾腾的烟雾迎面扑来。

浴缸面上漂浮着稀碎零散的泡沫，陆知乔躺在水里，歪着脑袋，双目紧闭，脸颊绯红，祁言以为她缺氧，忙上前，手伸向她鼻子，才发现她原来是睡着了……

虚惊一场，祁言松了口气，她伸手拍了拍陆知乔的脸，唤道："喂，陆知乔？醒醒……"

浴缸是智能调温的，里面的水仍然温热，人泡着太舒服就容易昏睡，加之酒精麻痹了神经，她喊了半天，陆知乔一点反应也没有，她得想办法把人弄出来。

她故意加大了动作的幅度，试图把陆知乔弄醒，可大概是因为太累了，陆知乔睡得很沉，并没有醒来的迹象。

这种情况让人睡沙发是不可能的，祁言将她放到自己卧室的大床上。

祁言看着她，低声道："晚安。"

卧室里陷入了黑暗。

昨夜祁言一时疏忽忘记了拉上窗帘，清晨的阳光斜透过窗户洒落在地毯上，有些刺眼。

陆知乔迷迷糊糊睁开眼，受到强光刺激微眯起来，拉过被子挡了挡，大脑慢慢清醒……

感觉头有点疼，她掀开被子坐起来，揉了揉太阳穴，环顾四周，发觉这房间有点眼熟，这床，这被子……她依稀记得自己昨晚喝多了在路边吐，遇到祁言，被带着回来，然后洗澡睡觉。

陆知乔顶着乱如鸡窝的头发坐在床上发愣，她的记忆到洗澡的部分就断了，后面发生的事情想不起来。她分明记得自己是要睡沙发，却不知怎么睡到了卧室里。

她下床，趿着拖鞋出去，循声走到厨房门口。

祁言站在灶台前煮东西，手里拿着勺子伸进锅里轻轻搅动，她侧对着门口，身量高挑，一双腿修长笔直，垂顺黑亮的及腰长发披散在背后，无论哪个角度都好看。

陆知乔正要说话，祁言一转头发现了她，勾唇笑道："醒了？"

"嗯。"她往前走了一步，"昨天谢谢你。"自己又欠了祁言一个人情。

祁言笑容僵了僵，好心情顿时被"谢谢"两个字破坏了，她不痛不痒地应声："哦。"

陆知乔感觉她有点不对劲，但也没在意，只惦记着自己欠了她不知多少人情，然后想起要去看看女儿，接着又是工作，没有多余的精力想其他事情。

"我去看看妞妞。"

"带她过来吃早餐，省得你自己做。"祁言追到客厅门口，"就说祁老师请她吃。"

陆知乔应了声"好"，匆忙离去。

家里静悄悄的，客厅窗户没有关，冷风卷携着阳光吹进来，陆知乔先去把窗户关了，再蹑手蹑脚地回到主卧，换上自己的衣服，把祁言的睡衣叠好放进衣篓，打算洗干净了再还回去。

她推开次卧的门，屋子里很暗，床上拱起一座小山包，露出半个脑袋——侧躺的女儿怀里抱着娃娃，呼吸均匀平稳，睡得正香。

陆知乔凝视着女儿的睡颜，弯下腰，亲了亲她的额头，霎时眼睛里涌起酸涩的潮气，就这么静静地站在床边，没忍心叫醒她。

陆葳的生活习惯一直很好，在她的严格监督下，向来是早睡早起，周末也不例外，可现在已经八点，孩子仍睡得这么沉，想必昨晚睡得很迟，究竟是因为一个人在家害怕，还是想等她回来？

她不愿往下想，掖了掖被角，无声无息地退出去。

等人一进902，祁言就问："妞妞呢？"

陆知乔自觉换鞋走到餐桌边坐下，答道："还没起，周末让她多睡会儿。"

祁言没说什么，将盛好的粥递给她，两个人各自喝着粥，一时无话。

"昨天……"陆知乔打破了这份宁静，"你怎么会那么巧？"

"平安夜出去玩，回来的时候刚好路过那里。"祁言漫不经心地回答。

"一个人玩？"

上周末祁言就问她有没有空，陆知乔已经猜到了七八分，像祁言这性格的人应该还有许多朋友，不至于没约到她就不去了。陆知乔内心承认自己是在没话找话，又觉得这涉及了对方隐私，不太妥当，干脆闭上嘴。

"不是，"祁言摇头，"跟朋友，至于什么朋友，不告诉你。"

"哦。"

祁言突然发出笑声，满眼戏谑地看着她："逗你真是太好玩儿了，哈哈哈……"

陆知乔尴尬地低下头，抽了一张纸巾擦脸，继续喝粥。

她已经被祁言看到过最狼狈最丑陋的样子，再多被开一次玩笑又有何关系呢？只是她愈来愈弄不清楚，究竟该继续把祁言当作孩子的老师看待，事事客气周全，还是放下矜持和防备，尝试以普通朋友的身份与其相处？

可只要女儿还在附中念书，这个选择就没有答案。

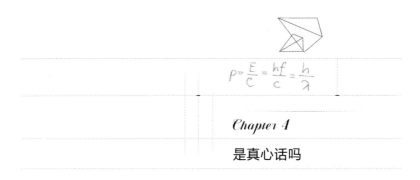

$$p = \frac{E}{c} = \frac{hf}{c} = \frac{h}{\lambda}$$

Chapter 4

是真心话吗

年尾忙碌，与森阳科技的合作事宜前后拖了一周，陆知乔终于成功将这事谈了下来。

对方老总姓祁，是个神采奕奕的中年大叔，五官立体，鼻子尤其高挺，她第一眼见到他就想起了祁言，因为两人鼻子实在太像，她差点以为这人与祁言有什么血缘关系。但世界如此大，巧合总是有的，她没多想，完成任务便向上司汇报。

总经办里飘着淡淡的草木清香，辛辣提神，舒敏希跷着二郎腿坐在沙发上，疲惫地揉着太阳穴。她刚从华南分公司回来，这几天也是连轴转，着实很累。

鉴于跟陆知乔比较熟，她便没顾忌那么多礼节，随性了些，正好也快到下班时间，两人并肩挨着坐，边歇一歇边聊会儿天。

"这段时间辛苦你了。"

"分内的事。"

"忙完这阵子，好好陪陪你女儿，我都很长时间没看到妞妞了，什么时候你带她出来玩？"舒敏希喝了口茶，妆容精致的脸上浮起笑容。

陆知乔仰面望着天花板，想了想说："准备过年带她去度假。"

"有个女儿在身边真好。"舒敏希轻声说道，"哪像我，孑然一身，今年春节还是不回家了，免得被父母念。"

人到中年，她也快四十岁了，有钱有事业，没伴侣没孩子，虽然后两者都不是人生必需品，但夜深人静的时候，望着空荡荡的大房子，心里难免会生出孤寂感。

陆知乔眼皮低垂，轻声说道："有父母念，也很好。"

舒敏希一怔，意识到不能再往下说，忙转移话题："元旦我准备去看看董事长，她身体一直不太好，听说又病了。你要不要跟我一起去？"

笃笃笃——敲门声打消了陆知乔说话的念头。

两人同时抬头望去，姜秘书推门而入，小声说："舒总，青木小姐来了。"

"不见。"舒敏希霎时变了脸，"请她回去。"

"可是……"

好歹人家是公司最大客户之一家的千金，直接冷硬拒绝恐怕失礼，姜秘书话还未说完，背后就有一道人影挤了进来，与沙发上两个人的目光迎面撞个正着。

青木沙纪，帝成会社会长的女儿。

她长了一张娃娃脸，黑色中长发，穿着朴素干净的白毛衣，亚麻灰色长裙。她的视线落在两个人身上，好奇地打量陆知乔，随后看向舒敏希，欲言又止。

姜秘书识趣地关门退出去，陆知乔也站起来，朝她礼貌一笑，对舒敏希道："舒总，我先去忙了。"也不等舒敏希点头，她宛如脚底生风，溜之大吉。

一室寂静。

沙纪吸了吸鼻子，清新辛辣的草木香凛冽好闻，她看着舒敏希小声问："敏希，刚才那是谁？"

"朋友。"

"朋友？叫你舒总？"她一口流利清晰的普通话。

舒敏希皱眉不答，瞳孔深处仿佛凝结了一层寒冰。

沙纪坐到她身边方才陆知乔坐过的位置，声音有些颤抖："我不是故意要闯进来的，但不用这种办法，你不会见我……"

"那件事……我们谈谈吧？至少给我一个解释的机会。"

舒敏希又恼又烦地问："你爸都回 R 国了，你留在这儿做什么？"

"这次来我没打算走。"

"姜秘书！"舒敏希喊了一声，"叫保安来！"

"敏希——"

陆知乔刚回到办公室，手机就响了，是祁言的电话。

她给祁言的备注是"祁老师"，一看见这三个字出现在屏幕上，便会不由自主地联想到孩子在学校是否有什么事，既紧张又忐忑。

"祁老师？"接通了电话，她下意识这么喊。

"叫名字。"

陆知乔又不知该怎么接话。

"快点。"那头传来女人懒懒的嗓音，带着命令式的强势。

陆知乔立刻改口："祁言。"

"下班了吗？"

"还有五分钟。"

"今天不加班吧？"

"嗯。"

"你今天车子限号对吧？"

"嗯。"陆知乔不知这人葫芦里卖的什么药。

听筒里沉默了几秒，祁言忽然笑起来："我在你公司楼下。"

陆知乔怔住。

"等你下班，接你回家。"对方说完就挂了电话。

陆知乔放下手机，走到窗户边探头往下看。办公室的位置并非靠大楼正门一面，她只能看见花圃的边缘，外面天色已暗，她寻了一会儿，并没有找到祁言的影子，好奇心被高高吊起。

六点整，大部分职员打指纹卡下班，少部分要加班的没走，人群陆陆续续涌出大楼,四散开来。陆知乔乘电梯下到一楼,跟随人流走出大门。

一辆饱和度极高的红色跑车停在门口,副驾门高高掀起,拉风张扬的造型格外引人注目。

"哇,这什么车,颜色好酷啊!"

"今天有大客户来?"

"是老板的车吧。"

陆知乔看着那辆车,耳畔传来旁边人的议论,她忽然有种不祥的预感……

此时她的手机亮了,是祁言发来的微信消息:上车。

一阵冷风吹拂而来,轻轻掀起陆知乔鬓角的碎发,冷得她打了个哆嗦。众目睽睽之下,她面无表情地迈开步伐走过去,弯腰钻进车里,车门自动降下来关闭了。

祁言双手抱臂靠在椅背上,好整以暇地看着她,挑眉轻笑:"陆女士,您的专职司机言言为您服务。"

陆知乔:"……"

"这车好看吗?"

陆知乔不敢看窗户外,轻轻"嗯"了声:"好看。"

不仅好看,还格外张扬,十分符合祁言的气质,简直就是为她量身定制的。

祁言嘴角的笑痕渐深,又问:"那你喜欢吗?"

陆知乔:"……"

"嗯?"

"你这车哪儿来的?"陆知乔岔开话题。

"你不用管它哪里来的,反正不是偷的抢的。"祁言耸了耸肩,两手一摊,侧过身来问她,"快点回答我,喜欢吗?"

看着她孩子气的行为,陆知乔无奈又好笑,只能哄她道:"喜欢,很喜欢。"

"那……"祁言故意拉长了声调,"是我的车好看,还是你那个朋友的车好看?"

正值下班高峰期，这里的人流量巨大，而红色跑车张扬又扎眼，几乎每个从大楼正门出来的人都会下意识地侧目，一时间便成了焦点。

大楼内灯光刺目，照得门口范围亮如白昼，坐在车里可以将外面看得一清二楚，虽然陆知乔知道外面看不清车里，但是心理作用下，还是有种会被人偷窥的感觉。

"哪个朋友？"

"那天送你回来的男人啊。"

陆知乔震惊地望着祁言，难以置信这人居然孩子气到跟别人比豪车。她哭笑不得，恍惚间感觉自己抓住了什么。

豪车？她这才特意去看方向盘中间的车标。

"嗯？"祁言用鼻音哼了声，催促她快点回答。

陆知乔愣了半晌才回过神，她突然意识到，祁言极有可能是个富二代——否则怎么买得起这种车？就算是租，这花费也不是普通人能够承受的。

而一切似乎都有迹可循。

"你……你的好看……"她还在慢慢接受这个可能，有点语无伦次，也知道祁言不得到满意的答案不会罢休。

祁言看穿了她的心思，不依不饶道："敷衍，我不信。"

"你这辆车胜在颜色，我觉得红色更适合跑车。"陆知乔一本正经地吹捧了起来，"而且外形更漂亮，符合你的气质。"

这方法果然有效，祁言被哄得开心，伸手拍了拍方向盘，说："这是限量款，我老早就买来收藏的，很少上路，二手的比新车还贵，你朋友那辆车就是普通款，一落地就贬值。"

"香车配美人。"祁言的话里是满满的自豪。

陆知乔越听越觉得不舒服，脸色沉下去，冷声说道："你觉得豪车能代表一切吗？"

刚毕业那年，陆知乔在外风吹日晒地跑业务，因为年轻漂亮，不乏有钱的老板想要占她便宜。至今她还记得，那个表面斯文的中年男人开着一辆土气的商务车，嘴上说送她回公司，却偷偷把她载到酒店门口，话里话外尽是暗示。

"像你这么漂亮的女孩子不用那么辛苦。

"早晚也是要嫁人的，趁年轻，给自己积累些资本。

"只要你愿意，我给你买车，买房子，买什么都可以。"

当时她天真，不知道世上有种人叫作"衣冠禽兽"，以为年纪大得能做她父亲的已婚男人不会背叛家庭，也总觉得对方衣品和谈吐都不俗便是可靠的，所以前两句话她没有听懂，还当成是鼓励，听到最后一句她才明白。

那是陆知乔第一次真切感受到被羞辱的滋味，但天真不代表傻，她的脑子很清醒，她只是觉得恶心，即使这样也要维持着礼貌客气。生活容不下任性和热血，她愤怒至极也不能跟对方撕破脸。

多年以后她回想往事，心酸犹在。

夜幕笼罩着整座城市，鳞次栉比的高楼大厦陆续亮起灯光，路口汽车尾灯连成了一长串。江城是全国最快节奏的城市之一，而这里又是全江城节奏最快的地方，最忙碌的地方。

写字楼里的白领，商场里的导购，大街上的外卖骑手……有多少人在这里讨生活。

"老师？"陆知乔咬牙望着祁言，"我看你倒像是暴发户。"

她的情绪有些失控，已经不记得这是第几次，面对祁言时总是找不回原本的自己，屡屡处于劣势，而这个人轻易就能击中她内心最脆弱最柔软的地方，生掰硬拽一番，扯烂之后看尽她的狼狈。

祁言没料到自己一番话惹起了陆知乔的怒火，两人对视片刻，祁言眼睛里的光熄灭了，手缓缓从方向盘上滑下来，轻声说道："没错，我本来就是暴发户的女儿。"她低下头，嘴角扬起自嘲的笑，"但我不是那个意思，对不起，我……"

大楼里出来的人渐渐减少，偶有几个经过车边，探头探脑地张望。

陆知乔心生烦躁，疲惫地吐出一口气，既后悔自己情绪失控又觉得委屈，她想走，手在车门上盲摸了半天，没找到车门开关。

"把门打开。"

祁言拉住她，劝道："别走。"

陆知乔重复道："打开。"

祁言说："我们一起回去。"

"多谢，不用了。"

陆知乔挣扎着，却被拉得更紧，耳边传来祁言低落的声音："对不起。"

陆知乔仍不应声。

"是我说话欠妥当，冒犯了你和你朋友，我发誓我绝对没有你说的意思，不会有下次了，对不起。"

从小到大，祁言被父母宠着、让着，当作掌上明珠似的呵护着，没吃过半点苦头，没瞧过半分眼色，所遇到的最大挫折也不过是与初恋分手，她习惯用自己的价值观去判断周围的事物，骨子里就带着离经叛道。

她今天做的事，说的话，幼稚得像个孩子。

"我们回去吧？"祁言小心翼翼地问。

僵持许久，陆知乔脸色稍有缓和，调整了坐姿，原本朝着车门的膝盖摆正坐好。

祁言松了一口气，放开手，示意她系好安全带。

……

路上拥堵，提速再快的跑车也只能老老实实地等，红色实在太鲜亮，这车的造型又惹眼，停在十字路口也要被人多瞧几下，两个人坐在车里，不敢开窗。

一路走走停停，谁也没说话。

陆知乔此时的气已经消了不少，她相信祁言的人品，虽然目前还不够了解对方，但这么多年她阅人无数，经验带来的第一感觉不会错。只不过今天是惊诧变成惊吓，她向来不喜欢在人群中高调，那会令她不安。

陆知乔心里装着太多事和情绪，五味杂陈，见着什么都能联想，她感觉自己就像一个灌满污浊快要爆炸的桶。

旁边如果是别人还不要紧，是祁言就……这个人，自己在她面前似乎没有秘密。

回到九楼，两人谁也没跟谁说话，却用余光不断打量对方，就这么沉默着，各回各家。

听见女儿在练琴，陆知乔没去打扰，脱掉外套进了厨房，拿出冰箱里早上买的菜，脑中自动生成菜谱，多余的情绪暂时丢在了脑后。

琴声不知何时停了，次卧门打开，陆葳伸出脑袋四处张望，循声跑进了厨房，一把抱住陆知乔，嘴里故意发出吓人的声音："boom（隆隆声）——"

陆知乔正在洗菜，冷不丁被吓得一抖。

"陆女士，你胆子好小哦。"身后传来小妮子的咯咯笑声。

"没大没小。"她嗔笑，掸了女儿一脸水。

陆葳吐了吐舌头，两条细胳膊箍着她的腰，撒娇道："妈妈，明天我们学校开元旦联欢会，我有节目要表演，你会去看吗？"

"下午？"

"嗯。"

明天就是二十九号，要开始放元旦假了。

每年学校搞活动，女儿都有参加，而陆知乔不是出差就是加班，从未去过，只能过后看老师发的录像，但是今年她可以享受一个完整的假期。

"妈妈——"小姑娘可怜巴巴地哀求，"就去一次嘛……而且祁老师答应我了，如果你去的话，就给你留第一排的位置。"

陆知乔皱眉，严肃地问道："是你跟祁老师提的？"

她突然变了脸色，陆葳有点被吓到，缩着脖子小心翼翼地点头。

"你怎么能向老师提这种要求呢？"陆知乔把菜往水里一丢，音量不由自主拔高，"上次妈妈怎么跟你说的？在学校要和祁老师保持距离！她是所有同学的老师，不是你一个人的老师！万一被其他人知道，你想过祁老师要承担什么后果吗？"

陆知乔眼中含着怒气，从来没见妈妈发过这么大的火，陆葳吓傻了，咬着嘴唇站在那儿不知所措，突然眼泪就掉了下来。

陆知乔："……"

女儿的小声抽泣逐渐转为呜咽，陆知乔别开脸，心里莫名地烦躁，只要是涉及祁言的事情，她便难以控制自己，不知哪里来的那么大脾气。

都是祁言……

陆知乔实在是没心情哄孩子，牵着陆葳到客厅，抽了两张纸给她擦擦眼泪，转身回厨房继续做饭。

晚上八九点时，突然有人敲门。

一层楼只有两户，陆知乔不用猜都知道是谁，她打开门，见祁言神色落寞地站在外面，又想起了傍晚的事。

"你家有熨斗吗？"

"有。"

"还有熨衣板，能不能借我用一下？"祁言像第一次来那样客气。

陆知乔望着那双眼睛，忽然有些内疚，心道自己是不是太上纲上线了。她轻轻点头，转身从书房拿来了电熨斗和熨衣板，交到祁言手上。

"谢谢。"

祁言一句简单的道谢，两人之间的关系仿佛回到两个月前，客气、礼貌、疏离。这样的转变让陆知乔猝不及防。

"你会熨衣服吗？"祁言接过东西并没有立刻走，看过来的眼神似在犹豫。

陆知乔机械地点头，听到这句话，她立刻便猜到祁言下一句要说什么，心里已然做好答应的准备——傍晚既然是误会，过去便过去了，日子还要继续，毕竟祁言是女儿的老师。

"能帮我熨一下衬衫吗？"祁言说，"这种熨衣板我用不习惯。"

陆知乔想，果然。

"好。"陆知乔答应得干脆，眉头都没皱一下，抓起放在玄关上的钥匙，主动帮祁言拎着熨衣板，走在前面。

踏进 902 大门，客厅音箱里传来清亮流畅的钢琴声，陆知乔觉得耳熟，一时想不起来，她换了鞋进去，把熨衣板支起来放好。

"衣服呢？"

祁言站在离她两步远的地方，闻声转头进了房间，一会儿后又出来，问道："这个样子能熨平吗？"

她展开手里的黑色长袖衬衫，抖了抖，那衣服皱皱巴巴的不成型，布料几乎粘连在一起。

陆知乔只瞥了一眼，说："可以。"

她日常穿的衣物大多需要熨烫，平时经常使用熨斗，累积的经验多了，自然一眼就能判断。她一边说一边给熨斗加水通电。

"那就拜托了。"祁言客气应声，规规矩矩地退到一边。

陆知乔看了她一眼，没说话，低头将衣服放在熨衣板上铺平，拿起熨斗压上去，手法娴熟，十分小心细致。

祁言就与她保持着两三步的距离，远远地看着。

夜色沉静，琴音如流水。

"妞妞是不是跟你提了联欢会留座位的事？"陆知乔头也没抬，她感觉到了气氛的僵硬，很不自在，索性主动一点，打破了沉默。

"嗯，"祁言一动不动站在原地，"怎么了？"

"小孩子不懂事，你别理她。"

"没有……本来那个座位也是空着的，不坐白不坐。"

"你不是妞妞一个人的老师。"

"我知道。"

陆知乔停下手中的动作，抬起头看着祁言，祁言还是一步也没挪动，静静地与陆知乔对视。陆知乔又低下了头，继续熨衣服。

窗外万家灯火，这份尴尬的沉默持续了很久。

没过多久，衣服熨好了，黑色布料平整垂顺，摸着还有余温，陆知乔捏着衣服的肩线处把它拎起来，展示给祁言看："这样还满意吗？"

祁言像个木偶似的点头。

"拿衣架挂起来，晾一会儿再收进衣柜。"

"好。"

木偶被陆知乔发出的"丝线"牵动着，按着指令照做。

陆知乔倒掉熨斗里的水，把熨衣板折起来，放到门边，她看了一眼祁言晾衣服的背影，轻叹一口气，转身去穿鞋。

"陆知乔！"耳边传来急促的脚步声。

"你……不生气了吧？"

陆知乔转过身，差点与祁言撞到。

"生气伤身。

"还会长皱纹。"

见陆知乔不说话，祁言以为她还在介意傍晚的事，绞尽脑汁地想着怎么把她哄好了："我讲笑话给你听？"

"我养的一只老鼠病了，我给它吃了老鼠药，希望它明天能好起来。"

陆知乔："……"

"有天我骑车上街，经过路口时，双手松开扶把，交警看见了冲我大喊，我高兴地冲交警挥手说……"她说完自己忍不住笑起来。

陆知乔一时没听出来笑点，下意识地问："然后呢？"

"然后——"祁言顿了顿，"我就掉坑里了。"

陆知乔嘴角微微抽动，终于没忍住，扑哧一声笑了出来。

笑话的内容没让她笑，祁言搞怪的表情让她笑了。

"我掉坑里就这么好笑？"

"嗯，哈哈哈……"

祁言第一次见陆知乔开怀大笑，三十出头的年纪，脸上没有丁点皱纹，眼睛里漫天星子。祁言歪头注视着她，悬在喉咙口的心终于放下去。

陆知乔笑了会儿，收敛起来，叹道："我没生气。"

"那就多笑一笑。"祁言勾起鬓边碎发，"你笑起来特别好看。"

"笑多了长皱纹。"

"不笑老十岁。"

陆知乔说不过她，便不再接话。

祁言冲陆知乔飞快地吐了下舌头，收起孩子般的笑容，认真地看着陆知乔说："你一直把我当孩子的老师，心里当然会觉得别扭，但老师

101

也是人，这也只是一份工作，我做好自己分内的事，守好底线，就够了。私下里我是祁言，不是祁老师。"

陆知乔的脸色微微泛红，因为被看穿了内心而有些不好意思，她明白祁言说的是对的，有问题的人是自己。

"嗯，我知道了。"

回到家，听到浴室里有水声，陆知乔把熨衣板和熨斗放回书房，收了阳台上晒干的衣服，坐到沙发上慢慢叠。

女儿的衣服比较多，有长袖衫、薄毛衣、带猪尾巴的小内裤、校服……她看着小内裤上短短的猪尾巴，动作慢下来，忽然想到这个年纪正在发育，自己却还没注意过女儿的情况，譬如，是不是该给女儿换大一点的小背心了？

时光飞逝，陆知乔无限感慨。

当年抱在手里还不会走路的小婴儿，眨眼就十二岁了，可是身高和体重具体有多少，她竟浑然不知，自己是怎么当妈的？

陆知乔陷入了自责，脑子里神思纷乱，连浴室水声何时停了都不知道。

"妈妈……"

背后传来极轻弱的喊声，陆知乔醒过神，回头发现女儿穿着皮卡丘睡衣站在那儿，怯怯地看着她，一副想过来又不敢的样子。

陆知乔扬起笑脸，冲孩子招招手："妞妞，过来。"

小姑娘听话地上前，陆知乔迫不及待拉着她坐到自己身边，歉声道："刚才是妈妈不好，不该对你发脾气……"说着她亲了亲孩子的脸。

陆葳咬着嘴唇，没说话，她从晚饭前委屈到现在，以为妈妈嫌自己不懂事，越想越难受，现在终于释然了。她主动坐到陆知乔腿上，双手搂住了妈妈的脖颈。

"啊，妞妞，你好重——"陆知乔嘴上哀号，手却抱着孩子没放。

"哼。"

"压死妈妈了。"

"就不下来。"小姑娘噘着嘴耍赖。

陆知乔摸着女儿的脑袋笑道："学校上体育课的时候有给你们量身高体重吗？"她记得去年这个时候女儿量过一次，身高一米四七，体重七十五斤，这一年应该长了不少。

"量了，我有一米五三。"

"体重呢？"

陆葳的声音突然小了下去："八十二斤……妈妈，我胖了好多。"

"傻瓜。"陆知乔亲了她一下，"你现在正是长身体的时候，体重增加是正常的，因为你的个子也长高了啊。"

"可是太胖了不好看。我们班有个女生一百斤，胖胖的，男生老是笑她，说她是胖冬瓜。"

陆知乔脸色微变，轻咳了两声，说："妞妞，别人怎样我不管，但是你不可以嘲笑胖的同学，那样很没礼貌，知道吗？"

"我没有，我就是觉得她好惨，那些男生挺过分的。"

"所以你不能学他们。"

小姑娘点点头。

陆知乔的目光落在女儿身前，她盯了几秒，睡衣松松垮垮的，不太能看出什么。

陆知乔问道："小背心还能穿吗？有没有小……"

陆葳顿时涨红了脸，很是难为情，哼哼了两声。

害羞是人之常情，她们母女俩本来应该亲密无间，大概是她平时疏于陪伴，女儿在她面前总是不够自然，潜意识里没有把她当作可以信任的人。

陆知乔感到有些挫败，只能转移话题："明天联欢会几点开始？"

"两点。"陆葳小声说，"妈妈，你会去吗？"

"去。"

"好哎！"

第二天中午，陆知乔提前下班，在公司食堂随意吃了点饭，而后把下午的工作安排给助理，驱车去学校。

距离中午放学时间已经过了半个小时，校门口只有零星几个穿校服的学生，她停好车，到门卫保安那里做了登记，进入校园。

教室里空无一人，陆知乔拿出手机，正要给女儿打电话，楼道另一头传来说话声，她抬头，看到祁言和两个女老师有说有笑地从办公室出来。

"祁老师——"她喊了一声。

那三人同时望过来，祁言身材纤瘦高挑，穿着一件雾霾灰的长款毛衣，一眼看过去相当惹人注意。只见她低声说了句什么，两位老师点点头后走远，她迈开长腿朝这边来。

"这么早来。"祁言来到陆知乔跟前，挑了下眉，"是不是迫不及待想见我啊？"

陆知乔好笑道："妞妞不在教室里。"

"她们最后一节课是英语……"祁言瞥了一眼初一（2）班教室，拿出手机看时间，"这个点应该是吃饭去了，你给她打了电话吗？"

"还没，怕她跟同学在一起，被人看见带手机。"

"她同学都有手机，这帮孩子私底下玩得可欢了。"祁言无奈地摇头。

想起上回女儿手机被没收的事，陆知乔抿着唇没吭声，心里却想笑。

平时见到祁言无非是在901或902，私底下这人什么样子，她看得一清二楚，却也仅此而已。如今是在学校，是祁言工作的地方，她自然而然就有了另一副模样。

如同她醉酒那次被撞见的狼狈，这么一来一去，两个人就扯平了。

想明白之后，陆知乔身心舒畅，噙着笑低头，用手机拨通了女儿的号码。

"妞妞，你在哪儿呢？妈妈到学校了。"

"好，不急，你慢慢吃，妈妈在教室等你。"

"嗯，拜拜。"

果然，女儿跟同学正在食堂吃饭。

附中不是寄宿制学校，没有学生宿舍，但有食堂，方便中午不能回家的学生在学校吃饭。这一个学期以来，除了生病那几天，女儿一直是在学校吃午饭。

祁言看着陆知乔和女儿说话时那宠溺又温柔的表情，不知怎么心情有些复杂，等她挂了电话才问："你吃饭了吗？"

"嗯，吃过了。"

祁言张了张嘴，想让陆知乔陪自己去外面吃饭，但是万一被人看见也许会惹来闲话。

有时候，老师的身份也是一种无形的束缚。

祁言给陆知乔指了陆葳的座位，让她在教室里坐着等，自己一个人去食堂吃饭了。

陆葳要表演的节目是团舞《玻璃珠》，联欢会开始前一个小时，陆知乔跟着孩子来到大礼堂后台，看到来了挺多家长，有的站在外面聊天，有的坐在里面看孩子们化妆。

祁言也在礼堂里，她坐在一个穿着演出服的小女孩身边，手握眉笔，正在专心地给女孩画眉毛。

由于条件限制，学校没请专业的化妆师，只能由会化妆的老师们上阵。祁言化得很认真，手法熟练，勾勒填充一气呵成，她边化边轻声细语地跟学生聊天，眼角眉梢尽是温柔的笑意。

陆知乔坐在旁边默默凝视着祁言，又觉得自己这样盯着人家看似乎不太礼貌，便移开了目光，可没一会儿又转了回来。

"陆葳，这是你姐姐啊？"一个长相斯文的小男生靠了过来。

小姑娘正照镜子自我陶醉，闻声转了下头，说："是我妈妈。"

"阿姨好……"他惊讶地看着陆知乔，嘴巴缩成一个圈。

接着又有几个孩子围过来，其中有两个女孩穿着和陆葳一模一样的演出服，妆已经化好，看样子是想找陆葳说话。

陆知乔对那男孩笑了笑，轻拍女儿的肩膀："妞妞，去跟同学玩。"

初中的孩子更自我些，巴不得没有家长在场，听见陆知乔这么说，倒还有些不好意思，几个小姑娘拉着陆葳躲到一边去，叽叽咕咕地说话。

"陆葳，你妈妈好漂亮啊。"

"比祁老师还漂亮！"

"我觉得祁老师更漂亮……"

"你真不会说话，应该是都漂亮。"

小孩子们围在一起玩得热闹，不一会儿便嘻嘻哈哈地扯开了话题，说些什么听不见，只时不时地传过来一阵笑。陆知乔注视着女儿的身影，见她笑得开心，未察觉自己的嘴角也弯起了一点弧度。

陆知乔转动脖子，视线再次落到祁言身上。

祁言已经帮孩子画完了眉毛，眉形如柳叶微扬起，画得干净又利落。她拿起眼影盘，用刷子沾取粉末，轻轻扫在学生的眼皮上，许是感觉到有人在看自己，她忽而侧头，猝不及防迎上一道直白的目光。

两人皆是一怔，祁言朝陆知乔微微笑，露出一排整齐白净的牙齿，陆知乔移开眼。

几个小孩子依旧围在一起，却不见女儿的身影，陆知乔伸长脖子环顾四周，找了一圈也没瞧见，遂起身去了外面。

大礼堂后台有扇小门通往操场，左边是宽阔的草坪，右边是有小假山的花园，正前方是一条诗情画意的木质长廊，她一出去，就看到女儿和那个长相斯文的小男生躲在长廊柱子旁，鬼鬼祟祟不知在做什么。

她走近了些再看，原来是在吃东西。

男生手里拿着一包零食，自己吃一块，再给女儿吃一块，时不时递给她纸巾，很是亲密。

"妞妞——"陆知乔隐隐觉得不对劲，出声喊女儿。

两个孩子吓了一跳，猛地转过头，陆知乔三步并两步上前，瞥了一眼男生，才看向女儿："怎么跑这里来了？妈妈都找不到你，在干吗呢？"

陆葳心虚地看了看零食，低下头不说话。

"阿姨，"那男生倒是开口了，"我买的零食吃不完，我们两个一起吃。"

陆知乔："……"

吃零食会这么亲密？也许孩子们不觉得如何，但在成年人看来，这种举动已经有些过界，他们偏又是在这个敏感躁动的年纪，作为家长不得不时刻留意。

眼前的男孩子大大方方的，神态自若，没有丝毫畏惧与心虚，陆知乔反倒不好说什么，于是笑道："这样啊。"说完又问，"你叫什么名字？"

他淡定地答道："王哲毅，哲学的哲，坚毅的毅。"

陆知乔笑着点头，看了眼后台那扇门，说："外面冷，演出应该也快开始了，都进去吧。"说着自然而然牵起女儿的手，走在前面。

演出开始前半个小时，陆知乔给祁言发了条微信消息：有点事想单独问你，现在方便吗？

彼时祁言正在教室，给学生强调观看演出时应遵守的纪律，手机放在讲台上，屏幕亮起的那一下，她瞄到了消息的内容，加快语速三两句交代完，让班长带队入场。

她踏出教室，边走路边打字：来办公室。

附中的教师办公室做了区分，班主任在一间，科任老师在另一间，许多任课老师下午没来，而班主任们要么在各自的班上，要么在大礼堂，于是这会儿的办公室里空无一人。

祁言整理了下自己的办公桌，把备用椅子搬到桌边，又倒好两杯热水，一副严肃正经谈话的派头。她猜测陆知乔要问的不是私事，否则不必强调"现在"，毕竟其他事回家也可以问。既如此，她们又是在学校，便该有个规矩样子。

办公室门被敲响，接着开了条缝，一丝冷风灌进来。

"祁老师。"

陆知乔推门而入，祁言恰好抬头，二人目光相接，彼此眼睛里有了对方的影子。

"坐。"祁言淡淡一笑，指着椅子，仿佛从来不认识眼前的人，正经得陌生。

所谓反差大概就是这般，陆知乔愣了一下，环顾办公室，此时并没有其他人在，祁言却突然像变了个人似的，她一时不大适应，坐下来半晌没说话。

"不是有事要问我吗？"祁言将纸杯推到她面前。

陆知乔："……"

女儿上小学的时候，陆知乔没少被老师请去办公室，原因无他，就是女儿的数学成绩太拖后腿，老师三天两头要跟她"沟通"，当时的场景与此刻无异，她习惯性地感到抵触。

陆知乔低头，端起杯子抿了口热水才道："嗯，是有关孩子的事。"

就知道是这样……祁言没说话，等她继续。

"班上是不是有个叫王哲毅的男孩子？"陆知乔斟酌着问。

"对，怎么？"

"他平时……跟妞妞玩得很好吗？"

祁言有些惊讶，想了想，说："挺好的，但还有另外一个男生和两个女生，他们几个关系都很好。"

开学到现在已经快一个学期了，新入学的孩子们彼此都渐渐熟悉起来，找到了与自己要好的同学，然后形成了小圈子，虽然圈子与圈子之间很难相融，但在集体活动中大家依然非常团结。

祁言问："是出什么事了吗？"

"我今天看到那个男生和妞妞一起吃东西，很亲密的样子，我……"陆知乔蹙起眉，话到一半不知如何说下去。

陆知乔的嘴唇微微颤抖，祁言见状觉得不对，忙安抚道："没事的没事的，好朋友之间分享东西吃很正常，有时候孩子们也没想那么多，往往是大人把事情想严重了。"

"可是万一……"

"没有万一。"祁言轻声打断她的话，"在学校里我会帮你盯着，你放心，没事的。"

这话犹如定心丸，陆知乔怔怔地看着祁言，那双好看的眸子透出的坚定如磐石一般，莫名使人心安。她放缓呼吸，慢慢冷静下来，正要对祁言说谢谢，祁言却比她还快一步。

"别谢我。"

陆知乔只好抿着唇，把话咽了下去。

祁言满意极了，眉眼间的冷意融化成一片温柔春水，她又恢复成靠着椅背的坐姿。

陆知乔转过目光，随意看了眼桌上的本子，问："那是什么？"

"备课本。"

本子上面斗大的三个方块字，陆知乔愣是没注意，祁言知道她这会儿不自在，忍着笑拿起备课本，翻开给她看。

本子已经用了三分之二，每一页几乎都写得满满当当，字迹略显潦草，但有神有形，铁画银钩，大气爽朗。都说字如其人，祁言的字就像她这个人，看似没皮没脸爱玩闹，实则人品可靠信得过，看来这话一点也不错。

"你的字很好看。"陆知乔由衷地夸赞。

祁言想起那天家长会上的签名，认真地说："我觉得你的字更好看，是我喜欢但练不出来的风格。"

"我们是要商业互捧吗？"

"哈哈哈……"

难得陆知乔说起调侃的话，两个人在办公室肆无忌惮地大笑起来。

联欢会两点钟准时开始，大礼堂内座无虚席。第一排坐着领导，第二排坐着老师，第三排开始往后才轮到各班学生和家长。

祁言所说的空位置，在第一排最右。陆知乔终究是坐了那个位置，起先她还有些别扭，但演出开始后，她一门心思盼着女儿出来，便没再想其他的。

各班的节目表演顺序是随机的，初一（2）班排在第九位。

六个女孩子穿着漂亮的校服裙出场，陆知乔一眼就看到扎着丸子头的女儿，紧抿的嘴角上扬，忍不住小幅度挥了挥手。陆葳朝妈妈那边望了一眼，骄傲地抬了抬下巴，然后迅速站到指定位置。

音乐响起的时候，陆知乔的眼睛忽然有点湿。

孩子长到这么大，经年时光像是白白地从指缝中流走，没有在她记忆中留下太多痕迹。回想这些年，陆知乔两眼茫然，明明是母女俩相依为命，她却活得仿佛只有她一人。

台上身姿轻盈、扎着丸子头的小精灵是她养了十二年的宝贝。

眼中的舞台灯光逐渐模糊，陆知乔低头翻纸巾的工夫，眼泪就掉了下来，她连忙用手抹掉，掏出纸巾又擦了擦，仰面深呼吸，举起手机录视频。

与此同时，祁言站在舞台侧面的幕布后，将陆知乔的一举一动看得清清楚楚。

四点半时，演出结束了。

陆知乔去后台接女儿，本来想问祁言要不要一起走，却没见到人，便发了一条微信消息给对方，先行带女儿回家。

"妈妈！"陆葳一路上都很兴奋，进家门就蹦了起来，"快给我看看你拍的视频！"

陆知乔笑着捏捏她的小脸蛋，说："等一下，妈妈先帮你卸妆。"说完进了卧室，拿来卸妆膏和卸妆棉，"到沙发上坐好。"

她话音刚落，手机就响了。

那一瞬间，陆知乔下意识地以为是祁言的电话，立刻把东西放到茶几上，翻出手机来一看，却是朋友打来的。

"嗯，我刚到家。

"要不我下去拿吧，免得你跑上来。

"好吧，我给你开门。"

挂掉电话，陆知乔按了按门边的楼层钮，顺手打开大门。不一会儿，楼道里传来稳健有力的脚步声，一个高瘦的男人提着大包小包进来，脸上带着温和的笑。

"温叔叔好！"陆葳站起来喊人。

"哎，"男人应了声，"妞妞。"

陆知乔接过他手里的东西，掂了掂，感觉挺沉的。她把东西一件件放在地上，嗔怪道："怎么还专门跑一趟，下次让我过去拿就好了。"

110

"我也是刚好路过，就顺便给你送来。"

"进来坐吧，"陆知乔熟稔地招手，"晚上请你吃饭，正好我也打算带妞妞出去。"

他无奈地摇头："改天吧，我现在要去机场接朋友。"

门口传来一阵门铃响。

陆知乔话到嘴边被打断，探身要去开门，男人却快她一步，帮忙开了门，看到外面的人下意识地问："你是？"

祁言愣在门外，此刻近距离观察，她便发觉这个男人有一副好皮囊，清逸俊秀，温文尔雅，身上有种不骄不躁的从容气质，眼神十分真诚，看面相应该是个谦谦君子。

但是人不可貌相，人心隔肚皮，祁言见多了表里不一的人，他们表面上装得斯文纯良，心里别提有多龌龊阴暗。她冻住的笑容缓缓舒展开，客气地点了下头，然后将目光投向陆知乔。

陆知乔还没来得及开口，陆葳就伸着脖子喊了一声："温叔叔，那是祁老师。"

"也是我邻居，祁言，"陆知乔补了一句，转而对祁言介绍，"我朋友，温子龙。"

男人主动伸出手道："祁老师你好。"

"你好。"祁言笑着跟他握了握手，余光瞥向陆知乔，心底蓦然有一股暖流缓缓淌过——这人终于不是只把她当作妞妞的老师了。

"那我就先走了，改天有空再聚，"温子龙向她们道别，朝陆葳挥了挥手，"妞妞，叔叔走了哦。"

"温叔叔再见！"

看着他进了电梯，祁言才转过来望着陆知乔笑，嘴唇动了动，把手里的东西递给她："这是妞妞参与演出的奖品，你们忘记拿了。"

祁言递过来的是一套精美的卡通陶瓷杯。

"什么呀？"陆葳顶着一脸浓妆跑过来，嘴里轻轻"哇"了一声，接过杯子，"谢谢祁老师。"

这次孩子替妈说了想说却不能说的词。

祁言笑着说："你今天很棒。"

陆知乔摸了摸女儿的脑袋，冲祁言点头微笑，等祁言走了，她才松懈下来，拿起卸妆膏帮女儿卸妆。

"妞妞，晚上想吃什么？"

"烤肉！自己烤的那种。"

"好。"陆知乔笑着应声，"我们带祁老师一起去吧？"

小姑娘顿了顿，乳化后的卸妆膏糊了她一脸，不敢睁开眼睛，试探着问："妈妈，你是不是惹祁老师生气了？"

"怎么会这么想？"陆知乔用卸妆棉很轻地替女儿擦脸。

"无事献殷勤，非奸即盗，嘿嘿。"

陆知乔无奈地回道："说什么呢！"这孩子，真是……

擦干净脸，陆知乔伸出食指戳了下女儿的脑门，嗔笑道："洗脸去。"她自己也去洗了手，把手机里的视频调出来，"妞妞，手机放这里了，妈妈到对门去一趟。"

"哦，献殷勤去咯。"陆葳吐了吐舌头。

陆知乔眉头一拧，佯装生气，抬手就要敲她脑袋，小姑娘连忙闪身跑掉。

陆知乔敲响 902 的门后，门很快就开了，她的视线里出现祁言高挑秀拔的身影，那双眼睛如冰封的琥珀，长发柔顺地垂落腰际。她以为自己会看到一张沉郁晦暗的脸，实则不然，对方勾着嘴角，笑意盈盈，好像知道她会来。

陆知乔还没说话，就被人拉了进去。

"什么事？"祁言指了指拖鞋，示意她进来坐。

陆知乔没动，沉吟片刻，颇有些不好意思地说："一会儿我带妞妞出去吃饭，你跟我们一起去吧？"

陆知乔从来没有这般主动邀请过，那一瞬间祁言以为自己幻听了，怔愣着盯了她许久，才说："就这事？没有……别的？"

其实陆知乔是有的，她垂下眼皮，斟酌道："有。"

祁言一把将她拉进屋，两人在沙发上坐下。

陆知乔开门见山地说道："我和子龙是在慈善活动上认识的。

"不是什么明星晚宴，就是一个去偏远山村看望失学女童的活动，给她们送一些衣服和书之类的物资，当时很多人参加，他也去了，我和他在一个组。

"我们认识之后，慢慢对对方了解一些，他确实比较有钱，但家里人都去世了，只剩他一个人……"

说到这里，陆知乔神情黯淡，眉心拧起细细的褶皱，声音也低了下去。

"虽然很多时候慈善就是个噱头，是作秀给别人看的，但他是真心实意地投入钱和精力在做这些，每年大大小小的活动，捐了应该有上百万，还不包括其他物资，比如捐给儿童福利院的玩具。

"那天我就是跟他去福利院了。"

陆知乔没再继续说，有许多方面涉及隐私，她不便多讲，本来她就没有义务向其他人解释这些，就算祁言是这其他人中唯一的例外，她能够说的也仅此而已。

祁言安静地听着，眼里没有丝毫波澜，隐隐觉得心口撕扯着一阵阵钝痛，像雕塑似的一动不动。

更多其他的事情已经不重要了。

——我没有外公外婆……

——爷爷奶奶呢？

——没有。

——其他亲戚，比如姨姨？舅舅？

——从来没见过。

祁言想起那天妞妞说的话，还有小女孩满脸茫然的模样，也许在她的世界里，自己的亲人只有妈妈，其他不过是陌生的名词。但谁又知晓，当同学说起爷爷奶奶或外公外婆时，她内心是否有过疑惑和失落。

原以为陆知乔的家人都在另外的城市，只不过她一个人带着孩子生活在这里，逢年过节便会回去与家人团聚——就像每年春节假期时那样，无数个家庭亦如此。

没想到，江城这么大，只有她们母女俩相依为命。

柜子里男人的照片、妞妞与陆知乔的年龄差、那晚在酒吧的相遇……谜团一个接着一个，祁言愈发觉得自己看不透陆知乔了，她兜兜转转许久，一步也没有踏出去。

其实她还在原地，却产生了两人距离很近的错觉。

"祁老师？"

陆知乔的一声轻唤，将祁言拉回了现实，她抬头看着陆知乔，目光停留在那颗生动又温婉的泪痣上，随口说道："说来惭愧，我这个暴发户的女儿，从小到大都没捐过几块钱……"

"我不是这个意思，"陆知乔以为她误解了，连忙解释，"自己的事自己做，我不喜欢道德绑架，你别这么想。"

"那你对我一点也不好奇吗？"

怎么可能不好奇，陆知乔想。

第一次好奇是见到祁言开的车，第二次是看见祁言家客厅的艺术写真，第三次则是祁言大摇大摆地去公司接她……只不过她不喜欢直白地问出来。

见陆知乔依旧沉默，祁言也习惯了，便跳过了这话题："逗你的。晚上吃什么？"

"妞妞说想吃烤肉。"

"那就烤肉。"祁言站起来伸了个懒腰，"现在走吗？"

陆知乔也起身，道："嗯，我去叫妞妞换衣服。"

等人走了，祁言脸上的笑容逐渐消失，她重重地跌回沙发上，脑海里铺满乱七八糟的碎片……她是不是太打扰陆知乔了？

新年第一天，陆知乔起了个大早，给女儿做好早餐后，驱车前往宁湖区别墅群。

她和舒敏希约好今天去看望董事长，因山庄内不允许外来车辆进入，便在大门口等。她们约的八点钟，大概七点五十五时，陆知乔的视

114

线里出现两道人影。

这天天气暖和，舒敏希穿一件长到小腿的桔梗蓝毛衫外套，走在前面，步伐带着风，青木沙纪跟在后面，仍是毛衣长裙，只款式和颜色不同，她尽力跟上舒敏希的脚步，头发有点乱。

陆知乔假意不知情，下车跟她们打招呼："舒总，青木小姐。"

"坐我的车，司机去开了。"舒敏希点点头，很自然地和陆知乔说话。

一旁的沙纪脸色微僵，心道，她们看起来关系很好的样子。

一辆黑色轿车缓缓驶过来，司机下车打开了后座门，陆知乔才松一口气，要去副驾驶坐，舒敏希却直接拉着她往后面走，扭头对沙纪说："你坐前面。"

沙纪明显不情愿，有点委屈，将求助的目光投向陆知乔。

"舒总，我坐前面吧。"陆知乔善识眼色，临时编了个借口，"我……早餐吃太多了，有点晕。"

舒敏希微微皱眉，看了她一眼，又看看沙纪，迟疑片刻，什么也没说，松开她上了车。

沙纪给了陆知乔一个感激的眼神，迫不及待跟着上去。

一路上车内都很安静，谁也没有说话，走到一半，陆知乔手机响了，是女儿打来的电话。

陆葳起床发现她不在，有点难过，电话里哼哼唧唧地撒娇，她温声软语安抚了好一阵，答应回家时带小蛋糕，那小妮子才罢休。

陆知乔一时之间忘了这是在车里，上司和客户的女儿就在后面坐着。

"你也有孩子吗？"沙纪轻声问。

陆知乔一愣，把手机收进包里，点头道："对，我女儿十二岁了。"

"那一定是个漂亮可爱的小公主。"沙纪眯着眼笑，神情明显放松下来，而后忍不住多说了几句，"我也有个女儿，再过两个月就六岁了，她……"她忽然想起了什么，闭上嘴。

沙纪余光瞥见身边的舒敏希脸色不太好，她嘴角勾着冷笑，一言不发地转过去看窗外。

车内霎时只余下诡异的沉默。

陆知乔察觉情况不对，看了眼后视镜，见沙纪低着头不说话，舒敏希看窗外也不说话，隐约明白了点什么，识趣地不再吭声。

　　工作十年来，陆知乔只见过董事长两次，一次是刚入职那年的年会上，一次是升任总监的时候，印象里董事长是个长相颇有异域风情的女人。

　　近二十年前，董事长白手起家创办了现在的新北集团——那会儿新北还只是个小公司，不知从什么时候她开始退居幕后，一直很低调。

　　她居住的洋房小区，建成至今有十多年了，是偏旧的楼盘。舒敏希有她家的钥匙，一行人一路上楼，屋子里弥漫着浓重的香油味和酒味，进门就看到客厅地上散落着几个空酒瓶，屋内到处都插满了妖冶艳丽的假花。

　　舒敏希冷了一路的脸色缓和了下来，流露出些许悲悯，她不顾形象地甩了鞋子，冲进卧房。

　　沙纪也冲了进去，两人很久都没有出来。

　　陆知乔看着地上的酒瓶，洁癖发作，弯腰一个个将它们捡起来，起身一抬头，就见电视机柜上摆着两个牌位，旁边是两张黑白照片，差点没吓死。

　　牌位上没有字，照片上的女人她也不认识，整间屋子充斥着诡异阴森的气息。

　　又过了会儿，有人出来了。

　　董事长还是很美，但老了许多，明明四十出头的年纪，却沧桑得像是踏进了垂暮之年。她穿得朴素，手里捏一串佛珠，眼神空洞，说话总是心不在焉的，没几分钟就觉得累了，让她们不要吵她。

　　此时的陆知乔还不知道，这将是她最后一次见到自己曾经的偶像……

　　周五晚上，新北集团在一处高档酒店的宴会厅举办年会。

　　每年的年会内容都差不多，老总们讲话，专业团队表演，同事们吃吃喝喝，抽奖发礼品，大家实在是有些倦了。而今年，不知是谁想出来的馊主意，让每位高管都上台表演一个节目，节目类型由抽签决定，不能重复，不能互换。

各部门总监虽然暗地里叫苦，但都乐意配合，私底下积极地准备节目，硬着头皮也要上去。

陆知乔很幸运抽到了唱歌。舞台闪烁着绚丽的灯光，背景大屏幕上滚动着令人眼花缭乱的图案，她穿一袭黑色无袖长裙站在中央，深情款款地唱了一首老歌。

虽然是很老的歌，但调子朗朗上口，她的嗓音不如原唱那么浑厚有力，而是温柔轻细的，却另有一番多情缠绵的滋味。

底下掌声雷动，有人吹口哨，有人大声叫好。

角落里，祁言静静地注视着舞台上的身影，她端起酒杯抿了一口果汁，带着酸甜味的液体顺着喉咙淌入腹中，凉意涌入心底，让人浑身发颤。

这首歌她并不喜欢，但陆知乔确实唱得好听。

那人在舞台上身姿绰约，自信大方，笑得眼睛都弯了起来，哪里像是平日那个冷淡自持、笑脸都不肯多给一个的陆知乔。

祁言在心底愤愤地"哼"了一声。

掌声逐渐息止，陆知乔把话筒交还给主持人，小心地提着裙摆走下舞台。她没回最前面那桌的座位，而是径直去了洗手间。

祁言眯了眯眼，放下杯子跟了过去。

洗手间里传来哗哗的水流声，陆知乔站在镜子前洗手，余光瞥见有人进来，随意转头望了一眼，惊讶地问道："你……你怎么在这里？"

"你猜？"祁言扬眉一笑，往前走了两步到她身边。

陆知乔化了浓妆，眼尾勾着粗黑浓重的眼线，泪痣生动，唇上是略带棕调的砖红色口红，显得气场十足。今天她换了香水，不是"狩猎女神"那种云淡风轻的冷香，而是一种丰富张扬的女人味，浓艳，成熟，凌厉。

陆知乔直起腰，手从感应水龙头下拿开，水停了，她的脸色有些窘迫："你是不是有朋友或者亲戚在我们公司上班？"

今年的年会，每人可以带一个家属或者朋友，她原想带女儿过来，但想着她下周就要期末考试，便让孩子在家看书复习。

祁言会出现在这里，大概也只有这个可能了。

"对，我朋友在这儿工作，她老公临时加班来不了，便宜了我。"祁言看着她说。

"是谁？"

"不告诉你。"

陆知乔皱起了眉，说："出去看你坐在谁旁边，我就知道了。"

"饶命啊，陆总监。"祁言举起双手做投降状，"万一你以权谋私，我朋友可就倒霉了。"

"看样子是我部门的了？"

祁言语塞，自己竟然被套话了。

想不到陆知乔这人，私底下温和多思，一副柔柔弱弱好欺负的模样，却还有如此凌厉的一面。祁言哑然失笑，爱玩的性子让她觉得越来越有意思。

"池念，你手下的大区经理。"

陆知乔点头道："我不会以权谋私。"

"刚才唱得不错。"祁言巧妙地转移话题，举手做出鼓掌的样子。

她不提还好，这么一提，陆知乔更不好意思了，避开祁言，提起裙摆快步走出去。

两人几乎同时回到小区，黑色车子在前，白色车子在后。

陆知乔想先一步上楼，以最快的速度下车锁门，进了电梯间，然而电梯在楼上，等待下来的工夫，祁言已慢悠悠地来到她身侧，与她并肩站立。

两人一起上了九楼，相安无事。

陆知乔率先踏出电梯，刚迈出两步，就猛地被人拉住了，她带着疑惑看向祁言。

"为什么我总感觉你很防着我？老师和家长真的不能做朋友吗？"祁言侧身挡住她的去路。

终于该来的还是会来，该面对的还是要面对，陆知乔脑子里嗡嗡作响，迫使自己冷静下来，轻声说："不是身份的问题，是……"

"什么？"

"我能感觉到你的成长环境很不错，除了物质之外，精神也很富足，比如言行举止，处事的态度……你的眼睛里装着整个世界，你的脸上写满了探索欲，你说话做事时自然而然会流露出来一种安全感……"陆知乔眼帘低垂，像是在自言自语，"这些东西是许多人终生难求的宝贵财富，你很幸福，我也真心祝愿你一直幸福。"

祁言隐约听出了点不对劲，追问："什么意思？"

"我觉得，我们不是一路人。"

陆知乔抬头看着她，直到这一刻才感觉到坦然和平静。

两人陷入了沉默。

"是真心话吗？"片刻后，祁言才直视她的眼睛。

"是。"

"好，我知道了。"

祁言弯了弯嘴角，松开手，转身朝 902 走去。

楼道里寂静无声，一丝凉风从窗户外面吹进来，陆知乔打了个哆嗦，胸口剧烈起伏，脑子里一片空白，指尖像被千万只虫子噬咬，麻得失去了知觉。

这种很熟悉的感觉，记忆里只有她情绪波动极大的时候才会有，已经许多年没出现过了。陆知乔印象最深刻的一次，是小时候她和父母吵架，那次她想离家出走。

自踏入社会以来，摸爬滚打了十年，她的坏脾气被工作磨得干干净净。

又站了一会儿，陆知乔冷静下来，从包里翻出小镜子和纸巾，整理了下妆容，抿了抿嘴，开门回家。

客厅开着灯却没人，她刚放下包，就看到女儿蹑手蹑脚从主卧出来，一闪身跑进次卧。

"妞妞！"

陆葳顿住脚步，缓缓转过身："嘿嘿，妈妈，你回来了啊……"

小姑娘的一张脸煞白的，像抹了面粉似的，两根仿佛要飞天的眉毛又粗又歪，脸颊上还飘着两朵高原红，嘴巴猩红油亮，活像个京剧里的大花脸。

"这是怎么了？"陆知乔蹙起眉。

陆葳小声道："唔，我用了一点你的化妆品。"心知自己完蛋了，她忙嬉皮笑脸地打哈哈，"妈妈，你的妆超好看，我都化不出来。"

小孩子不会化妆，偏又爱臭美，涂涂抹抹也不成个样子，搞得自己人不人鬼不鬼的，陆知乔本想训斥，可实在是觉得好笑，提着裙子走过去，轻轻捏了下女儿的脸蛋："下次想化妆要跟妈妈说，我来帮你化，你不准自己偷偷化，知道吗？"

陆葳傻笑着点头，心里暗暗松了口气。

陆知乔惊讶于女儿竟然会偷用自己的化妆品，不知是否有跟风同学的嫌疑。但她转念想来，爱美之心人皆有之，女儿这个年纪更是格外注重外表，往往家长越不让做什么孩子越要做什么，与其围追截打压孩子，不如好好引导。

"班上的女同学也会化妆吗？"

"有几个会。"陆葳点点头，"她们还有自己的化妆品，午休的时候我们就在教室里化着玩。"

"你们是哪里来的化妆品呢？"

"就在学校附近小商店买的啊，不贵，那个好多颜色的眼影才十五块钱。"

陆知乔的脸色沉了沉，问道："你没买吧？"

便宜的劣质化妆品只能骗骗无知小女孩，用了很可能会伤皮肤。她平时给女儿的零花钱不少，一直觉得这孩子乖巧听话，不会花钱买乱七八糟的东西，这会儿却莫名担心起来。要知道，这个年纪的孩子是很容易跟风模仿的。

"没，我说我妈妈有，她们的妈妈都不化妆的，只能自己偷偷买了。"

120

说出这话时，小姑娘的脸上是满满的骄傲。

陆知乔的眉心舒展开来，牵起女儿的手包在掌心，温声道："妞妞，爱美是正常的，妈妈不反对你化妆，但是你得答应我三个条件：第一，不在学校里化妆；第二，每个月只能化一次，妈妈可以教你；第三，不能擅自用零花钱买化妆品。"

"好，那我可以化得很漂亮让祁老师给我拍照了。"

女儿冷不丁提到祁言，陆知乔被噎住，神色有些不自然，那人的笑容犹在眼前，还有捉摸不透的背影……两家如今门对门住着，不可能杜绝往来，她再告诫女儿不要麻烦对方，也于事无补。

"你不怕祁老师？"陆知乔挑眉，言外之意那可是你的班主任。

当初祁言刚搬到对面时，女儿吓成那样，转眼不过两个多月而已，就主动提起她，小孩子心思还真是变得飞快。

陆葳摇了摇头，说："祁老师很好啊。"

陆知乔讶然，扯了扯嘴角，干笑两声，没说话。

夜色渐深，母女俩洗得香喷喷的坐在床上，陆知乔抱着女儿抽查她背古诗词，本想借此分散自己的注意力，可一想到语文老师是祁言，眼睛盯着课本，思绪又飞到了天际。

这一学期即将结束，后两个月冗长得像是过了两年，发生了太多事，连带着陆知乔的心情起起伏伏。与祁言相遇相识不过是一场意外，真正说开后，她才算把心里的大石头放下。

还有两年半女儿就初中毕业了，届时陆葳考到哪所学校，她就去学校附近租房子，等这边房子的贷款还完，再把它卖掉，去市区买套新的。那时候女儿应该大学毕业了，也许会工作，也许会读研，然后慢慢独立起来。

她就可以放手，去过自己想要的生活。

"东临碣石，以观沧海，水何澹澹……"女儿背书的声音将陆知乔的思绪拉回来，她拿起手机看了看，家校群里有人找她。

祁言在群内发了一条期末考试安排的通知，提到了所有人，家长们纷纷回复"收到""老师辛苦了"，一连刷了二十几条消息。

以前陆知乔从来不回复这类消息，她浏览完通知，盯着祁言的微信头像，手指缓慢地打字：知道了。

也是奇怪，这是她入群以来头一次说话，内容也与其他家长不一样，消息刚发出去，群内顿时安静下来。

祁言跟着发了一个"奸笑"的表情。

陆知乔没理会，将手机放到一边，见女儿已经背完了两遍，摸摸她的头发道："妞妞，过年想去哪里玩？"

"海边。"

"我们这里就是沿海城市啊。"

陆葳撇着嘴摇头："不是这里，是有热带森林的那种海，有很多小岛，可以去海上钓鱼的那种。"

"好，我找找看。"陆知乔拿起手机，瞄了眼家校群，零星又有几人回复收到，她退出去，开始搜索旅游信息。

热带岛屿……

"对了，妈妈，我们带祁老师一起去呗？"

陆知乔回过神来，惊讶地看着女儿问："为什么？"

"嗯……"陆葳一时找不到理由，低头想了想，忽然眼睛一亮，"祁老师说，答应了过年的时候帮你拍照片！"

年末忙乱，如果不是女儿提醒，她早就将这件事忘在了脑后，方才才记起来，自己的确答应了祁言做模特拍片。

当时她只想着春节假期有空，这会儿又承诺了女儿出去玩，两件事不偏不倚地撞在了一起。

她欠祁言那么多人情，一次都没还，反悔当然是不行的。而且年后会很忙，再推迟时间的话不知要推到几时，陆知乔完全拿不准。她想，或许祁言主动对女儿提起这件事，就是在旁敲侧击提醒她，不能再推脱了，否则面子里子都过不去。

她该怎么办呢？又不能在孩子面前撒谎。

"而且我向祁老师保证，你会同意带她去的……"陆葳见妈妈脸色不对，立刻反应过来自己闯了祸，只好一五一十地交代。

陆知乔一愣："妞妞，你——"

陆葳吓得拉过被子盖住脑袋，陆知乔无奈地看着她，这小妮子……

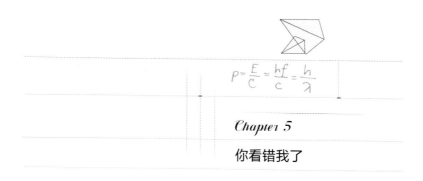

$$p = \frac{E}{c} = \frac{hf}{c} = \frac{h}{\lambda}$$

Chapter 5

你看错我了

周一是附中全校期末考试的日子，早上来学校的时候，陆葳就觉得肚子隐隐有些不舒服，既不是吃撑了的胃痛，也不是要拉肚子那种感觉，而是肚脐眼之下的位置像揣了块石头，隐隐有一点点酸和胀，走路时会有轻微下坠感。她没在意，觉得过会儿就会好。

语文是陆葳拿手的科目，她优哉游哉地走进考场，丝毫不慌，满脑子想着下午的数学——王哲毅说会帮她想办法。

这么一想，陆葳就安心多了。

拿到语文试卷，陆葳翻过来瞥了眼作文题目，忍不住弯起嘴角，心道：嚯，简单，满分预订。

考场内一片寂静，只有笔尖划过纸张的沙沙声，监考老师站在讲台上，双手背在身后，扫视众人一圈，而后荡着悠闲的步伐走下去，来回转悠，走廊上也时不时有巡考老师的身影经过。

期末考试对学生来说至关重要，考得好就能开开心心回家过年，考得不好，年夜饭上免不了被七大姑八大姨叨叨，更有传说中"别人家的孩子"来作怪，于是整个校园都充满了严肃紧张的气氛。

陆葳答题很快，字也写得工整漂亮，不到一小时便写完了阅读理解，她放下笔，伸了个懒腰，手扶住椅子两侧挪了挪，准备写作文。

突然，她的身子僵住了。

她觉得有股温温的液体缓缓地从身体里淌出来……

陆葳不敢动了，睁大眼睛瞪着试卷，心里有些害怕，但好像能预感到那是什么，她慌忙抬头看向讲台："老师——"

她的声音很轻，却打破了考场的寂静，几个学生不约而同望过来。

"嗯？"监考老师扬了扬眉。

"我想上厕所……"

"去。"

陆葳小心翼翼站起来，心里又急又窘，悄悄看了眼椅子，确认没有沾上后，踩着小碎步飞快地走出教室。

厕所里没有人，她躲进了最后一间查看，果然，自己的内裤上沾着大片殷红的血渍。

陆葳蒙了。

班上一些关系好的女孩子平时私底下会谈论些比较隐私的话题，譬如生理期，女生们称其为"例假"或者"大姨妈"。许多女孩子小学五六年级就经历了初潮，有时候陆葳课间和同学结伴上厕所，就会看到她们把卫生巾揣在口袋里……

这些她都知道，也明白自己早晚会来，但真到了这么一天，竟有些不知所措。

她没有卫生巾，而大家又都在考试，相熟的女同学分散在不同的考场，找她们肯定行不通。

那该怎么办？作文还没写，时间耽误不得，陆葳快急哭了。

情急之下，她想到了祁言。

每位老师都有监考任务，她不知道祁言在哪个考场监考，只好从第一考场开始挨个教室找过去。幸运的是，祁言在第三考场，陆葳走过两间教室便看到了她。

"祁老师……"

祁言刚在讲台底下转完一圈，回到讲台，正要拿起试卷继续看题，一转头就见陆葳站在门口，小脸皱成一团。

她心下一惊，快步出去，问道："怎么了？"

"我……"陆葳皱着眉，脸涨得通红，一副害羞又难为情的样子，小心翼翼地凑到祁言耳边嘀咕了两句。

祁言忽然笑了，暗暗松了一口气，她还以为是什么事儿呢。

"等我一下。"她轻轻拍了拍女孩的肩膀，走到隔壁第二考场，拜托同事帮着盯一会儿，而后出来牵起女孩的手，说："跟我来。"

祁言的办公室抽屉里备着卫生巾，她拿了一片，大大方方牵着陆葳进了女厕所。里面依旧没人，她让陆葳去第一间，小姑娘连连摇头，跑去了最后一间。

瞧这孩子的反应，八成是第一次经历这情况，这是多么有纪念意义的日子。

祁言摸了摸她的脑袋，温声安抚道："没关系，这是正常的，每个女孩子都会经历。"说完把卫生巾递给她，关切地问，"会用吗？要不要我教你？"

小姑娘红着脸不吭声。

"包装撕开，后面的纸撕掉，先黏在……"祁言会意，大致给陆葳示范了一下，没有全部撕掉包装纸，"会了吗？"

陆葳点点头，眼皮始终不敢抬，将卫生巾接过来关上门，隔间内传来一阵窸窸窣窣的动静。

不多一会儿，陆葳出来了，祁言引她去洗手，拿出纸巾给她擦手，细心叮嘱道："记得回去告诉妈妈，有一些需要注意的东西，她会教你的。"

"嗯，谢谢祁老师。"

"去考试吧，作文好好写。"

祁言眯着眼笑，目送她离开，像是看着自己的女儿。

傍晚，陆知乔下班回家，看到女儿在阳台上洗东西，疑惑地走过去问："妞妞，洗什么呢？"

"唔，裤子。"

盆里装了半盆水，陆葳撸着袖子站在水池前，一手拿肥皂，一手拎着浸湿的内裤，愁眉苦脸地说："我洗了好多遍，还是有痕迹，洗不掉怎么办啊，妈妈……"

被浸湿的粉色布料上隐隐显出褐色的污渍，像干涸的血。

陆知乔立刻反应过来，刚想说话，门铃响了，她忙转身去客厅，看了看猫眼，打开门。

"祁——"

祁言站在外面，灯光照得她的脸光洁滢亮，乌黑柔长的秀发直直地垂在身前，轻灵飘逸，她把手上的东西递过去："给你这个。"

那是一本薄薄的性教育手册。

陆知乔困惑地看着她。

"如果你不好意思亲自教的话……"祁言弯了弯嘴角，倾身靠近，"我可以代劳。"

她上前两步踏进屋，陆知乔感觉迎面扑来一股熟悉的香味，像冰凉的柑橘，又像沉厚的檀木，冷得云淡风轻——是"狩猎女神"的味道。

陆知乔今天没喷香水，闻到素来属于自己的味道，也是一愣，她吸了吸鼻子，幽然的香气顺着鼻腔流进肺里。

她从来都没觉得，这香味有如此好闻。

"嗯？"祁言眨眨眼。

陆知乔低头去看小册子，伸手接过来："这个是……什么意思？"

"妞妞长大了，"祁言收敛起玩笑的神色，"有些东西是时候教给她了。"

她晓得陆知乔脸皮薄，拿不准是否能接受直白的说法，只能委婉一点。

陆知乔立刻便明白了她的意思，疑惑地问："你怎么知道？我也是刚下班，看到妞妞在洗裤子……"

话说到一半，她顿住，不必祁言解释也懂了——今天女儿在学校考试，应该是有突发情况。

她忽然感到庆幸，自己身为母亲顾及不到的地方，有祁言在，处处帮着女儿，照顾着女儿。陆知乔心里霎时暖融融的，滋味万千。

"谢……"

"嘘。"祁言竖起食指，"需要我代劳吗？"

"不用了。"陆知乔尴尬地垂下眼皮。

这是意料之中的答案，祁言识趣地不再勉强，点点头说："好，那我回去了。"

大门缓缓关上，陆知乔盯着自家门半晌，低头翻了翻手册。这手册很薄，只有二十来页，但相关知识科普得很全面，图解画得有模有样的。

陆知乔有点窘迫，可这一天早晚要来的。她是母亲，就避不开，有这个义务和责任去教导孩子，将正经的知识大大方方讲出来，没什么不好意思的，反倒遮掩躲藏才会引人想歪。

下定了决心，陆知乔便把小册子放到一边，见女儿还在跟洗不干净的内裤做斗争，好笑又无奈地说道："妞妞，不洗了，你放在那里，等下妈妈来洗。"

"不要，我自己洗……"小姑娘脸蛋红红的，嘴巴噘得老高，她今天就跟这条裤子杠上了。

女儿近两年越来越害羞，换衣服避着她，内裤也不让她洗了，起先陆知乔没注意，还以为是自己疏于陪伴，使得孩子心理上产生了隔阂。可今天她才意识到，女儿即将进入人生中最重要的阶段，这一切都是正常现象。

陆知乔颇为感慨，眼神温柔似水，轻轻揽住女儿的肩膀，说："这样子洗不干净的，丢掉吧，妈妈给你买新的。"

陆崴点点头道："唔，好吧。"旧的不去，新的不来嘛。

明天还要考英语，陆知乔便让女儿去背单词复习，收拾了一下阳台，带着那本小册子进厨房，边做饭边看。

吃完饭，母女俩坐在沙发上。

陆知乔酝酿着要怎样开口，却不料女儿先跟她说了，支支吾吾又羞怯不已，脑袋都快要埋进沙发缝里。她才科普了两句，女儿就小声说：

"妈妈，我都知道了，就是每个月都有的嘛，我们班有女生也是这样，说明可以生宝宝了。"

陆知乔："……"

"做女生好麻烦啊，垫那个东西难受死了，唉。"

陆知乔目瞪口呆地看着女儿，想到这些知识仅靠同学之间传播，极其容易走歪，心里后怕不已。她连忙端正了神色，耐心地给孩子讲男女之间生理构造的不同、月经的原理、注意事项等。

一番话讲得她口干舌燥，终于喝上水喘了口气。

"妞妞，妈妈不能随时随地在你身边，所以你千万要学会保护自己，在学校可以跟男生玩，但是不能有肢体接触，明白吗？"陆知乔认真地说道。

其实不只是对待异性，同性也一样，陆知乔从小就教育女儿，如果在学校被人欺负，绝对不可以忍气吞声。

小姑娘认真地点头，神情严肃。

这些东西她多少懂一点，班里的女同学比她知道得更多，上初中后她简直像打开了新世界的大门，虽然好奇，但还是知道要听妈妈的话。

在很小的时候她就知道，妈妈是这个世界上对她来说最重要的人，也是唯一的亲人。

"妈妈……"陆葳突然扑过来抱住陆知乔，"我会听话的。"

你别不要我……这后半句话陆葳没有说出口。

陆知乔亲了一下女儿的头发："乖。"

休息了一会儿，陆知乔准备出门给女儿买卫生用品，她带上那本薄薄的小册子，敲响了902的门。

敲了好几遍都没人应，她以为屋里没有人，正要转身走，门突然就开了。

屋子里很暗，只开了一盏暖黄的壁灯，祁言披散着头发，半张脸隐没在阴影里，神情有些落寞。她的目光落在陆知乔手上，浅浅地勾起嘴角，问："教完了？"

祁言身上的香味比方才更浓，越闻越觉得冷，极致入骨的冷淡。

"阿尔忒弥斯"这款香水向来如此，喷得再多，香味再浓郁，也不会呛到使人嗅觉失灵，而是循序渐进地将人淹没，在不知不觉中沁润心脾。

陆知乔递书的动作一顿，"嗯"了声，后面那句"我来还书"咽了下去，沉吟道："有件事想跟你说。"

她主动进屋，自顾自地换鞋，轻车熟路的，仿佛是在自己家。

"怎么了？"祁言跟到沙发边坐下。

"上次答应你做模特，过年去拍片……"昏暗的光线里，陆知乔素净的面容被模糊，连声音也混沌了，"你看能不能改个时间？"

"可以。"祁言脸色微僵，"你平常那么忙，假期就多陪陪孩子吧，片子什么时候拍都可以。"

本来已经做好祁言寸步不让的准备，以为要费一番口舌，谁知她答应得如此爽快，陆知乔一时感到内疚，张了张嘴："祁言——"

"嗯？"

"对不起。"

祁言心知共同度假这事泡了汤，听陆知乔这么说，又忍不住想戏弄她："那你打算怎么补偿我？"

补偿？陆知乔有点蒙。

祁言不忍心为难她，只是笑了笑，转移话题："你给妞妞买卫生巾了吗？我今天拿了几个给她应急，刚开始小孩子可能不习惯，我自己也不常用，都是用棉条比较多……"

"我正准备去。"陆知乔顺着台阶下了，把手里的小册子放茶几上，"这个很有用，你买的吗？"

"教上一届的时候学校发的，妞妞这届下学期应该会发。"

"你已经教过一届学生了？"

"看来我不显老。"祁言开心地站起来，"走吧，一起去商场。"

陆知乔愣愣地看着她。

祁言伸了个懒腰，拎起包到门口穿鞋，转头冲陆知乔笑："刚好我想囤点日用品，蹭你的车坐坐，不介意吧？"

祁言第一次坐陆知乔的车，上去的瞬间就将车内打量了个遍，里面非常干净整洁，有股清淡的草木香。风挡前的相框里放着陆知乔和女儿的合照，母女俩亲昵地依偎在一起开怀大笑，中央后视镜上还挂着一串平安符，除此之外，没有任何装饰品。

相比之下，祁言的车简直是花里胡哨，都说车随主人，看来是没错。

临近春节，大型商场布置得喜气洋洋，广播里放起了经典老歌《恭喜发财》，每到这时候，忙碌而快节奏的大城市里才有那么一丝温情的味道。

许是周一的缘故，商场里的人并不多，祁言推着购物车与陆知乔并肩而行，步调悠闲自在。她平常不大爱逛这类百货商场，这里的东西无法吸引她，家里日常用的东西都是网购的，有人送到家，而且她一年中也会去国外逛几次街。

眼下她只是找个借口出来走走罢了。

陆知乔也一副兴趣缺缺的样子，只拿了几样女儿爱吃的零食，而后直奔女性用品区。

卫生用品的品牌和种类诸多，她一时挑花了眼，不知道该怎么选，自己平时有用惯的某个牌子，女儿却不一定喜欢。

"冬天可以用纯棉的，舒服又不闷，网面的挑人，有些皮肤敏感的会觉得不舒服……"祁言嘴里轻声念叨着，伸手拿了几包给陆知乔，细致地做起对比。

"还有晚上用的。妞妞睡觉挺老实，但是一直不翻身也难受，干脆给她买这个'安心裤'，随便翻。"

祁言专注又细心，想得也周全，一条一条说得头头是道，仿佛是在给自己女儿挑选，一副当妈的样子，而真正的母亲——陆知乔却在旁愣愣地看着，完全插不上话。

买完卫生棉，两人又去看贴身背心。

"给妞妞量过胸围了吗？"祁言问陆知乔，转念又说，"量了也没用，刚发育。直接看布料吧，要纯棉的。"

陆知乔目光瞥向她，又低头看看自己，脸一热，忍不住暗自深呼吸。

祁言自言自语，手里捏着两三个衣架，转过来给陆知乔看："哪款妞妞会比较喜欢？"

陆知乔回过神来，指了一下右边那件粉色内衣，说："这一款吧。"

"好。"

祁言又打量几遍，弯着嘴角道："我觉得都好看，唉，都买吧。"说完一口气拿了七八件，放进购物车里，"算我送给妞妞的礼物。"

"不——"

陆知乔刚想拒绝，祁言就推着购物车走了。

最后账是祁言结的，她强势地把卡塞进收银员手里，不给陆知乔丝毫机会。结完账她提着两个袋子走在前面，脚底生风，一路先行到停车场，陆知乔在后面追不上，只得咽下涌到嘴边的话。

从商场出来，一轮圆月高高挂在夜空。

路上谁也没有说话，祁言在看手机，陆知乔几次转眼看她，想开口，又觉得说了无用。耳边反复回荡着方才祁言念叨的话，她心里又酸又暖，五味杂陈。

回到小区，二人乘电梯上楼。

"早点休息，晚安。"从电梯出来，祁言笑着将手里的袋子递给她，转身往902走。

"祁言——"陆知乔轻声喊她。

祁言停下脚步，背对着她。

"你也喜欢'阿尔忒弥斯'吗？"

"嗯。"

"为什么？"

答案或许是好闻，或许是突然喜欢了，甚至有可能是无形中受了她的影响。陆知乔猜测着，明知这个问题没有意义，她也不知道自己想探究什么。

"因为……"祁言偏了偏头，乌黑柔长的发丝轻轻甩动，露出半个

132

侧脸，"喜欢这个味道啊。"

这人该不会傻了吧？既然买了这款香水，当然就意味着很喜欢，她好笑地想。

"哦，"陆知乔笑了笑，"没事。"

初一期末考试只考六门，三天便考完了，等待开家长会的这几天里，母女俩做好了详细的出游计划。

她们的目的地是位于赤道附近的一座群岛，隶属于 K 国，落地时办理签证，有热带森林，有无数小岛，非常适合冬季度假。陆知乔订好机票和酒店，把各类证件也备齐全，带着女儿去买了几套新衣服。

"妈妈，真的不带祁老师去吗？"

"不带。"

小姑娘不知第几次试图说服母亲，都无效，偏她又不敢耍赖，只能嘬着嘴闷闷的。

起先陆知乔纳闷女儿为何转变得这么快，而后仔细回忆梳理这两个月以来发生的大大小小的事情，似乎有些明白了。小孩子善良单纯，谁对自己好，她就对谁好，何况祁言是老师，漂亮又温柔，当然招学生喜欢，任谁也无法抵抗。

思及此，陆知乔愈发感到挫败，莫名有点嫉妒祁言，却也不得不叹服祁言的人格魅力。

"为什么你想让祁老师去？"

"因为……"陆葳犹豫了会儿，"祁老师说，可以帮我拍很多漂亮的照片，做成一个大相册。"

陆知乔想起那三张艺术写真，有些不服气地说："妈妈也可以帮你拍啊。"

"不要，你拍得不好看。"陆葳想也没想就说了出口。

陆知乔愣在那儿，无言以对。

家长会当天上午，期末试卷全部批改完毕，老师们各自领回了自己学科的试卷，按班级分类重新整理出来，最后交给班主任统一登分。

祁言这一上午忙得天昏地暗，办公桌上堆得乱七八糟，她正在电脑前制作表格，其余五科都登记好了，唯独数学试卷迟迟不见踪影，学生的数学成绩均为空白。

她正要去隔壁催一催，突然办公室的门被人大力推开。

“祁言！”

一阵冷风穿堂过，徐首逵高大魁梧的身影出现在门口，他昂起下巴，戴着厚酒瓶底眼镜的眼睛扫视一圈，慢悠悠地走到祁言跟前，把手里的试卷往她桌上一拍：“看看你们班这个陆葳！成绩烂得一塌糊涂！还学会作弊了！抄到了一百零二分！”

他人高马大，嗓门粗犷，往那儿一站像堵墙。祁言被他这番吼叫吓了一跳，其他班主任也纷纷望过来。

桌上是陆葳的数学试卷，鲜红的“102”无比刺目，祁言拿起来仔细看了看，尴尬地笑道：“徐老师，是哪里发现她抄了？成绩差也是可以慢慢变好的，光看分数不能说明什么。”

“呵呵，就知道你会帮你学生讲话。”徐首逵傲慢地冷笑，将另一只手里一叠试卷甩到桌上，拈起最上面那张，翻过来，直直地递到祁言跟前。

“看看！这是王哲毅的卷子，他后面的第二道大题错了一个步骤，陆葳错得跟他一模一样！

“还有填空题的第二道，王哲毅没写，陆葳也没写，再看他们其他对了的大题，步骤都一样！陆葳连人家多写了一个点都抄上去了！

“我真是没见过这么蠢的学生！成绩差还抄别人的！你要抄也抄得聪明一点咯！错的都抄上去，生怕别人看不出来是抄的啊？”

徐首逵越说越激动，唾沫星子横飞，一巴掌拍在祁言办公桌上，其他观望的老师一个个目瞪口呆，半晌没人说话。

试卷是按考场收上来的顺序分给各科老师批改的，遮住了名字和班级，老师们改卷时并不知道卷子是谁的，待按班级分好后，徐首逵把自己任教的班的所有试卷都看了一遍，先关注成绩好的学生，再看看垫底的那几个差生。

王哲毅是班上的尖子生，门门成绩都好，尤其是数学，而陆葳则是徐首逵眼里的差生。

偏不巧，两人的试卷大面积雷同。

徐首逵越想越气，因为根据校规，参与作弊的学生都要判零分，他引以为傲的学生都被连累了。

办公室里的空气突然安静，祁言低头看着两份试卷，仔细比对了一下，的确如徐首逵所言，抄的痕迹十分明显，别说是有几十年教书经验的他了，连实习老师都能看出来。

她沉声说道："正好下午家长会，我会跟家长反映的。"

祁言在失望之余还有些心疼，她知道妞妞也许是害怕数学考不好，就动了歪脑筋作弊，但把分数抄得这么高，意义何在呢？

那么乖那么懂事的孩子，竟然会做出这种事。

徐首逵不依不饶地说道："让她家长到办公室来！我要看看什么样的家长能教出这种小孩！"

正午刚过，厚而沉的阴云遮挡住太阳，天色灰蒙蒙的，像是有雨要落。

值日生打扫干净了教室，祁言早早过来布置，像期中考试那次一样，只是心境却完全不同了。

上次家长会，妞妞看到母亲出现在教室时的眼神，一半欣喜一半害怕，那时祁言便笃定，陆知乔平常对孩子成绩上的要求很严格，这种严厉也许是无形中的，日常生活中并未表现出来。

那是个骨子里要强的女人，清高自持，难以想象她得知这个消息后会有怎样的反应。

在祁言的惴惴不安中，家长们陆续来了。

阿尔忒弥斯的味道极其独特，人还没到跟前，香味先到了，冰凉的柑橘味与沉厚的檀木香交织缭绕。祁言今天没喷香水，自然晓得来人是谁，她站在讲台上吸了吸鼻子，转头望去，那人的身影就出现在视线中。

陆知乔穿着一件羊羔毛短款外套，是很温柔的杏色，衣服上的绒毛看起来非常暖和，她一见祁言就笑："祁老师。"

"来了。"祁言点头，表情把控得当，是十足的礼貌客气，她抬手递过去一张成绩单。

这次不需要签到，陆知乔来得比较早，教室里只零星坐着七八位家长，要么玩手机，要么看成绩单，没人注意讲台这边的情况。

陆知乔接过成绩单，粗略地扫了一眼。

"数学零分？"她皱起眉，抬头看向祁言，"这是怎么回事？"

祁言脸色沉重，转头瞥了眼底下各干各事的家长们，压低声音说道："出来说吧。"说完便让班长代替她接待家长，自行走在前面，陆知乔一脸茫然地跟上去。

刚出教室，祁言就看到陆葳站在走廊上跟同学说话，心顿时提了起来，没想到这孩子竟然跟着妈妈来开家长会，如此岂不是撞在枪口上？

"祁老师！"两个孩子看到她，喊了一声。

祁言点点头，飞快地丢给陆葳一个同情的眼神，匆忙往楼梯间走。身后的小姑娘看着自己妈妈跟老师走了，一头雾水，却也没在意，转过头继续跟同学聊天。

楼梯间有半截楼梯通往天台，这里平常没人来，也没有安装监控，故而很是隐蔽，方便私下说话。

"到底怎么了？"到了无人的地方，陆知乔也甩开了身份包袱，用渐渐习惯的平常语气同祁言说话。

祁言纠着眉，深吸了一口气，道："这次期末数学考试，妞妞作弊了，按惯例要被打零分。"

"作弊？"陆知乔沉下了脸。

"嗯，她抄同学的，错误的地方也抄得一模一样，被数学老师发现了。试卷在数学老师那里，他让你等会儿家长会结束去他办公室。"祁言一鼓作气地说完，讲完重点后还是忍不住提醒，"数学老师姓徐，脾气不太好，这件事让他很生气，我怕他会对你说什么难听的话，一会儿你就左耳进右耳出……"

陆知乔嘴唇抿得发白，脸色也越来越难看。

祁言见状暗道不好，怕她做出什么失去理智的事，忙柔声安抚："作弊是不对，有什么事我们回家说，在学校大庭广众的，给孩子留点脸，她可能也是害怕考不好……"

"祁言。"

祁言抬头和她对视。

"你是老师，你怎么能说得这么无关痛痒？作弊这种行为不可取，必须管教。"陆知乔眸色复杂，有愠怒，有痛心，还有失望。

祁言身子一僵，难以置信地看着陆知乔，眼底忽然涌起潮乎乎的酸意，她轻吸着气说："你既然喊的是我的名字，那我就不是祁老师，刚才说那句话的时候，我也不是祁老师。"

她的嗓音里有几分哽咽。

"我不是那个意思……"陆知乔看着她快要哭了的模样，有些无措，"还是先开会吧，我们下去。"

"行。"祁言转身下楼，看都没再看陆知乔一眼。

家长会很快就结束了，陆知乔被祁言引去了科任老师的办公室，很不幸，几乎所有老师都在里面，那意味着徐首逵和她的"沟通"过程会被围观。

各班家长陆续回去了，校园里渐渐安静下来，祁言带上了办公室的门，看见陆葳站在走廊上探头探脑的，一副心神不宁的样子，无奈地叹了口气，上前和她说话。

"祁老师，为什么徐老师要找我妈妈啊？"小姑娘捏着自己的指头，目光不断瞟着办公室大门，心虚极了。

祁言微拧着眉，脸色亦有些冷，但声音却是柔柔的："妞妞，作弊不是解决问题的办法。"

只这一句，便讲得清楚明白。

陆葳吓傻了，小脸皱成一团，看看办公室大门，又看看祁言，嘴巴一张一合说不出话来，漆黑的瞳孔里流露出一丝恐惧，随后低下了头。

自从搬到 902，祁言面对这孩子时再也拿不出老师的威严，总感觉她像是自己的女儿，舍不得责备，明明道理自己都懂，却做不到。

自己能够控制的，也仅仅是此刻不去抱这个孩子，不去安慰她。

师生两个在走廊上焦急地等待，没多会儿，陆知乔出来了，关门那一刻嘴角还带着淡笑，转过身来的瞬间，脸色顿时黑了几个度。

陆知乔看到女儿低着头站在那儿，心头冒起怒火，却没发作，快步上前一把拽住她，拉着往楼梯口走。

"哎，陆……"

祁言心知完蛋，孩子肯定要挨揍了，刚想喊她，办公室门再次打开，徐首逵一脸优哉地走到垃圾桶边，倒掉保温杯里的茶叶。

祁言生生把后面的话吞了回去。

车子一路疾驰，陆知乔脸色黑得可怕，始终没说话，坐在副驾驶的陆葳缩着脑袋，紧紧咬住嘴巴，大气都不敢出。

陆知乔没有回公司继续上班，而是直接回了家。

进了家门，陆知乔把包往沙发上一丢，拽着女儿的胳膊拖到墙边站，厉声道："为什么作弊？！"

小姑娘顿时眼泪就掉了下来。

"说话！"

"呜呜……"

女儿哭得越伤心，陆知乔心头的怒火越盛，女儿长这么大，她发脾气的次数屈指可数，只有在遇到原则问题时才会疾言厉色。成绩不好是一时的，可以慢慢提高，但作弊却是原则问题，在小时候放任不管，等孩子长大必定酿出祸端。

一向乖巧听话的女儿做出这种事，让陆知乔措手不及，所有的信念和自矜都崩塌了——是她教育失败了。

陆知乔低声喝道："不准哭！"

她越凶，陆葳越害怕，眼泪越是收不住，身子一抽一抽的，反倒哭得更厉害了。

陆知乔拧起眉，怒火蹿上心来，气得浑身发抖，扭头去阳台上拿来衣架，抬手狠狠地往陆葳身上抽。

铁芯的硬塑料衣架抽下来像鞭子一样，钻心地疼，陆葳吓坏了，抱着脑袋缩成一团，边哭边喊，脸蛋涨得通红，不多会儿便没了力气挣扎，躺在地上号啕大哭。

也是此时，门铃响了。

陆知乔手上动作一滞，一用力甩开女儿的胳膊，转身去开门。

"陆知乔！"

祁言神情焦急地站在外面，门一开就扑进来，没留神脚下，被门槛绊得一个踉跄。她来不及稳住身形，先是听见妞妞撕心裂肺的哭声，而后就看到小姑娘蜷缩在地上不停抽搐，心一下子揪起来。

"你还真舍得打啊？"

陆知乔面无表情，像个没有知觉的木头人，一动也不动，祁言没注意她，匆忙换了鞋子进去，抱住小女孩柔声喊道："妞妞……"

"不哭了不哭了，快起来，地上冷。"

祁言温声细语地哄，小姑娘瑟缩着往她怀里钻，哭得沙哑的嗓子哼哼唧唧说不出话，只紧紧搂着她脖子不肯松手，眼泪鼻涕蹭得她领子上都是。

祁言心疼不已，轻拍了拍陆葳的背，刚要说话，背后传来陆知乔低冷的声音："祁言，你让开。"

怀里的孩子抖了一下，两只手抱得更紧。

"既然教训过了，就算了吧。"祁言还是在劝，摸着陆葳的后脑勺安抚。

陆知乔脸色发白，双眼有点红，嘴唇不住地颤抖，她抬手用衣架指着祁言吼道："你就是这样当老师的吗？学生作弊难道不该管吗？你怎么对得起为人师表四个字？！"

"而且我教育我女儿，跟你没有关系！"

被怒火冲昏的大脑失去了理智，孩子考试作弊已经足够让陆知乔崩溃，眼下看到自己含辛茹苦养大的女儿把祁言当作救命稻草，心里紧绷的那根线倏地断裂，再想到这两个月以来女儿对祁言的态度大转变，心痛、嫉妒和挫败……所有情绪涌上来吞噬了她。

有些话从别人嘴里说出来无关痛痒，但从陆知乔口中而出，就变成了比针尖刀刃还要锋利的东西，深深地捅进祁言心里。

话音落下，气氛如耳鸣发作时一般，别无他响。

短促的呼吸声，压抑的抽泣声，一切细微的声音都被放大，祁言瞳孔里映出年轻母亲的怒容，那冷漠决绝的眼神……

她抱着女孩的手臂缓缓松开。

祁言从小就被爸妈宠惯了，无论做什么都比较优先考虑自己的感受，骨子里有些"离经叛道"，最看不惯别人宣扬对"老师"这一职业的刻板印象。但她不会干涉别人的想法，谁跟她叨叨这些，她就笑着敷衍两句，把面子功夫做足了。

三年间她独来独往，与同事和气相处，学校里的人际关系不那么复杂，她好好教书便足够。

但渐渐地，一切开始变了，她更像被放错地方的拼图。

教师这一份工作，于她似乎不再能带来纯粹的、梦想被满足的快乐。

"对，你看错我了。"

祁言低声说着，嘴角扬起漫不经心的笑容，心口却一阵阵地疼。

"对不起啊，今天我多管闲事了，但还是希望你冷静一下，就算孩子犯错也要用合适的方式进行教育。作弊不能解决问题，打人也不能。"说完，她收回目光，越过陆知乔走到门边穿鞋。

"呜呜……祁老师……"手才搭上门锁，陆葳突然扑过来抱住她。

祁言怔住，望进小姑娘写满哀求的眼睛里，被刺得血肉模糊的心又软下来，她张了张嘴，正要说话，僵愣不动的陆知乔突然扔掉了衣架，说："让她到你那儿吃晚饭。"

说完她拎起包，扭头进了卧室，重重地关上门。

拉上窗帘，卧室里顷刻变暗，陆知乔随手放下包，身体往后一仰躺倒在床上，她木木地凝望着天花板，视线一点点模糊。

潮湿的热意涌上来，熏得她双目酸疼，稍微眨一眨眼，温热的液体就顺着眼角淌落，那些交织缠绕的情绪被吸入其中的漩涡里，沉进她心底。

乱了，她整个人都乱了，不知道自己在想什么，更不知道自己在做什么。

女儿是她生命中最重要的人，也是唯一的亲人，她曾经发誓要好好把她养大，让她衣食无忧，让她健康快乐。于是这十几年来，她都小心翼翼，时刻紧绷着神经，生怕自己哪方面没有教好，让孩子走了弯路。

今天发生这样的事情，不是孩子变坏了，是她太无能。

当年无心的过错要用一生去弥补，但凡孩子有哪里不好，都是她的问题。如今她就是在自欺欺人，宣泄自己的脆弱。

她直面自己的内心，不断审视自己，现实残忍而血淋淋，像鞭子一样抽在她身上，她避无可避。

陆知乔仰面笑起来，笑着笑着又捂住嘴巴，生怕自己哭出声音。

外面传来很轻的一声关门声，而后再没动静。

陆知乔包里的手机响了，除女儿的号码是特殊铃声外，其余所有打进来的号码百分之九十是工作电话，她迅速爬坐起来，那一瞬间头有点晕，两眼发黑，身子像是失去了平衡，往旁边栽了一下。

她眼明手快地扶住桌角，眩晕感又消失了。

"喂？"陆知乔边擦眼泪边接电话，轻咳了两声清嗓子，神情冷峻，"嗯，计价货币与合同不符。"

"还没收到修改书，暂时不要发。"

"我现在人在外面，你先拿去给池经理签字，其他的明天再说。"

挂掉电话，陆知乔轻吸了吸鼻子，昏涨的脑袋清醒了不少。本来开完家长会要继续回去工作，但显然她现在半点心情也没有，坐着发了会儿呆，又倒回床上，脑海里一闪而过祁言的脸。

那温暖明媚的笑容，说不清是什么意义的存在，但好像越来越与她的生活紧密融合。不知道她们还能做多久的邻居，三年？五年？或是更久？

总不可能做一辈子邻居吧？她想。

心头忽而涌起歉意，方才那些话，陆知乔说完便后悔了，可是话已经说出去，就像钉子打进木桩里，即使拔出来，伤害造成的痕迹也会永远留下。

祁言那么善解人意，会原谅她的吧？

其实……祁言并不像表面看上去那般不正经，她的内心是温柔的、宽容的，那是一种有选择的温柔，是建立在足够的强大和安全感之上的温柔。

陆知乔翻了个身，闭上眼。

客厅的电视机里正在放小品，陆葳吸着鼻子坐在沙发上看，身子一抽一抽的，没多会儿便被逗笑了。只是她方才哭得太厉害，眼睛又红又肿，笑起来也像是在哭。

祁言拿起上回给陆知乔擦过脸的小方巾，泡进热水里拧干，来到女孩身旁温柔细致地给她擦脸，问道："妞妞，小品好看吗？"

"嗯嗯。"

"好看就不哭了，笑一笑。"

女孩咧开嘴角，扬起一个充满苦涩的笑。她很努力在笑了，可是眼睛酸酸胀胀的，很不舒服，只能尽量不让祁老师失望。

祁言刮了下她鼻子，夸道："笑起来真好看。"

湿热的毛巾擦去脸上黏腻的眼泪，皮肤顿时感觉清爽多了。小姑娘有点害羞，不好意思地鼓起腮帮子。

"祁老师……"她含着鼻音开口，"对不起，我作弊了。"

"嗯，然后呢？"

"我保证以后不会了。"

祁言抿唇笑了笑："犯错误不要紧，只要知错能改就好。"说着另一手揽过女孩的肩膀，让她靠在自己身上。

陆葳点点头，情不自禁环住祁言纤细的腰，感觉暖暖的，再一想到方才妈妈那么凶，又有些委屈："祁老师，你们是怎么发现的啊……"

"小傻瓜，你把同学的所有答案都抄上去，错题都一模一样，卷面有一百零二分，当然会被发现了。"

"唔……"陆葳小脸一红，嘟囔道，"我本来只想抄选择和填空，但是后面大题好难，我一点头绪也没有，就——"

"妞妞。"祁言轻声打断她，"无论你抄哪一题，作弊都是不对的。我理解你是怕考不好，会让妈妈失望，但你撒了一个谎，就要用一千个谎去圆，你作弊一次考了高分，真实水平却是不及格，那你下次考试怎么办呢？继续作弊吗？次次作弊去维持高分，不辛苦吗？"

"不属于自己的东西，拿在自己手里永远不踏实。"

"比起作弊得来的高分，你妈妈更愿意看到你一点一点进步，而且那样你自己也很有成就感，不是吗？"

"对呀……"陆葳若有所思地点点头，她抱着祁言的腰，用小脸蛋蹭着祁言，觉得舒服极了，不知不觉有了困意。

陆葳终究是孩子，本性并不坏，只要好好教导就不成问题。

祁言相信自己看人的眼光，虽然在遇见陆知乔之前，没有特别关注过陆葳，但这孩子给她的第一印象不错，乖巧文静，是她想养的女儿的类型。后来逐渐深入了解，她感觉母女俩的性子比较像，都含蓄又内敛，甚至偶尔有点可爱。

要是自己也有一个这样的女儿就好了。她想。

"妞妞，困了吗？"

"唔。"

"那你先睡一会儿，我去做饭，晚上就在这里吃饭好吗？"祁言轻声地问，手心温柔地抚摸着她的头发。

小姑娘的眼皮都已经阖起来，含糊地应了声好。

祁言起身拿来厚毛毯，轻轻盖在她身上，而后关掉了电视机。

……

吃过晚饭，休息了一会儿，祁言想着陆知乔的气也该消了，便要送陆葳回去，谁料小姑娘不愿意，抱着她死活不松手。

"祁老师，我在你这里住可以吗？"陆葳可怜巴巴地问，"我睡沙发，我不会给你添乱的。"

漆黑溜圆的大眼睛里是满满的害怕，祁言捏了捏她的脸，无奈地叹了口气："可是总要跟你妈妈说一声吧。"自己哪里舍得让她睡沙发，这小傻瓜。

"唔，你去说。"

"……好。"祁言好笑地点头，"顺便帮你拿换洗衣服。"

"嘿嘿。"

天已经黑了，街边路灯发出幽幽冷光。

家里没开灯，陆知乔和衣躺在被褥上，瞪着眼睛凝望伸手不见五指的房间上空，就保持这样的姿势不知躺了多久。她的肚子有些饿，却不想动，不想起来，哪怕是去喝口水。

门铃似乎一直在响，她以为是幻觉，仍是没动。

然后她的手机响了。

终于，像是植物人有了知觉，陆知乔手指微动，摸到屏幕亮起来的手机，瞥了眼来电——祁言。

她接通电话，张着嘴沉默。

"你在家吗？开开门。"听筒里传来祁言平静的声音，没有任何起伏与情绪，却比怒吼和咆哮更有力量。

"在……"陆知乔撑着身子坐起来，又是一阵眩晕感袭来，她险些跌回去，口中应着祁言，稳住了平衡，下床趿拉着拖鞋出去。

灯光亮起那一刹，她眯了眯眼，感到有些不适，随后打开了门。

一双修长笔直的腿出现在眼前，陆知乔的视线缓缓上移，就看见了垂顺披散的黑发，祁言自顾自地上前一步，没等她允许就踏进了屋内。

陆知乔欲言又止，她方才说了那样伤人的话，祁言真的会原谅她吗？

"气消了？"祁言笑着问，目不转睛地看着她的眼睛。

陆知乔低头应道："嗯……"

"妞妞说今晚想住我那儿，你同意吗？"

"随她。"

看着陆知乔脸上的苦笑，祁言有些无奈地问："你是第一次打她吧？"

"嗯。"

"孩子可能吓着了，没事，我会开导她，今晚你们母女俩各自冷静一下。"

陆知乔机械似的点头："好。"

"我来帮她拿一下换洗衣服。"祁言自顾自地换上拖鞋，进了屋，视线越过她飘向里面的卧室，一副办完正经事要赶紧走的样子。

陆知乔跟在祁言身边，两人来到次卧，她拉开女儿的衣柜，拿了一套毛茸茸的长袖睡衣，一条带猪猪图案的内裤，她冷不丁想起女儿，心里酸酸的。

"给你。"把衣服交到祁言手上，像是把女儿也交给了她，陆知乔心里又怨又悔，带上柜门便逃回了主卧。

她侧躺在床上，泪水洇湿了被单。

房门没锁，留了一条缝，祁言透过门缝看了她一会儿，轻手轻脚地进去，坐到床沿，轻声说："只是住一晚而已。"

"我保证，明天还你一个乖巧可爱的小妞妞。"祁言哭笑不得，自己哄完小的还要哄大的，可真是不容易。

陆知乔突然爬坐起来，哽着鼻音没好气地说道："干脆让她认你当妈算了。"

哟，来脾气了。祁言看到素来清冷自持的陆知乔发小脾气的样子，反而觉得有几分有趣。

"好啊——"祁言故意接着她的话说，"一个亲妈，一个干妈，你说多幸福啊？"

"你……"陆知乔没想到这人不按常理出牌，"你想得美！"

"明天把妞妞还我。"

"好啊。"祁言都依着她。

大概是觉得自己实在失态，陆知乔抹了抹脸，背过身去拿手机，解锁，锁屏，又解锁，指腹胡乱滑着屏幕，不知道看什么，无意识就点进了订机票酒店的软件。

"过年我要带妞妞去度假。"她打破了沉默。

祁言很配合地问："去哪里？"

陆知乔报了个海岛的名字。

"风景不错，很值得去玩一次。"

"你去过？"

"嗯。"

陆知乔盯着手机没说话。

"什么时候出发？"祁言不给她冷场的机会。

"农历二十九晚上。"

"玩几天？"

"初七上午回来。"

祁言点点头，故作失落地叹道："唉，我也想出去玩，可惜没人带。"

她一边叹气一边假装不经意地瞟陆知乔，一不留神就瞟到了航班信息。

陆知乔侧着脸，自然是能感受到她的目光，不遮掩也没躲避，手指轻轻滑了一下屏幕，拉到酒店订单页面，突然放下手机说："我去上个厕所。"

她离开了卧室，手机屏幕却亮着，横向朝祁言摆着。

祁言竖起耳朵听厕所里的动静，飞快地拿出手机，将其静音，上下滑动陆知乔的手机屏幕，咔咔拍了两张，然后镇定自若地收起自己的手机。

马桶冲水声结束后，接着传来洗手台水流声，随后虚掩的门被推开。陆知乔走过来，见祁言低头捻着女儿睡衣上的绒毛，目光投向自己的手机，仍旧是方才的页面。

她若无其事地走过去，拿起手机锁了屏，随口说："你可以自己出去玩。"

"一个人玩多无聊。"

"就没有想去的地方吗？"

"有啊，"祁言扬眉道，"想跟你们去玩。"

陆知乔脸色不太自然，轻咳一声说：“不行。”

“哦。”

祁言像个孩子似的噘了噘嘴，突然想起一件事，问：“你吃饭了没？”

陆知乔也是一愣，摇了摇头。

“那我去煮夜宵，你吃一点。”祁言站起来。

“哎——”陆知乔拉住她，“你不是……来拿妞妞的衣服吗？”

祁言没有任何表情，若无其事地拿起衣服说：“客厅门别关，我马上来。”说完一阵风似的出去了，不给她拒绝的机会。

片刻后，祁言回来了，径直去了厨房。她打开冰箱，拿出一个西红柿和一个鸡蛋，又接了锅水。

陆知乔循着动静出来，倚在门口愣愣地看着她：“我自己来吧……”

“不用，很快就好。”祁言转头笑了笑，又继续忙活。

切番茄，打蛋，下面条，祁言的动作熟练又流畅，一看就是经常做饭的样子。陆知乔就这么站在斜后方看着她，嘴角扬起了一点弧度。

面条很快就煮好了，不多不少刚够一碗，祁言端着碗放到餐桌上，转身又去刷锅，收拾干净厨房才出来。

“好吃吗？”她望着陆知乔笑。

“嗯。”陆知乔诚恳地点头，她是真的饿了，祁言不提还好，一提才发觉自己这么饿。同样是面条，别人煮的总是比自己煮的好吃。

祁言看着她小口小口地吃面，只发出很轻的声音，优雅又克制，便自觉起身去沙发上坐，背对她说：“等你吃完我再走。”

墙上挂钟缓缓走动，时间过得很慢。

祁言觉得有点热，拉了拉领子。斟酌半晌，她终是问出口：“是不是数学老师说了什么难听的话？”

背后的人没了声音。

祁言又道：“不想说就算了。”

她一直在思考这个问题，虽然她跟陆知乔认识的时间不算很长，了解也不够多，但她觉得对方不是那么轻易就会失控的人——当然，也不排除这种可能。假使徐首逵真的说了什么很难听的话，这倒是个借题发挥警醒他的好机会。

"没有。"

"真的？"

西红柿嚼在嘴里，酸味顺着喉咙流进心窝，陆知乔捏紧了筷子，低声道："他说妞妞没爹教。"

祁言指尖一用力把自己掐疼了，刚想出声，陆知乔又说："你是想让我去学校跟这个数学老师理论一番吗？"

一眼被看穿的祁言低下了头。

"没必要，"陆知乔低落地说道，"本来就是妞妞有错在先，老师批评是应该的，我也不想闹什么……"她渐渐说不下去，最后两口面吃得没滋没味，胡乱扒拉着吃完，端着碗去厨房洗。

祁言紧咬住后槽牙，阴着脸跟过去，望见陆知乔微微弯腰的纤瘦背影，柔弱的肩膀，又觉出一阵心酸。

水声潺潺，碗筷偶有碰撞的声音。

"妞妞是做错了事，但这并不是他说这种话的理由。站在老师的角度，我认为徐老师说话太过分了，他可以生气，可以批评教育，但不可以侮辱学生和家长。这种事有一就会有二，这次过去了，下次呢？你忘记那天我带妞妞出去玩是因为什么吗？"她语速极快，眼中流露出愤愤之色。

陆知乔身体猛然一僵。

祁言继续说："小孩子的心理承受能力是有限的，谁也无法保证下次会发生什么。要让妞妞重拾对数学的信心，就必须采取措施，最好是能换老师，还有……需要你的宽容和鼓励。"

"祁言……"陆知乔关掉水，转身看着她，"你不是家长，你应该站在老师那一边的。"

又来了，看来一天不用这个来跟自己划清界限，她就难受。

"对，我不是家长，我还'偏心'学生。所以呢？你又要说一遍之前的话？还是要讽刺我不配为人师表？"祁言自嘲地笑了笑。

陆知乔觉得胸口堵得慌，她当然不是这个意思，只是不太愿意相信祁言会站在自己这边，祁言这番话说出口，反倒噎得她愧疚自责。

"我从来没这么想过，你也别这么说自己。"她小声辩解。

"不是你在说吗？"

"那就当我在瞎说。"

陆知乔话音刚落，脑袋就挨了不轻不重的一巴掌，她吓得抖了抖，皱眉，扭头就要打祁言。

祁言闪得快，低声说："下次不许再说这种话。"

"你——"

"我什么我？"

"没什么。"陆知乔无奈道。

祁言却是干脆利落地拍拍手转身说："那我回去了，晚安。"

翌日清早，祁言把教育好的妞妞送回 901，小姑娘忐忑不安地踏进家门，看到刚起床的陆知乔，还是有点怕。

昨晚祁老师罚她写作文，做了一张数学测评卷，还写了份一千字的检查，折腾到十二点才肯让她睡觉，说是不罚不长记性，要让妈妈看到她认错的诚意。

妈妈是明着发脾气，祁老师是暗着惩罚她，她左右都逃不过。

陆葳小朋友发誓，她再也不敢作弊了。

陆知乔心里也不好受，昨天打完女儿她就后悔了，但想想心里又气，气孩子走歪门邪道，气老师恶语伤人，气自己信念崩塌颜面尽失。而过了一夜，她心思纷乱，此时再看到女儿，满腔都是酸楚和心疼。

母女俩抱着抹泪，又互相安慰，委实心酸。

祁言带着温暖宠溺的笑在一旁观看，而后发觉没自己这个多余的人什么事，便叹着气回了屋。

她把昨晚拍到的有酒店信息的照片翻出来看，暗自窃喜，陆知乔一旦乱了分寸就什么都顾不得，心大到泄露了行程信息都不知道，如此绝好的机会，她怎么能错过……

祁言给林女士打了个电话："喂？妈，我——"

"言言啊，妈正想打电话给你的。"那边林女士先打断了她的话，"今年过年我跟你爸要去国外度假，护照签证什么的都搞好了，小年那天下午的飞机走。你就自己一个人随便去哪儿过都成，你三舅或者二姨或者你小姑家……

"你想回家也行，但是没人做饭，你凑合凑合自己弄点。行了就这样吧，我跟你爸逛街呢，拜拜。"

那边放炮似的说了一通后，电话被挂断了。

祁言张着嘴，自己半个字都没来得及说，就被三言两语打发了。亲妈，这真是亲妈，如假包换，从小到大都这样。

不过这样也好，遂了她的心意，免得她绞尽脑汁想说辞，解释为什么不回家过年，以往但凡这么说，爸妈必定怀疑她交了新对象，吵着闹着要她带回去看看。今年这般，她乐得自在。

祁言在脑海里盘算着计划，打开订票软件，搜寻航班和酒店……

农历二十九这天，陆知乔的公司放假了。

这天也是春运正式开始的日子，机场、火车站、汽车站到处人满为患，来自全国各地的打工人很快就要返回家乡，平时经常拥堵的市区街道倒难得畅通了许多。

她们是晚上七点半的国际航班，陆知乔带着女儿下午四点就到了机场，早早办好了值机手续，过了海关，坐在贵宾休息室等待。

母女俩不是第一回出国玩，陆知乔此前也有过多次海外出差经验，晓得长途飞行累人，便买了头等舱，她将旅行该带的东西都备得齐全，也没什么新鲜感，只觉得时间漫长磨人。但是陆葳很兴奋，一路上叽里咕噜说个不停，这会儿坐在休息室也不安分，扒着窗户看大飞机，嘴巴仍没歇下来。

"妈妈，那个人手里挥着两根棒棒，那是什么啊？"

"我也不知道……"

陆知乔无心关注女儿看到的东西，她略微伸长脖子，环顾四周，视线掠过一张又一张旅客的脸，微微拧起眉。

片刻，她低下头。

手机屏幕上是微信聊天界面，聊天对象的备注是"祁老师"，四个小时前她发出去的消息仍没有收到回复。

陆知乔：我们出发去机场了。

陆知乔：提前跟你说一声新年快乐。

陆知乔盯着祁言的橘猫头像出神，她很少主动发消息给祁言，仅有的那么几次，祁言也是一小时内必回，若她接着发，祁言就会迅速回复。

也许手机不在她身边？也许她有事情要忙？

是了，明天就是除夕，家家户户都要团圆过年，祁言应该回家了吧？是在陪父母聊天，还是接待客人？或是带着亲戚的孩子玩耍？无论何种可能，她都有充分的理由不及时回消息。

陆知乔锁了屏幕，起身走到贵宾室外朝登机口方向张望，那里有不少乘坐经济舱的人在候机。她佯作无事地过去转了一圈，每张脸都很陌生。

登机后，陆知乔目不转睛地盯着后面进来的每一个人，心怀微小的希望，生怕会错过熟悉的面孔。进来的人越多，那点希望就像风中摇曳的烛火，越微弱渺茫，她的心底涌起难言的焦虑。

直到再没有人上来。

陆知乔撇开脸，看向窗外，薄唇紧紧抿住。

这在她意料之中不是吗？她一定是脑子出了问题。祁言不来也好，她带着女儿能玩得更尽兴些，不需要第三个人来打扰……

何况眼下正值春节，别人有家有父母，不像她，母女俩相依为命，去哪里都可以。

陆知乔思绪纷乱，闭眼揉了揉太阳穴，不再去想了，打开手机看电子书，看着看着就投入了进去，空不出心思想其他的。

这趟航程七个小时，抵达目的地时，正值当地时间下午两点。

从低空俯瞰，浩渺的海面散落着大大小小的岛屿群，岛上植被茂盛，郁郁葱葱，金黄的沙滩和蓝绿相接的海水美如一幅油画。飞机一落地，陆知乔带着女儿直奔酒店，将所有的忧思统统抛在脑后。

她们既然出来一趟，就要开开心心的。

酒店位于主岛最大的海滩边，大都是公寓式的双人间，推开阳台的窗户就是碧海蓝天，沙滩上游人如织，很热闹，步行过去只要五分钟。

陆知乔全程英文沟通无障碍，母女俩顺利办好入住手续。

进到房间，陆葳迫不及待跑去阳台，哇了一声，兴奋地蹦跳进来喊道："妈妈！我们快点换裙子去沙滩玩啊！我要坐皮划艇！"

"好，不急，妈妈先整理一下东西。"陆知乔轻声哄着女儿，打开了行李箱。

"唔。"小姑娘嘟了嘟嘴，显然等不及。

笃笃笃——房门被人敲响。

陆知乔一怔，停下手里的动作，以为是酒店送的香槟到了，便过去开门。随着门缝逐渐扩大，视线里缓缓出现一抹红色身影，她霎时僵住。

"新年快乐。"

来人穿一条火红色吊带长裙，长发垂顺，平直的锁骨若隐若现。她的眼睛弯如弦月，嘴角带着愉悦的微笑。

陆知乔以为自己在做梦，漆黑的眼眸里流露出一丝欣喜，问道："你……你怎么会在这里？"

"过来玩。"祁言眉头微挑，笑容之下是深藏的忐忑。

她这次来，原本要跟母女俩乘坐同一趟航班，但当时已经没票了，她只好订了前一天的机票飞过来，已经在这里住了一晚。她总共才订到两晚的酒店，过了今晚还不知道要去哪里。

她掐算时间等在楼梯拐角处，看着陆知乔母女进房间，犹豫着要不要去敲门，脑子还未想清楚，腿已经擅自做主行动了，接着手也不听使唤。

敲响房门的那一刻，她把期望值降到最低，安慰自己就当是旧地重游，恰好遇见熟人而已。

"顺便当面跟你说一声新年快乐。"祁言扬起手机，屏幕上是她未回的微信消息。

陆知乔瞥了眼手机屏幕，内心交织着惊喜与温暖，却仍是表情淡淡的，她问："什么时候到的？"

"昨天。"

"你怎么知道我住在这家酒店？"问出这话，她心虚地垂了垂眼皮，故作镇定。

祁言丝毫没有察觉，扯谎道："巧合。我想住海滩边，也偏好公寓式酒店，就选了这里，刚才又看到你们上来了，这不正好说明我们很有缘吗？"

哪有什么巧合，那晚她肯定看了我的手机，陆知乔想。

"你过年不回家陪父母吗？"

祁言无奈地摇头："我爸妈早就飞去南半球度假了，哪里还记得我这个亲闺女。"她嘴角翘了一下，稍稍松了口气，"好了，不打扰你们了，我去沙滩取景。"

祁言的另一只手正提着相机，陆知乔猛然想起那三张艺术写真，还有祁言给她选的衣服……陆知乔身上还穿着冬天的衣服，近三十度的气温本就热，这一下子她更热了。

她正要说话，女儿跑了过来，把她往旁边挤开点，眼睛一亮，惊讶道："祁老师？！"

已转过身的祁言愣住了。

"啊啊啊，祁老师！"小姑娘彻底挤开陆知乔，兴奋地蹦出来挽住祁言的胳膊，小脸笑成一朵娇花，"我以为你真的不来了！"

话头一顿，陆葳转头冲陆知乔吐了下舌头，嗔道："妈妈太会骗人了，还说不带祁老师来，结果偷偷带。"

陆知乔心虚地看了祁言一眼，偏巧祁言也看向她，两人目光相撞。

"祁老师带了相机，嘿嘿，可以拍照了，妈妈，我们——"

"妞妞。"陆知乔低喝一声，把女儿拉了回来。她担心孩子不懂事惹祁言心烦，可心里并不排斥，还是要等祁言主动表态才好。

如果祁言答应，一切就顺理成章，若是拒绝，她面子上也过得去。

祁言却以为陆知乔的这个反应代表的是拒绝。

涌到嘴边的话咽了回去，她晓得陆知乔不愿被打扰，识趣地笑道：

"改天吧，我今天想拍拍风景，先走了。"

一副很有自知之明的样子。

刚过晌午，金黄色沙滩被晒得滚烫发亮，肤色各异的男女老少穿着泳衣，有的躺在沙滩上晒日光浴，有的抱着浮板小心下水。海水叠起细密绵白的浪花涌上岸来，浸湿一片软泥细沙。

陆知乔穿一条雪色长裙，是敞肩的款式，薄纱质地轻盈飘逸，又颇有几分小性感。女儿陆葳则和妈妈穿了同款，一眼便能看出是亲子装。

母女俩出门前抹足了防晒霜，一人戴了一顶驼色遮阳帽。陆葳的帽子上有两只鹿角，短短软软的，很是可爱。她特别兴奋，走路都用蹦的，如果不是陆知乔不准她跑太远，这会儿她人就已经蹿到海里去了。

沙滩中央竖着一块渔民模样的石雕，右手拿鱼叉，左手拎一串鱼，背后却背着冲浪板，有些滑稽。底部的方形基座上雕刻着英文简介，大意是讲这座岛的历史文化。

陆知乔停下来看了看，翻译给女儿听，小姑娘心不在焉的，注意力全被沙滩上推皮划艇的人吸引了去。

"妈妈，我们去坐皮划艇吧？"

"好，走。"

沿岸许多租器材的商店里都有皮划艇，自己租自己玩，不像国内景点那样有专人带，店家只会讲讲使用的基本方法和注意事项。母女俩租了一艘双人艇，她们以前玩过，上手很容易，一入水便找到了感觉。

宽广的海面上闪着粼粼波光，此刻太阳正盛，三五个肌肉壮硕的青年踩着冲浪板与海水嬉闹，一层又一层浪花涌上沙滩，远处是望不到尽头的海天交界线。

陆知乔眯起眼，视线无限延伸，心绪也如这宽广的海面，逐渐平静下来。

可是她的心里空落落的。

"妈妈，你快划啊，旁边的人要超过我们了。"女儿的声音拉回了她的思绪，左右瞥了两眼，又有几艘皮划艇下水了。

陆葳一个人卖力地划着桨，非要跟别人比赛，白嫩嫩的小脸憋着股劲儿，腮帮子鼓了起来，一下又一下的，划得可认真了。

　　陆知乔看着女儿，扑哧一声笑出来："妞妞，我们不比赛，慢慢划着玩。"

　　她嘴上这么说，手上却加大了动作和力度，配合女儿划得更快些。

　　因为不会游泳，陆知乔不敢划太远，只到海湾另一头转了个圈。母女俩吭哧吭哧地划回来，在海面上漂着，晒晒太阳，看别人冲浪玩耍，累了就上岸去。

　　岸上椰林绿影，暖风习习，遮阳伞下有人半躺着吃冰激凌，女儿也想吃，陆知乔遂带她去买。买完冰激凌返回沙滩时，陆知乔的视线里突然闪过一抹红色影子，她下意识地看过去，目光穿越往来眼前的游人，最终落在斜前方。

　　祁言站在椰树下，披散着及腰长发，一身火红的长裙。她侧身对着这边，乌黑柔长的发丝被风吹拂起飞扬的弧度。

　　一缕阳光在她头顶倾泻而下，她抬手拂了拂头发，伸个懒腰，而后像是看见什么稀罕的景色，举起了相机。

　　突然，祁言放下相机转过头，两道目光对上，谁也没有上前打招呼。

　　陆知乔移开视线看向别处，过了会儿又转回来，祁言已经不见了踪影。

　　……

　　吃完冰激凌，陆葳兴冲冲地跑到海边玩水，有几个高鼻深目的白人小孩围在一块儿塑沙雕，她也不知哪里来的勇气，讲着一口磕磕绊绊的结巴的外语加入进去，竟然跟他们玩了起来。

　　陆知乔找了个树荫处，铺开垫子坐下。摘下草帽和墨镜，她背靠树干，伸直了腿，惬意地眯起眼，静然望着女儿玩耍的身影。

　　在陆知乔的斜后方，祁言举起相机，对着树下的人连续拍了几张，而后镜头稍稍挪动，把海边玩耍的陆葳也拍了进去……

　　陆知乔懒懒地倚着树干，歪着头，双手交叠在身前，一绺微卷的黑

155

发落在肩上，像是在小憩。

她的白裙淡雅素净，如同天空中水洗过的云，她就那样静静地坐在树下，恬淡安宁，有一种温润柔和的气质。

不知拍了多少张，祁言低下头来筛选，一张一张挑过去竟挑不出要删除的，她索性不再拍了。

两个人距离很近，祁言把腿伸出去又收回来，终究没敢过去打扰。这样好歹能打个照面，要是贸然惊了陆知乔，或许面都没得见了。

海风温柔地抚着发丝，安适而懒散，人也莫名多愁善感……直到太阳逐渐西斜，晚霞的余晖染红了天边缠卷的云层。

这座海岛位于赤道附近，终年昼夜等长，此时太阳沉下去，再过十二个小时，又会冉冉升起。

当夜幕降临，整座主岛也热闹起来，沙滩上燃起了篝火，露营的游客扎起了帐篷，星星点点的灯光沿着海岸线延伸向远方。天空与大海融为一色，皎月如芒，星子璀璨，宛如神话传说中浪漫之境。

陆知乔带女儿去城区逛了逛，品尝了当地特色美食，转完一圈回来，母女俩的肚子都撑得滚圆。

约莫八点时，海滩上聚集了越来越多的人，化装成土著居民的演员们围着篝火跳起了舞，这是这里每天晚上必有的娱乐项目。他们嘴里念唱着土著语歌谣，脸上洋溢着热情的笑容，周围游客不断加入，跳舞的圈子越来越大，很快围了两三层。

突然，周围传来一声闷响。

夜空中炸开绚烂的烟花，一瞬间将天幕染得亮如白昼，光芒绽放过后，又如流星般消失陨落。

所有人纷纷抬起头。

不知是谁点的烟花，排列组合成一串字母炸开，仔细看，是人名。

这东西乍一看觉得新鲜，看久了也没意思，陆知乔昂着脖子望了会儿，任由耳边炸得砰砰响，收回目光。

一轮烟花结束，海滩上安静了片刻，又一轮炸开在夜空。

"妈妈！"女儿突然拉住她的手，兴奋地道，"快看快看！是你的名字！好像还有我的！"

陆知乔猛然抬头，夜空中光芒万丈，显出大大的"乔"字，接着又是"陆"和"知"，重复"乔"，后面还跟着"陆"和"葳"。

那瞬间她的眼睛也被点亮。

这种东西，看着别人玩只感到无聊，可现在轮到自己了，却觉得有几分趣味——众目睽睽之下，她和女儿的名字被挂在了天上。

陆知乔哭笑不得，下意识地环顾四周，想要寻找祁言的身影。可是茫茫人海，又有夜色掩盖，根本分辨不清谁是谁。

会是她干的吗？

玩到晚上十点多，母女俩拖着疲累的身子回到了酒店。

陆知乔让女儿去洗澡，自己拿出转换插头连上，给手机充电。一下午没看，微信上有两条未读消息，一条是新闻推送，一条是祁言发的。

祁言：烟花好看吗？

果然在自己意料之中。陆知乔勾着嘴角一笑，输入两个字：土气。

刚想点发送，陆知乔迟疑了——这无论如何都是人家一番好意，她故意说这话会不会太伤人？想来想去，她又删掉了，重新编辑内容后发送：嗯，很好看。

祁言几乎是下一秒就回复道：我是跟风模仿别人的，凑个热闹试试效果。

陆知乔又愣了一下，笑着摇摇头，锁上屏幕把手机放一边，去行李箱内拿睡衣。

没多久，等女儿洗完澡出来，她抱着衣服进了浴室。

玩了一下午，她着实有些累，热水洗去满身疲惫，她在手上抹了点肥皂去擦镜子，褪去雾气后映出清晰的人影，她盯着镜子发起了呆……

越洗越困，陆知乔甩了甩头，加快速度，差不多了便关水穿衣，给自己抹上护肤品。

"妈妈！"陆葳跑进浴室抱住她，"明天我们去玩什么啊？"

陆知乔强忍着困意对女儿笑道："租船去钓鱼吧。"

"好！"

"早点睡。"

小姑娘眼巴巴地望着她，似乎还有话想说，但见她专注于往脸上涂涂抹抹，耷拉着眼皮的困倦样子，只好把话咽下去。

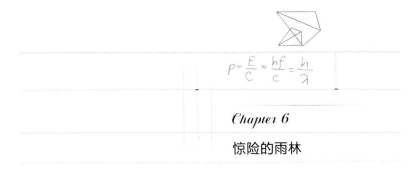

$$p = \frac{E}{c} = \frac{hf}{c} = \frac{h}{\lambda}$$

Chapter 6

惊险的雨林

翌日早晨，母女俩是被敲门声吵醒的。

陆知乔迷迷糊糊地从床上爬起来，打开门看到外面的人，瞌睡一下子清醒了。她张了张嘴，还未来得及说话，对方先开了口。

祁言平静地道："我要退房了，来跟你们道个别。"

陆知乔心一惊，忙问："你要回去？"

"不是。"

"那……"

祁言今天穿了件墨蓝色长袖纱衣，里面搭短款黑色背心，低腰的热裤，简单又清凉，与昨天那风情万种的样子判若两人。

"这家酒店太火爆了，我订房间比较迟，只订到了前天和昨天两个晚上。现在是旅游旺季，其他酒店也很难再有空房间，所以……"她耸了耸肩，无奈地摊开手，"我只能去沙滩上露营了。"

说着，祁言苦笑了一下，很是无奈。

陆知乔抿住唇，抓着门把的手缩了缩，有些犹豫。

露营这事，图个新鲜没关系，但是天天睡帐篷肯定不舒服。眼下正值旅游旺季，确实到处人满为患，一房难求，这些她都很清楚，可如果让祁言住自己这里……

不行的，因为她订房的时间也比较迟，酒店只剩大标间，只有两张单人床，她和女儿一人分别睡一张足够，再挤一人，怎么分？

“妈妈！”陆葳趿着拖鞋跑过来，将方才两人的对话听得一清二楚，提议道，“让祁老师住我们的房间吧！”

“方便吗？”祁言笑着问，抬头看向陆知乔。

不等陆知乔开口，小姑娘拉住她的手，用力点头：“当然方便啊，我睡一张床，你和妈妈睡一张床。”

她话音刚落，祁言反应非常快，问道：“这样……不好吧？”

“哪里不好了？”陆葳的小嘴巴噘了起来，看看老师，又看看妈妈，转而抱住陆知乔的胳膊晃，“妈妈，你就让祁老师住这里吧，祁老师去睡沙滩，万一被海浪冲走了怎么办？”

小孩子说起话来也是天真可爱，无心之间化解了尴尬的气氛。经过她的三言两语，陆知乔紧绷的神经舒缓下来，忍俊不禁。

让祁言住这里也不是不行，她只想着两张床不够三个人分，方才女儿一说，恍然大悟——她可以带着孩子睡一张床，祁言单独睡，这样就完美解决了睡觉的问题。

于是陆知乔顺着台阶下了，点头说道：“妞妞说得对，现在是旺季，人流量大，露营不太安全，既然出门在外，我们又碰巧遇到了，有难处互相照顾也是应该的。”说完，她摸了摸女儿的脑袋，轻声说道，“妞妞，怎么能让老师跟妈妈挤一张床呢？你和妈妈睡。”

“你们关系不是很好吗？为什么不可以睡一张床啊？我同学过生日，我去她家玩也是跟她睡一张床的。”陆葳疑惑地看着母亲，脑袋里升起无数问号。

她在学校时，课间会与玩得好的女同学结伴上厕所。她有她的小姐妹，彼此之间无话不谈，哪里会像现在这样，大人真是奇怪。

陆知乔和祁言对视一眼，两人都险些憋不住笑。

“是你想自己独占一张床吧？”陆知乔把皮球踢给了女儿。

小姑娘突然笑了起来，不好意思地低下头：“嘿嘿……”

难怪……

祁言默默地在旁看着，配合陆知乔的话附和道："妞妞，两个大人睡一张床有点挤哦，不小心就掉地上去了。"

"是啊，妞妞就跟妈妈睡，乖。"陆知乔笑着摸了摸女儿的脑袋。

比起床的问题，当然是留住祁老师更重要，小姑娘拎得清，不假思索地点头说："好。"

陆知乔主动帮祁言将行李箱提进屋，那是一只超大号的银色箱子，乍眼望去令人咋舌，比她们母女俩共用的箱子还大，拎起来却不算重，她忍不住猜测……难道里面都是衣服？

虽然只有两张床，但房间很大，足够宽敞，三个人在室内活动自然是没问题。

"你睡这张床，我跟妞妞睡那边。"陆知乔指了一下女儿的床，把它让给祁言，顺手替女儿收拾好床头的东西。

祁言心情大好，应道："行，随意。"

母女俩一起去洗漱，片刻后换好衣服出来，陆知乔看见祁言坐在床边摆弄相机，走近了一步，祁言突然把相机收起来，生怕被她看见似的。

"你……今天有安排吗？"陆知乔淡定地转移话题。

"看心情吧，"祁言并没把话说满，"没什么安排，随意逛逛。"

陆知乔漫不经心地问："那要不要跟我们去钓鱼？"她一只手背在身后，或许又觉得这样太刻意了，转而低头整理起随身背着的小挎包。

"海钓？"

"嗯。"

"好啊。"祁言眼眸发亮，顿时就来了精神，"我给你们当向导，感谢你们收留我。"

陆知乔嗤笑一声："你总是不让我说谢谢，现在自己反倒谢我。"

祁言假装没听见，吐了下舌头。

这座海岛附近的海域中鱼类资源丰富，很受海钓爱好者们的欢迎，

161

不少游客包船出海一天，几乎能满载而归。

祁言曾来过这里四次，大致熟悉岛上的情况，找景点和游玩项目也是轻车熟路。她大手笔地包了艘中型海钓船，船上配备了一名船长，两名船员，舱内还带休息室，里面钓具饵料一应俱全。

天气晴朗，海面风平浪静，远处水天相接，视野无限广阔。

海上的阳光毒得很，三人抹足了防晒霜，还是觉得有点晒。陆知乔怕女儿晒伤，把带来的防晒衣给她穿上，帽子、墨镜、面罩也全部戴好。

小姑娘兴奋得很，哪里愿意配合，拧着眉不耐烦地嘟囔了一句，推开她就要去拿钓竿。

陆知乔急道："妞妞，当心晒成熊猫！"

陆葳满不在乎地回："熊猫就熊猫，我是国宝！"

陆知乔："……"

祁言站在甲板上跟船员小哥聊天，两人一边聊一边调试钓竿，她很健谈，一口流利的外语中夹带着当地特有的俚语，另一个船员小哥也被吸引过来，三人时不时哈哈大笑，犹如结识多年的老友。

陆知乔追着女儿过来，听见甲板上的欢声笑语，顿住了脚步。

阳光毒辣，她眯起了眼，缩小的视线范围里，祁言身姿挺立，双腿又长又直，腰臀比好到惹人嫉妒，谈笑间眼角眉梢都透出自信与豁达。

祁言脚下是海，头顶是天，远方是金色的光芒，她的眼睛里有坚定，笑容里有坦然，无惧于站在光芒下。

她是陆知乔想成为的那种人。

这十几年，每当夜幕降临，陆知乔的心底总是淌出莫名的恐慌与不安，时而长时而短，难以消弭。她总以为自己坚强、勇敢、了不起，但见到祁言才明白，真正的强大不是无数次在饭局上赔笑卖乖，侃侃而谈，不是历经十年八年从底层职员升为高层管理，也不是周旋于形形色色的客户之间游刃有余，更不是牺牲亲情换取金钱来扛起一个小家。

而是底气。

陆知乔没有底气，所以没有选择，只能被动地生活，躲在昏暗的

162

角落以冷漠掩饰自己枯竭的心，以金钱名利安慰自己麻木的灵魂。

戒心重，不信他人，只注重结果，虽担得起责任，但仅限在那一亩三分地内，永远不敢踏进更广的天地——她就是那种，表面光鲜实则阴暗的人。

有些东西缺失后很难再弥补，陆知乔看到祁言就明白了，自己注定成不了那样的人。

"祁老师！"陆葳屁颠屁颠地跑过去，抱住祁言的胳膊撒娇，"教我钓鱼吧！"

祁言笑着揉了揉她的脑袋："好啊，等我把鱼饵穿好，就教你。"

"这是什么饵？"

"左边是沙蚕，右边是扇贝丁，都是鱼喜欢吃的。"

师生两个其乐融融的，果然连小孩子都知道向阳而生。陆知乔默默地看着，不愿打扰，转身返回船舱。

海面上渐渐刮起了风，船有些摇晃，陆知乔坐在休息室里叠衣服，一件防晒衣拆了又叠，叠了又拆，外面时不时传来女儿惊喜的呼声，她叹了口气，眉眼间尽是惆怅。

船舱门口闪过一道人影，祁言带着满身海风进来，坐到她身边："怎么不去钓鱼？"

陆知乔走着神，被吓了一跳，手里的防晒衣从膝盖滑到地上。

"怎么了？"祁言微微拧眉，捡起衣服放到旁边，"不舒服吗？是不是晕船？"

"没有。"陆知乔垂下眼。

"真没有？不要骗我，我带了晕船药。"

"真的。"

祁言仔细观察她神色，瞧着没有不舒服的样子，稍稍放下心来，笑了笑说："怎么不去钓鱼？"

"不会。"陆知乔低着头，心绪有些乱。

"我教你。"

"你会？"

"嗯。"

"不信。"

祁言抿嘴偷笑，不由分说地把她拉起来："试试就知道了，来。"

陆知乔半推半就地跟着她出了船舱，看到船员小哥在帮女儿拉竿，又钓上了不知道第几条鱼，虽然个头都比较小，但足以让孩子高兴半天，获得极大的满足感。

船上有两根钓竿，都已调试过，祁言拿起空的那根，用清水冲洗了一下主线，牵着陆知乔到甲板另一侧，说："来，拿好。"

"为什么要用水洗？"陆知乔接过钓竿，感觉有点沉。

"因为这是尼龙线啊，用来钓淡水鱼的，海水咸嘛，浸泡在海里会变硬变脆，所以用之前先用淡水洗洗。"

祁言耐心地给她解释，陆知乔似懂非懂地点了点头。

祁言戴上手套，从饵桶里捉了一只还在蠕动的沙蚕，利落地将其穿上鱼钩，看起来很熟练的样子。她挂好饵，随手将钩丢进海里，摘了手套站到陆知乔后侧。

"看到那个浮漂了吗？"

"嗯。"

"如果它快速下沉，说明鱼咬了钩，这时候你就提竿……"

陆知乔是新手，从没钓过鱼，连钓竿都是第一次摸，祁言怕讲得太复杂她听不懂，就配合着肢体动作简单解释，声音温柔轻细。

说完，祁言双手与她一同握住钓竿。

"现在就是考验耐心的时候了。"

海面异常平静，戴着墨镜都让人觉得阳光刺眼。陆知乔有点紧张，目光直勾勾地盯着浮漂，渐渐觉得无聊了，只能跟祁言边聊天边等待。

"你怎么会海钓？"她小声地问。

在陆知乔的印象中，海钓与普通江河湖泊里钓鱼不同，不仅装备更贵更复杂，也极其讲究方法技巧，是一项比较烧钱且耗费时间的活动，没钱没闲可玩不起来。

开得起那辆豪车的祁言，难道真是暴发户的女儿？

祁言盯着浮漂，漫不经心地说："我爸喜欢钓鱼，淡水满足不了他，就跟几个朋友组队出海钓，每年会去两三次，大多在国外，偶尔也去国内的海域，我纯粹是陪同，凑个热闹。"

提到家人，她的语气很随意，像是在谈论一件稀松平常的事。

陆知乔抿了抿唇，又问："那你还会什么？类似这种休闲活动。"

"摄影啊，你知道的。"

"除了摄影呢？"

"嗯……滑雪，骑马，还有跳伞也算吧，跟朋友去国外跳过几次，勉强会一点点。"

陆知乔一怔，内心暗暗惊讶，嘴上则说："看不出来，你挺深藏不露的，好厉害。"这些可都是烧钱的项目。

"哪有。"祁言被夸得心里美滋滋的，嘴角都翘起来，"我在国外念书那几年，圈子里的人什么都玩，比我厉害多了，人外有人。"

"你留过学？"

"嗯，我本科在江城师范念的，读硕士去了 C 国，摄影专业。"

陆知乔一时有些缓不过神，她哪里能想到，这个每天抬头不见低头见的人，自己对其竟半点都不了解。

听起来，祁言一直过的是很随性自由的人生，享受生命，享受生活，跟她这种包袱累累疲于奔命的人，果然不属于同一个世界。她想知道祁言为什么当老师，却不敢再往下问。

除此之外，她还有好多好多想知道的，对祁言这个人充满了好奇。

……

三人在船上玩了一整天，钓上来的海鱼塞满了大冰桶。

海船行驶在回程的路上，背后霞光漫天，红云似火，太阳正缓缓沉入海面。

平静的海面忽然翻涌起浪花，一条巨大的黑白色虎鲸凌空跃起，刹那间短暂地遮挡住阳光，喷出一道弧形水柱后又落入水里，海面浮起绵白细密的泡沫。

"妈妈，虎鲸！"陆葳激动得直跺脚。

她们当真幸运，出海一次就看见虎鲸换气的奇景，陆知乔讶然地望着虎鲸消失的地方，心脏跳得飞快。刚才实在太近了，近到她以为船要被掀翻，接着她们就要像电影里演的那般，来一次海上大逃亡。

脚不由自主地往后退，没留神绊了下，陆知乔惊呼了一声。

"小心。"祁言上前扶住了她。

夜晚的城区很热闹，街上灯火辉煌，游客来来往往，偶尔能听见一两句中文，让人倍感亲切。

祁言找了一家当地味道最好的海鲜店，把钓上来的鱼拿到店里加工，准备今晚吃全鱼宴，煎、炖、涮、烤，花样齐全。

烤鱼是自助的，每桌都有烤锅，店家将鱼处理好了端上来，自己动手烤。

祁言一直在帮母女俩烤鱼，自己没怎么吃，她看着陆葳小嘴巴吃得油乎乎的，捏起纸巾给她擦了擦嘴："妞妞，好吃吗？"

"嗯嗯，"小姑娘打了个嗝，"我还要。"

陆知乔见女儿的肚子微微鼓起来，皱眉道："晚上不能吃太撑。"

"没事，吃吧，这儿还有。"祁言笑得宠溺，说着又给陆葳夹了一片烤好的鱼肉。

"你就会惯她。"

"出来玩，最重要的就是开心。"

"就是就是。"小姑娘冲妈妈吐了吐舌头。

她们师生两个一唱一和的，陆知乔有些不太舒服，没再说话，低头慢条斯理地吃自己的。

突然，一只手捏着纸伸过来。她抬头，就看到祁言对自己笑道："酱沾到嘴巴边上了。"

"哦。"陆知乔不咸不淡地应声，接过纸。

吃完全鱼宴，陆葳小朋友撑得走不动了，陆知乔也有点不适，她说是不能吃太撑，嘴巴却压根儿没停。

夜晚的风比较凉，三人在街上闲逛消食，兜兜转转进到一家很大的礼品店，里面出售各式各样的纪念品，仔细一瞧，做工倒挺精细。

"祁老师，这个明信片好看！我想带一点给同学。"陆葳停在柜台前，晃了晃祁言的胳膊。

一路上师生俩都是挽着胳膊走的，小姑娘吃太多懒得用力气，几乎半个身子吊着祁言身上，反倒把妈妈丢在了一边，张口闭口的称呼从"妈妈"变成了"祁老师"。

祁言顿住脚步，目光扫过那些精美的明信片，也来了兴趣，笑着点头说好，而后跟老板聊了几句，要来两支笔，对陆葳说："妞妞，你先选好喜欢的图案，然后写点东西上去。"

她递给女孩一支笔。

"好。"陆葳咧着嘴笑，算着自己有哪几个要好的同学，兴致勃勃地挑起来。

祁言也在挑，她想送一张给陆知乔，转身正要问，一直跟在身边的人却不见了踪影。

街上人来人往，陆知乔静静地站在玻璃门边，像一尊精致完美的雕塑，她垂着眼皮，目光有些失焦，一副心不在焉的样子。

一张明信片忽然出现在她眼前。

"送给你。"

明信片上印着这座小岛的风景，碧海蓝天，椰风树影。背面有祁言亲手画的一只卡通小老虎——陆知乔是属虎的。

"是不是特别像你？"祁言绕到她身前。

陆知乔一愣，反问："你的意思是我是母老虎？"

"没有没有。"

门店的灯光是带着橘调的暖黄色，柔柔地洒在两人身上，从头到脚笼罩着她们。

陆知乔静静地望着祁言，很长一段时间以来，祁言给她的印象都是不正经的，她甚至有过那么一瞬间，认为这样的人不该当老师，后来接触得多了，她才明白是自己狭隘了。

她承认自己思维僵化，便愈发觉得她们不是同路人。一个生长在阳光下，一个缩在阴暗的角落，各有各的活法，本就不该产生任何交集。

以前陆知乔也见过像祁言这般的人，她们大多家庭环境很好，不仅仅物质上富足，精神上也是。

与这样的人往来，她只会保持着一定距离，从不与对方交心，并非是她有什么偏见，而是觉得彼此不属于一个世界，不能强融。

或许……她可以赌一次，把祁言当作例外。

"画得很好看。"对视良久，陆知乔弯了弯嘴角，"我去外面等你们。"

她打开玻璃门钻了出去，祁言没去追，隔着玻璃看见她站在路灯下，背对着这边，两只手始终抬着，不知是捧住了明信片，还是在抹眼泪。

海岛的夜晚凉风习习，天空呈现奇异的墨蓝色，偶有闪着灯光的客机从低空掠过，带来一阵呼啸轰鸣。

回到酒店，陆知乔先去洗澡，祁言拿出电脑，把今天给母女俩拍的照片存了进去。她一张张地筛选，删掉了一些自认没拍好的，再挑了几张不错的放进专属文件夹。

陆葳趴在旁边看，感叹道："哇，祁老师，我感觉你拍得像电影画面。"其实她想说好看，但这样会显得自己词穷，干巴巴的，只能找生活中最相近的比喻。

"那当然，"祁言眯着眼笑，"等回去我把照片整理一下，你挑几张喜欢的，我给你做成写真集。"

"祁老师最好了！"

猝不及防被小姑娘抱着亲了一下脸，祁言有点蒙，但很快反应过来，顺手揉了一把陆葳的脑袋。

浴室里的水声渐停，门开了，陆知乔踩着缭绕的水汽出来。

"妈妈，快来看照片！祁老师把你拍得超级漂亮！"陆葳小朋友兴奋地冲她招手，终究还是词穷了，脆生生的嗓音听着倒是可爱。

"好，"陆知乔笑着点头，"妞妞，先去洗澡。"

"哦。"

陆葳拿衣服进了浴室，房间顿时安静下来。

沙发那边时不时传来点鼠标的声音，一下一下的毫无规律，祁言正在电脑上整理照片，认真而专注。

陆知乔无声地走过去，挨着她坐下，视线自然地落在电脑屏幕上，一百多张照片似乎都是差不多的景色，小图瞧着几乎没有区别。

祁言点开第一张，恰好是陆知乔手握钓竿的侧影，无论构图还是角度都十分精巧微妙。

"这张是我抓拍的。刚好那个时候鱼咬了钩，你的表情有惊喜、兴奋和激动，这些情绪平常在你脸上见得太少了，就算出现也只是一瞬间，我只能抓拍。"

"还有这张，你在走神，自己笑了都不知道。"

"这张……"

祁言看着照片的眼神充满了自豪，她拍的时候没有想太多，只想记录，只想留下那个瞬间。眼睛会疲倦，心会累，就由相机代替它们，而她只需要记得某年某月的某天，三个人在船上玩得很开心。

陆知乔一张一张看过去,嘴角渐渐有了弧度,轻声说："是你技术好，我觉得你可以去做专业摄影师了。"

这是她真心的夸奖，虽然作为外行不懂其中的门道，但她多少懂得欣赏，照片里无论是人还是景，都算不得稀罕，偏就被这人拍出了极高的质感，真是意想不到的惊喜。

"陆知乔。"

陆知乔侧头看向祁言。

祁言一字一句，郑重地说："没有美好的人，就拍不出美好的画面。"她扬了扬眉，满脸调皮得意的表情，又道，"我喜欢别人夸我，快，再夸我两句。"

陆知乔偏不顺着她，扭过脸去。

"夸我。"

陆知乔依旧不搭理她。

"喂……陆知乔？"

越让她夸，她就越不夸，免得这人骄傲。陆知乔心里想笑，紧抿住唇，生怕自己发出声音。

祁言似乎看出她是故意的，轻哼了一声，也装作委屈的样子说："唉，我真可怜，给人拍出这么好看的照片，都得不到多几句夸奖……"

"好了好了，你拍得最好看。"陆知乔无奈投降。

祁言比了个"胜利"的手势，陆知乔心道，真像个孩子。

没多久，陆葳洗完澡出来了，祁言发了几张照片到陆知乔微信里，收拾了一下电脑和相机，拿衣服去洗澡。

陆知乔搂着女儿坐在床上欣赏照片，反复看了几遍也看不腻，难得地发了一条朋友圈。

"妈妈，我觉得祁老师拍你拍得更好看。"

"有吗？"

"嗯，也有可能是你本来就长得好看。"小姑娘认真点头。

陆知乔笑了笑，伸出食指点她鼻子："嘴甜。"

翌日清晨，三人出发前往牧场。

牧场位于群岛中第二大的岛屿上，距离她们居住的海滩酒店约一小时车程，占地一千多英亩，主要用来放养牛群，也是许多著名电影的拍摄取景地。

这里有许多游玩项目，譬如骑马、驾驶越野摩托、给奶牛挤奶、烤野味等。

从来没接触过这些新鲜的东西，陆葳比昨天钓鱼时还兴奋，下车后走路都用蹦的，大声嚷嚷着要去骑马，贪玩本性尽显。比起女儿，陆知乔含蓄内敛得多，她也没玩过这些，也觉得新鲜，但始终是淡然的表情，一路上都没怎么说话。

习惯了平静与严肃，仿佛多笑一笑都能要她的命。

小孩子最能感受到人的情绪变化，陆葳就发现，从昨天下午开始，妈妈一直都心事重重的，她想半天也没想出原因，却又不敢强行缠着妈妈，幸好有祁老师在，不至于让气氛尴尬。

"祁老师，我们去骑马好不好？"

"好啊。"

来骑马的游客不算多，付费和排队都很快，这类项目与国内公园里的那种不一样，不需要人牵着马在前引导，游客可以骑着马去牧场任何地方。

"可是我不会骑啊……"陆葳看着自己面前的小母马，噘起了嘴巴——她是儿童，不能骑成年马。

祁言上前捏了捏她的脸，笑着说："我教你骑。"说完取下挂在脖子上的相机，转手交给陆知乔拿着，又去租了一匹成年马。

成年马几乎跟祁言个头一样高，近距离看就是个庞然大物，有些吓人。

只见祁言绕着马走了一圈，抬手摸摸鬃毛，拍拍马的脖子，然后一手抓住缰绳，左腿踏入马镫，轻盈利落地翻身上马，坐得稳稳当当。

"手抓稳缰绳，小腿轻轻拍马肚子，它就会跑起来了，你看——"

马儿打了个响鼻，四只蹄子慢悠悠地走着，祁言小腿发力夹了夹马腹，它逐渐开始小跑，速度一点点提上去。没多会儿，她便骑着马飞奔进前方的树林。

"哇，妈妈，祁老师好厉害——"眼前已看不见祁言的身影，陆葳激动得拉住母亲的胳膊。

广阔无垠的原野上，一抹白色身影骑在马上飞奔而来，她的头发被风吹得飞扬起来，身姿矫健，英气十足，随着距离越来越近，自信的笑容逐渐清晰。

陆知乔耳边一阵风刮过，祁言早早地拉缰绳减速，稳稳地停在她们面前。

旁边围观的游客不约而同鼓起了掌，她坐在马背上微笑，露出一排洁白的牙，大方接受众人的赞赏，然后一个翻身跳了下来。

"祁老师！你超棒！"陆葳扑过去给了她一个大大的拥抱。

祁言温柔地摸了摸她脑袋，转手去牵小母马，说："来，检验一下你的观看成果。"

"唔，好。"

小孩子的精力最旺盛，陆葳掌握要领后，祁言带着她转了两圈，师生两个玩得很开心。陆知乔不想打扰她们，便坐到长椅上休息，看着看着情不自禁笑了。

"想不想骑马？"

视线里出现一双脚，祁言不知什么时候来到了跟前，陆知乔愣道："不了。"

"我教你，"祁言以为她是不会骑，建议道，"或者我带你骑。"

"你带妞妞玩吧，我……"话音顿住，陆知乔低下头，有些难以启齿，她要怎么解释她的害怕呢？

祁言却轻易看穿了她的心思，没有说出来，默默地坐到她身旁。

"感觉你心情不是很好。"

陆知乔一个激灵，紧张地问："有吗？"

"我是不是占用太多你和孩子相处的时间了……"祁言苦笑，抬头看着不远处正牵着小母马散步的女孩，她说玩累了，所以暂时休息一下。

陆知乔慌忙摇头："没有没有，你不要想那么多，我——"

我挺希望你陪妞妞玩的——这话涌到嘴边，她却说不出口。

出来一趟，陆知乔愈发觉得自己是个失败的母亲，除了工作什么也不会，孩子喜欢的东西，她都无法带着去体验，假使祁言不在身边，这趟旅程大概是索然无味的。

不过，要承认自己无能还是有些难度。

"嗯，没事。"祁言察觉到了她的情绪不对，声音不自觉温和起来，"我开玩笑的。"

牧场的越野摩托项目有年龄限制，必须十五岁以上才可以玩，两个大人倒是还好，只是陆葳很遗憾，她什么都想玩，什么都想探索。最后祁言与她做了个约定，等她长大些，再带她来一次。

172

那时候陆葳就初中毕业了，祁言也就不再是她的老师了。

三人又去看奶牛，参与给奶牛挤奶的过程，小孩子的注意力很容易被吸引，便暂时忘记了不能骑摩托的遗憾。

奶牛放养地点临近峭壁，用木栅栏围起长长的一条线，峭壁下便是一望无际的大海，往右侧远眺则是主岛的海岸线，那里山峦起伏，翠绿绵延，隐约能看见码头出海的钓鱼船。

陆葳在挤牛奶，陆知乔和祁言站在栅栏边悠闲惬意地观看，两人表情如出一辙，都是差不多的宠溺。

风很大，吹乱了头发，陆知乔抬手拈住一缕，轻轻拂过面颊，勾在耳后。偏巧祁言转过脸，看着她，似乎有什么话想说。

"你为什么会当老师呢？"陆知乔先开口了。

祁言微眯起眼，薄唇缓缓吐出两个字："梦想。"

若是别人这样回答，陆知乔必定是不信的，可祁言这么说，她完全相信，不仅仅是相信，还有艳羡。

"我小时候觉得，老师站在讲台上的样子特别酷，希望自己有一天也可以。但那个时候想法不是特别强烈，直到后来，我遇见了几位很好的老师，他们很大程度上给了我正面且积极的影响，我心里的想法就更强烈了……"

"我爸妈出身农村，文化程度不高，但是他们很尊重老师，相信知识可以改变命运，传递知识的人很伟大，所以完全支持我。"

"不过他们起先也觉得我是小孩子想法，一天一个样，其实我知道，不管我怎么选择，他们都会支持我的。"

说起家人，祁言露出温暖与骄傲的表情，粲然笑意中尽是底气。

陆知乔有些羡慕地看着她，问道："你父母一定很好吧？"

"对啊，我爸妈特别好，虽然没读过很多书，但不会墨守成规，对我的教育跟传统家长不一样。他们感情也很好，我住在家里的时候天天看他们卿卿我我……哎，一两句也说不清，总之，我特别爱他们。"

"你呢？"祁言随口一问。

陆知乔愣了愣，神色忽然黯淡下来，好一会儿才低声说："我父

173

母去世了。"

两人间突然一阵短暂的沉默，空气里只有风声。

"……对不起。"祁言收敛起笑意，不知所措地说道。即使祁言已经知晓，在此刻听到她亲口讲出来，也免不了会心疼她。

陆知乔摇了摇头，故作轻松地笑道："你道歉做什么？很早的事，我都快不记得了。"说完转过身，面朝峭壁和大海。

"他们四十多岁才生了我，从小管我比较严，总是觉得多给一点打击就能教育好孩子，所以我一直不是很自信……"

"你很好。"祁言打断她。

这个人终于愿意向自己敞开心扉了吗？

"你是独生女吗？"陆知乔引开了话题。

"嗯。"

"真好。"

祁言试探地问："你有兄弟姐妹？"

陆知乔神情一滞，没说话，视线飘得越来越远。

海面上行驶着几艘钓鱼船，星星点点，拖出一条条细密绵白的浪花，海鸟跟在后面飞。

她又不愿意说了。

"为什么你之前总是觉得我公私不分呢？"祁言不死心，迫切地想知道更多关于她的事情。

陆知乔蹙起眉，嘴唇动了动，欲言又止，犹豫片刻才答道："妞妞的小学班主任就是那样的人。"

祁言："……"

一朝被蛇咬，十年怕井绳。因为有过前车之鉴，陆知乔才会时刻留心。祁言算是明白了，自己此前总没个正经，热衷于戏弄她，给人家留下了不靠谱的印象，真是一点也不冤枉。

"那你记住，我可不是那种人。"祁言用略微不屑的语气说。

陆知乔眼底浮起笑意，有些不好意思地说："之前错怪你了，现在我知道你不是。"

祁言是个没皮没脸的,这会儿本性显露,又问:"那你谈过恋爱吗?"

"读书时候的单恋应该不算吧。"陆知乔红着脸说。

这十几年来,不乏大把的人追求她,有大的有小的,有人喜欢她的脸,有人纯粹想征服她,还有的人只是想找她这样的温柔姐姐,甚至有脸皮厚的,图她那些个辛辛苦苦挣来的钱,想找长期饭票。

也许这其中有人是真心的,但她不愿意相信,比起花费时间和精力了解、接纳另一个人,不如多赚些钱,好好把女儿养大。

所以她用已婚当借口,把诸多追求者赶走,渐渐地,身边一个人也没有了,依然是她与女儿相依为命。

"哈哈哈!"祁言发出爆笑,伸手指着她,仿佛看见了什么惊奇的生物。

"你笑什么?"

陆知乔一下子就明白,祁言这是在笑话自己,她无奈又羞恼,瞪了对方一眼,嗔怒道:"我每天那么忙,哪有时间谈恋爱。"

"嗯嗯,我信。"祁言憋住笑,一本正经地点头,可没多久就破了功,笑得比刚才还大声。

傍晚回程时,三人坐在小车上,已然累得没有兴致欣赏沿途的风景。

两个大人并肩坐在后排,摇摇晃晃中陆知乔睡着了,双目紧闭。

夕阳的余晖洒落天际,金红色光芒透过窗户射进来。

"妈妈……"

陆葳转过头,正要说话,祁言忙冲她竖起食指:"嘘。"

"哦哦。"

等她们到酒店时,天已经黑透,玩了一天着实很累,大家都不想再逛街,于是祁言去买了些食材,简单地做了顿晚饭,母女俩都吃得饱饱的。

洗过澡,她们商议计划着明天去最小的岛屿玩,那里有茂盛的热带雨林,是来这里必去的景点。因为小岛离主岛比较远,雨林也较为原始,没有太多现代化设施,需要租一辆车自驾游览。

祁言淡定地说道："租吧，我来开，我有国际驾照。"

　　陆葳兴奋极了，拍着巴掌高兴道："好哇好哇！"祁老师简直是万能的宝贝！

　　陆知乔："……"

　　"行了，早点睡吧，今天都累了，好好睡一觉，明天继续疯。"祁言关掉电脑，甩了拖鞋爬回自己床上。

　　灯一关，伸手不见五指，全世界都安静了。

　　翌日她们仨起晚了，太阳早已从海平面爬上来，沙滩上人声鼎沸，热闹非凡。

　　三人匆匆忙忙收拾好随身带的东西，出发去城区租车，因去得晚，只租到了比较旧的二手皮卡，看起来有点破。陆知乔担心车子的安全问题，祁言却十分淡定，问店老板要了些应急物资，以防万一。

　　当地也是靠右行驶，祁言上手很快，这辆皮卡虽旧，但储物空间多，小岛上没有饭馆，只有小商店，她们的干粮和水都得多备些，还要带上防蚊虫的药品。

　　码头处排着长长的车队，车子一辆一辆开上轮渡，再由轮渡分批运送至小岛。

　　祁言她们不知道是第几批，坐在车上乘船，驶过浩渺无际的海洋，大大小小的岛屿在视线里越来越小，直至消失不见。

　　小岛上有着保存完好的热带雨林，树木郁郁葱葱，高耸入云，阳光从枝叶缝隙里漏下来，宛如一个巨大的"空中花园"，呼吸着这里的空气让人神清气爽。

　　皮卡慢悠悠地行驶在林间小路上，身边偶尔经过其他车辆，祁言把车速放得很慢，让母女俩有足够的时间观赏。

　　"原来树真的可以长得这么高啊……"陆葳趴在车窗上，把脑袋伸出去，几乎仰到极限，小嘴一张一合的。

　　只有亲眼见过，才晓得书本没有骗人，脑海中的图片也在此刻有了具体的概念。

祁言单手把着方向盘，另一手调整了下后视镜，方便看到坐在后面的母女俩。她瞥了眼表情淡淡的陆知乔，悠悠开口：“对啊，妞妞，那你知不知道这里都有哪几种树？”

小姑娘愣了一下，缩回脑袋，拧眉思考起来，磕磕巴巴地答道：“杨树，槐树，榆树……”

她哪里会知道这里有几种树木，把听过的树种全部乱说一气便是，总有蒙对的。

“一种都没猜对。”祁言无情地摇头，“要不要问一下妈妈？”

陆葳噘嘴，转头看向母亲，抱着她胳膊晃了晃：“妈妈，你知道吗？”

祁言原以为陆知乔不会理，懒得参与她们幼稚的游戏，但出人意料的是，她笑了，一副气定神闲的样子，不紧不慢道：“桉树，橡胶树，可可树，这三种至少是有的。”说完抬起眼，挑眉问，“祁老师，对吗？”

“嗯，没错。”祁言满意地点头，透过后视镜瞧见陆知乔也在看自己，扬眉轻笑，“以前这里住着许多土著人，他们……”

她边开车边科普当地的历史文化，讲一讲曾经来这里玩的有趣见闻，时不时逗得母女俩开怀大笑。经过这一两天观察下来，她发觉陆知乔似乎有心事，一直不太开心，如果是因为自己，那她罪过可大了。

突然，车子颠了一下，像是压到了什么东西，祁言接着向前行驶了一段距离，车子的方向渐渐有点不受控制地往右偏……

祁言双手把住方向盘，缓缓踩住刹车，将车停在路边，开门下去。

“怎么了？”陆知乔心一紧，也跟着下车。就看到祁言低着头绕车子转了一圈，停在右后方，蹲了下去。

右后侧车轮微微瘪下去，沾满泥巴的胎壁纹路上有一道裂口。

陆知乔张了张嘴，脑里一片空白，不禁道：“这——”

“没事，换一个。”祁言伸手按了按裂口处，起身走到货箱边，搬起备用胎放到地上。

方才不知道压着了什么东西，这旧车子也许检修不勤，轮胎一下就破了。所幸她们车速很慢，后面的货箱也有基本的维修工具，换上备用胎还能继续开。

祁言把千斤顶搬下来，顶住车，提起扳手蹲到轮胎边，熟练地卸螺丝。她披散着头发，尾梢险险地垂下来，几乎要触地，陆知乔拆掉自己发间的头绳，两手撩起她乌亮柔顺的长发，轻轻盘了几圈，把头发扎了起来。

又见祁言的长袖隐约要蹭到泥巴，陆知乔又忙替她撸起袖子。

祁言手上动作没停，抬头看了陆知乔一眼，轻笑。

陆知乔垂下眼皮，望向破裂的轮胎，口中喃喃："你还会换轮胎……"

"在国外念了几年书，什么都学得差不多了，我的动手能力全是被逼出来的。我一个朋友，就差自己给自己造个木头房子了。"祁言笑着答。

"可以请人做吧，你应该不会在乎那点人工费。"

"老外效率不行，等他们人来，我十个胎都换好了，而且这也不难，会开车的人学一学就会了。"

陆知乔抿住唇，没再说话。

没多会儿，备用胎换上了，祁言把工具收拾好，拍了拍手，一抬头，面前出现一瓶开着盖的矿泉水。

陆知乔拿着水小声说："给你洗洗手。"

备用胎换好后，三人继续开始游览。雨林里树木茂盛，她们没敢去太偏僻的地方，走的都是大路，到一处景点就拍拍照，太阳很快便升到头顶。

阳光穿过枝繁叶茂的林子，投下大大小小的光斑，此时她们恰好位于一处"空中花园"下方，这里意境柔美，很适合拍照取景。

祁言来了灵感，想给母女俩拍几张，先拍了陆葳的单人照，而后孩子说想上厕所，便独自跑向不远处的木屋公厕。

陆知乔一人站在树下，薄薄的长纱衣衣袂轻扬，光斑落在她头顶，给她清丽温婉的面容镀了一层暖色，宛如丛林深处走出来的精灵。

"再往左斜一点，抬头，对，好，别动。"

祁言举着相机，轻轻按下快门，永远留住这一刻。

"拍好了吗？"

"嗯，好了。"

"我看看。"陆知乔扬起笑脸，迫不及待迈开步子走过去，突然小腿上传来尖锐的刺痛，她哀呼一声，脚下发软，整个人跌倒在地。

一条黑黄相间的小蛇趴在草堆里，正吐着鲜红的芯子……

那蛇体型细小，浑身覆盖着黑黄相间的鳞片，两只绿豆眼阴森诡异，一副凶狠戒备的模样。陆知乔吓得心脏骤缩，尖叫一声，连连爬着往后退。

祁言正在摆弄相机，闻声猛一抬头，拔腿跑过去问："怎么了？"

"蛇，有蛇……"

不远处草堆里传来微弱的沙沙声，一条黑黄花纹的小蛇扭动身子快速爬走。祁言下意识往后退了半步，怒从心起，搬起草里的石块几步追上去，抡胳膊狠狠一砸，不偏不倚砸中了蛇头，那蛇抽搐两下，再也没动。

她收拢指尖，转头跑回去，就看到陆知乔小腿上淌着猩红的血，两排洞状齿痕触目惊心。

陆知乔被咬了。

祁言怔了两秒，睫毛微颤，她二话不说蹲下来，低头拆自己脚上的鞋带。

植被茂盛的热带雨林气候湿暖，是各类蚊虫蛇蚁的天堂，小岛上常有野生动物出没的几个区域都禁止游客进入，但为了保护当地生态环境，这种限制并不是很严格，以至于像蛇这样移动速度快又喜欢到处窜的生物，根本防不住。

这里曾经发生过几起游客被毒蛇咬伤的事件，有的人救治不及时导致器官衰竭而亡，有的救治及时保住命，但留下了后遗症，都惨不忍睹。

"祁言……"

陆知乔脸色发白，嘴唇不住地颤抖，声音都沙哑了。她看着自己的小腿，伤口处不断涌出鲜血，顺着白皙的皮肤滑落到草堆里，这一刻她似乎感觉不到疼痛，脑海里闪过诸多念头。

热带雨林里的蛇大部分有毒，并且是剧毒，被咬后在数十分钟内就会毒发身亡。陆知乔隐约意识到，自己今天也许就要死在这里。

她的心底涌起强烈的恐惧，立刻想到了女儿。怎么办，她的女儿还不满十四岁，还没有独立生活的能力，就又要经历一次生离死别，然后彻底变成孤儿。她死了，女儿以后由谁来抚养？会不会被送去福利院？有没有人疼？是不是要吃很多苦？

在过去那些艰难的日子里，她无数次想过终结生命，但责任感迫使她活着，只要想到年幼无依的女儿，再苦再难她便都可以忍受。可是，今天这场意外让一切变得无法控制……

她们母女在这个世界的角落里相依为命，彼此是对方唯一的亲人，是长在身上的血肉，融进命里的牵挂，谁也离不开谁。

想到这些，陆知乔心酸不已，泪水含在眼眶里打转。

"嗯，我在。"

祁言拆着鞋带，头也没抬，她的手指有些抖，捏着鞋带抽出来时掉了好几次。她死死咬住下唇，生拉硬拽才拆下了两根，拼接在一起打结。第一次她没系紧，松了，第二次才成功。

这简单沉稳的三个字，让陆知乔犹如抓住救命稻草，她轻吸了吸鼻子，说："我的银行卡密码是070217，所有卡和存折的都一样，家里的存折放在我衣柜最下面的抽屉，还有房产证、户口本，都在那里，另外我给自己买了一份保险……"

"闭嘴！"祁言皱眉打断她的话，用鞋带绑住她小腿伤口上方的位置。

祁言的手心被薄汗濡湿，滑溜溜的，她直视那双含泪的眼睛，一字一句道："没事的，你听我说，现在，保持平稳呼吸，别慌，尽量延缓毒素到达心脏的时间，然后坐在这里别动，我去打急救电话。"

"相信我，没事。"

她又说了一遍，脸色淡然镇定，声音却抑制不住地打着战。

陆知乔哽咽着用哭腔喊她的名字："祁言……"

这么多年来，遇到任何事情她都习惯一个人扛，从不让自己陷入感性的泥淖，永远都保持冷静和理智。眼下生死关头，她终于崩溃了，假使没有人搭理安慰，或许她还能维持最后一丝坚强，但是听到祁言的安慰，忽然发现有人懂得自己的艰难，理解自己的苦楚，于是恐惧，焦虑，无助，绝望……所有情绪都在此刻爆发。

"妞妞还那么小……她要怎么办……"她失声痛哭。

想到女儿孤苦伶仃无依无靠的未来，陆知乔的心就一阵阵抽搐地疼，她终究是没有好好把孩子养大，她的罪孽更深了一层，怕是死都不能瞑目。

林间静谧安宁，阳光从头顶洒下来，像是她生命中最后一景。

祁言拼命眨眼，不让眼泪掉下来，嘴唇抿成了一条直线，咬紧了牙，生怕自己哽咽出声。现在她不能害怕，不能慌。

"不会有事的，我们三个人来，就要三个人回去。"话虽如此说，祁言心里却没底，只是不愿去想最坏的结果。

陆知乔满脑子想的都是女儿，哪里听得进去安慰的话，一下子反倒哭得更凶了，说："卡和存折里加起来有三百多万，都给你，拜托……替我照顾妞妞好不好……"

"好。"祁言用力点头，答应得毫不犹豫。"你放心。"

许是这番应答起了宽慰的作用，陆知乔抽着气，紧绷的身子放松下来，眸里一片死灰。

我可以等死了。对不起。

陆知乔在心里向祁言道歉，神情凄凉。

祁言把人扶坐起来，眸里流露出一丝坚定，对陆知乔说："等我。"

说完她就迅速起身，跑向停在路边的车，拿起手机拨通了当地急救电话，言简意赅地交代清楚情况，然后拎着应急包回到陆知乔身边，迅速翻出纱布和生理盐水，擦掉流出来的血，冲洗伤口，做简易包扎。

这一连串的动作干脆利落，几乎是在与时间赛跑。

"救援直升机马上到，我们现在去雨林入口。"祁言拉起陆知乔一条胳膊，绕过自己脖子搭在肩上，站起来，搀扶着她走出林子。

"妈妈——"

陆葳上完厕所回来了。

小姑娘蹦跳着跑到车边，发现里面没人，转身一张望，就看到祁言搀扶着陆知乔从树林里出来，后者腿上还缠着纱布，隐隐渗血。

她被这架势吓到了，连忙跑过去问妈妈："你的腿怎么了？"

妈妈和老师的表情不太对，两个人眼睛都有点红，尤其妈妈，眼睛红又肿，鼻子也红红的，脸色灰白如纸。

那一瞬，她隐约感觉到发生了不好的事。

看到女儿，陆知乔晦暗的眸子亮了起来，心却愈发酸涩，她刚想说话，祁言却抢先一步说道："没事，你妈妈不小心摔了一跤，磕到腿了，我们现在去医院。"

小姑娘担忧地皱起眉，想问，但又不敢耽误时间，连忙打开车门，帮着搀扶妈妈上车。

旧皮卡穿梭在林间小路上，行车速度比来时快了很多，一路上寂静无声。

母女俩坐在后排，陆葳抱着妈妈的腰，视线始终没离开她受伤的小腿，眼见那雪白的纱布染红的面积渐渐变大，心里打起了鼓。

妈妈一定摔得很严重，血再这么流下去，妈妈会不会有生命危险呢？她好害怕，妈妈是她在这个世界上唯一的亲人，如果出了什么事，她就会变成没人要的小可怜，就要被送去孤儿院，就……

"妈妈……"陆葳越想越怕，眼睛湿润了，"你的腿……很严重吗？"

陆知乔一条手臂搂着女儿的肩膀，面如死灰，呈现出一种等死的平静，可听到女儿喊自己，心又揪起来，忙侧头用脸贴住女儿的额头，安慰道："不严重。"

"可是你一直在流血，流了好多。"小姑娘喉头哽咽，泪光盈盈，手指攥紧了她的衣角。

"没事。"陆知乔强打起笑容，亲了亲女儿的脸，"皮外伤，过一会儿就不流了。"

"唔。"陆葳似乎不太相信，却没再说话，小脑袋靠在妈妈身前，抱她抱得更紧。

陆知乔轻吸一口气，摸着女儿柔顺的马尾辫，心里愈来愈多的苦涩溢出来，忍不住道："妞妞，你要听祁老师的话。"

陆葳惊恐地看着她。

"我是说，等下到了医院，要听祁老师的话，别乱跑。"意识到自己说了什么，陆知乔连忙解释。如果不是怕吓着女儿，她真的很想现在就把一切交代好。

"……好。"小姑娘松了一口气。

祁言在前面开车，两手紧紧抓着方向盘，因为掌心出汗甚至有点打滑。她听着母女俩的对话也有些心慌，恰好这时拐弯，迎面来了辆小轿车，她一下没控制好方向，险些迎面撞上去。幸好她反应快，猛打了下方向盘，一个急转得以避开。

面对突如其来的晃动，陆知乔下意识搂紧女儿，抓住车顶扶手，她看着那人开车的背影，颤声道："祁言……"

"我在。"

"我没事。"

祁言紧抿着唇，没说话，车速渐快。

抵达雨林入口时，救援直升机也到了，陆知乔被急救人员抬上担架，祁言和陆葳也跟上去，小姑娘没见过这么大阵仗，刚开始还觉得新鲜，可没多会儿就意识到了事情的严重性。

她看到祁老师一直握着妈妈的手，还看到妈妈仿若诀别的眼神，甚至看到祁老师眼睛里有一丝泪光。她听到祁老师跟抬担架的叔叔说话，语速很快，陌生的词汇很多，她听不懂，只深深地记住了祁老师凝重的表情。

从小岛飞去主岛仅用了两三分钟，一落地当地医院，陆知乔就被送进了抢救室，师生两个被拦在外面。

看着那扇沉重厚实的门关上，祁言的心也跟着被磕了一下。

长这么大，她只经历过一次生离死别——那是她九岁的时候，疼

183

她如命的爷爷被送进抢救室，她也是像今天一样站在这里，看着门关，看着门开。前一刻还在病房里说要给她做好吃的，眨眼间，人就变成了一具尚有余温的尸体，快得让人措手不及。

那天她在医院哭得撕心裂肺，至今依然深切地记得那种仿佛被掏空所有的痛楚。世间最大不过生死二字。

如果当时她们不踏进树林，如果当时她们不停留那么久，甚至如果她们换一个树不多草也不茂盛的位置拍照，是不是一切就不会发生？或许那蛇的毒素没那么厉害，或许陆知乔送医及时处理得当，或许那蛇本身就没中毒，她们会不会是虚惊一场？

祁言神经紧绷，心里一时五味杂陈，既忐忑，又存有侥幸。

"祁老师……"

她回过神，冰凉的手指蜷缩起来，转身，见陆葳小心翼翼地看着她，小脸蜡白地问："你是不是骗我？我妈妈是不是伤得很严重？"

陆葳不太清楚当时的情况，却会观察，看到她们紧张失魂的样子，也知道抢救意味着什么，心里自然明白了几分。她说着说着，眼泪就出来了。

祁言神色悲悯，若是陆知乔有生命危险，世上就只剩这可怜的孩子一人。方才陆知乔急着把女儿托付给她，她想也没想就满口答应。因为假使出现最坏的情况，不需要陆知乔嘱咐，她也必然会那么做。

可这不是钱的问题，她不缺钱，以她的家境，养一个孩子绰绰有余。十二岁，早已是懂事的年纪，明白什么叫生离死别，晓得什么是今后无所依，心理却尚不成熟，要如何承受那么残酷的打击。

至少，孩子有知情权。

祁言深呼吸一下，上前拉起女孩的手，替她擦掉脸上的眼泪，柔声说："妞妞，你妈妈是被蛇咬了……"

她话还未说完，小姑娘哭得更厉害了，身子一抽一抽的，哽咽地问："她会死吗？"

祁言心里一酸，抿住唇，一个字也说不出来。

她不想做任何猜测，也不愿去想结果的好坏，眼下等待的每分每秒都是煎熬，只会无端增加内心的恐惧。但此刻陆葳更脆弱，更需要安慰，她是坚强的成年人。

"不会的。"祁言抱住女孩，"医生可以救她，我们就在这里等。"

话音刚落，身后的门开了。那一刻，祁言整颗心都提了起来，下意识地抱紧妞妞，告诉自己不要害怕，无论见到任何场景，都不要慌。然后，她缓缓转身。

一个护士从里面出来，身后跟着满脸茫然的陆知乔。

"妈妈！"陆葳哭着跑过去抱住她。

祁言也蒙了，忙上前问护士什么情况，护士说："她的血液里不含任何一类蛇毒素，咬她的是无毒蛇，我们已经为她处理过伤口，现在她需要随我去打破伤风针。"

祁言的视线转向陆知乔，后者正低头安慰女儿，祁言看到她小腿处的伤口被重新包扎好，已经没再流血。

紧绷的神经陡然松弛，她仿佛一下子从地狱升入天堂。

打针时，祁言不太放心，又向护士追问："真的没有毒吗？那条蛇的花纹是黑色和黄色，很鲜艳，一般这样的都是毒蛇。"

"毒蛇是有毒牙的，咬人留下的伤口是两个比较深的洞，而无毒蛇没有毒牙，伤口是两排细小对称的咬痕。"护士无奈地笑了，给她解释，"按照你描述的特征……那应该是黄链蛇，没有毒。另外还有一种带剧毒的金环蛇，和它长得比较像，它们容易被混淆。"

话语里出现了陌生词汇，祁言没懂，但句意听明白了，大概就是有两种长得很像的蛇，一个有毒一个无毒，咬陆知乔的是无毒的，她们不知情，被吓了个半死。

方才看到那条蛇，祁言也被吓了一跳，第一反应是蛇有毒，便满脑子只想着救人，忽略了观察伤口。

这会儿想起来，早年她跟朋友去热带雨林采风，当地有个村子几乎每人都被蛇咬过，胳膊上腿上多少带点疤痕，有被毒蛇咬了、救治及时活下来的，有被无毒蛇咬了没事的，他们伤口是两种形状。

但凡自己当时冷静一点，也不至于乱成那样。

祁言彻底松了口气，掌心冰凉湿濡，陆知乔抬头看着她，眸里流露出劫后余生的欣喜，还有些复杂……

出了这种事，虽是虚惊一场，但也吓得够呛，三人皆是精疲力竭，谁也没有心思再玩，从医院出来便打车回酒店。

祁言搀扶着陆知乔进屋，想让她躺到床上休息，但她不肯，怕弄脏床单被褥，坚持坐沙发。

既然拗不过，祁言只好依了她，拿了个抱枕给她靠着，问她："饿吗？想吃什么，我去买。"

陆知乔才从死亡的恐惧中缓过神来，神思有些迟缓，她看见祁言额头上渗着细密的汗珠，鼻头发酸，有气无力道："你也累了，休息一下吧，我不饿。"

"不累。"祁言笑着在陆知乔身旁坐下，"你从早上到现在只吃了零食，吃正餐的点都过了，不饿才怪。"

陆知乔抿了抿唇，一时不知说什么，又想到方才虚惊一场，此刻千百种感受凝结心头。

"那我看着买。"祁言转头对陆葳道，"妞妞，你就在这里陪妈妈，我出去买点吃的，很快回来。"

小姑娘捧着杯温水过来，点点头："好。"

祁言离开了，屋里只剩母女俩。

"妈妈，你渴吗，喝点水。"陆葳把杯子递过去，站在沙发边傻愣愣地看着母亲。

女儿不提起来还不觉得，一提确实是有点渴，陆知乔接过杯子喝了几口，伸手把女儿揽进怀里，摸着她的头发和脸蛋，深吸一口气道："妞妞，没事了，没事了……"

怀里暖烘烘的温度令人无比安心，是她幸运，命不该绝，也是老天舍不得让孩子失去母亲。她没有中毒，她还活着，她的妞妞不会变成孤儿。

陆葳搂着母亲的脖子，点点头，小脸埋进她头发里，小声道："妈妈，祁老师也很担心你。"

陆知乔嘴角浮起苦笑，这短短两个小时，她的心绪大起大落，仿佛从鬼门关走了一趟。最慌乱无助的时候，祁言就像定心丸，给了她底气，但她知道，祁言也是害怕的。

一个比她小五岁的姑娘，手抖得那么厉害，声音都变了腔调，依然保持镇定地安慰她，甚至毫不犹豫地答应替她照顾女儿。

现在冷静下来，陆知乔才发觉自己有多自私。

她为什么会想到祁言？怎么有脸开口？她凭什么？

两人非亲非故，不过是碰巧住了对门，仅仅认识了三个月，祁言没有义务和责任承受不属于自己的重担。

生死之际，她忽而变得矫情了，有些多愁善感。这么多年，她一个人扛着小家过来，始终把自己绷得紧紧的，靠责任感一直坚持，没有人问她累不累，没有人关心她苦不苦。

祁言一个眼神，两三句话，轻而易举就击溃了她脆弱的防线。她不过是个平凡庸碌的人，能够被记挂，哪怕是死了也值当。

她没有自己想象的那么坚强。

没多久，祁言回来了，手里提着一袋食盒，分别拿出来放在桌上打开，喊道："妞妞，来吃饭了。"

陆葳也饿了，闻到香味就跑过来一看，竟然是她喜欢吃的鳗鱼饭，顿时将疲惫抛到了脑后，乖乖地坐下吃饭。

祁言打开最底下的食盒，清淡的香气溢出来，她把东西端到陆知乔身边，递上餐具，说："你身上有伤口，不能吃油腻辛辣的，我就买了素面条，先将就将就，晚上我去买食材给你做好吃的。"

温和轻细的嗓音羽毛般拂过心口，陆知乔看着那碗面条，默默接过来，感激地冲祁言一笑："谢……"

"好吃吗？"祁言打断了她的话。

陆知乔一怔，轻轻点头："嗯。"

"等下吃完饭，我去小岛把车开回来，然后去买食材，你就在房间里好好休息，让妞妞陪你。”

这一下午，祁言在外面跑来跑去，太阳快要落山时，她两手满满当当，踩着最后一缕余晖回了酒店。

一进屋，祁言就看到陆知乔拿着睡衣，正要进厕所，便问："洗澡？"

陆知乔见她手里提满袋子，放下睡衣，过去帮忙提过来，答道："嗯，身上出了汗，衣服也脏了，想洗个澡。"

"方便吗？"祁言脱口道，"需要我帮忙吗？"

祁言想到她腿上有伤口，独自洗澡不方便，万一沾了水极易感染，她们好不容易摆脱了蛇毒阴影，不能再出什么事。

陆知乔小声说："不用了，我自己可以。"

"真的不用吗？"祁言还是有点担心她的伤口。

"真的不用了，"陆知乔低着眼，"我拿浴巾把腿包起来，不会碰到水的。"

"万一呢？"眼见她不够重视自己的伤口，祁言有些着急，"感染可不是开玩笑的，你才从医院出来，又想进去吗？"

在医院等待的那几分钟，漫长如几个世纪，陆知乔现在想来仍背后冒冷汗。

许是被这突然严厉的声色吓到，陆知乔终于抬起眼皮，看着她，斟酌了一会儿，妥协道："好吧，我去给浴缸放水。"

"我去。"

祁言拦住她，把袋子提到厨房，脱掉外面的防晒衣，转身进浴室。她用洗手液反复洗了两遍手，又冲洗了下浴缸，才开始放水。

女儿窝在沙发上打游戏，似乎进入到激烈阶段，打得正开心，陆知乔也顾不得那么多，身上这么脏着实在太难受，她用浴巾包住伤口，打了个结，进了浴室。

浴缸里很快放满了热水，浴室里面烟雾氤氲。

陆知乔来到浴缸边准备下水。

"慢点。"祁言怕她重心不稳，小心扶着她。

陆知乔一只脚入水，另一只脚半截搭在浴缸沿上，坐下来。

祁言十分善解人意地说："你自己洗，要挪动或者要拿东西跟我说。"

洗完澡，祁言去收拾食材做饭，陆知乔站在阳台上吹风。

太阳已经落了下去，昼夜交替之际，月亮慢悠悠地爬了上来。沙滩上的游人依然很多，有的搭帐篷，有的烤肉串、喝酒，好不热闹。

微信上收到了许多新年祝福，陆知乔挨个回复，都是些客套话。温子龙给她发了红包，她收下后立刻发了一个更大的过去，紧接着心血来潮，便给祁言也发了一个。

祁言在做饭，应该不会看手机。

暖风吹散了些热意，陆知乔转身进屋，搁下手机，轻手轻脚地走到厨房门口，她看到祁言在里面忙碌，忍不住上前说道："我来帮忙吧。"

锅里炖着汤，祁言正在切土豆，闻声转过头笑了一下："不用，你快去休息，等吃饭就好了。"

"都买了什么？"陆知乔伸手去翻食材袋子。

"不知道你爱吃什么，但凡超市里有的，我都买了些。"祁言不好意思地笑，一时有些惭愧。

她不是第一次给陆知乔做饭了，每次她做什么，陆知乔就吃什么，无论早上的粥、点心，还是中午的炒菜、晚上的面条，陆知乔几乎都不挑。

前两天她特地用有限的食材和厨具做了几个口味不同的菜，在饭桌上想观察陆知乔吃哪样菜最频繁，可是陆知乔每样菜都吃得很平均，不多一口，亦不少一口，好像完全不挑食。

没有口味偏好的人最难琢磨，她根本无从下手。

陆知乔惊讶地张了张嘴："你可以问我。"

"那我现在问你？"

"好。"

"你喜欢吃什么蔬菜？"祁言停下手里的刀。

"土豆，金针菇，冬瓜，空心菜，毛豆。"

"荤菜呢？"

"牛肉，鸡肉。"

"水产？"

"鱿鱼，基围虾，生蚝。"

"水果？"

"草莓，荔枝。"

"零食？"

"不吃零食。"

祁言问了很多，陆知乔都一一回答了，最后她比了个 OK 的手势，表示知道了，继续忙手里的活儿。

看着祁言切菜时刀工熟练的样子，陆知乔说："除了生姜、大蒜和洋葱，我基本不挑嘴。"

"谢谢夸奖。"

"什么？"

祁言得意地扬了扬眉："你的意思不就是夸我做什么都好吃，做什么你都喜欢吃吗？"

这人真是自恋，不知脸皮是何物。陆知乔好笑地想。

"哎哟——"

"专心切菜。"

吃过晚饭，祁言带着陆葳去外面散了会儿步消食，她放心不下陆知乔一人在酒店，没有走太久，十几分钟就回了房间。

为打发无聊的时间，三人坐在阳台上打扑克牌，祁言故意放水输了好几回，脑袋上被贴满了白条，逗得母女俩开怀大笑。

白天发生的事让每个人都紧绷着，耗费了太多精神，这会儿压在心口的大石头终于放下来，神经一松懈，整个人极其容易疲惫，不到十点就困了。

考虑到陆知乔腿上有伤，祁言让她单独睡一张床，自己跟妞妞睡。

夜渐渐深了。

陆知乔梦见自己身处陌生的树林，被一条黑色的大蟒蛇追着跑，那蟒蛇张着血盆大口，发出诡异恐怖的叫声，她跑到一处悬崖边，退无可退，绝望之际纵身跳了下去，然后惊醒过来。

她猛然睁开眼，伸手不见五指，原来刚才是梦。

身上汗涔涔的，枕头和床单湿了一片，陆知乔张嘴深呼吸，缓了一会儿，睡意全无，她爬起来去了阳台。

一弯残月高高挂在天上，沙滩边隐约传来海浪拍打湿泥的声音，四周黑漆漆的，不远处亮着星星点点的灯火。

陆知乔用手肘支着栏杆，思绪逐渐飞远了。

假期才过一半，她却感觉有半辈子那么长，短短几天，好像经历了无数事，心里乱七八糟的，说不出滋味的复杂，恍然有种在做梦的感觉。

海岛是与世隔绝的天堂，在这里，她忘记了原本的自己，摘下了厚重的面具，里面最真实最不堪的东西露出来，无法直视。

与死神擦肩而过之后，她开始思考自己是谁，究竟要做什么，这辈子有何意义。

她的人生已经被一道鸿沟分割开，前二十一年，她是她自己，后面这十一年，她是麻木的死掉的机器。

可是今天她活了过来，她真切地感受到被担心的感觉，那种滋味足以击溃她冰冷的外壳。

陆知乔忽然间意识到，原来自己如此渴望这般滋味，像沙漠中寻找绿洲的旅人。祁言会是海市蜃楼吗？

对她好的人，有很多很多，关心她的人，也很多很多，她不会因为别人的些许恩惠就自我感动奉献一切，尤其是与她不属于一个世界的人。

陆知乔走着神，没留意身后的玻璃门被悄悄拉开。

"睡不着？"

她被吓了一跳，转过身，看着祁言打了个呵欠走过来，与她并肩倚着栏杆，看着远处浓重的夜色，开口道："我也有点睡不着，聊聊天吧。"

"聊什么？"陆知乔拍了拍胸口，放松下来。

这话仿佛沉入了寂静的湖底，许久后，祁言才转过来，轻声问："今天害怕吗？"

陆知乔没料到祁言如此直白，顿了顿，想起自己狼狈的模样又被窥见了，倒也没什么不肯承认的，她坦然点头："怕。"

"我也怕。"

陆知乔看向祁言，眼中带着疑惑。

祁言平静地说道："怕你中毒，怕你会死。"

陆知乔的心一颤，等着她继续说。

"你被送进去抢救的时候，我想起了我爷爷，他很疼我，我九岁那年他生了一场大病，没挺过去，走了。我清楚地记得，他被抢救的前几分钟还在说，等病好了要给我做好吃的，然后不到两个小时，他就……"喉头一阵发涩，祁言咬紧了下唇。

"我当时就想，如果你不在了，我就拿走你卡里所有的钱，把妞妞占为己有，然后天天去你坟头蹦迪，哈哈哈……"

祁言说着说着笑出了声，狭长的眼睛弯如天上残月。

"陆知乔。"

"幸好你没死。"

海风很暖，将祁言带着侥幸的感慨吹进陆知乔耳朵里。

陆知乔与她对视，在那双融入黑暗的眼睛里看见了真诚，忽然间感到心酸，这些年她自己都不曾在意过生死，满脑子只有赚钱，还不如一个认识才几个月的朋友关心自己。

现在，祁言是她的朋友了。

"我想问你一个问题。"祁言说。

陆知乔回过神，问："什么？"

"你那么信任我吗？"

陆知乔没有回答。

"你就不怕我拿走你全部的钱，然后丢下妞妞不管吗？"

陆知乔想了想，摇头道："你不会的。"

"为什么不会？"

"直觉。"

"啊？"

"我信你。"

海浪断断续续地拍打着岸边湿泥，乘着咸湿的风送来暖意，四周寂静无声，如此环境使人安逸放松，愁思万千，最适合吐露真心。

"我信你"，极轻极简单的三个字，落在祁言心里却沉甸甸的，能得到一个人的信任是多么不容易。

"天啊……陆知乔，你这么单纯好骗，谈恋爱了可怎么办？"祁言又开起了玩笑。

恋爱？这个词，陆知乔觉得很遥远，她从没想过，更别说正儿八经认真谈。她暗恋的人不少，追她的人也多，但能拿出手的感情经历却几乎为零。

"我不会谈恋爱的。"她淡淡地说。

"你上次不是说，有单恋过别人吗？"

"高中的事了。"

祁言戏谑一笑："啧啧，原来你是个纯情少女啊……"突然，她想起了什么，转头朝屋子里望了一眼，"那你和妞妞的爸爸？"

一不留神又问到隐私，她意识到有些不妥，可闭嘴已经晚了。

只见陆知乔蹙起眉，手指蜷缩起来，抿紧了唇，身体好像在发抖。

"对不起……"祁言知道陆葳的父亲去世了，但陆知乔并不知道她是从妞妞口中套出来的，她一时好奇，直接戳到了人家的痛处，就不该这么八卦！

残月被星斗包围，发出冷寂凄清的银光，陆知乔一言不发地望着天空。

她有很多秘密，有些可以说，也愿意说，就当作是回馈给祁言的信任。但还有一些，是她心上经年累月不见好的伤疤，撕开便能窥见里面血淋淋的骨肉——那是她不为人知的禁地，只有梦里才可踏足。

祁言也隐约明白了什么，陆知乔这人就是个谜，每当她抽丝剥茧般揭开一层层保护膜，以为能触及她最深处时，却屡屡碰到冰冷坚固的防护。

　　"不说这个了。"陆知乔叹气。

　　"好。"

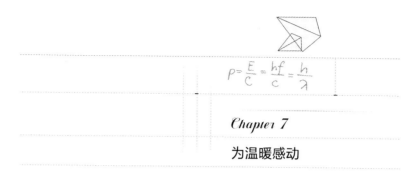

$$p = \frac{E}{c} = \frac{hf}{c} = \frac{h}{\lambda}$$

Chapter 7

为温暖感动

不知不觉假期就这么过去了一半，经历过蛇毒阴影后，陆知乔的性情略有转变，从前脸上总是清冷淡漠，这两天眉眼间添了些笑意，看什么眼睛都带着光。

在生死边缘游走过，陆知乔才感觉到生命的可贵，眼下活着的每一天都是新鲜的，不能浪费，因为没有人知道明天和意外哪个先到来。

祁言不放心陆知乔腿上的伤口，要她再多休息一天，她不肯，哪怕到沙滩上散步也不愿闷在房间里。祁言左右劝不动，只好依着她。三人又去其他岛屿的景点转了转，打算最后留两天在沙滩上玩。

陆葳想去海里游泳，陆知乔给她买了个游泳圈，让她就在沿岸近处玩一玩，可祁言不放心，坚持换上泳衣陪她一起下水。

祁言操碎了心，既要看着海里玩水的小朋友，又要留神岸上坐在树荫下的小朋友她妈。

祁言高高瘦瘦的，又常年健身，肌肉线条紧实流畅，比例也很好，一双修长的筷子腿十分惹人注目。

陆知乔在岸上看着一大一小在海里欢快地嬉闹。

上了岸后，母女俩坐在树荫下休息，陆葳在海里玩了两个多小时，疯得忘了形，陆知乔怕防晒霜失效，孩子被晒伤，准备回酒店拿舒缓喷雾。

"我去拿，你们在这儿等。"祁言拦住她，转身就往酒店方向走。

陆知乔用浴巾擦着女儿身上的水珠，满脸担忧地问："妞妞，晒不晒？皮肤感觉痛吗？"

"不痛啊，凉凉的。"小姑娘摇摇头。

"等祁老师拿喷雾来，妈妈给你喷一下，先坐这里不要动。"

"唔。"

看眼神，女儿是还想玩水的，但陆知乔说什么都不允许了，她这么漂亮的宝贝女儿，万一晒伤成熊猫可不得了。

下午有沙滩排球比赛，沙滩上游人来来往往，她们身边的休息石凳很快就坐满了人。不远处是沙滩排球比赛的场地，参赛成员有好几队，都穿着各自统一的队服——运动背心和短裤，清一色高鼻深目的白人女孩。

陆知乔好奇地看了两眼，视线越过往来穿梭的人群，朝酒店方向张望，冷不丁就瞥见那道熟悉的身影，正往这边来。

祁言手里拿着喷雾瓶，身上披了件轻薄的防晒衣，她旁边还有一个人，金色短发，深蓝的眼睛，穿沙排队员的队服，身材火辣，比她高了半个头。

两人似乎认识，有说有笑的。

陆知乔打量着那人，还没反应过来，他们已经到了跟前。祁言一边递喷雾瓶给她，一边转头用英文跟身边人说："我朋友和她女儿，我们一起出来玩的。"

说完她又向陆知乔介绍："这是我读硕士时的同学 Chiara，刚才酒店门口碰巧遇到了。"

对方很热情地打招呼，陆知乔才回过神来，笑着敷衍了两句。

"她们一会儿要打比赛，但是队里有个人吃海鲜拉肚子，上不了场，我临时替一下。你们就坐这儿，如果累了回酒店也可以。"祁言稍稍弯下腰来，温声细语跟陆知乔解释，说完又看向陆葳，揉了揉她的脑袋，

"妞妞，要陪着妈妈，不能乱跑。"

小姑娘点了点头，看一眼金发阿姨，嘟嘟囔囔道："祁老师，你要丢下我和妈妈了吗？"

陆知乔赶忙打圆场："没事，你去吧，我们也累了，就在这里休息。"

祁言张了张嘴，刚想说什么，场地那边传来哨声，金发女人过来拍了拍她的肩。她话到嘴边又咽下去，做了个手势，转身朝比赛场地去。

因为只是一场友谊赛，规矩并不多，她们这边临时换队员也没人提出异议，周围人的表情都很淡定。

陆知乔从来不知道祁言还会打沙滩排球，如今机缘巧合，顿时没了休息的心思，看起了比赛。

在一众金发碧眼的白人美女里，黑头发的祁言相当出挑，她骨架纤细，身姿轻盈灵活，打法很是熟练，与身边的队友配合默契。围观的游客愈来愈多，欢呼喝彩声也一阵大过一阵。

陆知乔不懂规则，只会看比分，哪队分多就哪队赢，目前祁言这一队遥遥领先。

气温越来越高，海风吹得有些燥热，陆知乔坐不住了，趁祁言她们中场休息，走过去说了一声，准备带女儿回酒店。

这时候，第二轮比赛又开始了，陆葳看得津津有味，眼里涌动着兴奋又崇拜的光芒，见她这副样子，陆知乔有些犹豫地开口："妞妞……"

"唔？"

"妈妈有点累了，先回酒店，你……还想看的话就不要走远，跟着祁老师。"看女儿这么开心，她不忍强求女儿陪自己回去，只是这里人太多，她又有点不放心，叮嘱了一番，拎起包就要走。

陆葳一把抓住她的手："妈妈，我跟你回去。"

陆知乔疑惑地道："你不看祁老师打球吗？"

"祁老师说过要跟紧你啊，不能让你乱跑。"小姑娘煞有介事地回答，一只手扛起自己的游泳圈，恋恋不舍地望了一眼比赛场地。

陆葳这孩子年纪虽小，但很拎得清，前两天蛇毒的事在她心里留下不小的阴影，现在当然是妈妈的安全更重要，至于打球，以后有机会还是可以看到的。

陆知乔心里又暖又软，摸了摸女儿的脑袋，牵着她往酒店去。

房间阳台的玻璃门没有关，外面传来清晰热烈的欢呼声，陆葳一进屋就迫不及待跑过去，趴在栏杆上张望，转头冲陆知乔招手："妈妈，这里也可以看祁老师！"

"嗯，你看吧，妈妈休息一会儿。"陆知乔斜躺在沙发上，拿出手机看工作群。

年前收尾时，底下有笔大单子出了点问题，因为春节放假，她让下属别轻举妄动，先不往上报，等年后复工立刻处理。

可外国客户不过中国新年，国内的假期是人家的工作日，拖的时间越久就越容易节外生枝，想起来很是头疼。

"祁老师加油！祁老师加油！

"祁老师超酷！"

女儿在阳台上激动地大喊，兴奋的情绪似乎会传染，陆知乔终于从沙发上起来，走到阳台往外看。

湛蓝的天、绵软的云、高大的椰树，还有海岸、沙滩，以及激烈的比赛和围观的人群。

午后的阳光热烈刺目，将沙滩照得滚烫，陆知乔微眯起眼，目光追随着那抹跳动的影子，不由得露出笑容……

祁言对每个人都很温柔、友好，她在哪里都发光发热，她做任何事都自然而然。

"啊，我要是有祁老师这么酷的朋友，我就会看紧她，不让她被别人抢走。"陆葳晃着小脑袋，自言自语地嘟囔了一句。

陆知乔："……"

这孩子，占有欲未免也太强了吧？

"妞妞，这种想法是不对的。"陆知乔正色道，"每个人都有交友自由，如果你真的喜欢和一个人交朋友，就不应该限制她。"

陆葳吐了下舌头，嘿嘿两声说："我开玩笑的嘛。"

太阳渐渐西斜，比赛结束了。

母女俩的视线不约而同地追着祁言的身影去，看到她跟那金发女人待在一起，另外几个人也过来，似乎说了些什么，然后祁言摇了摇头，突然往酒店方向看了一眼，与她们挥手告别。

没过多久，房门处传来"嘀"的一声，阳台上两人同时回头，祁言的身影出现在视线里，陆崴欢呼着跑过去："祁老师！"

祁言张开双臂将她抱个满怀。

小姑娘将祁言夸得天上有地下无，祁言捏捏她脸蛋，笑着耐心听她说话，接着两人讨论起沙滩排球，亲密又和谐。

陆知乔在阳台看着，许是看久了外面晃眼的缘故，视线里的青灰色阴影时隐时现，一大一小的身影都很朦胧。

这几天她有所察觉，女儿与祁言相处时更自在、更快乐，笑容几乎全天不断，孩童天性完全被释放出来。反观女儿在家里和面对她的时候，说话小声，语气克制，很少开怀大笑，更多的是压抑。

小孩子的本能反应最诚实，而祁言就是这样一个人，每个人都会爱她，没有人能抗拒她的吸引。但陆知乔明白，这人与自己终究不属于一个世界。

"妞妞，你先去洗澡，换个衣服，然后晚上我们去吃烤鱼。"

"好啊！"

女儿哼着歌去了浴室，祁言转头望向阳台，被强烈的光线刺得眯起了眼。

陆知乔背靠栏杆站在那里，嘴角带笑，神情中隐隐有一丝羡慕。

"今天累吗？"祁言缓步来到她面前。

声音打断了陆知乔的思绪，她回过神，人不知何时已站在自己跟前，她答："不累。"

"药抹了吗？"

"还没。"

"该抹药了。"

祁言拉着陆知乔进屋，坐到沙发上，拿来药膏和崭新的纱布，陆知乔明白她想做什么，忙伸手过去说："我自己来吧。"

海岛天气热，伤口既不能捂着，也不能沾水，陆知乔穿了宽松凉快的长裙，她将裙角揭到膝盖略下方，三两下拆解掉纱布，露出被咬出的齿印。

"还很疼吗？"

"……不碰就不疼。"

虽是被无毒蛇咬的，但伤口不浅，要彻底恢复如初还得养些日子。

"明天就在房间休息。"看着陆知乔擦拭干净伤口，涂抹上药后，祁言突然开口。

"那要怎么取景？"

祁言一下子没反应过来，陆知乔小声说道："我答应你过年拍片的。"

祁言抬了抬头皮，望着她，扑哧笑出声："差点忘记这事，行，刚好我带了衣服。"

"泳衣也带了？"

"嗯。"祁言顿了顿，"但是不用穿。"

"那来带做什么？"

"我自己穿。"

"你怎么没穿？"

祁言噎了一下，嘴角扬起狡黠的笑："沙滩上人太多。"

"我可以让你拍。"陆知乔说完又补了句，"这几天你带我和妞妞玩，还帮忙做饭，辛苦了，就算报答吧。"

祁言面色一喜，应道："好啊。"

旅行最后一天，三人去了一处游客最少的岛屿，因为没什么出名景点，走百步才能遇见两三个人，但这里的自然风光已是绝佳分拍片素材，非常适合取景。

虽然陆知乔答应了穿泳衣，但并不想被外人瞧见，于是从酒店到岛屿之间这段路上，陆知乔一直披着长款防晒衣，腰间带子系得紧紧的，将自己捂得严严实实。

祁言选了一处低矮峭壁，岩石下海浪汹涌，高高溅起的水花将好碰到悬崖顶，惊险又刺激。起先陆知乔不敢站过去，观察了几次海浪，见水花只是拍在峭壁下方，才放了心，当即干脆利落地脱掉防晒衣，露出里面火红色的泳衣。

一路上披着防晒衣，陆知乔没感觉出什么，现在脱掉了防晒衣，简直哪里都别扭。她唰地红了脸，浑身不自在，只想催促祁言快点拍完。

"哇——"陆葳发出惊呼，"妈妈，你身材真好。"

说完她低头看了看自己，她什么时候才能长成妈妈那样？

祁言憋着笑，连忙举起相机找角度。

穿着泳衣的照片只拍了三张——陆知乔站在峭壁边，身后是一望无垠浪花汹涌的大海，站姿一张，坐姿一张，侧卧一张。

"这三张不准外传。"她压低声音警告。

祁言捂着宝贝相机，生怕被她抢去了似的，连连点头："好。"

这一上午她们拍了很多，带来的每件衣服陆知乔都穿了，泳衣穿在最里面，再没有显露的机会，就如方才那短暂的瞬间，只是昙花一现。

太阳渐渐西斜，三人回到酒店旁边的海滩散步。

"妈妈，我要多久才能长得跟你一样？"

"什么？"

陆葳抬手比画了一下她的曲线，祁言和陆知乔顺着方向望过去，后者脸色爆红，尴尬极了，含糊地解释道："每个人不一样……"

"妞妞啊——"祁言笑着打断，"这个受遗传因素影响比较多，你妈妈什么样，你将来很有可能也会是什么样。"

"祁言！"陆知乔低喝。

"哎。"

师生两个齐齐地望着她，一个无辜，一个茫然。

残阳余晖落在陆知乔脸上，她眼尾的泪痣被染成棕咖色，即使是生气的模样，也让人怕不起来。

"你乱说些什么呢？"

"我冤枉，这是正常的生理知识，我在给妞妞科普。"

"还狡辩！"

陆知乔抬手就要掐过去，祁言灵活地闪身躲开，两人一来一往地在沙滩上追逐起来，身后的影子被夕阳拉得老长……

农历初七这天下午，三人结束了舒适惬意的热带海岛之行，乘直飞航班回到江城。

学校要过了元宵节才开学，祁言和陆葳还能再休息一周，陆知乔却是初八这天就要开始上班，和往常一样，女儿需要独自在家，但与平常不同的是，她很放心。

因为祁言在。

一起出去玩了一趟，她们之间的身份和关系模糊了很多，有那么几个瞬间，陆知乔甚至想不起来祁言是孩子的老师。陆知乔潜意识里觉得，那样的人不该只站在那方寸讲台之上，应该去更大更广阔的天地翱翔。

"妈妈，中午我去祁老师家吃饭可以吗？"

"好。"

初八早上，陆知乔洗漱穿戴完毕，坐在梳妆镜前涂抹口红，新年伊始，她选了个稍微鲜亮些的颜色，喜庆又不张扬。

女儿躺在她房间的床上，被窝里只露出个脑袋。

"但是要帮祁老师干活，不能只坐着等饭吃。"

"嗯嗯，知道。"

涂完口红，陆知乔对镜端详了会儿，拿起桌上的"阿尔忒弥斯"香水随意喷到空气里，起身迎过去，又在手腕上喷了点。

"妈妈去上班了，记得写剩下的寒假作业，晚上回来我要检查。"

小姑娘缩回被窝里，哼唧着点头，闭上眼睛又睡过去。

陆知乔弯腰替女儿掖了掖被子，拎包离开卧室，走到客厅门边打开鞋柜，这时，包里手机响了。

她拿出来一看，是陌生号码，但出于工作习惯，这类电话她也会接。

"喂？哪位？"

"啊，陆总监……您在哪里啊？出、出事儿了……"

"你是？"

电话里的声音有一点陌生，加上号码不在通讯录里，陆知乔猜测对方应该是个普通职员。

因为公司规模大，非直属上下级或没有工作往来的平级员工之间，很少互相存号码，但同一部门里，有些普通职员会单方面存领导的号码。

"我是外贸分部的李岚……"年轻的姑娘声音里透着慌乱。

陆知乔微不可察地皱了皱眉，从鞋柜里拿出一双皮质短靴穿上，边开门出去边问："什么事？"

楼道里刮过一阵穿堂风，冷飕飕的，陆知乔刚从温暖的海岛度假回来，一时不适应，她拉了拉衣襟，按下电梯按钮，视线不经意瞥向对门。

电话里的声音打断了她的思绪："就是……跟非洲 TANDO 公司的那笔订单……第一批货已经到目的港了……"

电梯缓缓升到九楼，打开门，陆知乔脑子一嗡，脸色沉了下去，厉声问："我不是说了收到修改书之前不发货吗？"

"我今天早上才看到通知……"那头的小姑娘快哭了。

"池经理呢？"

"不知道，我打她电话没接。"

电梯门缓缓又要关上，陆知乔忙摁住按键，疾步进去，按了负一楼："我二十分钟后到公司。"

去年新北集团跟非洲 TANDO 公司成交了一笔两百万美元的订单，双方的合作本来很顺利，约定十月份装运发货，客户也按期发来了信用证，但审核的时候发现信用证上的计价货币与原合同不符。

彼时恰逢更换合作工厂的事没着落，一时半会儿货也备不齐，她们这边便拖延了些日子，要求客户按合同发修改书来，然后延期分批交货。

客户发函说已经改好，催新北这边装运发货，但拖了两个月也没见着对方的修改书。

这种情况下定然是不能发货的，当时陆知乔人不在公司，是所属大区经理池念先签的字，第二天她补上签名后，就让池念通知下去，不见修改书不发货。

年前最后一天上班时，池念亲口向她汇报，已经通知到位，结果现在……

早高峰路上有点堵，车子停在路口等红灯，陆知乔面色凝重，一手抓着方向盘，一手摸出蓝牙耳机戴上，给池念打了个电话。

池念今天上午约了客户，至少十一点前都去不了公司，听到消息后也是很震惊。

"我已经发过通知要等修改书来，他们怎么能擅自……"

"行了。"陆知乔轻声打断她，"现在不是追责的时候，我先去公司，你的事情处理完了立刻过来。"

"好的。"

陆知乔挂断电话，绿灯亮了。

一路赶到公司，四部电梯都爆满，陆知乔脸上冷静淡然，心里却是急坏了，直接坐侧门的 VIP 电梯上去，一踏进部门的办公区域就听到训话的声音。

"你还越级上报？还越两级？当我和池经理不存在？"

"我……"

一个二十六七岁的男人正发着飙，年轻的女职员刚要说话，就看到了后面的陆知乔，喊道："陆总监！"

男人一愣，连忙转过身，态度立马大转弯，点头哈腰道："总监。"

陆知乔冷着脸点头，冲那姑娘招了下手，转头往办公室去。今天很不赶巧，她的助理小万生病，多请了两天假，她得自己泡茶喝，可是眼下哪里有心情。

李岚跟着陆知乔进了办公室，战战兢兢地交代了全部经过。

她去年九月才过试用期，断断续续接了几个小单，突然接到两

204

百万美元的大单子，乐蒙了。

但这个订单先是因为换工厂的事拖了很久，后是客户一而再再而三地催，反复提起信用证已经修改好，偏偏她又没收到通知，心里着急，想着客户肯定会守信用，就没管那么多。

"我之前检查过邮箱很多遍了，真的没有收到任何通知，今早翻微信才发现池经理早就发了……"

陆知乔皱眉问："微信？"

李岚猛地点头说："嗯，是我们部门的微信群。但是群里的消息太多了，我一直没看，今天早上才翻了一下。"

公司有明确规定，任何工作上的通知都必须以邮件形式传达，陆知乔清楚地记得自己把邮件发给了池念，让她下发，年前还反复向她确认了两遍。毕竟第一批货的价值五十万美元，也不是个小数目，万一出了差池，将会造成巨大损失，谁知道……

陆知乔现在急得不行了，但当务之急还是解决问题，想办法补救。

她让李岚跑了一趟开证的银行，却被告知信用证已过期，银行拒绝付款。

这意味着她们只能寄托于客户够讲信用，如果对方没有如约付款，公司将遭受至少五十万美元的经济损失。

不得已之下，陆知乔向舒敏希汇报了这件事，虽然责任不在她，但还是被骂了个狗血淋头。她挨完骂，还得接着开会。

临近十一点，池念回来了。

总监办公室里弥散着清冷好闻的香味，陆知乔背靠着椅子，疲惫地揉了揉太阳穴，看着对面的人却是有火发不出来，半晌才淡淡地说道："池经理，这种低级错误，不该出现在你身上。"

池念好歹也是个中层管理人员，一进办公室就急着推卸责任，非要说是底下的人误删邮件，过会儿又突然想起来，自己确实忘记发邮箱，只发在了微信群里。

"真的很抱歉，总监，我……"池念的头埋得很低。

看见她，陆知乔就想起年会那个晚上，祁言突然出现在洗手间里，吓了自己一跳。这人是祁言的朋友，她虽不清楚两人关系有多好，但牵扯进这层关系，难免会影响她的判断。

"大约五十万美元，也就是三百多万人民币。"

"总监……"

"如果半个月之内，客户没有发来修改书或者支付这批货款，你和李岚就……"

陆知乔面无表情地做了个手势，还没说完，池念登时脸色发白，打断道："我会尽量补救的，请您放心。"

陆知乔没再说话，挥了挥手，示意她出去。

开年遇到不好的事意味着整年都不会好，陆知乔虽没那么迷信，但心里总归不安宁，这两天情绪都很低迷。

祁言每天都过来，自然发现了她的不开心，只是不管怎么问她都不说。无奈之下，祁言也没再勉强她，毕竟用脚指头想也想得到，是因为工作。

祁言旁敲侧击向池念打听，被倒了一耳朵苦水，大致了解得七七八八，只可惜自己帮不上什么忙。

这天早上，陆知乔收拾妥帖出门，刚下到停车场，就瞧见祁言倚在她车边，像是在等着她。一走过去，那人抬头微笑着说："陆女士，您的专职司机言言为您服务。"

陆知乔一愣，蓦地想起那天公司楼门前的红色跑车。

"我送你上班。"祁言伸手敲了敲车前盖。

陆知乔望见她深邃的眼神，顿时觉得好笑，毫不扭怩地答应了："好。"

从这天开始，每个早晨祁言都会准时出现，送陆知乔去上班，然后又提出接她下班——为避免惹人议论，开的都是陆知乔的车，祁言只是当个司机罢了。

元宵节下午，祁言早早地准备好了食材，去了新北集团大楼。眼下离下班还有一个小时，她给陆知乔打电话，随后被前台小妹带到了总监办公室。

陆知乔刚开完会回来，正在讲工作电话，看见祁言进来也没理，背过身去面朝窗户，继续侃侃而谈。

她穿着一件灰白色立领修身短外套，素净淡雅，背影纤瘦，讲话声音温润却有力，语速不快不慢的，一副清冷干练的模样。

祁言望着她的背影，眼中闪过惊讶，这是她认识的陆知乔？是那个被三两句话逗一逗就脸红，在她面前温声软语好戏弄的陆知乔？

"今天来这么早？"不知何时，陆知乔已挂掉电话，站到了她面前。

祁言嘴巴动了动，刚想说话，背后敲门声响起，她反应迅速，立刻坐到旁边沙发上，随手拿起一本杂志翻看，佯装是访客。

倒是陆知乔有些惊讶她的举动，看着门说了句"进"，绕回办公桌后坐下。

来人是池念，她手里抱着笔记本电脑，由于角度缘故，她的第一视角看不见沙发区域，进门就望向陆知乔那边说："总监。"随后把电脑屏幕转向陆知乔，继续道，"TANDO公司已经把修改书发过来了，这是电子版，您看一下吧。"

听到这熟悉的声音，祁言的心一惊，悄悄转头瞄了一眼那边，果然是池念。

完了。她只想着今天是元宵节，提前些来接陆知乔下班去自己那边吃饭过节，一时忘记还有层关系在里面，就这么莽莽撞撞上来了，没想到就这么碰巧……

两人说了什么，祁言没注意听，心里七上八下的，抬起杂志挡住脸，默默祈祷池念别看见她。

但老天就是跟她作对。

汇报完工作，池念抱着电脑转身，一眼就瞧见沙发上坐着一个人，那长发，那长腿……她愕然睁大眼睛，看着那人，又侧头看看陆知乔。

陆知乔镇定自若地轻声问："还有事吗？"

"……没，没了。"池念尴笑两声，目光再次落到祁言身上，最终还是出去了。

办公室里恢复寂静。

陆知乔看向沙发上的人，无奈地摇了摇头，没理她，继续审批文件，中途接了两个工作电话，又出去了一会儿，回来时，祁言仍坐在那儿没动。

天已黑透，办公室内灯光柔亮，祁言低着头，长发遮住了半边侧脸。

陆知乔叹道："你朋友看见了。"

祁言轻轻"嗯"了声，抬起头，沉郁的眸子里闪过歉意，说："给你添乱了，我会好好跟她解释的。"

"你向她打听过我的事吗？"

"绝对没有！"

说上司闲话可是职场大忌，祁言出卖谁也不会出卖朋友，尤其在前两天池念刚捅了娄子的情况下。她目光诚恳，心却是虚的，说完就飞快地转移话题："陆总监，该下班了，我们回家过元宵，妞妞还在家里等着我们呢。"

陆知乔凝视她半晌，突然笑出声："我现在能理解你的感受了。"

"什么？"

"你不是怕被我当成公私不分的人吗？"

祁言没接话。

"我也不想，被你当成公私不分的人。"

祁言揉了揉鼻子，颇有些不好意思，试图解释："我没……"

"放心吧，"陆知乔轻声打断她，"我不会因为私事而在公事上为难池念，也不会借着这层关系来打听什么。"

门口突然又响起敲门声，祁言迅速转过脸去，抬手拂了拂头发，佯装若无其事地看着窗外的高楼大厦，眼角余光偷偷瞥着陆知乔那边。

这次来的是助理小万，她以为祁言是客户，没多想，只笑了笑，看向上司说："总监，车票已经订好了，明天早上八点半的，需要我提前去接您吗？"

"不用，"陆知乔淡定道，"七点四十分在你小区门口等。"

"好的。"

小万说完，又朝祁言礼貌一笑，安静地退了出去。

祁言看向办公室的门，确定它不会再次打开，便收回目光，问陆知乔："你明天去哪儿？"

"出差，"陆知乔如实回答，"去隔壁市，坐高铁一小时，下午就回来了。"

"这样会不会很累？"祁言皱眉问。

"不累。"陆知乔看了眼手表，"下班了。不是要回去过元宵吗？"

"好，走吧。"祁言头也不回地走到门边，伸出去的手却又缩了回来，转头看着陆知乔，戏谑道，"陆总监，你刚才的样子好酷哦。"

"什么？"陆知乔一头雾水。

"工作的样子。"

陆知乔困惑地看着她。

祁言眯起眼说道："没想到你还有这样的一面，身为专职司机的我……大开眼界，哈哈哈！"

陆知乔晓得她又开始不正经了，有些哭笑不得，可是不知怎么心里酸酸的——当听到祁言用"酷"形容自己。

每当夜深人静被噩梦侵扰时，陆知乔总会陷入无尽的自卑和自我怀疑中，而当太阳冉冉升起，她走进写字楼，来到办公室，心底的阴霾就散去，心上的伤口就愈合，她又有了无限的底气和自信，充满了希望。

所以，只有工作才能让她知道自己并没有那么不堪。

"陆总监，我是你的粉丝！"祁言凑过来抛了个星星眼。

陆知乔回过神，好笑地说道："你又不是我下属，喊这个称呼做什么？"

"嗯？那我该怎么喊？"

陆知乔一时拿不准主意，因为压根儿没想过这个问题。

"陆女士？妞妞妈？还是……乔乔？"

"随你。"陆知乔本能抗拒前两个称呼，但后面那个称呼又显得太过亲密，像是认识了好几年的朋友才会喊的。

下班了，两人先后走出办公室，一路下到停车场，上了陆知乔的车。

"我发现你笑的次数变多了。"祁言一边系安全带一边说。

"有吗？"

"嗯。"

看着祁言认真的表情，陆知乔心底涌起暖意。

经历过被蛇咬之后，她时常紧绷的神经反倒松懈下来，许是因为真切感受到有人关心她、在乎她的死活，她对这冰冷灰暗的世界又多了一丝挂念，还是值得留恋的……

今晚是三个人的元宵夜。

厨房里放着已经切好装盘的食材，立刻就能下锅，祁言穿上围裙准备炒菜，陆知乔进来要帮忙，被她拦住，说什么也不让。以往陆知乔拗不过，拿她没办法就妥协了，但今天脾气一上来，偏不肯走。

两人争执不下，最后决定一人炒一个菜。

因为是三个人吃饭，祁言备了五道菜的食材，荤素搭配，海鲜、汤都有，仔细一瞧菜色，都是母女俩爱吃的。

妞妞在客厅看电视，声音放得比较大，肉麻的偶像剧台词听得人浑身冒鸡皮疙瘩。

祁言正在厨房炒基围虾，锅铲不断翻动，抽油烟机嗡嗡作响，与电视机的声音融合在一起，很是热闹。

见她长发垂在身后，总往前飘荡，陆知乔去浴室拿了头绳递给她。

突然，视线里出现一个锅铲，上面托着淋了酱汁的虾尾，陆知乔听到祁言笑着说："尝一个。"而后又补了一句，"小心烫。"

陆知乔张嘴吹了吹，小心地吃掉，抿着唇细嚼慢咽。

"好吃吗？"祁言满是期待地望着她。

陆知乔脸上绽开粲然笑意，点了点头："好吃。"

祁言大受鼓舞。

轮到陆知乔炒菜，祁言就在背后看着她，忙忙碌碌一个多小时，终于做好所有菜，两人同时喊女儿吃饭。

"妞妞——"

"妞妞——吃饭了。"

屋里全部的灯都打开了，虽然饭桌上只有三个人，但节日氛围浓厚。祁言不停地给母女俩夹菜，还喂陆葳吃了第一口汤圆，陆知乔笑吟吟地看着她们，一时百感交集。

往常家里只有她们母女两个，过任何节日都冷冷清清的，尤其是阖家团圆的春节和中秋节，简直是催她直面那一段痛苦的回忆，时间久了，她便开始抵触。

所以，在她眼里只有工作日和休息日之分。

今天是这么多年来，陆知乔第一次感觉到过节的热闹氛围，明明只是多了一个人，却有了家的感觉，有一点点温馨，还有一点点幸福。

吃完饭，祁言神神秘秘地拿出三本相册。

陆知乔母女俩的单人照各一本，另一本是合照，是她精挑细选并经过后期加工做成的三本相册，然后才发现，任何照片里都没有自己——她忘记了。

不过没关系，她记性好，这些回忆都留在她脑子里，只要记得就一直存在，她安慰自己。

三人坐在沙发上看了会儿电视，吃了点水果和零食，临近九点，陆知乔拿钥匙给女儿，让她先回去收拾书包和作业，准备明天开学。

小姑娘一脸不情愿，仍是抱着宝贝相册走了。

说也奇怪，走掉一个人，原本热闹的氛围霎时淡了许多。电视机里播放着咋咋呼呼的小品，陆知乔转头看向身边的人，嘴唇微动："你是不是有话想说？"

"你怎么知道？"祁言怔愣，手里的糖果掉在地上。

陆知乔浅浅地勾起嘴角，没说话，弯腰替她捡起糖果，放回盘子里，说："都写在脸上了。"

祁言下意识地摸了摸自己的脸。

"说吧。"

祁言低下头，纤长的睫毛颤了颤，似在犹豫挣扎。

突然，她站起身，一阵风似的快步进了卧室，没几秒又出来，手里捧着几张照片，一股脑儿递给陆知乔。

"我偷拍的。"她主动坦白。

陆知乔接过来看了看：照片里的人是自己和女儿，自己穿着那条白色敞肩连衣裙，坐在椰子树下，含笑凝望着海边塑沙雕的女儿。

原来那时，祁言就在离她不远的地方。

"这些照片……"

"我很喜欢。"陆知乔轻声打断祁言的话，抬起头，将祁言由愧疚到欣喜的神色尽收眼底，缓缓扬起嘴角，"但是，我要拿走。"

祁言讨价还价道："留一张给我吧。"。

"好。"

陆知乔话音刚落，手里照片就被抽走，等到塞回来时，便少了一张……

开学后，祁言不能送陆知乔上班了，顾虑到流言蜚语的影响，也不能带陆葳一同去学校。随着假期结束，三人的生活似乎又回到先前的状态。

新学期伊始，班主任特别忙碌，又是上课又是开会。学校来了五个实习老师，其中一个被分到祁言班上，她忙碌之余还要跟实习老师交流，一如当年她师父带她那般。

这姑娘叫杨清，今年大三，和祁言一样念的江城师大，本地人，长了一张清透水灵的脸，细心勤快会说话，没两天就跟祁言混熟了，私下一口一个姐姐地喊她。

这天下午开完会，办公室里只有杨清在，祁言一进去就看到那姑娘低着头笑，笑得身子发抖，好奇地问："什么事这么高兴？"

杨清抬头，脸都笑红了，见是她，说："言言姐，笑死我了，哈哈哈……"

"这是——"祁言接过来看了两眼，"我们班学生给你的？"

"嗯嗯。"杨清喝了口水，缓了缓又说，"我才来几天……"

"知道是谁吗？"祁言皱眉打断。

"陈佳强，他刚才把棒棒糖塞给我就跑了。"

"言言姐，这些小朋友啊……哈哈哈。"杨清笑得前仰后合，却见祁言绷着脸，没有一点缓和的意思，这才堪堪止住笑，表情也严肃起来。

"你打算怎么处理这件事？"祁言问。

杨清想了想，认真道："不搭理他。"

祁言沉思片刻，点了点头，却仍有点不放心，仔细叮嘱她："从今天开始，直到你实习结束，不要对陈佳强表现出任何区别对待的意思，无论是故意不理他，还是故意留心他，都不要，就像平常一样，明白吗？"

"嗯嗯。"

天色渐暗，校园里空荡荡的，祁言从办公室出来，与杨清分别，径直往停车场去。她下到一楼，拐了个弯，冷不丁瞥见两个鬼鬼祟祟的学生蹲在灌木丛边。

"妞……"她险些喊错，忙改口，"陆葳！"

陆葳不是祁言的亲闺女，却胜似亲闺女，她认错谁也不会认错这小妮子。

两人犹如惊弓之鸟，一下子站起来，仓皇失措地看着祁言，揣在怀里的东西啪嗒掉在地上——是手机。

陆葳赶忙捡起来，捂了两下，反手背到身后。

"王哲毅？"祁言看清了陆葳旁边男生的脸，"都放学这么久了，不回家在这儿干什么呢？"

他们谁也没吭声，陆葳眼珠子乱瞟，随后低下头，一副缴械投降的样子。王哲毅稍微镇定些，只可惜终究是孩子，心思都明明白白地写在脸上，神色间也有点慌。

他小声说："我在教陆葳打游戏。"

谁能想到，都这个时候了，班主任还没走，他心知今天手机是保不住了，却见祁言只是冷着脸，狐疑的目光来回扫视，半晌才道："回

213

家去。"

呼……小男生松了一口气，看向陆葳，两人短暂交换了眼神，都背起书包，转身往校门口走。

祁言比陆葳先到九楼，掐着点等人。

电梯门一开，小姑娘从里面出来，看到她就神情一慌，忙跑过来抱住她胳膊，撒娇道："祁老师，不要告诉我妈妈好不好？"

祁言原本准备好了满肚子质问的话，此刻忘得干干净净，这小妮子就是有天大的本事，三两句就把她的一颗心哄得软软的。她扬了扬眉尾："没做亏心事，为什么怕妈妈知道？"

"因为——"陆葳委屈巴巴地道，"我妈妈说不准在学校玩手机。"

祁言愣住了，看着小姑娘满脸天真的模样，她不禁疑惑，难道是自己想多了？两个孩子鬼鬼祟祟的，真的只是在打游戏？但是这样一想似乎又很合理，上学期她缴过一次陆葳的手机，想必陆知乔回去告诫了女儿，再被抓到玩手机就会受到惩罚。

想起那天陆知乔暴怒揍人的场景，这孩子会害怕慌张也不是没有道理。

祁言思虑片刻，揉了揉她脑袋，敷衍地对她扯谎道："好，我不说，快进去吧。"

小姑娘嘿嘿笑了两声，掏钥匙开门，祁言也跟着一块儿进了屋。

下午她给陆知乔发微信消息，问什么时候下班，那人到现在也没回，她猜测又是在加班。她进厨房转了一圈，打开冰箱看有没有菜，琢磨着晚上在这里做晚饭。

"妞妞，晚上想吃什么？"

祁言从厨房出来，看到小姑娘在翻箱倒柜找东西，客厅的一排柜子打开了两个，储物箱和一摞相框被搬了出来，放在旁边。

那摞相框……

"随便，都行。"陆葳从柜子里翻出来一袋零食，像挖到宝贝似的，笑嘻嘻地转手拎到茶几上，把储物箱塞回去。

祁言凝视着相框最上面那张男人的照片，问："妞妞，这是谁？"

小姑娘探头过来看了一眼，很自然地说："我爸爸。"

话音刚落，客厅大门从外面开了，陆知乔带着一身凉风进来，抬头望见祁言，愣了愣，眼睛里的笑意还未来得及展露，不经意看到地上的相框，霎时僵硬在原地，神色间的慌乱一闪而逝。

照片上的男人眉眼有几分熟悉，祁言看到的一瞬间便觉得自己或许见过，可是记忆中并没有具体的印象。

四目相对，陆知乔很快冷静下来，一边换鞋一边看向柜子，对女儿说："妞妞，少吃点零食，真是的……藏在柜子里你都能翻出来。"

她边说着边漫不经心地收拾翻出来的东西，随手把那摞相框塞回柜子，关上柜门，直起腰，转头望向祁言："你跟妞妞一起回来的吗？"

祁言回过神，正要说话，就听到陆崴大声插嘴："妈妈，我比祁老师早回来，怎么可能一起嘛。"

祁言侧目，小姑娘咧着嘴笑，眼睛一眨不眨地望着她，似乎在观察她。

"今天最后一节课开会，我刚回来，以为你又加班，你也是，都不回我微信消息。"祁言笑着把这个谎圆了过去，心却沉甸甸的，坠入冰冷的湖底。

这孩子怎么学会撒谎了呢？她身为老师当然不能帮着学生向家长隐瞒实情，但不守信用告密，孩子会不会讨厌她？再也不信任她？进而影响她和陆知乔好不容易拉近的朋友情谊？

这个想法很快被祁言否定。

她相信陆知乔有自己的判断能力，与其想这些莫须有的，不如担心陆知乔得知事情后的反应。那人爱女如命，上回在办公室都疑神疑鬼害怕得要命，而这件事又没有确凿的证据，她贸然讲出来，恐怕会引起陆知乔的焦虑。

更严重些，说不定陆知乔又要打孩子。

万一两个孩子什么情况也没有，是大人们想多了，她们如此反应过激，怕是会适得其反。

祁言斟酌着怎样既能将事情告诉陆知乔，又能保证妞妞不被母亲责骂，还要做好安抚陆知乔焦虑心情的准备。

"下午太忙了，没有时间看手机……"陆知乔丝毫没察觉她的为难，笑容中含着歉意，"不过，我一忙完就马上回来了，现在还没到六点。"

"好吧，原谅你了。"

"那你要不要到我这儿吃饭？"

祁言没说话，噙着笑转身进了厨房，以行动回答她。

两个大人在厨房里忙活，陆葳则回房写作业。眼见次卧的门关了有一会儿，祁言炒着菜，心里愈发忐忑难安，一走神，便忽略了锅里的情况。

"水快烧干了。"陆知乔在旁边切菜，瞥了灶台一眼，忙放下菜刀，装了些水倒进锅里。

祁言醒过神来，翻动了两下铲子。

这人心不在焉的，眉心始终紧蹙，陆知乔方才就发现了，只是犹豫该不该问，她想，万一是私事，自己好像也没有资格过问。

祁言要是愿意说，自然会说的。

"我来炒吧？"陆知乔伸手要接锅铲。

祁言没动，睫毛轻轻颤动着，眉心拧得更深了。

"你……怎么了？"陆知乔还是忍不住问了。

然后她就看见祁言抬起头，眼里的坚决一闪而逝，用严肃的语气说："有件事想跟你讲。"

"什么？"

"刚才我对你撒谎了……"说完，祁言低头看了看锅，见差不多好了，便关火，把菜盛起来放到一边。

陆知乔没接话，等她继续说，油烟机的嗡嗡声掩盖了两人的说话声，祁言一五一十地交代傍晚的事。

"我主要是担心你胡思乱想，毕竟我没有确凿证据，万一误会了妞妞……而且你工作那么忙，还要操心这些，我……"祁言没什么底气，语气既委屈又羞愧。

陆知乔紧抿着薄唇，表情淡然，辨不清是喜是怒。

当初她骗祁言，还觉得这人小题大做，如今自己被骗一回，就晓得不舒服了。祁言说得没有错，方才她听到女儿跟男同学鬼鬼祟祟的瞬间，满脑子都是令人胆寒的新闻，险些转身冲出去，所幸祁言拉着她，才使得她克制住冲动。

冷静下来仔细想想，祁言的话也有道理，她没证据，贸然做出什么举动，只会打草惊蛇，说不定反倒将孩子往火坑里推。

那些新闻里走上不归路的少女，无一例外都是父母没有好好教导或监管，才酿出了祸端。

可是不冲动，不代表陆知乔不着急，相较之下，祁言骗她这点，倒也没那么让她不舒服了，至少这人还知道坦白。

"我错了。"祁言以为她介意，明白过来自己不该辩解，"真的知错了，我再也不骗你了。"

"看在我及时交代的分上，坦白从宽行吗？"

"陆女士？乔乔？"

突然被喊小名，陆知乔颇为不自在。她别过脸道："这段时间，你多注意下妞妞和那个王同学，我也尽量多待在家。"

她现在与祁言说话，再也没有了从前那样的客气和小心，其实心里还是觉得别扭，但她也知道祁言在意这个，便克制自己，已经很久没对祁言说过谢谢。

祁言自然能感受到她的转变，心中得到了一丝慰藉。她认真地保证说："你放心，我会盯着的。不过……你也要假装不知道，别卖了我啊。"

"你盯着？"陆知乔试探性地问。

"当然了，"祁言并不介意承认这点，"我把妞妞当亲女儿。"

这话听起来似乎没什么不对，但她隐隐约约感觉到这样下去不行，祁言这种态度，似乎要在看不见的地方埋下隐患。

祁言是老师，如此偏心她的女儿，于情，她像多数家长那般求之不得，于理，却知道这不应该。

"你别对妞妞太好了……"陆知乔怅然叹气。

祁言愣了一愣，难以置信地看着她，有些不开心地问："这你也不让吗？"

"不是……"

祁言情绪低落之迅速，让陆知乔有点慌，语无伦次地道："我，我是担心你……"

她的话音戛然而止，祁言却像变脸似的，扑哧一声笑出来："担心我什么？"

陆知乔不作声了。

"快说。"

陆知乔抿紧唇，宁死不说。

女儿的事令陆知乔担忧了好些天，心绪纷乱之余工作又忙碌，好不容易周五了，能休一个完整的周末，她静下心来，恍然想起已经两三天没见到祁言。

自从度假回来，两家几乎天天一起吃晚饭，不是在901就是在902。从周三开始，祁言说有点忙，中午吃食堂，晚上到外面吃，回家都是夜里九十点了，还要备课。

即便如此，祁言也不忘在微信上给她汇报妞妞在学校的情况——暂无异动。

陆知乔没去打扰，只是不过两三天，忽然就变得很长很长，好像忙忙碌碌过了两三年。

她心里总有些躁动，以前自己像台机器，生活工作都只是完成任务，现在莫名多了一点挂念，做什么都被其牵动着，期待着。

夕阳透过窗户洒进来，办公室里温暖敞亮。陆知乔坐在椅子上发呆，忙完了这阵子的事，突然闲下来反倒让人心慌，她百无聊赖地刷着手机，想看看朋友圈有什么动态，一点进微信，直接打开了和祁言的聊天框。

还是那个橘猫头像，怪可爱的，可她也没见祁言家养了猫，或许那是朋友的猫吧。

陆知乔翻了翻少得可怜的聊天记录，猜测她应该在上课，又退出去，进了朋友圈，一连刷到两三条有关电影的内容，有些好奇。

图片里是前两天才上映的悬疑推理片，评分和口碑都不错，很多人自发推荐。

陆知乔发现，她好像很久没去看电影了。一个人去，也没意思，带着女儿吧，那孩子又不爱看这类片子。

脑海中闪过一个橘猫头像，陆知乔突然生出一个念头，她鬼使神差地点进祁言的聊天框，慢吞吞地打字：去看电影吗？

她编辑好文字，却迟迟没发送，她发出这种邀请，会不会显得太奇怪了？像是自己在巴结对方。但换作是祁言邀请她，情况就不一样了。

怎样才能让祁言邀请她呢？

陆知乔删掉编辑好的文字，退出去，在朋友圈转发了一条电影信息，附上两个字：想看。

发送成功后，她安心了，起身出去上厕所。

洗手间在另一头，过去要穿过整个部门办公区域，一路遇到几个职员跟她打招呼，陆知乔淡定回视，拐进女厕。

"呕——"

盥洗台边有个人正捂着肚子干呕，陆知乔吓一跳，仔细瞧了两眼才问："池经理？"

对方立刻直起腰背，转头后一愣，忙抽了张纸巾擦擦嘴，尴尬地笑："总监。"

"你……"陆知乔上下打量她，"没事吧？"

"没，没事，吃坏东西了。"池念头发凌乱，眼睛里略有些红血丝，任谁都看得出来她在强颜欢笑，"我先去忙。"

她一说完，像身后有鬼追似的，匆匆离开。

陆知乔说不上来哪里怪怪的，不由得想到元宵节那天的场景，猜测祁言跟朋友都说了些什么。可是一想到祁言，她又记起自己那条朋友圈。

祁言能看到吗？

下午最后一节课，学校安排初一年级的班主任在各班上健康课，顺便发放相关知识的科普手册，以及给女孩子们准备的卫生用品大礼包。

祁言足足给孩子们讲了半小时的生理知识，底下的男生女生都听得津津有味。

放学后，她回到办公室，坐下来喝口水歇息。大家聊了两句，陆续准备下班。

这周特别忙，祁言除了要参加各种教研活动，还要带实习老师，好在接下来就是周末了，可以休息两天。

祁言打开微信，看了眼那两个男生的家长回复的消息，客套了两句，习惯性点进朋友圈，没料到第一条就是陆知乔的动态，有些愣神。

陆知乔的朋友圈一直很无聊，充斥着铺天盖地的工作信息，很少发其他内容，今天竟然转发了一条电影相关消息。

她看了简介觉得很有意思，二话不说打开软件订了两张晚上的票，截图发给陆知乔。

祁言：去看电影吗？我请。

祁言：就我们两个。

如果陆知乔要带女儿，她也不会拒绝。

陆知乔没有马上回复，直至祁言回到了家，手机屏幕亮起来，才收到了陆知乔发来的消息：可以。

简简单单两个字，颇有些冷淡。祁言发了一个表情包，抱着手机进家门，甩了鞋子，扔了包，瘫倒在沙发上。

她咬着嘴唇，凝望天花板。

太阳从西边出来了？陆知乔今天怎么这么好说话？

在家吃过晚饭，祁言和陆知乔一起出了门，开的是祁言那辆红色跑车。街道两旁灯火辉煌，拉风的跑车飞驰在夜色中，惹人注目。

陆知乔安静地坐在副驾驶，街边缤纷的灯光透过车窗洒进来，暗了许多，映照着她嘴角不易察觉的弧度。她用余光瞥向左侧，只看见一双搭在方向盘上的手——十指细瘦修长，莹润白皙。

她有种她们两个人都是中学生的错觉。

周五晚上的影院人很多，大都是年轻的小情侣，一对一对的。祁言怕挤着陆知乔，让她先在角落里等，自己去排队取票。

队伍虽长，却前进得很快，祁言取好票回来，见陆知乔乖乖站在角落等，目不斜视的样子像个乖宝宝。

"吃爆米花吗？"她递过去一张票。

陆知乔的神色有一瞬的茫然，在她的印象中那是小孩子才吃的东西，而且感觉不太干净。

她下意识地摇头，突然，鼻间钻进一股浓郁的奶香味，两个看着像是闺密的女生走了过来，停在旁边的娃娃机前，其中一人怀抱着大桶爆米花，香味正是从桶里散发出来的。

"我们抓这个熊！"那女孩的声音又脆又甜。

另一个女孩往机器里塞了两个游戏币，然后把爆米花桶递到女孩面前。

陆知乔盯着两人看了一会儿，祁言顺着她的视线转头，没看多久，她拉着陆知乔走开了，说："走，我们去买爆米花。"

卖小食的柜台前也排着长队，幸好她们时间充足，等得起。两人穿过人海站在队伍后面。

四周嗡嗡的，吵闹得像菜市场，陆知乔有点头疼，她其实并不喜欢喧闹的环境，身处这里只会使她烦躁。但好在有祁言，一直陪她聊天，算是缓解了一点焦虑。

祁言买了大桶爆米花，因陆知乔说不喝奶茶，便只买了自己喝的。

离电影开场还有十五分钟，她们站在检票口等，陆知乔正在走神，突然祁言抓着爆米花递到了她面前。

"喏，吃一个。"

陆知乔伸手接过爆米花，自己吃了进去。

悬疑推理片的剧情很是吸引人，但部分镜头有些恐怖。

封闭幽暗的空间几乎满座，两人坐在最后一排中间的位置，陆知乔看着看着就沉浸其中，全然忘了身边人的存在，看到紧张处，她大口吃爆米花，没多久就吃掉了大半桶，口渴的感觉将她的思绪从电影里拽了出来。

陆知乔开始后悔方才没买点喝的，也想不到自己能吃这么多爆米花，她转头张望，就见手边放着一杯插了吸管的奶茶，这才想起是祁言买的，显然是喝过了。

祁言也正专注地看电影，但还没到入神的地步，她余光注意到陆知乔盯着自己的奶茶，好像心有灵犀似的，知道她口渴，捧起奶茶直接递过去。

黑暗中，陆知乔的脸被荧幕光染得惨白，她看着奶茶，迟迟没动。

祁言忽然想起什么，伸出另一只手扒开塑封，露了道口子，轻声道："这样喝就不脏了。"

"没事，不用。"陆知乔接过奶茶，毫不犹豫地就着吸管喝了一大口，这时荧幕又亮了起来。她神色平静地放下奶茶，靠着椅背继续投入进电影。

原来陆知乔不嫌弃自己？祁言疑惑地向右瞥了一眼。

可是这个念头没持续几秒，转瞬就被打消了。

方才她说话太直白，陆知乔那样久经职场的人怎么可能听不懂，能混到总监的位置，察言观色和随机应变，甚至逢场作戏的本事，都应该达到了炉火纯青的境界。

这也说明刚才她那番话确实让人下不来台。

祁言尴尬极了，只能假装什么事也没发生，收回目光。

最后那杯奶茶被陆知乔喝得干干净净。

放映结束，两人默契地没立刻起身，等人群散得差不多了，才先后站起来。陆知乔把空杯子放进空爆米花桶里，愣了一下，才意识到自己大晚上的竟然吃掉了这么多高热量的东西。

看来她要做好准备，接下来三天只吃白菜叶子和水煮蛋。

"要不要逛一逛？"走出放映厅，祁言凑过来，"反正明天周末。"

陆知乔看了看手表，见时间还早，便答："好。"

影院楼下就是商场，里面年轻人居多，到处都是小情侣。

两人逛了一圈，陆知乔自己什么也没买，倒是给女儿买了很多东西，衣服、鞋子、零食等，祁言也没买，就在旁边看着，帮她提东西。

一楼有家创意礼品店，门面挺大，靠玻璃橱窗的货架上摆着各式各样的小夜灯，经过这家店时，祁言停住了脚步。

"陆知乔。"

"嗯？"

"你怕黑吗？"

"……还好。"

陆知乔被问得莫名其妙，回忆了一下自己晚上睡觉的场景——还没到怕的地步，但黑暗即代表未知，人对未知事物有着本能的恐惧和警惕，所以她只能给出折中的回答。

不过这人……把她当三岁小孩子吗？怎么可能怕黑？

下一秒，陆知乔就被祁言拉进了礼品店。站在靠橱窗的货架前，祁言指着上面那只蛋壳形状的小夜灯问："好看吗？"

小夜灯散发着温馨的暖黄色光芒，上半部分是呆头呆脑的小鸡，下半部分是圆滚滚的蛋壳，体积不小，要两只手才能捧起来。

陆知乔多看了两眼，说："好看。"

"我送你。"祁言眯起眼笑，"晚上睡觉的时候，你就把它放在床头。"

陆知乔张了张嘴，正想说不用，这人就转身喊来了店员，让把蛋壳灯捧去柜台。

柜台旁边有十几个人在排队等待包装和刻字，祁言付了款，抱着蛋壳灯也去排队。队伍前进得比较慢，她时不时转头看一眼陆知乔，后者正往这边看，两人目光对上，用眼神无声地交流。

陆知乔的神色有些无奈，方才她以为是祁言要给自己买，还在心里纳闷，这人看起来不像喜欢这种可爱小物件的，谁知转眼就给她来了个措手不及。

黑夜虽可怕，但远不及人心，夜里可以点灯照明，可人心要怎么去看清？

而她，本身就寄居于黑暗的角落，根本不会害怕。

等了有一会儿，祁言才提着包装精美的礼物盒过来，献宝似的交到陆知乔手中，凑到她耳边轻声说："如果妞妞怕黑，也可以给她，或者你们两个轮流用。"

陆知乔一时没反应过来，等到祁言笑着跑开，她才意识到自己又被戏弄了——这人一天不欺负她就浑身难受。想着想着，陆知乔越来越觉得好笑。

"走了走了，回家。"祁言在原处向她招手。

陆知乔追过去打了一下她的手。

"哈哈哈……"

临近十点，马路上的车流变少了，亮红色跑车披着夜色飞驰，她们买的东西都放在前盖箱里，唯独装蛋壳灯的礼盒被陆知乔抱在怀中。

她转头看向身边专注开车的人，问道："你为什么突然请我看电影？"

发完那条朋友圈不到半小时，陆知乔就收到了祁言的邀请，她当时很惊讶对方的速度，过后又觉得或许只是凑巧。

车速明显慢了下来，祁言抿着嘴笑，颇有些不好意思地说："我看到你的朋友圈了。你发朋友圈的频率那么低，难得有一条无关工作的内容……"

说着说着，祁言的声音渐渐小了下去。

而她身旁的陆知乔没说话，转过脸看向窗外，无声地笑起来。

回到小区，两人同乘电梯上楼，陆知乔一人提着蛋壳灯礼盒，剩下买的东西都在祁言手中。她正要掏钥匙开门，祁言突然挡在前面，不让她进行下一步。

陆知乔疑惑地看着她："你？"

祁言想起了一件事。

她看着陆知乔，总能想到那天看见的相框，脑海中的猜测又冒了出来，她想知道，陆知乔与照片上的男人究竟是什么关系——好奇心快折磨死她了。

陆知乔曾说她没结过婚，可那男人却是陆葳的父亲，不知是不是祁言的错觉，她看着照片上男人的眉眼与陆知乔有点像。

祁言以为自己能耐住性子，等到陆知乔主动告诉她的那一天，现下看来是不行了。

"上次妞妞翻柜子，翻出来的那个相框……"

祁言话说了一半，又卡在喉咙里，她有些后悔自己的鲁莽。

陆知乔愣了愣，茫然的眼神逐渐恢复清明，一点点覆上阴影。她沉默许久，低声道："祁言，我不明白，为什么你对我的私事那么好奇？"

"对不起，我太八卦了。"祁言叹了口气，她这人有个毛病，身边的朋友越是有解不开的谜团，她越想要一探究竟。

看着她低落委屈的样子，陆知乔不忍再说什么，只觉得无奈又好笑。不过她们已经是朋友了吧？有些事说出来也无妨。

"那是妞妞的爸爸。"

"我知道……"祁言点头，"其实妞妞告诉我了，不，是我问她的。"

"其他的我暂时不想说。"

祁言闻言，知道自己今天还是问不出什么。

"晚安。"陆知乔从她手中接过大大小小的纸袋，眼皮都没抬一下，开门进屋。

客厅开着灯，家里静悄悄的，陆知乔把东西放茶几上，轻手轻脚走向次卧，推开了门。里面的窗帘没拉，外面透了点光进来，可以清楚地看到女儿侧躺在床上，睡得正香。

她悄悄进去，拉上窗帘，来到床头亲了亲女儿的脸，再小心翼翼地退出去。

洗完澡出来，陆知乔把衣服丢进盆子里放着，回身去整理晚上买的东西。这些都是买给女儿的，明天让孩子自己拆，会更惊喜些，她只把那盏蛋壳灯拿了出来，用湿软布仔细擦拭一遍，抱回了卧室。

说明书上写着，这灯可以声控，陆知乔把它放在床头，尝试着不轻不重地拍了两下巴掌，灯的蛋壳部分忽然亮了，光线柔和而不刺眼，底座上还刻着一个笑脸。

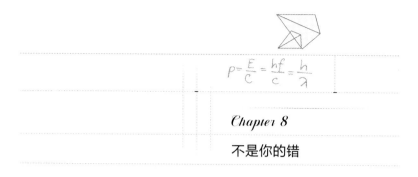

$$p = \frac{E}{c} = \frac{hf}{c} = \frac{h}{\lambda}$$

Chapter 8
不是你的错

　　新的一周陆知乔又忙碌起来，几乎天天加班，再怎么挤时间也匀不出多余的给女儿，连吃饭和洗澡都是争分夺秒地进行。

　　周四她要去北欧出差，这次时间很长，可能需要一个星期，带去的人也多，除了部门里几位骨干员工，还有大区经理池念。她在家里备好了食材，添够了生活用品，拜托祁言帮她照看一下女儿。

　　祁言自然乐意，只是听到她要出去一个礼拜，在电话里对她唠唠叨叨。

　　彼时陆知乔正在办公室，恰好池念敲门进来，这个节骨眼上，说什么她也不会依着祁言，便随意敷衍了两句，挂断电话。

　　"怎么了？"她看着池念问。

　　自从知道池念是祁言的朋友，陆知乔在公司就万分不自在，总觉得这人就像针孔摄像头，另一端连着祁言，自己的任何模样都会被偷窥得一干二净。

　　但是想归想，公事和私事她还是分得开。

　　池念的脸色不太好，一副强打着精神的样子，她冲陆知乔苦笑了一下，吞吞吐吐地说："总监，我……能不能……请两天假？"

"身体不舒服吗？"陆知乔上下打量她。

"……嗯。"

其实无须她自己说，明眼人都能看出来池念是不舒服，一张脸蜡白的。

换作往常，陆知乔定然毫不犹豫地批准，可明天就要出差了，池念又是队伍里不可少的一员，如此关键时刻，她难免有顾虑。

见上司犹豫，池念也明白了几分，心里愧疚，又说："我跟孙经理商量了一下，这段时间他手头上的工作都安排下去了，可以代替我，您看这样行吗？如果行的话，我现在就去跟他交接。"

"也不是不行。"陆知乔沉吟道，"但你真的愿意放弃这次机会吗？"

开年后公司有个跨国合作项目，进展顺利，已经谈得差不多了。这趟他们出差，就是要实地考察和进一步对接，完成任务便是一次升职的机会，多少人求之不得，此时放弃，的确有些可惜。

池念叹了口气，无奈地点点头，眼皮也耷拉下去，无奈道："实在没有办法……"

核心成员关键时刻请假，还是很重要的工作，临时调换人员保不齐会有什么影响，陆知乔多少有点不开心，却也没为难她，只淡淡地应声："好吧，去拿假条来。"

傍晚六点，夜幕降临。

约好今晚到舒敏希那里吃饭，陆知乔一下班就开车赶了过去，市区有点堵，宁湖山庄那边又挺远，紧赶慢赶才在七点钟之前赶到。

这里非业主车辆不让进，她只能把车子停在外面，步行进去。

山庄里面都是独栋别墅，白墙暖瓦，每栋建筑之间隔得比较远，从一户到另一户要走至少五分钟，私人空间绝对有保障。陆知乔挺喜欢这种设计，像小范围的隐居，也不完全与世隔绝，很有安全感，可惜这里的房价对她来说太贵了，随便一栋挂出去都要上亿元，所以她也就想想。

舒敏希住的那栋在住宅区深处，走路过去大约半小时，陆知乔给她打了一个电话，让用人来接。

电话里舒敏希似乎心情很好，说话都带着笑音，说司机今天不在，她这就来。

挂掉电话，陆知乔站在草坪边等人，过了会儿，背后隐约传来脚步声和说话声，动静越来越近，其中有两个音色听着特别耳熟……

她猛然转身，前方的小路上迎面走来三个人，明亮的鹅黄色灯光下身影清晰，一个中年男人，一个年轻女人，还有一个扎马尾的小女孩。

那年轻女人身量高挑，长发垂在腰间，一手挽着男人的胳膊，另一手牵着女孩。说话间，她不经意抬头，就看见了正愣神的陆知乔……

来人是祁言，旁边的小女孩是妞妞，而另一边的中年男人……

陆知乔睁大了眼睛，上前两步，愕然地望着他们："祁总？"

夜色寂寂，灯影斑驳。

那中年男人身形笔挺，一身休闲打扮，神采奕奕，嘴角挂着乐呵的笑容。他闻声转头，看见陆知乔也是一愣："陆总监？"

面前的女人看着与言言差不多年纪，他当然记得。

去年自家跟新北集团的合作谈判、签署协议，都是这位陆总监负责的。当时他便对她印象深刻，觉得这人是做大事的料子，假若不是两家为合作关系，看着新北得了这样一位高管，他都要嫉妒了。

"你也住这里？"他笑呵呵地问。

他话音刚落，陆知乔还没来得及开口，陆葳突然喊了声妈妈，开心地扑过来抱住她的胳膊。

祁父更惊讶了，看看小女孩，又看看陆知乔："这是你女儿？"说完，目光又转向自己女儿祁言，他此时满头雾水。

祁言身形僵硬，脸色有些不好看，仿佛做了什么见不得人的事，恨不得隐身遁走。她紧张地看着陆知乔，明白今天是瞒不住了，小声地向父亲介绍："爸，这是我刚才跟你说的邻居。"

她一时嘴快，说完就愣了一下，似乎觉得有哪里不对。

邻居？这个称呼未免太疏离生分，可是除了邻居，似乎没有其他合适的身份。

229

可说是朋友吧，她们朋友圈子里关系好的那几个，家里长辈都常有来往，互相都门儿清，祁父定然不信。如果说是学生家长，那她的老父亲回去就会告诉林女士，然后林女士必定用电话"轰炸"她：言言啊，千万不要跟学生家长走太近啊，没事儿就老师好，有事儿第一个怪老师……能这么念她半个小时。

难道她们就真的只能是邻居了吗？明明一起经历过生死，却只能用如此生疏的称呼指代对方。

可笑的是，此刻"邻居"是最合适的措辞。

祁言莫名感到心虚，视线小心翼翼地转到陆知乔脸上，观察她的神色，嘴角露出尴尬的笑容。

两盏路灯之间的光线不那么强烈，陆知乔表情淡然，晦暗的眸子里看不出情绪，她猛然听见"邻居"两个字，也没什么反应，好似理所当然。

"这么巧？"祁父乐了，忽用有些责备的目光看着闺女，"言言啊，你怎么只带妞妞来，不带陆总监？也没请人家吃个饭。"

陆知乔看看中年男人，又看看祁言，两人的眉眼确实有点像，尤其是鼻子。她沉浸在难以置信的巧合中，怎么也没料到，去年与她签署合作协议的人，竟然是祁言的父亲。

他们都姓祁，长得也像，她早该想到的。

她以为祁言真的是所谓"暴发户的女儿"，家里有点钱，或是拆迁了几套房，受过高等教育，有点文化，但家底并不厚，没什么底蕴。

现在她才明白自己想错了。

相较于此，陆知乔意识到了一件更严重的事——或许，能与森阳达成合作不是因为她有能力，而是祁言在背后推波助澜。

她感觉脑子里嗡的一声，有什么东西崩塌了。她还来不及细想，思绪就被祁父的话打断，本能地搂紧了身边的女儿。

妞妞怎么会与祁言一起出现在这里？

"人家忙，下次，下次一定。"祁言先回答了老父亲，而后紧张地望向陆知乔，笑着解释，"今天我到我爸妈这儿吃饭，我担心妞妞一个人在家，就带她一起过来了。"

事关孩子，她不敢挑战陆知乔的底线，便老老实实坦白了，心里有些忐忑。况且她忘记先在微信上给对方发消息报备，万一陆知乔怪罪她擅自把女儿带出来，两人之间好不容易熟悉了许多的关系，恐怕又将退回原点——祁言悲观地想。

"妈妈，是我想跟祁阿姨出来的，你不要怪她。"陆葳小声解释。

陆知乔愣住，女儿怎么改口叫阿姨了？

祁言浑身紧绷着，愈发心虚，正想转移话题，祁父突然笑呵呵地说："我们刚吃完饭，出来走一走，散散步。"

"你怎么会在这里？"祁言接着岔开话题。

父女俩一唱一和的，陆知乔的神思被打断了，她说："我上司住这里，我过来有点事。"

"舒总？"祁爸又笑，"上次有在小区里碰到她，还和她打招呼了，也是很巧啊。"

这片住宅区很大，住户平常进出都是开车，自家门前和周围的空间也足够活动，如此一来，住在门口和深处的两户人家，或许几年也碰不上面。

陆知乔微笑颔首："那真是很有缘了。"

潜意识里，她仍把这个中年男人当作祁总，无法将他与祁言的父亲联系起来，看到旁边的祁言，又觉得有些别扭，自己也不由自主地以公式化礼仪相待。

"妈妈，你要去祁爷爷家坐坐吗？"陆葳拉了拉母亲的胳膊，笑得很甜。

祁父连连点头附和。

陆知乔："……"

这孩子，还叫上爷爷了。

陆知乔很自然地看向祁父，歉疚道："不好意思，祁总，今天实在不太方便，如果您不介意打扰的话，改天我再带女儿来拜访您。"

"哎，怎么会是打扰呢，言言今天一直在说你们邻里间相处得……"

祁爸始终乐呵呵的，心情特别好，只是话还没说完就被闺女打断了。

"没关系，下次什么时候来都行。你有事的话就先忙，我们继续散步去了，晚点我带妞妞回去。"祁言嘴角的笑容十分僵硬。

陆知乔顺着台阶下了，淡笑着应了声"好"，对女儿说："妞妞，要听祁……阿姨的话。"

小姑娘点头，回到祁言身边。

祁言一手牵着孩子，一手挽老父亲的胳膊，继续往前走，祁父不放心地强调了句："陆总监下次一定要来。"

"好。"陆知乔笑容可掬。

三人的身影渐渐远去，消失在小区门口拐角处。

离了人的路灯显得有些冷清，四周树木叶子都掉光了，露出光秃秃的枝丫，光照不到的地方漆黑一片。

陆知乔独自站在灯下，纤瘦的影子被灯光拉得很长，淡淡地投射在地上。

许是突如其来的信息量太大，她此刻脑子空空，理不出头绪，祁言的脸在她眼前闪来闪去，一会儿清晰一会儿朦胧。她有一种虚无感，就好像自己不属于这个世界。

祁言是陌生的，女儿也是陌生的，只有她还是她，被隔绝，被排除在外，远远地看着。

一辆黑色小电驴从道路尽头处驶来，灯光由远及近，稳稳地停在陆知乔面前，她猛然回神，就见舒敏希侧头朝她微笑："想什么呢。"

陆知乔打量了一眼电动车，嘴角微微翘起："我怎么没想到还有它呢？"

"对啊，小区代步工具，上来吧。"

她坐上车，双手扶住舒敏希的肩膀，耳边有风呼啸而过。

舒敏希住的那一栋离入口最远，也最安静，骑小电驴不过五六分钟。陆知乔很久没坐过电动车了，速度一快便有些怕。

院门开着，青木沙纪站在屋门口张望，看见小车进了院子，嘴角笑意还没来得及展开就冻住了，她看着下车的陆知乔，心里终于明白舒敏希是故意的。

不过她还是热情地迎了上去："陆小姐，等你很久了，快进来吧。"

陆知乔受宠若惊，对她歉然一笑："路上太堵了，真是不好意思。"

"没等很久，我特意让阿姨晚点做饭，现在正好。"舒敏希一句话便驳了沙纪，看也没看她一眼，停好车，过来挽住陆知乔的胳膊。

"乔乔，家常便饭，没那么多讲究，私底下你还老是这么客气，容易被人当软柿子捏。"

谁都能听出来这话是说给沙纪听的，陆知乔尴尬得头皮发麻，左手臂被沙纪拉着，右手臂被舒敏希挽着，两人较劲似的，谁也没有要让步的意思，只有她倒霉，这会儿成了夹心饼干。

进了屋，两人同时松手。

如舒敏希所言，今晚只是一顿普通的家常便饭。餐厅里摆放着大圆桌，沙纪想坐舒敏希身边，被后者一个眼神给警告了，却也没死心，只搬着椅子挪开了一个身位的距离。

舒敏希不管她，兀自吃饭，时不时跟陆知乔聊天。

自从沙纪来了之后，陆知乔每每私下跟舒敏希接触，都觉得尴尬又不自在。这两个人之间的恩怨，她大概知道一点，但从不过问，只是被夹在中间实在不好受。

吃完饭，舒敏希让沙纪去泡茶，拉着陆知乔坐到沙发上。

陆知乔看着那道不情愿的背影，无奈地叹气："毕竟是客户的女儿，你这样真的好吗？"

"今时不同往日。"舒敏希冷笑一声，"我们现在不依赖青木家，反倒是那老头儿自己贴上来。"

"可你这么做还是很幼稚啊。"

被人一眼看穿，舒敏希伸手掐了下陆知乔的胳膊，撇开了脸。

十年前陆知乔刚入职的时候，舒敏希是她上司的上司，大概与现在的池念一个级别。那会儿她能力出众，升职很快，没两年就成了舒敏希的直系下属，颇受重视和照顾。此后，两人渐渐发展为亦师亦友的关系。

大多数时间，陆知乔都把她当作上司，对其三分友善，七分尊敬。

要说公司里陆知乔最崇拜的人，除了那位深居简出的董事长之外，便是舒敏希了。都是女人，看到她们多年奋斗，历经大风大雨依然坚强独立，陆知乔就觉得自己更加有力量，可以撑下去。

"你身体好点了吗？"陆知乔转移了话题。

"嗯。"

舒敏希转过脸来，抬手撩了一下头发，眼尾一条细细的皱纹清晰可见，岁月终究是在她脸上留下了痕迹。

"但是董事长的情况不太好，上星期才出院，昨天又进医院了……我不在的时候，她就拼命喝酒，喝得胃出血，可是我真的做不到一天二十四小时看着她……"她深吸一口气，闭上眼，没再说下去。

陆知乔蹙起眉，拍了拍她的肩膀，犹豫着说："你也别太劳累了，实在忙不过来，我……应该有时间。"

有人就等这句话了。

舒敏希扬起嘴角，突然神情严肃地道："还是你来主持大局，我比较放心。我不在公司的时候，就多麻烦你了，还有姜秘书，特殊时期，我让她听你的。"

陆知乔看着她的眼睛，这话听上去，有些托付江山的意味，不知道的还以为新北集团出了什么大事。陆知乔虽然有野心往上爬，但从未打过感情牌，都是凭能力说话，此刻猝不及防听到这些，像是被暗示了，她一时不知该如何回应。

舒敏希自顾自地继续说："等到四月底的考评，董事会……"

话未说完，茶水间传来一声惊呼，接着似乎是什么东西被打翻了，"啪"的一声掉在地上。

舒敏希立刻站起来，拔腿跑过去。

地上散落着白花花的瓷碎片，混着淡黄的茶水、鸦青的茶叶，沙纪捂着手站在一旁，表情很是痛苦。

"怎么了？"舒敏希紧张地问，说着就去抓她的手。

白皙的手背烫得红了大片，钻心刺骨地疼，沙纪委屈地看着舒敏希，嘴巴动了动，却没说话。

舒敏希拧着眉，责备地瞪了她一眼，拉着她去沙发边坐下，自己拿来了药箱，翻出一支烫伤膏，冷漠地说道："手伸出来。"

沙纪乖乖伸出被烫到的那只手，舒敏希拧开烫伤膏，挤出一坨淡棕色膏体，小心地涂抹在泛红的皮肤上。

药膏带来的一丝丝微凉减轻了灼痛感，沙纪看着她，鼻头忽然发酸，漆黑的眸子蒙上了一层水汽。

"泡多少年茶了，这样都能烫着？"舒敏希拧起盖子，眼皮都没抬一下，嘴里毫不留情地数落着。

"我不小心的……"

"你就是故意的。"

"我没……"

陆知乔在一旁默默地看着，看到舒敏希满脸冷漠却藏不住关心，一下子就想起自己在热带雨林被蛇咬的那天，祁言也是这样，装得那么冷静淡定，其实已经慌得手指发抖，打不上结，开车都险些撞到人。

那是她这十几年来，第一次尝到来自血缘亲属以外的人发自内心的关切。她看起来那么冷漠，心却软得很，总是为生活中很小的温暖感动……

她真是矫情。

夜黑风高，厚沉沉的阴云压得很低，见不到月亮的影子。

回到自家小区已经九点多了，陆知乔停好车，上锁，迈着沉重的步伐走进电梯，看着两扇厚重的门缓缓合上，狭小的空间里忽然蔓延开一阵窒息感。

原本那些被暂时压在心底的情绪，此刻如洪水般涌出来，填满她不堪重负的心，她突然就觉得好累，现在只想回家洗个澡，躲回房间，把自己埋进被窝里痛快地哭一场。

叮——到了九楼，电梯门缓慢打开，陆知乔憋着一口气快步走出去，忽然，视线里出现一道熟悉的身影。

祁言蹲在电梯门前，背靠着墙壁，头发草草地挽了个髻，双臂抱住膝盖。她听见门开的动静，立刻抬起头说道："你回来了……"

祁言的嗓音有些哑，楼道里冷风阵阵，也不知在这里等了多久。

陆知乔窥见她眼底的紧张和忐忑，刹那间心就软了，低声道："你不觉得该解释一下今天的事吗？"

"嗯，我就是想跟你解释的。"祁言连连点头，"我们进去说。"

陆知乔抿了抿唇，跟随她开门进了902。

两人先后坐到沙发上，祁言一下子没控制好力道，差点撞到陆知乔，她扶住沙发背，定了定心神。

"你说吧。"

"今天下午我妈给我打电话，说想我了，要我回家吃晚饭，但是这两天你加班很忙，我想着妞妞一个人在家，我不放心，就带她一起回去了……"祁言把事情简单交代了一遍。

当时完全是突发情况，由不得祁言多做思考，可即便如此，她也不得不顾虑陆知乔的感受，斟酌之下才做出了折中的选择。

她也是这么跟林女士解释的：邻居忙，她帮着照顾一下。

林女士看多了社会新闻，近两年不让她跟学生家长过度接触，她也怕说得多了引起不必要的麻烦，只好跟妞妞商量，到家里改口喊她阿姨，别喊祁老师。

毕竟一切都是未知数，自然越简单越好。

父母那边她是蒙混过去了，却没想到能在小区里碰见陆知乔，差点露馅。

祁言说完了，闭上眼睛，一副等候发落的样子。

"我没让你解释这个。"陆知乔轻轻摇头，语气有些冷。

邻居就邻居吧，她们本来就是邻居，祁言不需要对她解释什么。她现在迫切想要了解清楚，新北与森阳科技的合作，究竟有没有祁言在里面推波助澜。

"啊？"祁言茫然地睁开眼，"还有什么？"

"你故意装傻是吗？"

"什么装傻？"

陆知乔一字一句道："你根本就不是什么暴发户的女儿。"

"我就是啊……"祁言哭笑不得之余再次舒了一口气，"我爸真的是暴发户起家，以前就做点小生意，那种土老板……我发誓我真不骗你。"

生怕陆知乔不相信，她甚至竖起了三根手指。

"你也说了，那是以前。"陆知乔面上嗤笑，心里却明白自己就是在钻牛角尖，像疯了一样。

但她必须弄清楚，这次合作是否有祁言从中帮忙，这件事关系到她的自尊。

祁言现在已经不是她认识的祁言了，那是大集团家的千金小姐，是名副其实的富二代，或许还很爱玩隐藏身份逗人玩的游戏，那这人此刻一定很有成就感。

而她就像小丑，被耍得团团转还自我纠结，当真是很可笑。

当然，这不是重点。

"祁言……"她有气无力地唤对方的名字，"你告诉我，我们公司跟你家合作的事，你有没有暗中帮忙？"说完，她仿佛浑身的力量都被抽干了，向后仰靠着沙发。

那一刹那，祁言什么都明白了。

"没有。你信吗？"她那双眼睛肃气凛然，诚恳而坚定。

陆知乔的私心更倾向于相信祁言，即使从傍晚偶遇到方才出电梯那一刻，她早已料定了祁言百分之九十有暗中帮忙，但也还剩下百分之十的可能。她希望祁言没有，更希望祁言对此事一无所知，这样才能平复她今晚纷乱的心绪，挽救她可怜的自尊……

祁言可以直接说没有，却是这般反问，是不是笃定了她不会信？

陆知乔又想起雨林里的那一幕幕了：祁言拆鞋带绑在她伤口上方，手却抖得打不上结；祁言毫不犹豫答应替她照顾女儿，却说三个人来也会三个人回去；祁言冷静地开车去等救援，路上却差点撞到人。

237

祁言……

到了这个地步，自己还是不信她，那她该有多伤心？

祁言不会骗她的。

陆知乔轻吸一口气，缓缓吐出两个字："我信。"

"那你听我解释吗？"

"听。"

祁言弯起嘴角，平静地说："其实，这件事我很早就知道……"

去年十月，她在家听父母说起合作的事，接着大概十一月初时，她去公司找池念，偶然碰到从厕所出来的陆知乔，只是当时后者并没有看见她，她也没出声。从那个时候起，她就在犹豫，要不要帮忙。

后来在陆知乔家看到那份合作协议，她明知故问，是因为心有动摇，自己到底是插手，还是不插手。

但最终她没有。

祁言从头到尾交代得清清楚楚，没有丝毫隐瞒。她想，是自己还不够坦诚，不够让陆知乔完全信任。

"我之所以最后决定不管这件事，原因有两个，第一，生意场上只讲利益，不讲人情，该不该合作应该由我爸去判断，而不是我这个没接触过一天家里业务的人。第二……"她顿了顿，看陆知乔的目光深了几分，"虽然那个时候我还不算了解你，但能感觉到，你在工作上应该是不喜欢讲人情的人，我暗中帮忙，瞒着你，你也不会愿意的，而且我不能擅自替你做主。"

这个女人看似柔弱心软，实则比谁都坚强，否则怎么能够一个人抚养女儿十几年，还获得了事业上的成功。

"陆知乔，谢谢你相信我。"祁言认真道。

其实她还有第三个原因没有说出口——她希望她们之间的关系是纯粹的，至少，不要掺杂太多利益纠纷。

"对不起，我……"陆知乔开始懊悔自己的鲁莽。

祁言打断她余下的话："你很好，很完美，不用怀疑自己的能力。"

又被看穿了……陆知乔低下头，完美的不是自己，而是祁言，世上怎么会有祁言这样完美的人，都是她见识浅短，大惊小怪。

她都没能做到对祁言坦诚相待，凭什么要求对方事事解释清楚？今天她这样莫名其妙地质问，莫名其妙地着急，简直是无理取闹。

"祁言……"

"哎？"

"你才是完美的人。"

从对门回家，陆知乔神思恍惚，见女儿在浴室刷牙，只叮嘱了一句早点睡。她正要回房间，陆葳含着满嘴泡沫，模糊不清地道："妈妈，你不会跟祁老师吵架了吧？"

陆知乔："……"

"祁老师的妈妈不喜欢她跟学生家长交朋友，所以我才喊她阿姨的。"她认真地看着母亲，颇有护着祁言的意思。

陆知乔这会儿确实累了，也没心思想那么多，便敷衍地点头道："嗯，我知道，祁老师解释过了。"

"那你刚才在祁老师家吗？"

"……嗯。"

陆葳转了转眼珠，继续刷牙。

陆知乔在房间里坐了许久，听着外面的动静，等女儿回房后才抱着睡衣进了浴室。她舒舒服服地洗了个澡，心事好像也被热水带走大半，从浴室出来后整个人都轻飘飘的。

她关掉家里全部的灯，却忘记了先开卧室灯，此刻摸着黑走到卧室门口，手在墙上摸索了半天也没找到开关。

四周伸手不见五指，在静谧中显得阴森诡异，那一瞬间，她突然害怕了。

她抬手拍了拍巴掌，摆放在床头的蛋壳灯应声亮起，温馨的暖黄色光芒点亮了卧室一角，柔柔地映入她眼底，驱散了恐惧。

这周末，也是陆知乔出差的第三天，祁言把陆葳接到自己这边吃住，督促小孩儿写作业，师生两个相处得其乐融融。她每天微信向陆知乔汇报情况，总感觉过了很久很久，掰着手指头数着陆知乔回来的日子。

今天她约了池念过来玩，晚上一起吃饭，两人聊了点摄影方面的事，她在摄影上的一些活动，除父母之外就只有池念知道。

这次她想和池念讨论关于暑假与几个圈内朋友去非洲转一圈的事，准备找找没拍过的风景。世界各地，除了南北两极，她就只剩那片土地没有踏足了。

"你们公司的高温补贴不是可以换假期吗？换个四五天应该没问题。"祁言打着小算盘，剥了颗牛奶糖放自己嘴里。

池念拧眉沉思，她的脸好像胖了些，显得更可爱了，穿着休闲风格的衣服更像个学生。她似有为难地说："不是时间问题，是我不太方便。"

"怎么了？"

池念满脸神秘地笑："先不急，我这里有一个好消息和很多个坏消息，你想先听哪个？"

寻常都是一好一坏，这人却不按常理出牌，祁言被逗乐了，说："先苦后甜，坏消息。"

自上次在陆知乔办公室撞见池念，两人这还是头一回见面，祁言在微信上跟池念说了实话，简单解释了自己瞒着她的原因。不过，祁言是上司女儿的老师再加上门对门邻居的双重关系，已足够让池念震惊。

其实祁言刚搬家那会儿，就想请池念过来玩，是池念忙，一直不得空。

今天是有空了，可池念已经知道上司就住对门，若非陆知乔这两天出差，她是绝对不敢过来的。

"坏消息一，我三个月奖金没了；坏消息二，这次我们总监出差，本来我也要去，结果因为一个好消息，错失掉了升职加薪的机会；坏消息三，我昨天去见一位客户，还是因为那个好消息，睡过头迟到了，然后吃饭的时候没忍住，吐了客户一身……"

"打住打住！"祁言皱眉，这绕口令似的"噩耗"，让她对接下来的好消息有些抵触，赶紧说道，"你直接说好消息吧。"

池念抬手轻轻捂住肚子，骄傲又郑重地宣布："我要当妈了，你要当干妈了。"

祁言睁大眼睛，随后目光又落在她腹部，瞬间流露出惊喜之色。

但很快这份惊喜就被冲淡，她望了眼书房，她的干女儿正在里面写作业呢。她已经有一个听话乖巧的女儿了——虽然是自己私心做主"拐"来的——再多一个，爱怕是不够分。

"几个月了？男孩女孩？"

"才七周呢。"池念脸上满是幸福的笑意，"我希望头胎是男孩子，长得像我老公就更好了，然后二胎再生个女儿，哥哥宠妹妹，多好。"

祁言的笑容有点僵，听着池念现在就开始计划二胎，心里更是不舒服——终于明白了那么多坏消息的意思。

"那……你的工作怎么办？"祁言担忧地问，毕竟，工作才是她眼中更重要的事。

"你刚才说那些坏消息，都是怀孕导致的吧？一胎就够你受的了，还想着二胎？生一个孩子耽误两三年，更别说两个了……而且你自己也说过，不想当全职太太，万一将来你后悔了，到时候怎么办？"

分享喜讯原本是想要得到祝福和安慰，却不料迎头接了盆冷水，池念嘴角的笑容垮了，脸色有点难看，还是说："言言，这些我都知道，但总不能为了工作就不要孩子吧，我想当妈妈。"

以前池念可不是这样的，事业心那么强的一个人，又那么努力，可结婚没多久整个人都变了。

池念自顾自地继续说道："我现在是挺担心工作，可能是我体质不太好，这才七周就很折腾，也不能三天两头请假，我怕陆总监对我有意见。"说完，话锋又一转，"你跟我们总监平常接触多吗？了解她吗？她应该不是那种不讲情面的人吧？怎么说我也在公司干了三五年，多少做了一些贡献，而且总监她自己也有孩子，肯定也会有为了孩子顾及不到工作的时候……"

她碎碎念着，话里话外都在揣测陆知乔，也不知道是安慰自己，还是在八卦陆知乔的私生活。

祁言越听越生气，冷声打断："我不知道她是哪种人，但至少她不会自断后路，不会把赌注下在别人身上。"

心头冒起一股无名火，烧尽了她的理智，话语便有些带刺。

池念被她吓到了，觉得莫名其妙，脸上青一阵白一阵的，反驳也不是，继续说也不是，一时有点尴尬。

祁言也没再说话，沉默地嚼着牛奶糖。

两个人就这么无言静坐着，气氛实在尴尬，池念心里难受，坐不住了，匆忙起身告辞。祁言正在气头上，没留她，一动不动地靠在沙发上。

过了会儿，祁言想起还在写作业的陆葳，起身走向书房。

……

陆葳坐在书桌前，桌上摊着一本练习册，她背对虚掩的房门，右手握笔，左手捧着手机，头埋得很低，正津津有味地看着什么。

她看得太过投入，以至于祁言来到身后都未察觉。

"baby（宝贝）……我的地狱……王子？"

祁言看着屏幕上的字，轻声念了出来，陆葳吓了一跳，手机砰咚一声掉在练习册上。她手忙脚乱地将手机锁屏，转身抬头："祁老师……"

然后祁言就见这孩子噘起了嘴。

"你走路怎么没声音啊，吓死我了。"她小声埋怨。

哟？还有小脾气？祁言当即板起面孔，拿出老师的威严来，训道："写作业还玩手机，当心我告诉你妈妈。"

陆葳彻底没了脾气。

"手机我暂时没收，写完作业才能玩。"她一把夺了手机，头也不回地出去。

"别告诉我妈妈……"

背后传来女孩可怜巴巴的哀求声，祁言假装没听见，反手带上门，回到沙发坐下。她盯着手机黑漆漆的屏幕，看到了自己充满矛盾的眼睛，心里莫名焦虑。

陆葳小小年纪就看没营养的言情小说，心思都没放在学习上，弄不好，真要早恋了。

她该怎么办？唉，真是比亲妈还操心。

祁言沉思良久，拿起自己的手机，打开了微信……

彼时陆知乔刚起床，这边已是早晨八点多，本该是天亮的时候，却迟迟没见太阳。

窗外夜色浓寂，漫天星子闪烁着璀璨的光芒，街道上铺着厚厚一层奶油般的新雪，昏黄的路灯幽幽地照着，自有几分雪国冬夜的梦幻与温馨。

陆知乔扒着窗户坐了会儿，凝视着窗外异国雪景，突然起了心思，拿过手机拍了张照片。

微信弹出祁言的消息：早上好。

祁言：我和妞妞在地球的另一面等你。

陆知乔弯了弯嘴角，没有回复，打开朋友圈把方才拍的照片添加进去，编辑好文字"北欧的早晨"，选择发送。

她正要返回对话框，祁言又发了一条：忙着看雪景不回我？

祁言这么快就看见自己发的了？陆知乔惊讶地张了张嘴，飞快地打字过去：没有，刚起床。

祁言：哦。

陆知乔：正好看到景色不错，就拍下来了，没有不理你。

她发出去的话看着一本正经，甚至有些严肃。祁言会多想吗？会不会误以为她生气了？

没过多久，祁言那边发来一个"可爱"的表情。

知道祁言没生气，陆知乔稍稍安下心，向来不爱发表情的她连续发了六个"可爱"表情过去。

祁言又通过软件分享了一首歌过来，那是一首很老的歌，她们那个年代前后出生的人，小时候或许听过。陆知乔点进链接，前奏却不是熟悉的旋律，原版是男歌手演唱的，祁言发的版本是个女声。

温柔轻细的女声如潺潺流水，她安静地听，心随着轻缓的旋律浮浮沉沉，然后变成一只风筝，飘上了天，视线转向窗外。

北欧的冬天昼短夜长，约莫九点以后天才亮，即使亮了也见不到阳光的影子，多数时候是阴天。到了下午两三点，天便黑下来，有璀璨的星空，昏黄的路灯，寂静的小城，纷扬的白雪……

陆知乔住的酒店房间格局是床靠着落地窗，夜晚时，雪花在外面下，她在室内好眠。

陆知乔：歌名里的北换成东好像更合适一点。

祁言：是时候展示我现场改编词曲的本事了。

陆知乔：你真的会？

祁言：不会。

跟着文字发来的还有个鬼脸表情，陆知乔被逗笑了。

与此同时，祁言抱着手机蜷缩在沙发上，看着自己写在备忘录里的一大段话，犹犹豫豫，最终选择了删掉。她本来写了很多，譬如告状的话，自己乱七八糟的心情……

陆知乔是去工作的，不是旅游，不该用琐事打扰她，有事可以回来再说。

退出备忘录，又点进了与池念的对话框，冷静下来后，想起刚才发生的事，祁言也意识到自己语气不好，说的话不妥当。

朋友与她分享好消息，是希望得到她的祝福，她却没有考虑对方的感受，一股脑儿说自己的想法。但是无论如何，她的观点不会变——她怕池念将来后悔。

有时候脑子里只有爱情真的很害人，可如果为这种事损了彼此之间的友情，未免太不值得。

祁言叹了口气，指尖按住语音按钮，语气诚恳地道歉："阿念，对不起，刚才我说话太冲动了，没有考虑你的感受……"

她说了大约一分钟，本来想再劝劝，但毕竟这是人家夫妻之间的事情。绕开这个话题，她们依然可以做朋友。

没想到她很快就得到了回复。

池念：没关系，我也有错，就是这几天比较累和焦虑，有点着急，

244

你别往心里去。

祁言：你焦虑，是因为你没底，其实你也很清楚，不是吗?

池念：唉。

只这一个字，祁言就明白，这件事如今说不清楚，更不是她应该插手的，她索性发了个红包过去。

祁言：干妈预定。

祁言：不管将来遇到什么事情，只要我能帮上忙，你尽管跟我说，我也希望你幸福，既然宝宝来了，就好好迎接他。

输入法给的首选其实是"她"，祁言打出来又删掉，改成"他"。

就如池念所愿吧。

立春后不久，连日的阴雨结束，太阳总算露了脸，水洗过的云团棉絮一样在空中飘着，阳光晒得人暖和舒适。

课间十分钟，走廊挤满了晒太阳的学生。

祁言上完课从二班出来，杨清跟在她后面，两人站在门外聊了会儿听课的内容。走廊上晒太阳的孩子们有的规规矩矩站着，用余光观察她俩什么时候走，有的大大方方盯着她们看，眼神好奇或探究。

靠窗户的座位上，陆葳伸着脖子看了眼外面，偷偷摸摸从抽屉里拿出一本漫画书，小心地挡着看。

书是王哲毅给她的，他有个姐姐，收藏了很多少女漫画和言情小说，她第一次看就着迷得不行，想自己买，又怕被妈妈发现会挨骂，只能偷偷在手机上看，但电子书远远不如纸质书看得舒服。

王哲毅就像有个宝藏口袋，每次带来的书都不重样，还都合她胃口。

过了一会儿，预备铃响了，祁言和杨清迈步往办公室走，经过窗边，她下意识地往里看了一眼，就瞧见坐在窗边位置上的"亲女儿"正往抽屉里收书。

小姑娘动作很快，祁言眼前只晃过去一个花花绿绿的封面，一瞬间她就明白了——又是言情小说。

她暂且没管，脚步已走到后门，挽着杨清径直朝办公室去。

办公室里大部分老师都有课，没课的要么坐在窗边晒太阳，要么坐在桌前改作业。

祁言把东西放下，倒了杯水喝，她今天下午的课上完了，这会儿也闲得很。

杨清嫌办公室里的阳光不够充足，悄悄过来喊她去操场，祁言想着没什么事，干坐着也是无聊，便同意了。

操场在教学楼另一头，她们穿过长长的走廊往那头的楼梯走，经过二班教室时，祁言往里看了眼，目光精准地落在陆葳身上，见她正认真听讲，稍稍放下了心。

前面忽而传来一声怒喝，粗厚的大嗓门格外清晰刺耳。

"好像是徐老师的声音。"杨清皱眉嘟囔，"他又在骂人了。"

实习才半个月，她就知道学校有位凶神恶煞般的数学老师，长得高大魁梧，脾气不好，动不动就骂学生，二班有个叫陆葳的小女生没少遭殃，幸好她这次实习没有跟着那种人。

祁言也听出来了，加快了脚步，越走近最后一间教室，那声音越大。

最后一间是七班，窗户开着，她侧了侧头，就看到徐首逵像堵墙一样站在靠窗这组的边上，捏着试卷骂一个女生："老大个脑袋不想事！"

那女生很瘦，个头娇小，厚厚的齐刘海几乎遮住半张脸，她一动不动站在座位上，头埋得很低。

祁言脚下没停，挽着杨清拐进楼梯间，匆忙下楼。

背后又传来几声怒骂，内容很是难听，祁言听得心惊肉跳。二班每到数学课，她都提心吊胆。

"徐老师太可怕了，感觉像我念书那时候的教导主任……"杨清小声念叨。

祁言轻轻拍了一下她的胳膊，轻声制止道："不要议论同事的是非。虽然学校里环境相对简单，但有人的地方就有斗争，你也别太信任我。"

"哦，我知道了。"杨清认真地点点头，却没把祁言最后一句话放在心上，她觉得祁言好，那便是好，日常接触中总是能感觉到的。

"对了，言言姐，明天下午你没课吧？"

"嗯，怎么？"

下到一楼，两人走出楼梯口，四面教学楼环绕，中间两棵光秃秃的树显得孤寂凄凉，即使是春天，也不见任何抽芽的迹象。

杨清不好意思地笑笑："我请了假，我妈让我明天下午去相亲呢，你没课就正好了，免得我赶不及。"

"相亲？"祁言停下脚步，睁大了眼睛，上上下下打量她，"你大学还没毕业，就相亲？我没听错吧？"

"哎，我妈想我早点结婚，其实只是应付应付她，我哪会那么早结婚。"杨清摆摆手，一脸不在乎。

祁言不喜欢这个话题，只是敷衍地接道："嗯，也是，长辈的思维都……"

话未说完，她们背后传来"砰"的一声巨响，像是什么重物狠狠砸到了地上。

祁言猛地打了个激灵，心脏在胸口撞了一下，接着就见杨清的目光越过她，直勾勾地望着她身后，露出惊恐的表情。

"啊！"杨清失声尖叫，猛地抓住祁言的胳膊，别开脸。

楼上传来此起彼伏的惊呼声，那一瞬间，祁言心里升起不好的预感，仿佛猜到是什么情况，她挺得笔直的脊背僵了僵，一点一点缓慢地转过身子，视线也随之转动……

下午五点，残阳仍有余晖。

一个穿着休闲居家服的女人站在阳台上，推开窗，踮了踮脚，伸手去收晒在外面的床单被罩。她怀里抱满了散发着薰衣草香味的棉布料，转身踏进客厅，放到沙发上，抬手将垂落的碎发掖至耳后。

陆知乔提前一天回来了，她中午下的飞机，到家随意吃了点东西，休息了会儿，下午打扫卫生。趁天气晴朗，她洗了自己和女儿的床单被罩，拿出去晒晒。

提前回来这事，陆知乔谁也没告诉，此次出差时间长，项目进展很顺利，任务完成得圆满，还有空余的时间在当地逛了逛，她给女儿

247

和祁言带了些礼物，想给她们一个惊喜。

这个点，女儿应该到家了——如果最后一节课不拖堂，或者今天没轮到做值日的话。

陆知乔看了眼手机上的时间，正想打电话，客厅大门传来钥匙响动声，接着门开了，女儿的身影出现在门后。

"妞妞回来了。"她扬起笑脸。

"妈妈？"陆葳惊讶地望着她，"你不是明天才回来吗？"

陆知乔放下手机，笑着走过去替女儿拿下书包，摸了摸她的马尾辫，顺手带上门："妈妈想你，就提前回来了。"

"唔。"陆葳点点头，低头换鞋。

"怎么了，妞妞？"陆知乔察觉孩子的情绪有点不对，把书包放在沙发上，抱住她，"是不是学校发生什么事了？"

陆葳抿了抿嘴，很小声说："我们学校今天有人发生意外了。"

"发生意外……"陆知乔一愣，嘴里喃喃重复，抬手抚上女儿的脸，"你没看见吧？"

"没有，被送去医院抢救了。"

陆知乔松一口气，抱紧了女儿，一边念着那就好，一边亲了亲她额头。

"祁老师呢？她下班了吗？"

"……她被警察带走了。"

"什么？"

陆知乔的心情像坐过山车似的，一上一下，刚落下来，又被高高抛起。她脸色微白，脑子里闪过乱七八糟，霎时什么好的与不好的，统统想了个遍。

祁言为什么会被警察带走？犯事了？难道……这次意外的事与祁言有关？

陆知乔看到一些社会新闻总是心惊胆战的，生怕自己的宝贝女儿也会成为当中一员，所以她平常不敢给孩子太大压力。

一旦有学生出事，旁人很难不把原因往老师身上想。

意外、被警察带走，两件事串联起来，陆知乔唯一能想到的便是，祁言可能批评了学生，导致孩子一时想不开，酿成悲剧。

陆知乔在心中胡乱猜测，脑子里嗡嗡作响，她低头问女儿："妞妞，你知道祁老师被带走的原因吗？"

"不知道，"陆葳摇摇头，"发生意外的同学不是我们班的。"

啊？陆知乔愣住，心绪彻底乱了。

她松开女儿去拿手机，直接点进通讯录给祁言打电话，可等了很久，那边都没接，只听到暂时无法接通的系统提示音，可能祁言正忙。

陆知乔突然感到很无力，她什么也做不了，得不到有用的消息，只能干着急。

吃过晚饭，女儿回房间写作业，陆知乔守着礼物盒坐在沙发上，紧紧捏着手机，竖起耳朵听外面楼道的动静。

发微信消息，祁言没回，打电话，祁言也没接，平日总在眼前晃的人一下子失踪了，她心里有些空落落的，再加上得知了不好的消息，一阵瞎猜乱想后，更是焦灼。

窗外万家灯火，小区里一片静谧，静得人耳朵疼，也让人没来由地心慌。

喉咙有点干，陆知乔起身去倒水，双脚往餐桌边走，眼睛却仍直勾勾地盯着手机，生怕下一秒它就会亮起来，接到祁言的电话。

但是没有，一切依然那么平静。

陆知乔捧着水杯回到沙发坐下，想等凉一凉再喝，突然手机铃声响起，她胳膊一抖，没拿稳杯子，滚烫的开水霎时洒在裤子上，钻心地疼。

她拧着眉"嗞"了声，顾不上疼，拿起手机一看，是手机运营商打来的……

希望扑空，满腔欣喜被浇了个透心凉，她恼怒地按了拒接，把手机丢到一边，回房间换裤子。

开水烫红了大片皮肤，碰一碰针刺般的痛，她从床头柜抽屉里拿出一支烫伤膏，坐下来给自己抹，脑海却闪过热带雨林里的那一幕幕……

她现在终于能理解祁言当时的感受。

祁言不会如她这般纠结，想说什么就说什么，想做什么就做什么，有想玩的就去玩，有想吃的就去吃，有想靠近的人就去交好，毫不掩饰自己的真诚。

而她，只敢藏在阴暗的角落里，独自别扭。

抹完药，等药膏差不多干了，陆知乔换了条长裤出来，把湿掉的那条丢进衣篓里，回到沙发坐下，捧起了手机。

时间一分一秒流逝，大约八点时，楼道里传来细微的动静。房门隔音效果不错，只隐隐约约听见些声响，随后，对面传来不轻不重的关门声。

陆知乔猛地站起来，一把抓过钥匙，冲出门去。

楼道里亮着感应灯，她迎着凉飕飕的穿堂风来到 902 门前，扬起巴掌用力地拍了两下，手心有点麻。她正要喊，门就开了，一道高挑的身影出现在视线里。

"祁言……"

陆知乔一怔，喃喃喊出了她的名字。

祁言脸色微白，神情很是憔悴，眼皮软软地耷拉着，头发也乱了。她目光呆滞空洞，看见陆知乔这一刻才有了点神采。

"陆知乔……"祁言声音沙哑。

"嗯，我在。"

她也只会这么应声了，学着祁言曾经安抚自己的样子。因为这简简单单三个字的回应，足以令人安心。

"陆知乔——"

"在呢。"

祁言抿住唇，楼道内是长久的沉默，时间仿若凝固。过了一会儿，陆知乔轻拍了拍她的背，说："进去吧。"

陆知乔换了鞋，带着祁言坐到沙发上，又起身去倒了杯水，熟悉得像是在自己家。祁言的手冰凉的，那温度甚至激得她哆嗦了一下。

祁言端起杯子把水喝得精光，深呼吸了几下。

陆知乔清晰地感受到她的恐惧，一只手在她背上轻轻拍了拍，安抚说："没事了，有我陪着你。"

每个人都有脆弱的一面，祁言也有，只是这个人平常的光芒太过耀眼，掩盖掉了那些负面情绪。又或许只是她陆知乔没看到罢了，譬如独处时，譬如夜深人静时，她会胡思乱想，会做噩梦，那么祁言呢？

她以为祁言永远不会伤心，永远不会难过，永远不会表露出任何负能量。

而今天，她猝不及防亲眼看见祁言的脆弱，此前在心里铸建起来的祁言的形象轰然倒塌，崭新的祁言从废墟里走了出来——这个人不再是她心目中完美的符号，那么真实，又那么近。

"今天有个学生出意外了……"耳边传来祁言喑哑低沉的声音。

陆知乔心一紧，应道："嗯，妞妞告诉我了。"

耳边又是一阵细微的抽泣，是祁言在哭。

陆知乔嘴唇动了动，想说些什么，祁言却比她先开口："下午的时候，我和一个实习老师……"

祁言把下午在学校发生的事完整说了出来。

"我亲眼看到她摔在我面前。"

"如果我当时进去干涉一下……"祁言哽咽着说，眼泪滂沱。

可想是如此想，但她知道这不可能，七班不是自己任教的班级，她能干涉得了什么呢？徐首遥也未必会理她。一路上，祁言这样劝自己，可只要想起那个女孩，她就觉得自己也有罪。

虽然女孩已经抢救过来了，但祁言一想到当时的那一幕就仍然脊背发凉。

祁言抽搐着失声痛哭。

寻常人经历这般场景，恐怕会留下一辈子的阴影，连旁听的人都能起一身鸡皮疙瘩。

陆知乔安慰着祁言，双手微微发抖，慌乱的眸子里渐渐涌起一股哀伤，目光似乎穿透了时间，回到遥远的过去——她并不害怕听到这种事，她甚至也亲身经历过，只是方式不同，但结局都一样。

那是埋在她心底的刺，碰一下就疼。

此刻她感同身受，明白那种恐惧和无力感。当悲伤淡化下去，她的心狠狠揪了起来，一抽一抽地疼。

"祁言……"她轻声喊，"不是你的错，也跟你没关系，你只是路过……那个女孩不是你的学生，如果你内疚自责，折磨的也只有你自己，凭什么呢？"

陆知乔这话也不知是安慰祁言，还是安慰自己。

想到上次，祁言告诉自己的情况，大抵也是如此吧。她可怜的宝贝什么都能忍，那么乖巧听话，受委屈也不肯告诉她，她当时听着心都要碎了。

假使女儿没有遇见祁言，那颗小小的心装不下太多的委屈，无处倾诉，无人理解，是不是冲动之下也会像今天那女孩子一样。

她不敢想象，她会崩溃的。

"我知道……我都知道……"祁言抽着气，双眼通红，"但是我……"

"你觉得你没能阻止，所以你有罪，是吗？"陆知乔平静地问。

祁言哽咽着点头。

陆知乔轻声说："上次你说，妞妞也很难过，一个人在楼梯间哭，你安慰她，带她去玩……现在想一想，假如你没做那些，可能今天出事的就是妞妞。"

"你间接救了妞妞一命，也救了我的命。你毕竟是凡人，没有通天的本事，可你已经救过两个人了。"

祁言吸了吸鼻子，抬起头："你的命？"

那双眼睛红肿，脸上布满狼狈的泪痕，陆知乔凄然一笑："妞妞要是出事了，我也会没的。"

"呸呸呸！"祁言凶狠地拧起眉，"你乱讲什么，哪有这样诅咒自己的！"

"是共生，不是诅咒。"

"我不会让你们出事的！"祁言连连摇头。

"祁言。"

"嗯?"

"你是一个好老师,你那么善良,那么爱你的学生,不只是妞妞,你爱初一(2)班的每个人。"陆知乔轻声说,"妞妞很幸运,遇见你这么好的老师,我也很幸运。"

这话温柔地抚平了所有情绪,祁言的满身疲惫似都消弭。

祁言闷声道:"不许给我发好人卡。"

陆知乔笑了,依着她说:"好。"

"我下午去警局做笔录了,除了我,还有我带的一个实习老师也看见了,而且她比我先看见,是第一目击者,吓得比我还惨,可能需要看心理医生。那个数学老师被学校开除了,下午也被警察带走了。"祁言直起身,又给自己倒了杯水,迅速喝光。

陆知乔悬着的心早已放下,这会儿又提起来,她担忧道:"你也看看心理医生吧,毕竟这种事……"

话说到一半,她愣住了——那时候,她也不知道自己是怎么挺过来的,没人干预,也没人安慰,全靠自己。

只是她也没脸要人安慰,毕竟自作孽,不可活。

"不用,"祁言若无其事地摇头,"陆女士就是我的心理医生。"

陆知乔笑着拍了她一下:"又开始耍贫嘴。"

祁言笑而不语,只是这笑容并未深入眼底,她在努力消化事实和阴影,心里像压着一块沉甸甸的石头。

"不知道下一步学校会怎么做……"她说着揉了揉眼睛,有点酸胀。

陆知乔见状皱眉,连忙起身往浴室去。

浴室里的架子上挂着两条毛巾,一条是祁言的,红色,一条是给她留的,蓝色。陆知乔拿了红色那条,打开水龙头冲湿再拧干,把毛巾折了两下叠好。

祁言还在揉眼睛,陆知乔轻斥道:"别揉,越揉越难受,用毛巾敷一下。"

祁言眯着眼,接过毛巾,用毛巾捂住眼睛,眼眶周围霎时凉凉的,十分舒爽。

"靠着。"陆知乔又揪过来一个靠枕，放到她腰后，"等会儿再热敷。"

"好。"

祁言乖乖听话，身体往后靠住沙发背。她的眼睛被蒙着，失去了视觉，当黑暗降临，无法感知四周的环境，一股难言的恐惧便渐渐涌上来，她脑海里闪过躺在地上的女孩……

祁言一把揭掉毛巾，睁开眼坐起来，张开嘴巴急促地喘气。

"怎么了？"陆知乔问。

祁言嘴唇动了动，欲言又止的样子，半晌才道："我害怕。"

陆知乔坐着，让她躺到沙发上。

毛巾再次覆住眼睛，祁言安心地躺在沙发上，虽然还是会想到下午看见的画面，但是没刚才那么怕了。

冷热毛巾交替着敷了一遍，祁言感觉眼睛舒服许多，身心彻底放松下来，困意瞬时铺天盖地。她捂着嘴打了个呵欠，说："好困。"

现在才九点不到，平常她没这么早睡，但今天一下午绷着神经，她已经很累了，这会儿松弛下来便想睡觉。

"洗个澡，好好睡一觉，什么都不要想，明天跟学校请个假吧。"陆知乔温声说道，"我明天上午去公司交报告，然后可以回来休息，我陪你。"

祁言可怜兮兮地望着她："我一个人害怕。"

"我不是说了陪你吗？"

"晚上。"

陆知乔这才反应过来，她环顾四周，祁言一个人住在这房子里，确实空旷冷清，白天才目睹惨剧，晚上一个人怎么睡得着？

"要不……"她沉吟片刻，"去我那里住。"

祁言爬坐起来："好。"

"我觉得你还是去看心理医生吧，这种事不能开玩笑，我……"陆知乔还是不太放心，如果处置不当就会落下心理创伤的病根，短时间内她可以用陪伴来安抚祁言，长久下去却不行。

"不想去，"祁言坚持道，"只要你和妞妞陪着我就没事了。"

254

陆知乔劝不动，只能由着她。

过了一会儿，谁也没有说话，祁言起身去卧室拿换洗衣服，又进浴室拿洗漱用品。见她端着牙刷、杯子出来，陆知乔下意识地说道："我那儿有新的，帮你备一套，不用带来带去，太麻烦。"

祁言恍惚地点头，应了声"好"，把东西放了回去。大约坐到九点半，陆知乔带着祁言踏进家门。

进屋那一瞬间，陆葳穿着睡衣从次卧出来，打了个呵欠，还没来得及说话，陆知乔就笑道："妞妞，祁老师到我们家住几天……"

陆葳很开心地点了点头，接着陆知乔催促道："该睡觉了，妞妞，快去刷牙。"

"唔。"

陆葳有点不开心，闷闷地转身进了浴室。她刷着牙，看着镜子里自己的小脸蛋，渐渐忘掉方才的疑惑，回味起漫画和小说里的情节，意犹未尽。

刷完牙，她迫不及待跑回房间，关上门。

陆知乔看着女儿回了房间，心稍稍松下来，转头问祁言："你吃饭了吗？饿不饿？家里还有蛋饺，我去煮几个。"

"不用，我没什么胃口。"祁言摇了摇头。

"那你先洗澡，我去拿洗漱用品。"

"嗯。"

以前没有想过祁言会过来住，陆知乔自然想不到要替她准备一套生活用品，况且两家这么近，拿什么都很方便。但是方才在祁言家，她看到浴室里仍挂着自己用过的毛巾，用过的漱口杯，用过的牙刷，所有东西摆得整整齐齐，就好像她一直生活在那里。

而自己家没有任何祁言的东西。

是她忽略了，祁言虽然有家，但始终一个人住，时间久了难免孤单，她们不仅是邻居也是朋友，互相串门是再正常不过的事。

陆知乔蹲在柜子前，一样一样地拿出毛巾、牙刷和杯子，听着浴室里淅淅沥沥的水声，她把牙刷杯子放到洗手台边，与自己和女儿的生活用品整整齐齐地摆在一起。

"祁言……"她朝浴室唤了一声，"我拿毛巾来了，你开一下门。"

门缓缓开了条缝隙，缭绕的水汽扑到她脸上，她迅速把毛巾递过去，退开两步，转身回房间铺床。

祁言洗澡很快，不到二十分钟便出来了，陆知乔又给她拿了吹风机和擦头发的浴巾，嘱咐她先睡，然后自己进了浴室。

祁言头发长，要完全吹干很费时间，热风暖烘烘地扑在脸上，她愈发想睡觉，对着镜子呵欠连天。

好不容易吹完，噪音停止的那一瞬间，整个世界都安静了，浴室里的水声便无比清晰刺耳。

等到陆知乔洗完澡出来，祁言已经睡着了。

陆知乔轻手轻脚爬上床，关了灯躺下，黑夜静谧，伸手不见五指，她睁眼望着天花板。

记忆里，小学五六年级起她就开始一个人睡，那会儿她年纪小，很怕黑，每晚都要很久才能睡着。后来年纪渐长，她不害怕了，反倒更享受独占一张床的滋味。再后来，她带着女儿，母女俩同睡，小孩子的身体绵软热乎，抱在手里很是舒服。

但孩子终究与成年人不同，长久以来，陆知乔习惯了独自睡觉，这会儿身边躺了个人，难免不适应。

她的脑子里很乱，塞了太多东西，毫无睡意。

她是什么时候开始愿意相信祁言的？

也许是女儿生病那次，她被祁言撞破尴尬与狼狈，接受了对方无微不至的照顾；又或者是醉酒那次，她在路边吐得天昏地暗，被祁言带回了家，不像往常那般自己一人去酒店；也可能是在热带雨林里，她被蛇咬心慌绝望，直面生死之时，祁言让她安心。

然后她开始相信祁言，愿意让那个人走进自己的生活，属于孤女寡母的蛮荒世界就此有了生机……

清晨，一夜好眠的祁言悠悠醒来，躺在床上思索了两秒这是哪里后爬了起来，耷拉着睡眼出去。

厨房里有动静，祁言瞄了一眼墙上的挂钟，现在刚过七点，便去刷牙洗脸。收拾完，她转身踏进厨房，就看见陆知乔穿着围裙站在灶台前煮东西，蹑手蹑脚过去拍了对方一下。

"哎——"

陆知乔吓得手一抖，缓过神来，问："醒了？"

"嗯嗯。"

"早餐马上好，去刷牙。"

"收拾过了，你做什么好吃的呢？"

昨晚没睡好，陆知乔这会儿头还有点发沉，只是强打着精神起来做饭，不想让祁言看出来，便说："意面。快好了，去外面等着。"

"乔女士。"

"嗯？"

"昨晚睡得怎么样？"祁言问道。

"挺好。"

"嗯。"

"等会儿吃完早饭，我送妞妞去学校，然后到公司交个报告，你不想回家的话就在这里等我也行。"

"我也得去趟学校。"祁言道。

她现在的状态确实比昨天好多了，只要不再看事故现场，以她的心理素质很快就能走出来。但事情并没完，后续还有很多事要处理。

"你现在应该休息。"陆知乔以为她还想坚持上课，不满地拧起眉。

祁言苦笑道："是领导找我问一些情况。"

空气骤然安静，锅里沸腾的水发出咕噜声。

"我陪你去。"陆知乔伸手关掉火。

"不行。"

祁言顿了顿，想说她是家长，身份不合适，谁料陆知乔把勺子往锅里一丢，发出"叮"一声，语气急切地说道："你们领导是怎么想的？亲眼看到那种事，不让人好好休息调整，还要找你，生怕你记得不够

257

清楚，印象不够深刻吗？"

她的声音越来越大，甚至隐含着怒意。

祁言一怔，歪了歪脑袋，只见陆知乔脸色难看，沉郁的眸子里怒气涌动，夹杂着担忧，心底淌过一股暖流。

"没关系，我已经好多了，而且这件事还需要调查，希望我能帮上一点忙吧……"

说完祁言就沉默了。

半晌，陆知乔很轻地叹了一口气，转身拿来三个碟子，一边盛面条一边说："去叫妞妞起床。"

那天祁言回了父母家，林女士问起学校里那起事件是怎么回事，她看着母亲担忧的面孔，紧张的神情，忽然很希望再听几句让她厌烦的唠叨。

她只得故作镇定地说了句："妈，没事。好在孩子抢救过来了。"

林女士保养精致的脸皱成了包子，果然开启了唠叨模式："现在的小孩儿都是宝贝，唉，多让人心疼啊。"

"妈，我不也是被宠大的吗？"祁言僵硬地笑。

林女士眉头一拧："我跟你爸给你的是尊重。"

祁言不知该回答些什么。

"我跟你爸从不当你面吵架，外面遇到再恼火的事，也不回家撒气；以前没什么钱的时候，不在你面前强调咱们穷。"林女士说着说着，嘴巴一噘，有点不高兴，觉得自己被闺女误会了，十分委屈。

有道理……祁言若有所思地点头，笑着抱了抱她亲爱的老母亲。可林女士不罢休，抓住机会必定要耳提面命一番，说的无非也就是要祁言多注意自身言行。

林女士搂着闺女又是亲又是抱，团子不高兴了，伸出一只爪子扒她胳膊，喵喵叫了两声，可没人理它。

祁言没有心情再说什么，安慰地拍了拍母亲的肩膀，说："我知道，我会多注意的。"

以前她最烦听老母亲说这些，听三句能顶十句回去，现在却想不到能用什么话来反驳。她有点累了，脑子还没缓过来，心上火热的温度也降了些，拿不出力气。

　　她是不是应该学着做一个聋哑人？

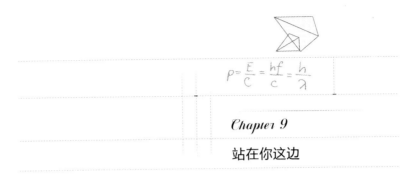

$$p = \frac{E}{c} = \frac{hf}{c} = \frac{h}{\lambda}$$

Chapter 9

站在你这边

风波过去后，祁言向学校请了一周假。

她晚上住在 901，白天回 902，在家看书做饭，没事去楼下散散步。

陆知乔工作忙碌，不能时刻陪着她，但尽量每天准时下班，偶尔两人一起买菜做饭，一起去接陆葳放学。

温情与陪伴是治疗心理创伤的良药，祁言明显感觉自己的状态更好了一点，闭上眼睛时不会再想起那些画面，又或许是她的自我催眠有了效果——是幻觉，看到的都是幻觉。

周末上午，陆知乔要加班，祁言在家陪陆葳，她打扫了一遍卫生，然后去买菜。差不多十一点，陆知乔回来了，两人一块儿做饭。

"我总觉得妞妞最近有点反常。"

陆知乔穿上新买的围裙，看了一眼次卧，那扇房门始终紧闭。

祁言一怔，犹豫半晌说："其实我早就想告诉你，但是……也不算很严重，我没想好怎么跟你说，谁知道前几天就刚好碰到……"

"妞妞在学校是不是有情况？"陆知乔的神经绷了起来。

祁言思索片刻道："上次你去挪威出差，我发现她在手机上看言情小说，本来要及时告诉你，怕你工作分心，就想等一等。"她一边说一边拿起土豆削皮，"然后我又发现，她在学校课间休息的时候也会看类似的书，漫画之类的……"

"她哪里来的？"陆知乔皱眉，"我没有给她买过。"

她知道，那种没营养的书最容易让人沉迷，影响学习，她是绝对不让女儿看的，为此经常以打扫房间为借口，到女儿房间悄悄搜寻。她很确定，家里一本都没有。

祁言皱眉，不太确定地说："可能是问同学借的吧，小女生之间互相传阅很正常，我念书那时候也这样，还自己在本子上写过呢。"

"她上课看吗？"

"我的课没有，其他课……偶尔我会去巡逻，也没见她上课看。"祁言细细回想，说话间已经削完两个大土豆的皮，她取了砧板和菜刀，开始切土豆丝。

陆知乔嘴唇抿得发白，祁言一看就知道她又心急了，连忙宽慰她："这个年纪的孩子……嗞！"

手指猛地传来尖锐的刺痛，她下意识地丢了菜刀，哐当一声，低头看自己的手。

方才她心急，只顾着说话，一下没注意切到了食指，鲜血顿时涌出来，沾到还没切成丝的土豆片上，晕开星星点点的殷红。

祁言瞬间蒙了，刺目的猩红在她眼前蔓延，猝不及防就联想到某个场景，可来不及看清楚，就被陆知乔一把拉住。

"我……"

"出来。"

陆知乔拉着祁言去客厅，从医药箱里翻出生理盐水和创可贴。

"小伤，没事儿。"祁言伸出另一只手去拿棉签。

陆知乔道："别动！"然后拿起棉签递给她。

祁言轻轻沾拭掉食指上的血，伤口不算深，但长度几乎横断指尖，仍不断冒着血。

处理好伤口，陆知乔撕了张创可贴递给祁言，并仔细叮嘱："你别切菜了，去沙发上坐着吧，厨房交给我。"她收拾好药箱放进柜子，

261

起身回厨房。

祁言哪里肯听从，就算不干活儿，在厨房陪着陆知乔也好。她忙跟进去，在陆知乔拉下脸之前连声保证道："我不切菜，陪你。"

她嘴上这么说，却还是帮了忙，用没受伤的那只手打开水龙头，洗菜，装盘子，擦擦案台……

陆知乔炒菜，祁言就在旁边看着她，见她紧抿嘴唇，眉眼间冷淡，一时有些摸不着头脑。

"陆知乔？"

"干吗？"

"呃，你刚才说觉得妞妞反常，是指什么？"祁言随口扯起一个话题。

事实证明这话题选错了，陆知乔好不容易舒展的眉心又拧了起来，细细的褶皱让人瞧着都难受。她语气淡淡地说："也没什么，就是感觉她没以前那么黏我了，回家都没几句话说。"

思绪被祁言打断，她失去了兴致。

方才这人不小心切到手，只流了一点血，她的脑子里就嗡了几秒，猛然想起在雨林里被蛇咬那天的场景。似乎，她们调换了位置，心境却一模一样，但她明白，自己的紧张，比不上祁言那天的一星半点。

她心里烦躁，暗骂祁言笨死了，切菜都能切到手。

"我还以为什么呢……"祁言轻快地笑了笑，柔声安慰，"这个年纪的小孩儿自我意识比较强，是正常的，小姑娘总会慢慢长成大姑娘。"

陆知乔低低"嗯"了声，往菜里搁了小半勺盐。

原本在谈论女儿的事，陆知乔这会儿却不知怎么没了心情。她思绪混乱，有些惆怅，却也想不出个所以然来。

"怎么了？都不理我了。"祁言问。

"没事，"陆知乔扯了扯嘴角，转移话题，"我下午要跟子龙去福利院送点东西，大概五点就回来。"

"哎哟喂，叫得那么亲密，啧啧。"祁言戏谑地眨眨眼。

陆知乔就知道她一天不调侃自己就浑身难受，抬手敲了下她脑门，一本正经地道："因为是熟悉的朋友才会这样叫。"

"我们难道不熟吗？"祁言不服气，"你还连名带姓地喊我。"

"那我该喊你什么？"

喊祁老师，她不乐意；喊名字，她也不乐意，干脆取个外号好了，陆知乔如是想。

祁言轻哼一声："叫言言。"

陆知乔愣住了，两人间出现突如其来的安静，唯余炒菜锅里的嗞嗞声，油烟机的嗡嗡声，听着杂乱无比。

"快喊一句我听听，嗯哼？"祁言道。

"你别闹。"

"没闹。"

"我觉得祁言好听……"陆知乔板着脸说，随意翻炒两下菜，见差不多了便关掉火，去拿盘子装。

祁言撇撇嘴，闷不作声，心想不叫就不叫。

傍晚五点时，陆知乔回到小区。

脚下是拉得长长的影子，背后是漫天金红色的霞光，她竟然起了兴，觉得这景致很美，遂拿出手机随手拍了一张，仔细端详。

想起有快递要拿，她收起手机，朝快递存放点走去。

存放点门口有几辆小三轮，此时正是最后的揽件时间，陆知乔心里默念取货码，一进去，还没开口，就看到祁言站在桌前，正弯腰填写快递单，手边是一张身份证。

陆知乔报了号码，上前一步，祁言循着声音转过来，冲她扬眉："哎，回来了？"

"你寄什么？"她不答反问，视线不经意瞟到祁言手边的身份证，看到出生年月日，愣在原地。

五月七日……与妞妞同一天生日？

数字在陆知乔眼前跳跃，五月七日，与女儿相差了十五年的同一月同一日，金牛座。

从前纵有诸多巧合，都只是巧合，陆知乔没想过别的，更不信命运那一说，而今看到这张身份证，她不得不相信，有些事就是命中注定的。

她的人生像一条望不见尽头的马路，走在这条路上，遇见哪些惊喜，哪些苦难，看到怎样的风景，都无法预料。但惊喜和苦难已经早早在前面等着她，等她一步一步走过去……

"书。"祁言头也没抬地答，填完快递单拿出手机扫码。

快递点员工举着一个包裹问名字，陆知乔报了自己的名字，接过来签了名，侧头看了一眼旁边的人，退到门外等人。

祁言付了钱就要走，陆知乔提醒她："身份证。"

祁言一愣，转头望了一眼，忙伸手拿回来揣进兜里，又看看陆知乔怀里的包裹，二话不说夺过来："我帮你拿。"

两人往楼栋走，祁言问道："下午茶喝得开心吗？"

陆知乔心里想着事，只答："还好。"

"下次你带我去呗？"

"行。"

她应了声，想问祁言身份证上的生日是否准确，可是这样就暴露了她刚才偷看的事实。可若是换个方式问，又显得自己想做什么，弄不好还要被这人调侃一番。

——问我生日，想给我惊喜吗？

脑子里想象着祁言说这话时的神态和语气，竟有几分可爱，陆知乔情不自禁弯起了嘴角，遂打消念头，自己记在心里就好。

三月伊始，倒春寒来袭，冷风冷雨比冬天还冻人。

祁言回到学校上课了，校园里秩序依旧，她状态尚好，只是感觉少了点激情。往常她在学校都很开心，遇到小麻烦很快便能调整回来，每天都怀着期待感去上班，见到学生们的那一瞬间必定展露笑脸。

而今却是提不起劲，心口像堵着一团棉花，闷闷的。

进入学校大门的那一瞬间，恍惚又陌生的感觉短暂闪过，迅速消逝了。祁言坐在办公室里，看到同事们，听到说话声，仿佛与周围格格不入。她走进教室，上讲台，感觉眼睛里灰白蒙眬，扬不起笑脸。

祁言也说不清这是为什么。她每晚都睡得很好，白天精力充沛，只是一进入学校，就有种从心底深处冒出来的无力感。

她的身体不累，是心累了，心没有力量，笑不出来，眼睛这扇窗户便蒙上了灰尘。

有时候她会站在走廊上，出神凝望着楼下那片空地。

水泥地砖的旁边是一块花圃，地砖上面干干净净，毫无痕迹。

二班和七班新换的数学老师姓彭，一个四十多岁面目和善的中年女人，她很严厉，课堂上也会凶，但从没有过激言行，只是有点唠叨，让人耳朵起茧子。

这样已经很好了，祁言庆幸地想。

在祁言回到学校的第三天，杨清也回来了，她看上去没有大碍，还跟从前一样乐呵爱笑。

天色阴沉，凉风吹拂过树叶发出沙沙响声，卷起一股寒意。

祁言握紧了拳，抬起头，直勾勾盯着不远处教学楼的窗户，目光扫过去，最后落在七班的窗户上。

下午三点多，下起了淅淅沥沥的小雨。祁言没课，坐在办公室看书，离下课还有五分钟时，她起身出去巡逻。

因为天气冷，教室的前后门都关着，她直接站在大窗边容易被发现，只能透过门上的小窗户查探里面的情况。二班这节课是地理，年轻的女老师正在讲台上滔滔不绝，底下大多数学生都在听讲，有几个睡觉的、玩手机的、发呆的，还有干脆在写三大主科作业的。

班里每周都会换组，这周陆葳坐在中间组，第四排，正对讲台的位置。

祁言扫视了一圈，锁定了后排两个玩手机的男生，最后目光落在陆葳的背影上——小姑娘低着头，但双手都放在桌上，不像在玩手机的样子。

下课铃响了，地理老师说了声下课，教室骚动起来，两个玩手机的男生依然在玩，坐在靠后门位置的学生打开了门，祁言拔腿冲了进去。

她速度之快，俩男生还没反应过来，手机就被夺走了。一抬头，就见祁言冷眼望着他们，顿时像只泄了气的皮球，不敢吭声。

周围的其他孩子也吓了一跳，纷纷看向这边。

祁言捏着两部手机，没说话，目光转向中间组第四排——两旁位置都空了，唯独陆葳仍保持着低头的姿势一动不动，她悄悄走了过去。

陆葳正在看漫画，她衣服穿得厚，趴在桌上鼓鼓囊囊像个小球，很容易挡住视线。她正看得津津有味，满脸带笑，连下课了都未察觉，突然一只手伸过来，抽走了她的书。

小姑娘茫然抬头，撞上祁言冰冷的目光。

嚯，祁老师。

她不慌不忙地与祁言对视，撅了撅嘴巴，一副撒娇赌气的样子。祁言心下大惊，佯装镇定地移开视线，转身快步离开。

一路故作淡定回到办公室，祁言坐下来喝了半杯水，把没收的手机放在旁边，漫画书往桌上一丢，叹了口气。

她与陆知乔越来越熟悉，才半年的工夫，就从陌生人变成了生死之交，而她与陆知乔关系好一分，她就多宠爱妞妞一分，时间久了，小孩子尝到被偏爱的滋味，就愈发胆大。

或许孩子是无意识的，毕竟年纪小，有时候难以控制情绪。

祁言自认为在学校绝没有偏心，该抓的抓，该训的训，犯了错一样批评，班干部也是早已安排好的，并未对陆葳有任何特殊照顾。

可是，妞妞撅嘴的那个瞬间，她的心一下就软了。

还说自己不偏心……祁言揉了揉太阳穴，有点烦躁，喝光了剩下半杯水，随手翻开那本漫画书。

书的纸张很粗糙，是繁体字，瞧着像地摊上淘来的盗版书。封面被用白纸包了起来，她忽然有种不好的预感。

草草翻到第十页，祁言只觉头皮炸了，匆忙合上书，抓起杯子想喝水，杯子却是空的，忙又起身去饮水机边倒，喝光了一大杯。她深呼吸几口气，坐下来，闭了闭眼，一时心乱如麻。

她要怎么跟陆知乔说起这种事？

恐怕陆知乔会难以接受，急火攻心又把孩子揍一顿，这样对谁也不好。

祁言鼻子有点酸，也没了头绪，手忙脚乱拉开抽屉，把漫画书塞进去，重重地关上……

夜幕降临，雨停了。

晚餐是三菜一汤，祁言掐着陆知乔下班的点做好，端上桌，摆得整整齐齐。她看了一眼时间，已经六点半了，人还没回来，便去书房喊妞妞吃饭。

"祁老师，你可千万不能告诉我妈妈啊，你答应我了的。"陆葳搂着她胳膊撒娇，不太放心，嘬着嘴巴亲了一下她的手。

祁言被亲蒙了，半晌才反应过来，嗔笑着伸出食指轻点她眉心，说："知道。去洗手吃饭。"

"嘿嘿，祁老师最好了！"

陆葳蹦跳着去洗手，祁言掏出手机正想给陆知乔打电话，突然听到一阵敲门声，她上前用猫眼看了看，是陆知乔，忙开门迎人进来。

"刚想给你打电话的。"她笑着接过陆知乔手里的包，放到一边，"饭做好了，去洗手。"

陆知乔秀眉微蹙，脸色有点不太好，她轻轻"嗯"了声，换好拖鞋走向浴室，迎面遇到从里面出来的女儿，也没说话。

陆葳喊她，她也只应了一声，兀自草草地洗了洗手，胡乱擦干净，走到餐桌前坐下。

陆葳心虚极了，偷偷瞥一眼祁言，也坐下来，心里忐忑地想，妈妈今天心情不好，但愿祁老师言而有信。

"怎么了？"祁言给母女俩盛好饭递过去，坐到陆知乔对面。

陆知乔只是叹气，不说话，陆葳心虚地缩了缩脖子。

"是工作上的事情吗？"祁言给她夹了一筷子菜，是她爱吃的冬瓜炒肉。

陆知乔吃了一块，许是这味道不错取悦了舌头，她眉心略微舒展，又吃了几块，终于开口："前几天，池念跟我说怀孕了。"

"然后呢？"

女员工怀孕本是稀松平常的事情，该怎样就怎样，一切都按法律法规来就是。可池念说自己怀孕九周，陆知乔当时就有点蒙，因为上周她才把一个很重要的项目交给对方，需要连续加班，会比较辛苦，怀着孕的身体恐怕吃不消。

都是女人，陆知乔体谅她的辛苦，虽然有点烦恼，但也没为难她，只让她注意休息，暂时停止出差活动，在办公室上朝九晚六的行政班，项目也可以找别人接手。

可是池念不愿意，再三保证身体没有问题，不会耽误进度。陆知乔也是信任她，没再勉强。

结果，池念转手就搞砸了项目，差点丢掉客户不说，还把自己搞进了医院，幸好人和孩子都没事。

"我今天真的快要气死了……可她一个孕妇，我能拿她怎么办，还是要给她擦屁股，而且这不是第一次了……"陆知乔拧着眉，脸色阴郁，说完猛吃了几块冬瓜。

祁言怔怔听着，一时不知说什么，默然低头。两个都是她的朋友，自己夹在中间，无论说什么都不好，索性闭嘴。

她去厨房拿了两只碗，给母女俩一人盛了一碗汤，柔声安慰："下了班，就不想工作的事了，今晚好好休息，明天再说。"

祁言的声音十分让人安心，今天最火大的时候，陆知乔怕自己控制不住发飙，脑子里想着祁言，知道她一定能理解自己，情绪才得以平稳。

"嗯。"陆知乔点点头，喝了口汤，胃里暖暖的，心也是暖的。

吃过晚饭，三人在902坐了会儿，陆知乔起身要带女儿回去，祁言拉住她："等一下，我有东西给你。"

陆葳小朋友立时紧张地看着祁言，啊，祁老师不会要告状吧？

"什么？"

"跟我来。"祁言无奈地瞟了眼小姑娘,拉着陆知乔转身进了卧室,轻轻带上门。

卧室里一片漆黑,陆知乔以为这人有什么惊喜给自己,顿时神经都绷了起来,有些期待。

眼前突然亮了起来,是祁言打开了灯,走到床头柜前拉开抽屉,捣鼓一阵,拿了个什么东西出来。她关上抽屉,一只手藏在身后,另一只手捉起陆知乔的腕子,将那东西塞进对方掌心。

那东西有着金属触感,凉凉的,锯齿状。陆知乔摊开五指,一把钥匙赫然躺在手心里,她愕然地道:"这是?"

"我家的钥匙。"

陆知乔低眸凝视半晌,朝祁言投去疑惑的目光。

祁言怕她还回来,认真地说:"以后你可以随意进出,如果应酬不方便回家,就来我这里。"

这件事祁言考虑了很久,并非临时起意,只是此刻说出来显得略微唐突。

陆知乔问道:"你这么信任我?"

倒不是说觉得祁言会怕她把这里搬空,而是人总有些不想被看见的隐私,今后若无意中被她撞见,两个人都会尴尬。一间房子没有了私密空间,就没有安全感,人与人之间总归要保持一定的距离和边界。

祁言勾了勾唇,说:"嗯,信你。"

陆知乔一时说不出话。

"回去吧。"祁言缓缓松开手,"洗个澡,敷面膜,听听音乐,睡一觉。"

陆知乔淡淡地点头:"你也是。"

她说完便转身离开,钥匙掐在手心有些硌,她仍是将其握紧,打开门,就见女儿站在大门口伸着脖子鬼鬼祟祟地张望,一副心虚的样子,可她没多想。

母女俩回去了,热闹的屋子霎时冷寂。

祁言站在卧室门后许久,腿有点麻,她细细回想着白天发生的事,重新梳理了一遍，觉得哪儿哪儿都不对劲。

下午回家之后，她问妞妞为什么上课看漫画，孩子说觉得地理课不重要，老师也不太管，心里又痒得难受，就没忍住看了。以她的经验来看，小孩子有这样的心态很正常，但不正常的是事后反应。

去年没收手机的时候，妞妞是怕她的，是慌乱的。而今天，那孩子淡定自若，还冲她撒娇噘嘴，慌乱的人反倒是她。

怎么会这样？

祁言冷静下来，很快就想明白了，自己与陆知乔日渐熟悉，关系越来越好，便总是不由自主地宠着妞妞，加上之前这孩子过分乖巧懂事的模样让她心疼，她潜意识里把自己当作妞妞的保护伞，不知不觉，偏离了原本的轨道。

这孩子越来越有恃无恐，而纸总有包不住火的一天。她今日的纵容，极有可能导致妞妞再也不服她管，让她和陆知乔也无法再维持如今的亲密——在陆知乔心里，终究是女儿更重要。

祁言长叹一声，决意还是跟陆知乔说清楚比较好。她不仅要老老实实地交代，还得想出可行的办法，妞妞再这么沉迷下去迟早荒废学业，陆知乔又忙得没精力管孩子，她既然自封为"半个亲妈"，多少也该帮帮忙。

这么想着，祁言先拿衣服去洗澡。洗完澡，收拾得七七八八了，她关掉客厅灯，抱着手机坐到床上，点开了微信——隔着手机屏幕好歹能减轻一点内疚感。

她正要打字，看见朋友圈显示的小红点旁是陆知乔的头像，便点了进去——果然，又是陆知乔在朋友圈转发的工作相关内容。

祁言犹豫了。

陆知乔今天为工作上的事烦心，一定很累，只是她习惯了独自承受，压在心里不说，这个时候怎么能再用孩子的事情去烦她？万一陆知乔心情不好，正在气头上，说不准又要揍孩子一顿……

想到上一次，妞妞被揍得可怜兮兮的，祁言是既心疼又后怕。

不行。祁言退出微信，打开备忘录，稍微酝酿组织了下语言，开始编辑文字。

她首先向陆知乔坦白，而后认错，再分析事件起因和走向，接着给出详细的尝试引导方案，最后温言软语安抚，还加上了颜文字表情装可爱。

她写了很长一段，比高中生作文还长，然后截图保存下来，准备等明天发给陆知乔。

夜渐深，小区里家家户户亮着的灯陆续熄灭了，残月爬上树梢头，洒下一缕凄清暗淡的银光，小雨依旧淅淅沥沥地下着。

梦醒时，天已大亮。

祁言上午有两节课，分别在二班和三班，没课的时候每隔十分钟去教室后门巡视一次。她盯了陆葳一上午，那孩子倒也听话守信，没在课堂上看别的书。

下午她没课，原本是要回去的，因为不放心陆葳，留在了办公室，随时准备去巡逻。

第二节是体育课，祁言一时忘记了，照例去巡逻。

走到教室后门时，她发现门开着，视野里出现几排空座位。她愣了一下，从后门进去，就看见靠墙那组第二排有个女生趴在桌上，有气无力的样子。

"张甜？"祁言皱眉走过去，"怎么了？"

寂静的教室里忽然响起班主任的声音，叫张甜的女生猛地一个激灵，但也只是转过了头，稍稍坐起来些。她弓着腰，一只手捂住小腹，有气无力道："肚子痛……"

"其他人呢？"

"去上体育课了。"

祁言这才反应过来，见她脸色微白，轻拧着眉，视线转向她腹部，问道："是胃痛吗？"

小女生摇摇头，有些难为情地说："是那个……"

一瞬间，祁言冷不丁地想起例假，明白了过来，眉眼间担忧的神情柔和起来："等我一下。"

她转身出去，快步返回办公室，从抽屉里拿出了两个暖宝宝，又到饮水机边装了杯热水，一并端着去教室。

其实抽屉里还有止痛药，她自己有时候会疼，怕影响上课状态就会吃药缓解一下，效果很好。但是班里的学生年纪还小，万一吃了有副作用，她不敢冒这个风险。

"先喝点热水。"祁言端着杯子放到女生课桌上，"小心烫。"

张甜受宠若惊地小声说道："谢谢祁老师。"

三月的天气凉，偏偏班里的饮水机又坏了，昨天报修，今天还没人来换，否则也不用她跑去办公室里倒热水。祁言对她笑了笑，利落地撕开一张暖宝宝："这个贴在肚子上，把衣服掀起来，留着最里面那件不要动。"

张甜听话照做。

暖宝宝一张贴在小腹上，一张贴在腰背，前后都能够保暖，祁言动作小心细致，贴完还给她理了理衣服，像照顾幼儿园宝宝似的。

"记得放学的时候撕下来扔掉。"

"好。"

一道人影挡住了讲台边光线，陆葳站在教室门口，愣愣地看着她们……

"祁老师。"她忽然有些不舒服，小嘴微噘，闷闷地喊了声。

祁言和张甜同时转头，看见陆葳，她莫名感到心虚，但也只有一瞬。她神色如常，语气甚至略有些冷淡："老师说自由活动了吗？"

这下，小妮子更不舒服了，没理她，径自回到座位喝水，然后头也不回地跑了出去。

张甜一脸疑惑，还带着点震惊。

祁言："……"

顾忌着张甜还在，祁言若无其事地转过脸，笑着叮嘱她："那你在教室好好休息，如果觉得不舒服，就去办公室找我。"

女孩点点头，回以微笑。

出了教室，祁言四处张望，空荡荡的走廊已经不见了陆葳的身影。

她正要回办公室，经过楼梯口时，突然被人叫住，吓了一跳——刚才跑掉的陆葳倚墙站着，双手插在校服口袋里，满脸幽怨地望着她。

"怎么了？"祁言的声音不自觉放柔。

见她如此，陆葳一怔，仿佛找回了熟悉的感觉，咧着嘴笑起来："把漫画书还给我好不好？"

祁言脸色一僵："不行。"

"为什么啊……"

"和手机一样，叫你家长来拿。"她严肃地说，端起了班主任的架子，语气生硬了几分。

这是上学期祁言就强调过许多遍的规矩，全班所有学生都一样要遵守，尤其经过昨晚的思想斗争，她更加清楚，不能给陆葳任何优待，连念头都不可以动。

陆葳噘着嘴，略带婴儿肥的小脸鼓了起来，抱怨道："可是，你答应我不告诉妈妈的。"

"所以你自己跟她说。"

祁言四下看了看，确认没有人，靠近楼梯口的教室传来读书声，离她们尚且有一点距离，她们说话也不至于被听见。

"不要。"陆葳嘴巴噘得老高，抱住她胳膊撒娇，"你就还给我吧，祁老师……那是我问同学借的，我怎么还给人家啊……"

"祁老师……"

"你最好了，还给我好不好嘛？"

陆葳又开始"耍赖"，嘿嘿地冲祁言笑。

祁言凝视着她那双略像陆知乔的眼睛，有那么一瞬间险些心软，可很快想到将来可能面对的后果，脸色便一点点冷下来，沉声道："松手。"

陆葳一个激灵，被她沉郁的表情吓到，忙松开手。

祁言揪着陆葳的校服袖子，径直上楼，走到通往天台的无人楼梯处，让她靠墙站好，和她对视一阵后才肃声开口："陆葳，我问你，这是哪里？"

"学校。"

"我是谁？"

"唔，祁老师。"

"你是谁？"

"陆葳。"

"你的身份是什么？"

这些日子以来，陆葳早已忘记祁言曾经的严肃模样，习惯了温柔和蔼的她，此刻委屈得要命，又不敢再撒娇，老老实实地说："学生。"

"既然是学生，就要好好学习，遵守课堂纪律，你犯了错，老师批评你是应该的，其他同学也一样……"祁言噼里啪啦说了一堆训斥的话，丝毫不留情面。

陆葳委屈地咬住唇，眼睛越来越红，含在眼眶打转的泪涌了出来。

祁言脑子里"啪"一声，有什么东西断了，心也仿佛被狠狠地掐住。她深吸一口气，抬手替陆葳擦眼泪，嘴上却说："不许哭。"

小妮子出奇地听话，说不哭便不哭，自己给自己抹泪，身子仍然一抽一抽的，她可太委屈了。

"你忘了我说过的话吗？犯了错误就要承担责任。小说漫画可以看，但不能在上课的时间看，也要懂得适度，如果你因为这个成绩下滑了，妈妈问起来，你要怎么跟她说？你忍心看着她难过吗？"

"你知不知道你妈妈有多辛苦？"

"你住的房子，是你妈妈向银行借钱买的，她每个月要还给银行三万多块，还有你上钢琴课，一节几百块，你穿的衣服鞋子，吃的零食，你所有的开销，全部都是你妈妈一个人在承担……"

"还有，不要以为在家里我好说话，你就可以无视课堂纪律。"

祁言不爱讲大道理，也明白对小孩子诉说成年人的艰辛并没有用，因为孩子根本不懂，反倒会觉得自己天生就欠了谁的，产生抵触情绪。可是一想到陆知乔独自承受着这些，女儿还不好好读书，她就难受得很。

她控制不住情绪，每说一个字都如同在刀尖上跳舞。她也在赌，赌这相依为命的母女俩，互相明白彼此的重要性。

于情于理，祁言只能说到这个分上，她不敢太凶，更不敢给孩子太重的心理负担。因为她清楚地记得，陆知乔说过，女儿要是有什么事，自己也会跟着一起去。

　　陆葳又哭了，那种深切的恐惧，早在很小的时候就烙在她骨子里，如今不过是再次回味伤痛。

　　"祁老师，我也不想，呜呜呜……"她哭着抱住祁言。

　　小说和漫画太新鲜了，突然涌入她小小的世界，吸引了她全部的注意力，她很难抵抗诱惑，尽管已经拼命克制，也只能做到上语文数学英语课时不看，似乎有一种奇怪的力量左右她。

　　祁言终究还是心疼了，但也没过多安慰，只一遍遍给陆葳擦眼泪，说："你先做到上课不看，好吗？"

　　"唔，我今天就没有看。"陆葳可怜巴巴地抬起泪眼。

　　"继续保持。"

　　"好。"

　　祁言欣慰一笑，她还是相信自己的直觉。这孩子在学校受了天大的委屈都不跟妈妈说，很能忍，证明她非常在乎妈妈。不同的事情换个角度想就会不一样，陆葳毕竟年纪小，自控力差一些，又不想让妈妈担心，只好偷偷摸摸做。

　　归根究底，是害怕失去妈妈。

　　"陆葳。"

　　"唔。"

　　"家是家，学校是学校，在学校，所有同学都是一样的，你没有特权，明白吗？"祁言认真地看着女孩，一字一句地说。

　　陆葳抬起红肿的眼睛，点头如捣蒜。

　　夜幕黑沉，小雨渐渐转大。

　　九点多，陆知乔开着车从写字楼的地库里出来，迎着雨幕驶向回家的路。她今天加班比较久，忙了一整天，晚饭都没空吃，总算把下属搞砸的事情处理干净。这会儿她筋疲力尽，又累又饿，只想回去随便吃点东西，泡个澡睡觉。

到了小区，陆知乔停好车，乘电梯上楼。

随着数字缓缓上升，她脑海里闪过女儿的脸，而后拿出手机，又看了一遍祁言下午发给她的消息——五张备忘录截图，图上满满的方块字。

字里行间透着十足的小心，隐约觉出几分心酸和无奈。她不知道什么时候开始，祁言也变了，是一种说不清道不明的变化。

叮——电梯门打开，陆知乔收起手机，出去时脚步停顿了一下，回头望了眼902，迟疑片刻，她调转方向，来到那扇门前。

她正要敲门，想起自己有钥匙，从包里掏出那枚钥匙，很小心地打开了门。

探身进去，映入眼帘的是一块超大投影幕布，上面正在播放视频，幕布几乎占了整面墙，屋子里很暗，只幽幽亮着一盏月牙壁灯，反衬得屏幕上的人影清晰无比。

祁言架着二郎腿坐在沙发上，正用白布擦拭手里一个小巧玲珑的物件。

擦完后，祁言把手中的东西放到一边，她抬了抬头，余光瞥见门边有道影子，猛一转头。

"咦？你什么时候来的？"祁言看着陆知乔，弯了弯嘴角，缓缓放下手里的东西，摸到旁边的电脑，将电影点了暂停，起身走过去。

"两三分钟吧……"陆知乔懊悔自己为什么不先敲门，"以后我还是敲门吧，钥匙还给你。"说着迅速抓起祁言的手，把钥匙放了进去。

"哈哈哈……"

祁言笑着，心里却很欣慰，自己昨天才给了钥匙，今天陆知乔就能用上，没跟她客气，说明那些话陆知乔听进去了，一点也没有之前那样生疏。

这样真好，傻子才会把钥匙拿回来。

她歪头笑了笑，顺势接过钥匙，却没收起来，而是俯身拉开了陆知乔背包的拉链，又塞了回去："我送出去的东西，概不收回，你不想要就扔了。"

"如果你不怕我家遭贼的话。"说完，她打开了大灯。

陆知乔本来就尴尬，又被祁言调侃一番，恼得不行，飞快地瞥了眼投影幕布，斥道："你怎么还用投影看？"

祁言耸肩道："因为这部电影好看啊，我喜欢。"

"进来吧。"祁言用脚把地垫边那双专属拖鞋挪过来，"我去关投影。"

陆知乔默默换鞋，走到沙发边坐下。

她正走神，一杯水出现在眼前，陆知乔抬起头，见祁言眯着眼笑，身后投影幕布已经收上去，露出了原本的电视机和背景墙。

她接过水喝了两口。

两人聊了会儿天，陆知乔回到家中时，已临近十点。她捂着包里祁言给的东西，轻手轻脚回到房间，拉开衣柜抽屉，把它放在角落里。

她自问还做不到友好相处，但可以一点一点慢慢来。祁言总能给她安心地将想法付诸行动的勇气，换作从前，她无论如何也踏不出这第一步。

就如祁言所说，承认它的存在，正视它。

又卸下一块心上的大石头，陆知乔感觉无比舒适轻松，坐在梳妆台前卸妆，镜子里的她噙着淡笑，目光微亮，仿佛年轻了几岁。

"妈妈……"

背后传来一声轻唤，陆知乔转头，见女儿绞着手站在门边，想进来又不敢的样子，疑惑道："妞妞，怎么还没睡觉？"

"我想和你说件事。"

"嗯？"

"我昨天……上课看漫画书……被祁老师没收了，她要你去拿……"陆葳慢吞吞走到她跟前，耷拉着脑袋，说完怕她生气，忙又解释，"祁老师骂过我了，我不会再上课看了，我保证。"

陆知乔一愣，忽然想起祁言发给自己的五张截图。

还有一条附加消息：妞妞会主动向你坦白的。

今晚陆知乔去 902 是想与祁言谈论孩子的事情，却没料到不小心闹了个乌龙，一时就把这事儿忘在了脑后，她有些懊悔，看着女儿小心翼翼害怕的样子，虽然心软又无奈，但还是要板起脸说："你是不是让祁老师帮忙隐瞒了？"

"是。"女孩怯怯地应了声，双手背在身后。

"陆葳。"

陆葳心道，完了，喊了全名，妈妈要打人了。祁老师说，如果妈妈打她，就往对门跑。

陆知乔拿纸巾擦了擦手上的油，拉住女儿的手，严肃地说道："我已经告诉过你，在学校要跟祁老师保持距离。以后你有什么事，祁老师都会告诉我，你不许在她面前撒娇耍赖，也不许为难她，她不是你一个人的老师，听明白了吗？"

"唔，明白了。"陆葳点头如鸡啄米，呼——还以为妈妈要打她呢。

陆知乔眉心稍稍松动，脸色却依旧冰冷。

她想到祁言那个软性子，即使在学校不宠陆葳，在家也要宠，这样一来，她更应该严厉些，免得两个人都这样，把孩子给宠坏了。

"漫画书从哪儿来的？"

"同学借的。"

"哪个同学？"

"王哲毅。"陆葳很害怕，一股脑儿把"同盟军"卖了。

祁言说妞妞看的书里有点出格的内容，而且是盗版。当时看见截图，陆知乔既生气又着急，没有想到女儿这么小就接触到了这些，有些猝不及防，幸好祁言后面写的话给了她一点思路，她才不至于冲动。

从另一个角度来看，这是一个跟孩子沟通交流的好机会，只是她还没有想好怎样沟通。

陆知乔略感到头疼，决意暂时把这个棘手的问题放一放，她拍了拍女儿的手，脸色稍有缓和，承诺道："以后不要向同学借了，只要你上课好好听讲，回家认真写作业，不影响成绩，妈妈就给你买正版漫画书。"

陆崴两眼放光："真的？"

"妈妈什么时候说话不算数了？"

"嘿嘿！"

小孩儿终究是小孩儿，世界很小，很容易满足。但正如祁言说的那样，小姑娘总有一天会长大成大姑娘，到那时候，天高任鸟飞，海阔凭鱼跃，她这个当妈妈的想管也管不住。

寒流逐渐消退，到了三月底，小区里栽种的各类花卉陆陆续续都开了，一时间姹紫嫣红，芬芳满园，只是雨水也越来越多。

祁言最讨厌下雨天，衣服难晒干，能做的户外活动也有限，只能闷在家里。令她绝望的是，天气预报说未来两周大都是雨天，一直要持续到四月中旬，太阳只露几天脸，接着又下雨。

厚沉沉的乌云遮盖住天空，雨水落成细密的珠帘，笼罩了整座城市。

下午没课，祁言在家待着无聊至极。投影幕布上播放着电影，她半躺在沙发上，十分舒适惬意。休息得差不多了，她拿起手机看了眼时间，四点半。

突然，两条微信消息弹了出来。

池念：我辞职了。

看到第一条消息，祁言脑子里已酝酿好千言万语，准备发过去"骂"池念。

祁言点开输入框，弹出键盘，还没来得及打字，池念又发来了第二条：拜陆总监所赐，我终于摆脱她了。

祁言愣住了，还没来得及疑惑怎么回事，心里倏地蹿起一股无名火，"陆总监"三个字像踩中了她的雷区，瞬间整个人就爆炸了。她指尖飞快地跳跃，打了一排字，重重地按下发送键，在手机屏幕上敲出"咚"的声响。

祁言：陆总监怎么对你了？

这句话如果用祁言的嘴巴说出来，就夹杂着满腔怒火，可是文字能传递的情绪有限，使人捉摸不透，甚至误解。

池念就误解了，她以为祁言义愤填膺，质问上司如何欺负她，立刻发来几条长长的语音。

祁言正后悔自己没先问情况就打字质问，突然庆幸两人不是语音通话，否则自己这冲动的语气听起来不太合适。

她耐心点开语音，逐条听了一遍。

"月初我跟陆总监说了我怀孕的事，她让我上行政班，不用出差打外勤卡，我明白她是好意，但那时候我手上有项很重要的工作，推进到关键地方了，我不想耽搁，也怕有闪失，就想再坚持一下……"

这第一条的内容，是陆知乔曾对祁言说过的，她的心绪平复下来，也生出一丝好奇，继续听。

她知道，池念因为身体的事搞砸了项目，最后是陆知乔收拾了残局。而第二条语音里，池念也承认自己搞砸了，觉得愧疚，对不起上司也对不起同事。

"是我自己身体不争气，唉……然后我回去跟我老公商量了一下，还是身体为重，就先上行政班。结果你猜我们那位陆总监怎么着？她把我手里所有客户的资料和订单记录全部给了别人，美其名曰减轻我工作量，让我去平台发发产品就行。"

"这没什么，我忍，谁让我身体不争气呢？后来她又要我把我的工作邮箱账号和密码给别人。当然，我没给，她也没说什么。"

"然后她让我去带部门里新来的业务员，好，我去了，新人还算熟悉得快，我也就带了不到一个礼拜。但最气人的是，月底考核部门评分她只给了我六十分，意思是我工作能力差，各方面都不好。"

"我也是傻，一开始还没察觉出什么，后来才发现她就是在给我穿小鞋。我记得有相关规定，女员工在孕期和哺乳期时，公司不能改变女员工的薪资待遇，但她变相钻法律空子……"

像池念这样靠业绩提成吃饭的岗位，抢客户等同于抢饭碗。没有提成，意味着池念后面几个月只能拿基础工资，但由于销售类岗位的特殊性，这并不算改变工资和待遇，因为基础工资和待遇没变，只是她拿不

280

了高薪了。

"我本来不想辞职，那样生育保险就白交了，但是她这样找我的麻烦，明里暗里给我穿小鞋，我还只能哑巴吃黄连，我真的……她不愧是只花八年就爬到总监之位的人，我斗不过她，我服气，走了算了……"

"公司不能辞退孕期员工，但是她这招高明啊，目的也达到了，让我自己主动提辞职，皆大欢喜。"

"我只是想不通，我跟在她身边五年，之前从来没给她添过麻烦，还帮了她不少，也不是刚进公司就怀孕，她就那么容不下我？可是我只能自认倒霉，说到底，还是身体不争气。"

池念一口气发了很多条，说到后面甚至泣不成声。

祁言安静地听着她的控诉，怒火早没了踪影，反倒觉出几分心酸，仿佛看见了陆知乔一边照顾女儿一边工作的情景，没有人帮她，没有人依靠，那时候，应该比池念更难吧？

这件事没有谁对谁错，只有不同的立场。

在朋友面前，祁言自然不能帮着陆知乔说话，何况池念这会儿正在气头上，要尽快稳定她的情绪，免得影响肚子里的宝宝。

"阿念，别哭了，你现在是两个人，动气对身体和宝宝都不好。"她长按说话哄了会儿，干脆拨了个语音电话过去。

等池念情绪稳定下来，她聊着聊着就把话题带往了母婴护理方面，既然事情已成定局，就接受现实另寻办法，总不能一直困在死胡同里。

末了，祁言想到自己家也有做外贸的公司，但因为不是他们的主要业务，所以规模不大，假使池念产后找不到工作，可以去试试。

"言言，你们家到底是做什么的，感觉你总有办法有门路，唉……"池念在那头叹气，她只知道祁言家里有钱，父母是做生意的，但不清楚具体是做什么生意。

祁言低调惯了，敷衍道："就一个小破加工厂，刚才说给你作保底的那家公司，只是跟我们有一点业务往来。安心啦，天塌下来先有你老公顶着，他不行了我再上。"

她深知越低调就越自由的道理，又说："好好养胎，过几天我去看你，给我干儿子打个招呼。"

"还不知道性别呢。"

"希望是儿子，你家未来的小公主有哥哥比有弟弟好。"祁言顺着她的话说。

终于听到池念的笑声，祁言松一口气，也笑起来。还好自己开的不是视频通话，祁言想，她现在的笑容一定很难看。

天色渐暗，雨仍旧下个不停。晚餐是祁言掐着点做好的，刚摆上碗筷，陆知乔就回来了。

也不知从何时起，生活上两个人越来越默契，祁言工作没那么忙，在家的时间多些，几乎包揽了做饭的活儿，她也乐意做这些，而陆知乔渐渐适应了，时常帮着买菜，替祁言交水电燃气费。

经济方面她们谁也不别扭，不会觉得谁欠了谁的而斤斤计较。

今晚母女俩都有些反常，妞妞从头到尾没说几句话，一副小心翼翼的样子。陆知乔的眉心始终微拧着，看起来心事重重，话也少。

女儿这样她知道，是被亲妈训了，至于孩子妈……

吃完饭，陆知乔让女儿回去写作业，小姑娘一声没敢吭，乖乖回家。而她自己习惯了饭后在祁言这儿坐一坐，两个人说说话，聊聊孩子。

时间久了，陆知乔愈发觉得一个人待着孤寂。可是今天她心里揣着事，想跟祁言说，却又不知怎么开口。

长年累月冷淡惯了，使得陆知乔面无表情的样子看上去像是在生气，她靠坐在沙发上，头微低，眉心蹙着浅浅的褶皱，目光空洞。

眼尾乌黑的泪痣被这表情衬得愁苦惨淡，陆知乔这会儿可以说是标准的一脸苦相。

她调整坐姿，换了条腿架着，嘴边突然被递上块硬东西——是一颗圆圆的白色奶糖，奶香浓郁。

那只捏着糖的手指骨感修长，淡青色血管分明，陆知乔小心张开嘴把糖吃进去，味蕾霎时被奶味覆盖，很甜。

祁言弯着眼睛笑，坐在她身旁，犹豫着说："阿念今天告诉我……

她辞职了。"

陆知乔咬着糖，牙齿还没用力就停住，糖卡在腮边。她看了祁言一眼，后者并未看她，她嚼碎糖果，咽下甜味，才问："你是来质问我的吗？"

说完，她的一颗心就揪了起来。

池念是祁言的朋友，又是个孕妇，这次辞职辞得不太愉快，想必什么都跟祁言说了。她也正打算告诉祁言，只是还在酝酿，没想到这人先自己一步。

主动与被动之间有天壤之别，祁言主动问起来，她就觉得话里含着质问的意味。

是不是要质问她，一个孕妇好好的为什么要辞职，是否是她做了什么？加上之前她抱怨过池念搞砸工作，她的嫌疑就更洗不清了。她是上司，是部分人眼里的强者；池念是下属，还是孕妇，是部分人眼里的弱者。

强欺弱，弱有理——亘古不变的奇怪逻辑。

祁言或许会站在弱者那一方，更何况池念还是祁言的朋友。思及此，她便有些难过，心里酸酸的，越想越觉得委屈。

祁言似乎看穿了她的想法，说："你还是不信任我。"

陆知乔闻言僵住了身体。

"阿念确实都告诉我了。"祁言苦笑，"我想对你说，你并没有做错。"

"你不怪我吗？"陆知乔喃喃地说。

"怪你什么？"

"我给她穿小鞋。"

祁言扬了扬眉，问："那你给了吗？"

"没有。"

陆知乔望着祁言，堵在心口的大石头忽然粉碎。她叹道："我知道，女人、职场、家庭，所有道理我都知道，我也亲身经历过，我理解她，同情她，但我爱莫能助。"

"因为我把她要负责的工作交给别人，所以她觉得我给她穿小鞋了，对吗？"

283

祁言神色微僵，没说话。她不能出卖朋友，又要安抚陆知乔，夹在中间实在左右为难。

她正想着要怎么说，陆知乔再一次开口了："她其实早就怀孕了，一直瞒着我，我被蒙在鼓里，还以为是她过完年没调整好状态，才接二连三地搞砸了那么多工作，甚至犯很低级的错误……"

譬如把重要通知发在微信群里，忘记用邮件发，险些给公司造成上百万美元的损失——新人都不会犯这种低级错误。

那时陆知乔便非常不满，可是顾及池念跟在自己手下五年，能力出色，综合素质不错，便没有太追究，只扣了她三个月奖金，让她反省。

而后来，类似的事情一而再，再而三发生，失望一次次累积……

她不明白，自己曾经非常信任且引以为傲的得力下属，突然之间怎么就变了样子，像换个人似的，直到池念吐露了实情。

那一刻，陆知乔感觉自己像个笑话，心里说不出是什么滋味，似是难过，又或是失落？跟了她五年的下属，没有在第一时间告知她真实情况，搞砸了那么多工作，一直拖到瞒不住才肯说，大概还是因为不信任她吧？

被自己尽心尽力培养的下属欺骗，不被信任，不被尊重，这种感觉比刀子割心还难受。

是她太失败了。

"我让她就坐在办公室上行政班，做一些简单不劳累的事，等到快生了再去休产假，休完回来复岗，公司里其他怀孕的女员工都是走的这个流程。但是，她妊娠反应比较严重，正常吃饭都有点困难，万一在公司出了什么事怎么办？我怎么敢把重要的任务交给她？"

"而且她说她以后还要生二胎。这样想，她自愿辞职未必是坏的选择，既然身体不允许她兼顾工作，倒不如安心在家养胎，我只是做了我该做和我能做的事，我尽力了。"

说到这里，陆知乔轻吸一口气，她已经仁至义尽，也没必要继续说下去。

失去一个得力的下属或许很可惜，但对于家庭和事业，大多数人都是在做选择题，能兼顾者少之又少。

陆知乔常常觉得自己冷酷无情，活该一辈子孤独到白头。

她的职位越升越高，钱越赚越多，背后牺牲掉的却是亲情。女儿黏她，不是因为跟她感情有多深，而是很小就知道自己只有妈妈，无人可依。同样的，她也没少拿"不要你"这话去吓唬孩子，为的只不过是让孩子听话。

吓唬得多了，女儿自然怕了，变得特别懂事乖巧，很少惹她生气，也特别黏她，一旦有空就苍蝇似的跟着她，怕她走掉。

陆知乔知道，孩子心里的伤疤永远都不会好。

而这种代价只是冰山一角，其他的更是太多了，多到她数不过来。

陆知乔捏着拳头，手心渗出了薄汗，一颗心扑通扑通跳得飞快，她的眼睛寂然如死灰，挣扎如困兽。

"陆女士。"

陆知乔没有应声。

祁言好笑地看着她的反应，埋怨道："你把我想得太肤浅了，我见过的人和事可能比你多，这算得了什么？明摆着就是你不信任我。"

心思一下子被看穿，陆知乔抿了抿唇，转过脸，藏在头发里的耳朵露出来。

"我从小就知道，利益场上不讲太多人情，你好歹也是个总监，公司高管，当然应该先以大局为重。"祁言的笑容里满是酸涩与心疼，安慰了她一会儿。

"这件事没那么复杂，阿念也承认是自己身体不争气，她现在可能只是在气头上。没事，我安慰过她了，万一她生完孩子难找工作，我可以帮她安排。"

"而且阿念她只是比较倒霉，如果身体好些或者反应不大，做文职都是可以的，但目前她已经到了不得不回去休养的地步，产假又只有一百多天，前期都用光了，那坐月子的时候怎么办？难道要破例给她延长产假？这种情况她自愿辞职也好，对她和她的孩子以及公司都好。我知道，你是这个意思。"

多大点事啊，这在企业里太常见了，她怎么会把自己弄得那么难过呢？陆知乔这人，嘴上说自己无情无义，其实别提有多心软了，真傻。

祁言的一番话说得很快，语气又十分温柔。陆知乔原以为自己不点明某些东西，祁言就不会懂，自然要误解她，可是没想到这人竟像她肚子里的蛔虫，把她藏在情绪之下的潜台词都挖了出来。

能看透她所想，能感受她所知，能理解她所做，甚至，能包容她的全部。

而她，被理解，被偏心，被冲昏了头。

陆知乔紧绷的神经一松，只觉有股暖流淌过心口，像是漂泊在海上的孤舟终于寻得灯塔。

"陆知乔……不管你做出怎样的选择，我都会永远站在你这边。"祁言轻轻拍着她的背，语气坚定。

陆知乔头埋得很低，一言不发。

"对了，上次送你的东西呢？"祁言调整坐姿，塞给她一个抱枕靠着腰。

陆知乔一愣，很小声地说："在我那儿放着呢。"

片刻后，陆知乔忽然想起什么，挺直了腰说："我有东西给你，等我一下。"说完起身去穿鞋，风一般离开。

祁言没等很久，人就回来了。

陆知乔拎着一个纸袋坐到祁言身边，拿出里面的小盒子，塞进她手中，说："上次去挪威出差，给你带的礼物，一直忘记给你了。"

那天学校里出了事，她只顾着安抚祁言，把礼物跟行李箱放在一块儿，收进了柜子里，这会儿才想起来。

祁言愣了愣，眼底涌起欣喜，如获至宝般捧着盒子笑着问："现在能打开吗？"

"嗯。"

小盒子做工精致，质感上乘，托在手里沉甸甸的，祁言像在进行某种仪式般，小心翼翼打开，一条细细的项链出现在眼前，吊坠是深棕色的水滴形琥珀，她惊讶地抬头。

"我觉得很像你的眼睛。"陆知乔望着她笑。

祁言的眼睛生得特别，长却不细，大而有神，棕色的瞳仁幽深透亮，像盛在玻璃杯中琥珀色的酒。

那时她在当地参观游逛，各类琥珀蜜蜡工艺品让人眼花缭乱，她看到这条项链的瞬间，不由自主想起了祁言的眼睛，当即买了下来。

水滴形琥珀吊坠晶莹剔透，祁言拉开茶几抽屉，拿出一面小镜子，捏着吊坠贴在自己眼睛旁，对镜仔细看了看，笑道："真的很像。"

陆知乔满怀期待地问："喜欢吗？"

"当然喜欢！"祁言放下镜子，开心地道，"我现在就戴上。"

她手指分别捏住项链一端，绕过修长白皙的颈项，锁上扣。

祁言低头捏住项链吊坠，又拿起镜子打量，欢喜地说："你的审美和眼光跟我差不多，我前段时间也看中一款项链，和这个类似，但不是琥珀做的。既然你送我了，我自己就不用买了。"

琥珀项链有很多种，常见的那几类不容易搭配衣服，但陆知乔买的这条款式简约大方又百搭，可以当作贴身饰品。

她望着镜子笑，平日深邃锐利的眼睛弯成一轮弦月——这可是她第一次收到陆女士的礼物呢。

"你喜欢就好。"陆知乔心里暖烘烘的。

祁言喜欢，她也开心。

回到家，陆知乔洗了澡，坐到女儿房间里陪着女儿写了会儿作业。

目前陆葳学的东西还比较简单，她能辅导就尽量辅导，等到将来女儿上了高中，她再想辅导就会有些吃力，毕竟年代久远，自己高中那会儿学的东西多多少少都还给了老师，教不得人。

"这是什么？"陆知乔盯着女儿的数学作业本，看到最后一题下面的红笔字迹，仔细一看，是老师的批注。

"彭老师写的评语。"陆葳歪头看了一眼，又说，"每次交作业，每个同学她都会写。"

彭老师是他们班新换的数学老师，陆知乔之前听女儿和祁言提了两嘴，当时只是很庆幸徐首逵不再教女儿数学了，没太在意别的。这会儿看到评语，她突然有一丝好奇。

评语的内容大致是鼓励，说女儿基础不差，但是思维不太灵活，偶尔粗心大意，还需要针对弱项系统地训练等。

老师的字很好看，字里行间都带着温柔。

每次作业给每个学生都写评语，是很耗费精力的一件事，且光有精力还不足够，须得经验丰富，有耐心。陆知乔隔着本子感受到了老师的良苦用心，一时感慨万千，想到了住在对门的祁言。

"妞妞，你觉得彭老师怎么样呢？"她问女儿。

陆葳停下笔，噘着小嘴想了好一会儿，说："挺好的，就是有点唠叨。不过，我敢找她问问题，她也不会骂我，以前的徐老师我就不敢，我不惹他，他都要骂我。"

小孩子哪里知道如何评价老师，只能与从前的老师做比较，最真实的变化就是以前她害怕上数学课，现在却不害怕了，甚至敢主动找老师问不会的题目。

"老师唠叨也是希望你变得优秀，你看彭老师每次这么认真写评语，说明她心里觉得你是可以的，你也不能放弃，要好好努力，别辜负老师一片心意。"陆知乔温声鼓励，笑着摸了摸女儿的脸，又亲一下她的额头，"妈妈也相信你。"

小姑娘"嗯"了两声，用力点头。

临近十点，陆知乔抽查完女儿背单词，督促她刷牙洗澡睡觉，然后自己才去洗衣服，收拾一番，关灯回卧室。

推开衣柜，把收下来叠好的衣服放进去，她的目光落在小抽屉上，顿了顿，伸手轻轻一拉，眼前赫然出现祁言上次送给她的东西。

手缓缓伸向盒子，拿出来，关上抽屉和衣柜，陆知乔把手机调至静音，打开音乐播放软件，播放了那首祁言曾经分享给她的歌，然后坐到床上。

温柔的女声随着悠扬的旋律流泻出来。

陆知乔捧着盒子，迟迟没拆，不禁回想起了以前的一些事。

念大学时，她喜欢上一个军训时认识的同学，彼此不同专业，宿舍也只有一条马路之隔。但她始终没敢直白地说出，害怕换来对方的鄙视，然后连朋友都没得做。

直到，那个人有了对象。

整个大一，她都在晦暗阴郁的情绪里度过，恨自己，厌恶自己，险些荒废了学业。到了大二，她慢慢调整心态，决意先好好学习，多接触新鲜事物，改造自己。

可惜，老天爷没给她机会。

大三那年的春节，是她一生的噩梦。

二十岁的年纪，还没毕业，一夜之间失去了全部，肩上忽然就多了一份重担，一份责任，她再也没有时间为自己考虑，此后，满脑子都是赚钱。

歌曲播放结束了，卧室里安静下来。

陆知乔关掉循环播放的音乐，利落地拆开盒子……

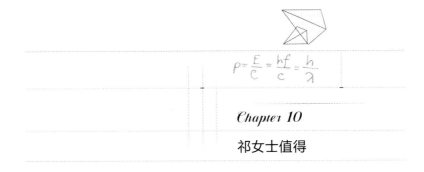

$$p = \frac{E}{c} = \frac{hf}{c} = \frac{h}{\lambda}$$

Chapter 10
祁女士值得

清明节前，气温骤降，天空飘着小雨，冷风吹得路边树叶窸窣作响，寒意直往人骨缝里钻。

陆知乔独自开车来郊区公墓祭祀，墓园里松柏挺立，肃穆萧瑟，虽然下着雨，但是来扫墓的人并不少。

她一共买了四捧花，分别放在四块墓碑前，由于一会儿还要加班、出差，她的行程赶得很，没时间做细致的打理，只放了花，说了几句每年都差不多一样的话，便匆匆离去。

她最近忙得脚不沾地，白天黑夜不分，一周内飞了四个城市，连吃饭睡觉都在赶时间。她原想着今年清明就不去看家人了，可终归心里的坎过不去。

疲劳，压力，连续高强度的工作，加上大幅度降温，从公墓回来的第二天，陆知乔就病倒了。

起初只是喉咙疼，外加鼻塞打喷嚏，只是睡一觉的工夫，她躺下去险些起不来，头重脚轻，浑身酸软，整个人都像是飘着的。

女儿在房间练琴，陆知乔扶着墙走到客厅，从医药箱里翻出体温计塞到腋下。

她半阖着眼皮，艰难地给自己倒了杯水，喝了一半，靠在沙发上喘气。

她心里有底，自己应该是着凉发烧了，但下午有个很重要的会议，她必须到场，无论怎样都要想办法在三点钟之前好起来……

过了会儿，陆知乔拿出体温计看了看，三十九度——果然。

她撑着身子站起来走回房间，穿好衣服，拿上包和手机，出来敲了敲女儿房间的门，稳住声音说："妞妞，妈妈出去一下，中午回来。"

"好。"里面传来女儿的声音，断掉的琴音又重新响起。

陆知乔走到门边穿鞋，看到放在玄关上的车钥匙，想想还是没拿，她这个样子没法开车，反而打车更快些，遂撑着昏沉的身子急匆匆出门。

医院门诊处人很多，这个季节感冒发烧的不少，输液室里几乎满座。

陆知乔闭着眼睛靠在椅子上，左手背上的针头连着长长的输液管，头顶挂着大小两瓶药水。

她头晕得难受，喉咙又干又痛，很想睡觉，但是浑身发冷，手脚也是冰凉的。

手机振动个不停，都是工作电话，她挂掉一个又来一个，现在都不知是第几遍振动了。

她懒得睁眼，指尖凭感觉一滑，举起手机贴到脸颊边，哑着嗓子开口。

"陆知乔？"那头传来祁言的声音，"你嗓子怎么回事？感冒了？"

陆知乔顿了顿，抬起眼皮，一张嘴就是止不住的咳嗽，断断续续地道："咳咳……有点……咳……"

"妞妞说你出门了，你在哪儿？"祁言拔高音量，急切地问。

"咳咳……医院……咳咳……"

"等我！"

电话里的咳嗽声听着心惊肉跳，祁言神经也跟着抽动，太阳穴突突直跳。她立刻挂掉电话，头也不回地跑出 901 大门。

今天是假期，她起晚了些，在家随意做了早餐吃，一个人待着觉得无聊，想来找陆知乔。过去发现家里只有妞妞在，她问妈妈去哪里了，孩子却只知道是出了门，不清楚人去了哪里。

她打陆知乔的电话，一直提示是"正在通话中"，方才终于打通了。

生病一个人去医院？

简单的字眼闪过脑海，祁言慌了，一阵风似的跑回家，从柜子里揪出衣服裤子胡乱换上，拎起包就要出门。

猛然想起忘记问陆知乔在哪家医院，她忙又拨号过去，边等边往厨房走，翻出一只保温杯，往里灌满热水，提在手里。

陆知乔那头又是"正在通话中"。

怎么回事？屏蔽？拦截？或是她真的在打电话？她能跟谁有那么多电话要打？

祁言心急如焚，冲到电梯前盲摁了几下，才摁到按键，等电梯上来开门，她闷头扎进去，按下负一楼，眼睛盯着手机屏幕继续打电话。

到她踏出电梯时，电话才终于再次打通。

"你在哪家医院？"

"你别来了，我没事……喀……"陆知乔的咳嗽声轻了些，但鼻音更重。

祁言心里像猫挠似的，根本听不进劝，上车一边系安全带一边说道："没事能去医院？快点告诉我。"

电话那头默了片刻，陆知乔很小声地说："二附门诊，输液室。"

她的语气里含着委屈，祁言此刻如热锅上的蚂蚁，并未注意，当即挂掉电话，手机丢到一边，放好保温杯，驱车离开小区地库。

外面下着雨，天空雾蒙蒙一片，路面上因积水而十分湿滑，行人裹着棉衣在风中艰难前行，景观树被吹得枝丫乱颤，叶子落了一地。

江城的气候便是这样，有时一天能过完四季，有时一年只两季，天气常常变幻莫测，要么极冷，要么极热。

雨天路滑，祁言没敢开太快，二附院离小区不远，她一路没遇见太多红灯，顺利到了医院。

输液室里人很多，祁言一眼就看到了坐在角落里打电话的陆知乔，她的左手手背连着输液管，脸颊通红，精神恍惚，咳嗽着却仍不停地在说话。

　　祁言脸色黯了黯，快步走到旁边空位上坐下，无声地望着她。

　　"涉及核心利益的东西人家不可能让步，你只需要有针对性地回答对方的问题就行了……咳咳……就像我们等货代的海运费报价，我这边也等着给我的客户报价……咳……你却跟我讲你们公司规模有多大、经验多么丰富……咳咳……我只会觉得你在浪费时间，没有诚意也很不专业……"

　　陆知乔的声音低沉沙哑，说得正投入，余光瞥见一道人影过来，下意识地转头看了眼。

　　二人目光相撞，那人眼里涌动着担忧和埋怨。

　　陆知乔嘴唇动了动，像是做错事般心虚地移开目光，低声对那头交代了几句便挂掉电话，垂眸看向地面，捏着手机不吭声。

　　祁言打开保温杯往盖子里倒了些热水，递给陆知乔，说："小心烫。"

　　陆知乔看了她一眼，把手机搁腿上，捧着盖子吹了吹，小口喝水。

　　她喉咙痛，确实很渴，只是一个人来打针不方便走动，她原想着忍一会儿，两三个小时就可以悄无声息地回去了。但现在，祁言在她身边。

　　她不想祁言知道、过来，不想让祁言看见她这个样子。

　　祁言一语不发地看着她，等盖子里的水空了，拿回来，又倒了一点递过去，如此反复三四次，尔后拎起怀里的抱枕塞到她腰后："靠着，闭上眼睛，不要打电话了。"

　　输液室里的椅子硬邦邦又冷冰冰的，坐着不舒服，祁言便从自己车上拿了一个半人高的抱枕来，从医院大门抱进来时一路引人注目。

　　陆知乔怔了怔，顺从地往后靠。

　　抱枕很软，靠着很舒服，她肩背酸疼得不行，彻底放松下来才有所缓解，她正要阖上眼皮，手机又振动了，她登时一个激灵，想坐起来。

　　祁言皱眉，伸手横在她身前拦着不让动，随后拿走了手机。

来电备注是孙经理，不知道是陆知乔公司里的哪号人物，但她知道十有八九是要说工作上的事。

"手机给我。"陆知乔有点急。

她最近忙，祁言是知道的，也明白这个时期的重要性，但是工作再重要也没有她的身体重要。

人都病成了这副样子，这帮下属也不知道体谅一下，电话里难道听不出陆知乔的声音不对？

祁言恨恨地腹诽着，可转念一想，除了自己和妞妞，谁会真正在乎她声音对不对，状态好不好？当然只有关心她的人最在乎。

手机一直在振动，祁言的脸色很难看，不愿妥协，但见陆知乔着急的样子，又于心不忍，只好给她手机。

陆知乔像捧到宝贝似的，忙不迭接通——她也不想这样，能交给助理的事都已经让助理去忙了，交托不了的只能她自己上。

好在这通电话只是汇报情况，她闭着眼睛"嗯"了几声，刚挂掉，手机又被夺了去。

"再有电话我来接，就说一个小时之后再打来。"祁言斟酌着说，语气虽还是不容抗拒，但终是让了半步。既然不能完全置之不理，就好歹让陆知乔先休息一会儿，不至于没个停歇。

陆知乔默然望着她，轻轻地应了声："好……"

人在脆弱的时候，任何人的好都能在她心底留下涟漪。坐着坐着，她有些累了，昏昏沉沉闭上眼。

四周并不算安静，她想睡也睡不着，只能闭目养神，静坐久了越发觉得冷。陆知乔缩了缩身子，微拧起眉，手指不由自主蜷起来。

过了一会儿，她听见手机又振动起来，本想睁眼自己来，但祁言已经帮她接起了电话。

"喂，你好？"

"我是她朋友。她身体有点不舒服，在休息，有什么事我可以转告，或者你一小时后再打过来。"

"好的，没事。"

同样的话，陆知乔闭着眼睛听了四五遍，嘴角不知不觉弯起来，勾着浅浅的弧度。

打完针回家，已是中午，陆知乔的额头仍有些热，肚子也饿，却没什么胃口吃东西。

祁言喂她吃了感冒药，扶她到床上躺着，给她的手机调了飞行模式，出去给"亲女儿"做午饭。

陆葳快要饿扁了，早上妈妈没起来做早餐，她想着妈妈应该是累了要多睡会儿，便没去打扰，自己泡了牛奶，吃了一点小面包，乖乖练琴。

家里剩的小面包零食被她当早餐吃了，也没有其他吃的，妈妈一走就是好久，她又不会做饭，等啊等，等不到妈妈回来，她就想出去吃。

结果，妈妈是被祁老师搀扶回来的，恐惧一下子取代了饥饿感。

"祁老师……"陆葳看着祁言进了厨房，眼巴巴地跟进去。

祁言拎起围裙穿上，闻声转过来，见小姑娘忧心忡忡的模样，忙上前抱住孩子安抚："没事，妞妞，你妈妈只是感冒了，休息几天就好。中午想吃什么，嗯？"

"你做什么我就吃什么。"陆葳乖巧地答。

祁言笑着捏捏她脸蛋，说："好，去看电视吧，很快。"

陆葳并没有去看电视，她在主卧门口徘徊半晌，还是小心翼翼地推门进去。

屋里窗帘拉得严实，她轻手轻脚靠近床边，溜圆的眼睛看着闭目静躺的母亲，轻声喊："妈妈？"

陆知乔才躺下不久，睡得浅，闻声缓缓睁开眼睛，视线里映入女儿担忧的脸。她一只手伸出被窝，沙哑着嗓子应道："妞妞……"

小姑娘的眼睛湿漉漉的，忙用脸去贴她手心，嘟囔着问："祁老师说你只是感冒，没骗我吧？"

上次妈妈被蛇咬，祁老师就骗人。

"不骗你，傻瓜。"陆知乔有些心疼，笑着摸摸女儿的脸，"妈妈有点发烧，打了针睡一觉就好了。你也要多穿衣服，不许贪凉，知

295

道吗？"

陆葳点点头道："那你睡觉，我不吵你了。"说着捉起陆知乔的手，塞回被窝里，给她掖严实被子，俨然一个小大人的模样。

祁言炒了两个菜，心里记挂着陆知乔什么也没吃，又煮了一点粥，温在电压锅里。

吃完饭，她陪妞妞打了会儿游戏，就让孩子去写作业。

临近午后两点，外面雨终于停了，乌云棉絮一样压得很低，天空光线敞亮，看这样子或许还有大雨要下。

祁言回去关了自家阳台的窗户，不过几分钟的工夫，等返回 901，就发现主卧门竟不知什么时候打开了。

她好奇地走到门口，就见陆知乔换了衣服坐在梳妆台前，正细致地画着眉毛。

"你去哪儿？"她反手虚掩门，上前几步。

陆知乔吓了一跳，握着眉笔的手抖了抖，不慎描歪了眉形。她转头看了祁言一眼，答道："三点钟有个会，我得过去。"

她的脸色仍有点红，看起来精神不大好，说完又咳嗽了两声。她用棉签蘸了卸妆水，轻轻蹭掉画歪的部分，用化妆棉按了按，扫了些散粉，拿起眉笔继续描画。

祁言一怔，皱着眉说："你的烧还没完全退……"

"没事，我好多了，这会就一个小时。"

陆知乔轻声打断她，三两笔画完眉毛，站起身，却起得猛了，刹那间头晕目眩，身子一晃。

祁言急切地说道："你这哪里是好了？万一……"

"要迟到了。"陆知乔焦急，踉跄着退了两步，扶住墙，一股脑儿把手机塞进包里，匆忙就要走。

"陆知乔！"

陆知乔的脚步停了下来。

祁言沉着脸，眸光晦暗不清，冷冷地看着她说："开会不能推迟？

296

不能远程会议？你这个样子强撑着，难道不会影响效率？你想让大家看你咳嗽？听你的鼻音？还是担心你随时可能晕倒？"

她心里又气又急，语气难免冲了些，听着冰冷而生硬。

陆知乔咬紧了后槽牙，抓着包带子的手指倏然收拢，喉头的窒息感逼上来，让她几乎不能呼吸。

她突然红了眼睛。

酸涩的泪含在眼眶中打转，陆知乔张着嘴小口喘气，脸上写满了委屈，她抓着包带子的手微微发抖。

祁言有点慌，她自认脾气好，不轻易给人脸色，更少说重话，可是陆知乔这件事对她来说很严重。

上午那会儿，她心里已经压着一股火气，只是见陆知乔病弱，不忍心才没发作，现在着急上火失去理智，便一股脑儿倾泻出来，却伤了对方的心。

后悔已经晚了，她看着那人眼睛发红，懊恼又自责。

"陆知乔……"祁言上前道歉，"对不起，我是真的担心你，我……没有责怪你的意思。"

"我今天去医院，看到你病成那个样子坐在角落里，一个人，我真的又气又无奈……我在想你为什么不告诉我，是不是我不够让你信任，或者我让你烦了……我不敢问你，怕你为难，毕竟你也没有义务告诉我，不是吗？"祁言声音很轻，嘴角露出自嘲的笑。

祁言继续说："我知道你忙，也知道工作对你来说很重要，我没有立场没有资格干涉你，只希望你多珍惜自己的身体。"

她明白，陆知乔就像一只受过伤的刺猬，任何风吹草动都足以让这人竖起浑身的刺。她一点点靠近，慢慢取得陆知乔的信任，不奢望能拔掉那些刺，稍微软化些就好，至少不要让那些刺误伤到她自己。

耳边传来细微的抽泣声，陆知乔的眼泪簌簌地落下来，鼻子也塞得难受，张着嘴一边呼吸一边抽气。

祁言虽然没说很重的话，但那样的语气令她无措又委屈。

平常在外，她不是情绪化的人，真正难听的话她听过，难看的脸

297

色她也看过，都不甚在意，而一旦面对真切关心她的祁言，她就变成了玻璃心。

可是祁言为什么又要安慰她？

她这种人，吃软不吃硬，别人越是冷脸，她骨头越硬，可对方若是软下来，她也就没了骨。

"我错了……"祁言轻拍陆知乔的背，"别哭，鼻子塞着很难受的。"

陆知乔没吭声，抹掉眼泪。

屋子里陷入寂静，祁言仔细观察陆知乔脸色，试探地问："不去开会了？"

"去。"

祁言顿时觉得自己的火白发了。

陆知乔擦干净眼泪，手挣脱出来，转身抽了张纸巾擦鼻子，继续说道："今天我不能不去，这个会已经推迟过一次了，再推迟会耽搁后面的流程，总不能让整个团队等我一人，我又没半身不遂卧床不起。"

她低着头解释，看不见表情，语气隐约有些示弱的味道，细听却又是一本正经的。

祁言固执地说道："那我陪你去。"

陆知乔无奈地点头："好吧。"

知道她没时间吃东西，祁言回家拿了一个保温桶，把电压锅里温热的粥倒进去，再带好感冒药、体温计和鼻贴，又叮嘱了妞妞在家等她们回来。

她开了自己的车，多拿了几个抱枕，让陆知乔嘴里含着糖坐后面。

去公司的路上，祁言心里骂了陆知乔的老板一万遍，怎么难听怎么骂。到了公司，由于清明节放假，整栋大楼空荡荡的，只有少数人在加班。

相较于"万恶"的老板，参与会议的下属显然更通人情，他们都不知道陆知乔病了，此时见她脸色不好，纷纷劝她回去休息。

陆知乔没理，在办公室简单整理了一下，抱着电脑进了会议室。

空旷的写字楼寂静无声，祁言在办公室里坐不住，出去走了一圈。

这一整层楼都是销售部，楼下一层是市场部和公关部，三个部门都归陆知乔管。

大部分工位是空的，只有少数几个人加班，桌上放着没吃完的面包或外卖，有的在敲键盘，有的在打电话。

她觉得无聊，索性在会议室门口等。

会议室墙壁不是透明的玻璃，外面看不见里面的情形，祁言本来想跟着陆知乔进去，但是一来怕打扰人家开会，二来怕听到什么商业机密，她也不想让陆知乔为难，只好作罢。

窗外高楼林立，天阴云厚，雨水一串串挂在玻璃外墙上。

一阵高跟鞋声由远及近，从右后方来，祁言动也没动，依旧盯着对面楼顶的广告牌——上面那个女明星似乎给她家的产业代言过。

随后，脚步声停在她身后的会议室门外，又一阵敲门声后，人进去了。

祁言继续看广告牌，心道这女明星脸蛋长得不错，但是没陆知乔好看。

过了会儿，后面会议室的门开了，祁言回过神，以为会议结束了，扬着嘴角转过身，却只看见一个略微眼熟的身影——是舒敏希。

她刚从会议室出来，猝不及防地与祁言的目光撞个正着，怔了怔才问：“祁小姐？”

祁言的笑容冻在唇上，这不是……陆知乔那个“万恶”的“老板”吗？

去年年末，她的老父亲在小区里偶遇舒敏希，两人相谈甚欢，早将十年前被放鸽子以及一个月前的愤懑不爽丢在脑后。彼时正逢两家签完合作协议没多久，那之后，也就是今年年初，舒敏希登门拜访，恰好祁言在家，两人打了个照面。

祁言从小到大见惯了“霸道女总裁”类的姐姐，当时并没有什么特殊的感觉，只把舒敏希当作客人。

而现在，她莫名有了几分不满，皮笑肉不笑地打招呼：“舒总。”

舒敏希点了点头，客气地问："祁总最近还好吗？"

"挺好。"

舒敏希自然察觉到她的敷衍，没在意，瞟了眼会议室，问："祁小姐……是在等人？"

祁言扬眉一笑："等我邻居。"

舒敏希扬了扬眉。

"陆知乔。"祁言故意直接说了名字。

舒敏希眼底闪过疑惑，她怎么不知道陆知乔搬到宁湖去了？陆知乔什么时候在那边买的房？能负担得起吗？

"不是我爸妈家。我平常一个人住，就在陆知乔家对门。"祁言看出她的疑惑，解释了一番。

舒敏希笑了笑："那还真是巧。"

近距离看，这位老板也是个美人，只不过年纪应该比陆知乔更大一点，笑起来眼尾有细细的皱纹。不知出于何种直觉，祁言感觉她怪里怪气的。

"舒总，贵公司节假日也经常加班吗？"

祁言的话题转变得快，舒敏希反应也快，神色自如："看情况。"

祁言打量着她，她也在打量祁言——初见时她对祁言感觉平平，一瞧就是个没受过世事毒打但教养良好的大小姐，挺有个性，而今再见，却不知怎么感觉到了几分敌意，真是难以琢磨。

两人聊了几句，舒敏希以有事为由先行离开。

窗外的雨下个不停，从高处俯瞰，视线里一片烟雾朦胧。临近四点，阴沉沉的天空暗了下来。

会议室大门再次打开，陆知乔端着电脑率先出来，一眼就看到刚转过身的祁言，二人目光相汇，她神色微滞，不由自主地勾起嘴角。

不等她迈步过来，祁言已三两步上前，伸手接过电脑，正要说什么，后面又陆续出来几个人，不约而同地看了眼祁言。

她硬把涌到嘴边的关切咽了下去，佯装淡定，转身往总监办公室走。

两人一前一后回到办公室，祁言放下电脑，迅速关上门，反锁，一下子凑到陆知乔面前。

"祁言？"

祁言皱着眉问："难受吗？"

陆知乔脸色微白，鼻头也红红的，因干燥而脱了点皮，开口说话的工夫又咳嗽了两声。她一直强撑着精神，这会儿松懈下来，眉眼间尽是疲惫。

"没事，结束了。"

"饿不饿？先休息一下，喝点粥吧。"

"等我发个邮件，还有……"陆知乔说着，伸手要去拿电脑。

祁言脸色一沉。

陆知乔噤声，商量道："那我边吃边发，行吗？"

"可以。"祁言让了一步。

桶里是玉米仁粥，味道清淡得刚好。

"下次不舒服别自己扛着，跟我说一声，好歹有个人陪你去医院。"祁言看着她眼睛里淡淡的红血丝，认真叮嘱。

陆知乔睫毛颤了颤，顺从地点头："好。"

大概是粥太热了，顺着喉咙一路滚下去，暖进她的心里，余温久久环绕……

连续多日都是阴雨天，气温却也在逐步回升，整座城市被沉闷的潮气笼罩，整个四月都是雨天。

今天学校举办消防知识讲座，请了市消防局的几位优秀消防员来演讲。

上午第三节课，全校师生前往大礼堂，班主任们下到各自班级维持秩序，一时间南、北教学楼人声鼎沸。

虽然只是听个讲座，但孩子们高兴得像要去郊游，一窝蜂往楼梯涌。

二班的后门挨着楼梯口，祁言怕发生踩踏事故，守在班级后门督促学生有秩序地下楼。

大部分孩子都听话规矩，只有个别调皮的男生在教室后面小打小闹，等同学都快走光了，还在那儿嬉皮笑脸。

"李锦越，杜舒阳，你们几个干吗呢？"祁言厉声喝止。

"哎，来咯！"

三五个男生应了声，笑闹着往门口走。

祁言转头看向楼梯口，许是各班走得差不多了，人流量渐少，她正要回头催，突然一下子被人撞了个满怀，力道之大，跟跄着退了两步，猝不及防被撞到走廊围墙上。

祁言猛地一个激灵，用力推开撞过来的人，男生被推得摔到地上。

那一瞬间，整个校园都安静了。

聚集在楼梯口的各班学生不约而同望过来，一高瘦男生狼狈地坐在那儿，神情尴尬又羞恼，旁边几个男生皆愣住了，目瞪口呆。

雨下了一整天，不见停，伴随着闪电和阵阵雷声，反而越来越大。

四点多，临近初一初二放学的时间，校门口两侧停满了私家车，一辆黑色轿车混在其中，不太起眼。

陆知乔这阵子忙完了，短时间内不用加班出差，今天难得有空，便提前过来接女儿放学。

她没像其他家长那样安静地等在校外，而是到门卫处登记了下，进了学校，去教室外面等女儿。

穿过空旷的大广场，上到南教学楼四楼，出来左手第一间教室便是初一（2）班。

此时离放学还有大概二十分钟，陆知乔刚爬上四楼，就听见不远处传来激烈的争吵声，她一抬头，看到斜对面教师办公室门口围了几个人，被围在中间的人十分眼熟。

高挑的身材，修长的腿，乌黑柔亮的长发……

祁言？

几个人围在教师办公室门口吵吵嚷嚷，尖锐刺耳的女声尤为突兀。祁言站在中间，因为个子高而显得扎眼，她微昂着下巴，这个距离看不清她脸上的表情。

陆知乔心一紧，预感不是什么好事，双腿不听使唤地走过去。

大声说话的是一个中年女人，扎着低马尾，身材矮胖，额前的碎发微卷着，一双吊梢眼显出满满的刻薄。

男孩个头高瘦，看起来有些弱不禁风，此时缩着脑袋唯唯诺诺，那双吊梢眼简直是与中年女人一个模子里刻出来的。

中年女人恶狠狠地盯着祁言，嘴里骂骂咧咧，祁言脸色发白，安静地与她对视，有两个年轻老师陪在身边。

陆知乔走近又听了一会儿，清楚地听到了关键词，脑子一嗡，顾不得许多就冲上去，急问道："发生什么事了？"

争吵被打断，几人齐齐转头望过来。

那一瞬间，祁言呼吸一滞，紧攥的拳头松开了，眼前浓厚沉郁的黑暗被撕裂一道口子，光芒透过裂缝照进了她眼底。

她想伸手，忽而意识到什么，抬到半空的手硬生生缩回来，佯装自然地拂了拂头发。

陆知乔……怎么会来？

"你是？"杨清疑惑地问。

"我……"陆知乔张了张嘴，快速反应过来，看向祁言笑着说，"祁老师，我来接我女儿放学。"

方才她脑子一热就冲了过来，全然没顾忌什么，此刻才回过神——自己只是个家长，没有身份立场掺和老师与其他家长之间的事，她只能先表明缘由，给自己一个下得去的台阶。

很明显是发生了什么事，其他家长来找祁言理论了，她这样滑稽可笑的打岔方式根本毫无作用，幸好她反应及时，若是没有及时掩过去，反倒惹人怀疑。

"你也是家长啊？"不待祁言说话，中年女人开口了，她两手一拍，扯开嗓门道，"那你也来评评理。"

接着便把她所了解的事情经过又说了一番。

陆知乔听她叽叽喳喳个不停，沉声打断："祁老师也是出于本能反应，肯定没有恶意。"

这家长被她的话噎住了。

"哎，孩子又不是故意的……"

"老师也不是故意的啊。"陆知乔说道，"你说你儿子是被人推了，就应该去找那个推你儿子的人算账沟通沟通啊。"

她的一番话直击要害，中年女人顿时哑口无言。

假使这个家长还能明些事理，自然知道此刻更重要的是去找那个推自己儿子的学生家长，但以她方才的态度来看，八成是不明白这个道理的。

自己一个旁观者，没有立场插手，也没有资格干涉，已经尽力了，陆知乔这么想。

祁言侧头望着陆知乔，眸光淡然无波，背在身后的手紧紧揪住了衣服。她很快移开视线，紧抿住唇，依旧面无表情。

"那……"中年女人愣了半晌，转头问男孩，"阳阳啊，谁推的你？"

"好像是徐铭……还是李锦越……"男孩搔了搔头，也不太确定。当时他走在前面，后面有三个同学呢，事情突然发生后，人都蒙了，根本没注意是谁推的自己。

这么一来，事情一时半刻更加绕不清楚了。

女人皱眉，看看祁言，又看向陆知乔，撇着嘴道："奇了怪了，你也是当家长的，怎么这么向着老师说话？"

闻声，祁言心头猛跳，下意识地抬头望向陆知乔，眼里的担忧一闪而逝。

"怎么回事啊？吵吵闹闹的。"背后传来浑厚的男声，众人转头，一个面目严肃的中年男人走了过来。

祁言屏着一口气，叫了声："潘校长。"

来人是教务副校长，此时碰上领导，祁言心知这事儿还需要再费一番口舌，而那母亲一听是校长，立马激动起来，蔫下去的气势瞬间高涨。

离放学还有几分钟，双方各执一词争论不休，潘校长不想把事情闹大，三两句打发了围观的，带她们去看监控。

陆知乔眼睁睁看着祁言远去，心底颓然生出一丝无力感，她愈发觉得自己渺小，帮不上忙，无法为祁言做什么，甚至还可能给祁言添了麻烦。

下课铃响了，她转头望向对面初一（2）班教室，迈开僵硬的步伐，机械似的往回走。

细密的雨珠淅淅沥沥地落下来，溅开透明飞扬的水花，一道闪电划过天空，云层里滚动着阵阵惊雷。

正是放学的时间，校园里喧闹沸腾，祁言回到北教学楼，收了伞，逆着下楼的人群上去。

每天这时候的楼梯都拥堵不堪，孩子们一窝蜂地想回家，哪里还顾得上靠右走。她此刻贴着墙，被淹没在下楼的人群里，耳边声音嘈杂，让她无力又疲惫。

还好，她还有墙可以贴，学生看到老师也会自觉让一点路，她不至于被挤下去。

估计用了两三分钟，祁言拎着折叠伞爬上四楼，一转角就看到陆知乔牵着女儿站在办公室门口，三人目光迎面交汇，那人微拧的眉心缓缓舒展开，露出舒心的笑容。

她仿佛不是爬了一趟楼，而是历尽千难万险回来，在最温暖的避风港与一直等着她的人重逢，之前的所有苦涩都不值一提。

"祁老师。"陆葳规规矩矩喊了她一声。

北边四楼是初三的地盘，他们还有一节课才放学，于是这里相对安静，这会儿也没那么多人走动。即使如此，祁言也不能表露出太多欣喜，她压下眼底的情绪，淡然地走过去说："没事了，你带妞妞先回去，有什么事晚上说。"

两人保持着正常距离，不远不近。

"好。"陆知乔凝眸望着她，担忧的话语涌到嘴边又被咽下去，"等你吃饭。"

305

"嗯。"

陆知乔抿唇微笑,她牵紧了女儿的手,越过祁言朝楼梯口走去。

走到转角时,她侧头往这边看了一眼,祁言也恰好转身看她。

两人相视而笑。

晚餐是在 901 吃的,陆知乔难得有空下厨,做的大部分是祁言爱吃的菜。其实她没有特意挑选哪些是祁言爱吃的或不爱吃的,只是买菜的时候惦记着,不知不觉买了许多。

饭桌上大家很安静,她们都没说话。

祁言有些心不在焉,碗里的菜吃完了,也不夹,一口一口地吃白饭。

陆知乔在旁留意着,见她如此,心中焦虑,想说些什么,又觉得自己不会安慰人,诸多话语卡在喉咙里,吞吐不得。

"祁老师,这是我妈妈特地给你做的,她说你喜欢吃。"陆葳夹了一筷子肉末茄子放到祁言碗里,咧着嘴笑。

陆知乔的筷子停住,祁言也回过神,低头看了看碗里的茄子,扬眉对母女俩笑,夹起来咬了一口,细细咀嚼后咽下去,夸奖道:"还是乔乔做的茄子好吃。"

"乔乔?"陆葳惊讶,"是我妈妈的小名啊?"

陆知乔感觉头皮都在发麻。

"对啊,你是妞妞,她是乔乔,我呢,是言言。"祁言笑着说。

"哈哈哈,整整齐齐诶?"

"妞妞。"陆知乔轻嗔一声,"吃饭别笑,等下呛到了。"

"噢……"

小姑娘继续低头专心吃饭,祁言抿着唇笑,瞥了一眼陆知乔,后者恰好也转过来看着她,目光猝不及防相撞,两人同时撇开脸,看着盘里的菜。

吃完饭,祁言没多坐,早早地回去了。

下午后来发生的事,她一个字也没提,在饭桌上分明心情不佳,却配合孩子强颜欢笑,她装得挺像,可是瞒不过陆知乔的眼睛。

陆知乔放心不下，收拾干净了厨房，嘱咐女儿乖乖写作业，然后去敲对面的门。

她敲了很久门才开，祁言穿着睡衣站在灯下，面容有些憔悴，晦暗的棕色眸子在看到陆知乔的那一瞬间亮了起来，恢复了些神采。她一把将陆知乔拉进来，关上门。

"你来了……"

她在等，她知道陆知乔会来的，就像这个人下午突然出现在她面前那样。

陆知乔轻声应道："嗯，我在。"

祁言嗯了声，闭上眼。

"事情……怎么样了？"陆知乔还是没忍住，问出了口。

祁言有气无力地说："互相道歉。我不想再提了，让这件事过去吧。"

陆知乔立刻噤声，客厅里灯光昏暗，四周无声，环境静谧而朦胧。

"陆知乔……"祁言低声喊。

"嗯。"

"你说，坚持梦想有意义吗？"祁言问。

陆知乔僵住了，心像是被戳破了一个口子，乱七八糟的东西尽数流了出来，滋味万千。

她轻声说："当然有。"

"那你……会不会觉得我很没用？很失败？"

"就算所有人都这么认为，我也不会，更何况，你本来就不是没用的、失败的人。"

这个问题，祁言没有正式问过，她不敢问，因为怕听到自己不愿意直面的答案。

可是今天，听到陆知乔毫不犹豫的回答，也在她意料之外，她好像又有了力量。

这整个下午，大概是她最不愿再回忆起的时光，她以为自己要被彻底击垮，却没想到陆知乔突然出现在了她面前——没有征兆地，猝不及防地，像神一样突然出现。

307

她什么人都见过，什么事都可以应付，但在那个时候看到陆知乔，突然间觉得自己也好脆弱，也那么需要一个人站在自己背后，给予支撑和理解。

于是陆知乔来了。

当你把期望降到最低时，惊喜就会找上来。

"陆知乔，你今天好帅。"

"什么？"

"帮我说话的时候。"祁言双眸发亮地望着她。

陆知乔被夸得有些脸红，嘴唇抿了又抿，半晌才说："我不想看见你那个样子。而且……你之前也保护过我。"

"因为陆女士值得。"祁言说。

陆知乔有样学样道："那么，祁女士也值得。"

两人相视一笑。

坐到快十点，陆知乔回去了。

祁言草草洗了澡，简单收拾了一下，进到书房，打开灯，从抽屉里拿出教师资格证，捧在手中细细端详那巴掌大的红棕色封皮。

当年考这张证书，她怀着满腔热忱，倾注了全部心血。拿到证书的第一时间，她将喜悦分享给自己的恩师，也以为能在这条路上一直走下去。

但时间会流逝，人也会变。虽然责任感迫使她做不到就这样干脆地离开，至少她想带完这一届学生，亲眼看着妞妞毕业。

再坚持一下，祁言对自己说。

她重重地吐出一口气，将证书扔回抽屉，关灯。

阴雨天持续了整整一周，江城上空的云团终于被风吹散，迎来久违而温暖的阳光。

一早，陆知乔刚从外地回来，就马不停蹄赶往公司，开了一上午的会，除了自己部门的，还有高层的。因为最近舒敏希不在，公司里的大小事务都交给了她，她原本就忙，这下更是苦不堪言。

明眼人都看得出来，上面有意想提拔她，去年开始就有了苗头，今年也寻到了理由，只是不知道具体什么时候升。

几位总监之间表面风平浪静，背后却暗潮涌动，底下的小职员们则在悄悄八卦。

"这下是真正的'三个女人一台戏'了。"

"什么意思？"

"董事长、舒总、陆总监啊，从上到下，整整齐齐，可惜池经理辞职了，她要是还在，就是'四星连珠'。"

"哈哈哈……"

"听说池经理是被陆总监逼走的。"

"啊？"

"池经理怀孕了，跟陆总监说了没半个月就辞职了，辞得心不甘情不愿的，不是被逼还能是什么？法律规定不能辞退孕妇，就让人主动辞职，啧啧。"

"乱讲，我是销售部的，那段时间亲眼看见池经理天天在厕所吐，而且在办公室经常找不到她，都是她助理在忙活工作，一问就说池经理不舒服，要么就是请假了，这谁顶得住？"

"怎么我听到的版本是池经理故意给陆总监使绊子，导致陆总监背了数个黑锅之后甩手走人？"

"哈哈哈……要我说，你们干脆改编个剧本吧。"

这会儿刚到午休时间，集团的匿名八卦群里，一群人聊得十分起兴。

陆知乔前脚回到办公室，后脚就接到舒敏希的电话，让她到公司附近的日料店，说是要请她吃饭。

她正被繁重的工作任务压得疲惫不堪，万幸这时候上司回来了，知道自己终于能喘口气，便满口答应。

她交代了助理两句，简单收拾了下就直接过去，那店面离办公楼不远，走路只要五六分钟。

309

舒敏希开了一间包厢，菜已经上齐了，陆知乔进去的时候，她正捧着杯子独自小酌，也不知喝了多少，两颊有点红，目光飘忽而迷离。

"来了。"她冲陆知乔笑，"坐。"

陆知乔坐到对面，环顾四周，问："青木小姐呢？"

"回 R 国了。"

看来这顿饭上不适合讨论这方面的话题，陆知乔便没接话，端起桌上的茶喝了一口，先吃自己比较能接受的天妇罗。

她不说话，舒敏希也不说话，她俩一个吃，一个喝，气氛却不尴尬。

过了会儿，舒敏希终于放下杯子，关切地问："最近在公司还应付得来吗？"

"还好。"陆知乔没有说谎，她也不是在嘴硬，这些日子虽然很累，但还在她的承受范围内，更何况她也乐于磨炼自己。

"他们没有为难你吧？"舒敏希指的是其他几个总监。

她也混在匿名八卦群里，对八卦风向了如指掌，知道大家最近在议论什么。有人的地方就会有流言蜚语，只要不对陆知乔造成伤害，任由员工们闲聊也无妨。

陆知乔摇头："没有。"

未居高位而用权，难免会有人不服，毕竟能混到总监位置上的，哪个都不是省油的灯。

在一群大老爷们里，独她是女人，这些事虽然做起来有些挑战性，但她不惧。

只是她确实很累，不知道是不是快要到极限了。

舒敏希又给自己倒酒，有一口没一口地喝。

陆知乔抬头，张了张嘴，想问舒敏希那边的事情是否处理完了，什么时候可以回来。

但舒敏希似乎看穿了她的想法，无奈地叹气道："我暂时还脱不了身，董事长情况不太好，离不了人，交给谁我都不放心。"

原来她们那位深居简出的董事长又病了。

这么多年来，一直是舒敏希亲自照顾着她，陆知乔想不明白的是，她们两个人并没有血缘关系，为何情谊如此深厚？甚至已经超越了挚友的范围，更像是家人。

她们每个人身上都有故事。

"再坚持一段时间，可以吗？等她的情况好一点……"舒敏希歉疚地望着陆知乔，眼睛有点红，"最多半个月。"

见她憔悴恍惚的样子，陆知乔心软了，对她宽慰一笑，握住她的手拍了拍，安慰道："没事，你放心去忙吧，公司里我能应付得来。"

其实还有后半句话，舒敏希没能说出口——最多半个月，人能好，便好，人不能好，她们便要葬礼上见了。那时，高层将迎来换血大洗牌。

一股悲悯的气息在空气中默默流淌。

陆知乔几乎吃光了所有天妇罗，感觉半饱，但其他菜动也不动的话，似乎有些不给面子，于是她尽量每样都吃了一点。

两人都没说话，怕一开口就是沉重的、令人不开心的东西。

"对了，舒总……"

"私下你怎么还是改不过来？"

"敏希姐。"

舒敏希笑笑，示意她继续说。

陆知乔认真道："我想问你几个比较私人的问题。"

舒敏希扬了扬眉，用开玩笑的口吻说："单身，下半年三十八岁，有情史。"

陆知乔被她这话弄得一下子不知该怎么继续。

"不逗你了，问吧。"她撩了一下头发。

陆知乔抿了抿唇，半敛下眼皮，一本正经地道："如果有一个人一直对你好，你要怎么回报？"

"你觉得对方对你的好是负担吗？"舒敏希反问。

不待陆知乔回答，她低咳了两声，继续说："如果是，就不用回报，只需要明确跟对方说清楚，之后各自生活，互不干扰。"

"那如果不觉得呢？"

"让她知道她在你心中的分量，就是最好的回报。"

陆知乔一愣，似乎有些难以接受这个结论，口中喃喃："就这样吗？"

她身边没几个可以倾诉这些问题的朋友，选择舒敏希是因为私下交情还不错，可这个问题绕来绕去，最后仍是没有一个让她笃定的答案。

舒敏希用洞悉的目光看过来，陆知乔下意识地侧头避开。

换个话题聊起来明显轻松了许多，方才沉重的氛围一扫而光。舒敏希这几天也着实很累，听她讲了两句，难得有了兴趣，毕竟是自己一手提拔起来的下属，也是朋友。

"我们这个年纪会考虑很多，不可能像年轻的时候一样，你给我一分，我能还你十分。但如果你考虑之后觉得没有问题，就勇敢一点吧，不要对自己太苛刻，别像我……"

陆知乔睫毛颤了颤，停止咀嚼，心情莫名变得沉重。

她不是勇敢的人。

天色愈晚，一弯残月爬上夜空。

祁言坐在客厅里看电视，一边看一边等陆知乔回来。那人今天加班，她做好晚餐后跟妞妞先吃了，这会儿菜已经凉透，但电饭煲仍在保温。

她看了眼手机屏幕，十分钟前，陆知乔发消息说刚从公司出来。

这个点不堵车，十几分钟就能到家，她起身准备去热菜。

电视机里正播放着走秀节目，高挑长腿的模特们轮流穿着设计感十足的衣服上台，祁言放下遥控器，站起来伸了个懒腰，视线里倏地掠过一张熟悉的面孔。

她盯住电视机，仔细看了看。

镜头恰好切到观众席，不过几秒的工夫，又切了回来，给了模特脸部一个特写。

祁言睁大了眼睛——那张脸轮廓线条清晰，骨相立体，细眉细眼，寡淡清冷，单眼皮透出疏离感，然而在下一秒定点展示时又绽开笑容，看起来亲切又和蔼。

模特，不，超模的脸，无一例外都有着鲜明的特点，而这张脸，除了那些特点之外，还有熟悉感。

祁言直勾勾地盯着画面，屏住了呼吸，目光追随着镜头看到那人利落转身，修长的双腿踩着高跟鞋稳步往回走，留下一道自信张扬的背影，与她记忆中的身影重叠。

——我们不用再合作了。

——散伙吧。

声音穿透旧时光落在她耳边，她记起那桩旧事，一晃许久过去，当时造成的伤痕还在，但是不会痛了。如今电视机前单方面再相遇，她只觉得唏嘘。

下一位模特跟着出场，是一个陌生的面孔，仿佛刚才都是祁言的幻觉。

她敛了心神，扫了一眼左上角的台标——时尚频道，正在播放的是小众奢侈品牌 ENTERNO 中国区新品秀。模特们大部分是亚洲面孔，只有少数几个白人，规模似乎挺盛大，下午的时候还出现在了微博热搜榜上。

她很久没关注这些，已经养成了直接跳过的习惯，看到标题也并没点进去。

电视上的模特们个个身材顶好，长腿细腰台步稳，祁言当时随手换台看到，感觉不错，便停在这个频道，索性她也没什么别的节目可看。

于是，她就看到了那张熟悉的脸——江虞的脸。

客厅大门开了，陆知乔从外面进来。

祁言闻声转头，两人视线撞在一起，她余光瞥了眼电视机，没管太多，忙上前接过陆知乔的包，说："回来了。"

陆知乔看上去很疲惫，并未注意电视机，低头换了鞋，随口问："妞妞呢？"

"在房间写作业。"祁言把包放在沙发上，顺手拿起遥控器关掉电视，"我去热菜。"

她背过身，端起桌上凉透的菜进了厨房，挨个放进微波炉，然后拔掉电饭煲的插头，拿碗盛饭。

因为心不在焉的，她的手抖了一下，半勺白花花的米饭不小心掉到了桌台上。

祁言一愣，徒手将那团米饭抓进垃圾桶，洗了洗手，擦干，若无其事地继续热菜。

把热好的饭菜端出来，祁言就看到陆知乔闭眼瘫靠在沙发上，支着手肘揉太阳穴，一副筋疲力尽的样子，她立刻丢了脑中七七八八的念头，坐过去轻声问："很累吗？"

陆知乔眼皮都没掀，点了点头。

"领导不在，我一个人做两个人的事，今天上午……"陆知乔小声念叨着。

此时的陆知乔像个小女生，跟亲近的人倒苦水，说些工作上的琐事。

祁言安静地听着，嘴角情不自禁弯起来，却佯装生气道："你们老板是不是叫舒敏希？跟我爸妈住一个小区的。"

陆知乔抬起头，茫然地看着她："你要做什么？"

"找她算账。"祁言道，"让她再敢欺负你。"

以前祁言说这话，陆知乔或许会当真，现在她知道祁言是在开玩笑了，遂笑道："别闹，她也忙，过了这阵子就好了。"

不知道从什么时候开始，陆知乔会跟她敞开心扉聊天了，会像她逗陆知乔一样逗她，彼此之间似乎没有了初识那会儿的隔阂。

从酒吧里萍水相逢的陌生人，到学校里家长和老师的关系，再到门对门的邻居……现在，她们终于是朋友了，陆知乔愿意信任她，愿意向她倾诉。

祁言恍然有种功夫不负有心人的感觉。

"过来，吃饭了。"

"好。"

吃完饭，祁言给陆知乔洗了一盘水果。陆知乔的工作电话响个不停，她好不容易有机会插上嘴，提起了最近的期中考试——过两天要开家长会。

314

"出差，去不了。"陆知乔正回复微信消息，头也没抬，直接丢给祁言五个字。

哟？这家长，态度挺傲。

祁言笑着说："那好啊，到时候我把成绩单发给你。"

陆知乔随口问："妞妞最近上课还好吗？"

"挺好，很乖。"

"有没有走得特别近的男生？"

祁言想了想，说："她一直跟王哲毅那几个关系挺好，但是我没看到有什么小动作。"

"哪几个？"

"男生是周雨翔和王哲毅，女生是年悦、刘文君和赖思琦。"

陆知乔没有接话。

"还有两个外班女生，好像是初二的，中午放学时我看到她们在教室外面等她。"祁言一五一十地汇报，因为不知道那两个女生的名字，只能尽力给陆知乔描述长相。

这其中有一个女生长得特别漂亮，也就是学校官方不搞校花评选，如果孩子们私下评选的话，非那女生莫属。

陆知乔点了点头，没在意这些，继续说道："我答应妞妞，如果这次考试有进步，就给她买漫画书。"

"啊？"

"怎么？"

祁言恍然大悟，扑哧一声笑出来："难怪她最近变勤快了，天天跑办公室缠着数学老师问题目，路过我办公桌都不搭理我，我可吃醋了呢。"

"你？吃醋？哈哈哈……"陆知乔被逗得开怀大笑。

"你居然吃一个孩子的醋。"

祁言撇撇嘴道："不行吗？"

"行。不过这种状况会持续很长时间，祁老师，你就只能继续吃醋了。"陆知乔摊开手，颇为无奈地摇了摇头，做出同情的样子，眼里却尽是幸灾乐祸的笑意。

　　陪着陆知乔放松够了，祁言回到自己家，泡了个热水澡，抱着电脑坐到床上，准备接着看昨天没看完的电影，看完睡觉。

　　灯光调得明暗适中，她打开视频平台，首页滚动推荐位上赫然挂着ENTERNO季度新品秀的视频，封面那张寡淡清冷的脸映入她的眼帘，不过也只两三秒的工夫，很快便滚动到下一条推送。

　　祁言指尖一顿，滑着光标往回点。

　　江虞……这人在镜头前，还是没变啊。

　　她松开光标，拿起手机点进了微博，搜索"江虞"——就像五年前她们刚撕破脸的时候，她无数遍重复的动作那样。

　　这人的微博主页认证从"模特"到"超模江虞"，头像不知换了几次，但风格没变，仍是暗黑系的冰冷景色。

　　祁言深吸了口气，缓缓往下滑……

　　江虞是她的旧友，比她大六岁。

　　从十九岁到二十三岁，从本科到硕士，从国内到国外，祁言人生中最美好绚丽的年华都有江虞的身影，因为曾经是关系非常亲近的朋友，所以两人的点点滴滴她都记得很清楚。

　　江虞的微博内容还是跟从前一样：自拍，走秀，时装。最新一条微博便是ENTERNO的成衣秀，这个品牌是江虞和两个意大利设计师朋友合作创立的，去年年底开始开拓亚洲市场，今年的重心也会放在这边。

　　四月初，江虞就回了国，一直没走。

　　难怪……五年不见，这人混得越来越好，从小有名气的模特变成国际知名超模，最近因为要拓展业务了，所以回国待一段时间而已。

　　江虞的微博里没有任何恋爱的痕迹，即使是有，也不能传得沸沸扬扬，她要是还想在那个圈子里混，就一步也不能踏错。

　　跟这种人来往其实很辛苦——呸，过河拆桥的家伙！她在心里骂。

　　祁言撇撇嘴，退出微博，将手机丢到一边，回电脑点开电影继续看。

快放小长假了，陆知乔的工作愈发忙碌。她每天早出晚归，但生活还算规律，能按时吃饭，到点睡觉。

虽然工作忙，但她发朋友圈的频率变高了，从前一个月至多发两条工作相关的内容，现在隔几天就发一条，有时候是随手拍的风景照，有时候是用两三句话分享好书。

一开始，这些内容陆知乔设置了分享权限，后来干脆公开发布。她想，让别人看见也没关系。

但有些事情，她只分享给祁言。

譬如她午餐吃了什么，碰到了怎样的奇葩客户，下属不小心又给她惹事，公司楼下新开了一家比萨店；又或者是休息时偶然刷到一款好看的鞋子，被人安利了一部不错的电影，标记了想要去游玩的地方。

起初，她担心祁言嫌她烦，毕竟她每天都是家和公司两点一线，时不时出个差，忙的也是工作，故而生活非常无趣，已经在尽力挖掘有趣的东西。

她有尝试少发，尽量克制自己的分享欲，结果祁言不乐意了，给她发来一堆消息。

祁言：中午吃什么了？怎么不告诉我？

祁言：是不是没按时吃饭？

祁言：今天几点下班？

祁言：冬瓜炒肉在呼唤你哦！

有时候她发来的也不光是文字消息，还有图片。

周五，陆知乔加班到很晚才回，饭没吃，洗了澡倒头就睡，再醒来已是中午。她从床上爬起来，头有点疼，听见外面传来说话声，慢悠悠下床，趿着拖鞋走出去。

"那我们可以坐缆车吗？"

"缆车也只送到半山腰，想登顶还得自己爬。"

"很累吗？"

"小小年纪爬山还怕累？"

317

祁言和妞妞坐在沙发上，两人抱着电脑不知在看什么，眉开眼笑的，一见陆知乔出来，陆葳兴奋地说道："妈妈，五一假期我们去爬山吧？"

陆知乔的脑子晕晕乎乎的，一时没答话，爬什么山？

祁言把电脑给妞妞，起身走过去，拉着陆知乔来到沙发边，再按住她双肩，迫使她坐下，问道："乔乔女士，睡饱了？"

昨晚祁言在客厅等到夜里十点，陆知乔才回来，饭也没吃就匆忙洗澡睡了。今早她也没敢过来打扰，快中午才敲门，猜到陆知乔还在睡，便做好饭，和陆葳先吃了。

这阵子两人几乎只在微信上联系，唯一能见面的晚上，相处时间也被大大压缩，她都快忘记，上一次两人坐下来闲聊是什么时候了。

再坚持几天就放假了，祁言这么想。

"嗯。"陆知乔点点头。

祁言哄小孩儿似的说："你先去洗漱，饭菜还是热的，我端出来。"

"好。"

小长假前的最后一个周末，只休周六一天，周日则要上班，下周三才开始放假。这宝贵的一天休息时间，陆知乔想用来躺着，什么也不做，可是计划赶不上变化。

周六下午，祁言要去健身房，陆知乔原本不打算出门，但想起家里的盆栽要换新，耽搁了很久还没买，终归是要出去的，索性跟祁言一块儿去。

健身房在江大附近，离小区不远，老板是祁言的朋友，她在这里有专属私人包间，器材齐全。

陆知乔平常不太健身，一是没时间，二是忙碌过后只想躺着，时间久了，便没再花心思到这方面。这一趟她跟着祁言来，只是旁观，凑一凑热闹。

包间里很安静，隐蔽性也强，祁言在里屋换好衣服，戴上蓝牙耳机，开始热身。

祁言健身的时候不聊天，注意力很集中，几乎忘记了旁边还有人，她热完身后上了跑步机，一边用耳机听歌一边慢慢加速跑，完全与外界隔绝。

没多一会儿，感觉耳朵有点不舒服，她摘了耳机，继续跑。

耳机线挂在脖子上，两只耳塞随着她跑动的步伐上上下下地晃荡，她被扰烦了，减速停下来，一把摘了耳机放到旁边。

陆知乔一直在观察她，见状突然出声问道："你不听歌吗？"

祁言一愣，像是才意识到旁边有个人，笑了笑说："歇一会儿，这个耳机戴在脖子上打着锁骨不舒服，改天我换一款无线的。"

"哦。"

看着她回到跑步机继续跑，陆知乔拿出手机点开搜索引擎，输入"无线蓝牙耳机"，点击搜索。

蓝牙耳机品牌繁多，款式也多，像陆知乔这种听歌只听个响的人，完全摸不清里面的门道，更不知道怎么挑选。

她搜到几篇介绍耳机品牌的入门帖子，抱着了解的心态点进去，从头到尾看下来，心里大致有了数。她记下耳机品牌，挨个搜索，了解其款式特点和功能，再做细致对比。

不知不觉，一个小时过去了。

祁言从推胸器上起来，拿过运动毛巾擦了擦汗，一抬头，看到陆知乔紧盯着手机，好奇地凑过去问："看什么呢？"

"没什么。"陆知乔慌忙关掉屏幕，把手机藏到身侧。

见她眼神躲闪，祁言的笑容凝固在脸上，心底升起一股不安，遂尴尬地扯了扯嘴角，转移话题道："我们现在去买盆栽吧。"

"你练完了？"

"嗯。"

"我换件衣服。"祁言起身往里屋走。

陆知乔"嗯"了一声。

她突然感觉喉咙有点干，环顾四周，看到地上有瓶喝了三分之一的水，朝里屋张望，喊道："祁言……我有点渴，能喝你的水吗？"

"喝吧。"对方淡淡的声音从里面传出来。

陆知乔俯身拿起水，拧开盖子，先是仰头喝了一大口，然后觉得不过瘾，又喝了一小口才放下。

"走吧。"帘子唰地被拉开，祁言从里面出来，已换好来时的衣服。

陆知乔拧好瓶盖，拎着包起身。

花卉市场里人不多，各类鲜花绿植盆景摆得整齐，陆知乔不懂如何挑盆栽，只瞧着入眼便买，能养多久完全看运气。她家里最长命的一盆活了半年，最短命的活不到一个星期。

她把盆栽当装饰物，并不研究侍弄的门道，一来没心思，二来没时间，枯了就买新的，所以家里阳台上的盆栽不知换了多少。

走马观花般地看下来，她相中一盆"白蝴蝶"——它的叶片像蝴蝶翅膀，叶尖则像是一把剑，外绿内白，看着赏心悦目。

老板是个中年胖大叔，很热情，从根茎土壤到日常养护说得头头是道，陆知乔觉得不错，正打算买下来，忽然被一股力道拉住。

祁言上前一步，搬起花盆轻轻摇晃了两下，盆里花株也跟着轻微摇动。

她皱眉，放下花盆，掏出纸巾边擦手边慢条斯理地说："老板，你这花……刚上盆不久吧？"

祁言声音低沉，语气冷冷的，面无表情。

"怎么会呢，你看这花，长势这么好，叶子油光发亮的，哎……"

不待老板说完，祁言拉着陆知乔转身离开。

走出一段距离，陆知乔侧头看了她一眼，忍不住问："那盆花有问题吗？"

"花长得怎么样主要看土，那盆花的土壤很新，我摇了一下就明显晃动，说明花刚上盆不久，这种情况你没有精心照顾就容易伤根，很快枯萎了。盆栽还是养旧不养新比较好。"

"可是我看它长得确实挺好的。"

"因为喷了亮光剂呗。"祁言淡声解释，目光四下搜寻。

陆知乔抿唇，默然注视着她的侧脸，像是自言自语地说："你也

320

懂养花。"

"我妈喜欢，耳濡目染罢了。"祁言抬手指了指前面的角落，"去那边看看吧。"

她们找到一家旧盆栽相对多的摊位，种类也更丰富，祁言大致看了看茎叶和土壤的情况，让陆知乔自己选。陆知乔挑来挑去看花了眼，一时拿不定主意。

"哪盆好看？"她指着两个小盆栽问祁言，一盆是仙洞龟背竹，一盆是球兰。

祁言想着方才在健身房里陆知乔躲闪的眼神，一直心神不宁，这会儿才回过神，盯着两盆绿植沉思片刻，说："球兰。"

"好，就买这个。"

"你都不考虑自己的意见吗？"

陆知乔侧眸望着她，浅浅地勾起嘴角："我更相信你的意见。"

祁言闻言愣在原地。

若说好看，龟背竹更胜一筹，但她其实是考虑到陆知乔工作忙没时间打理，而球兰这种爬藤植物耐造不娇气，对水和光的需求也不太大，好养活，更适合陆知乔。

话涌到嘴边，祁言却没有说出口。

两人带着盆栽回了家，祁言帮忙搬到阳台上摆好，浇了点水，简单讲了些养护方法。陆知乔在旁听着，打开手机备忘录，一条一条认真地记下来。

"我回去洗澡了，晚上你跟妞妞到我那儿吃饭。"

"好。"

祁言一转身，就看到妞妞鬼鬼祟祟地在后面望着她们，没等她反应过来，小姑娘飞快地藏起手里零食，溜回了房间。

回家泡了个澡，祁言顿觉神清气爽，敷了会儿面膜，抱着相机和电脑坐到沙发上，准备处理照片。

前段时间一直下雨，到处潮湿坑洼，没什么合适的外景能拍，她迫不得已，只能拍拍小件艺术品。如果摄影师心思够巧妙，一个茶杯，一只碗，都能拍成别样的风景。

祁言把相机里的照片导入电脑，存进一个新建文件夹内，按惯例打开自己的摄影专用邮箱看了看。猜想肯定又收到许多垃圾邮件，或者是大把她看不上眼的邀约，遂一进去就寻找删除键。

她直接删掉众多垃圾邮件，留下大大小小的邀约函，逐个浏览。

祁言面无表情地删除邮件，继续往下拉滚动条，拉得手都酸了，有些不耐烦，待到剩下最后一封，她停住，点了进去。

SIENA MODEL……嗯?

这是一家模特经纪公司，总部位于江城，主要为多个品牌时尚杂志提供模特，在国内市场发展迅猛，正寻求长期合作的高级摄影师，希望她能考虑一下，然后面谈，发件时间是一周前。

祁言起初以为是什么皮包公司，在国外注册了个名字，然后跑回国内骗人的，她正要删除邮件，摁着滚动条的手滑了一下，不经意看到底部的照片——是他们公司江城总部的建筑内景，以及旗下签约的中国籍模特的照片。

这家公司装修设计和模特长相，都不偏不倚地踩在她审美点上，啧啧。

祁言犹豫了，虽然她只是把摄影当作爱好，却是正儿八经的摄影专业出身，从十几岁就开始拍片，到二十岁出头已经在业内小有名气。这么多年，她断断续续玩儿似的拍了些东西，从来没想过要以此为业，但如今，心里似乎隐约有了念头。

况且，模特，时尚圈……虽然近几年她鲜少接触这个圈子，可曾经却是非常熟悉的，猛然间，脑海中又闪过那张脸，继而心头涌起许多往事。

祁言给 SIENA MODEL 回了一封邮件，简简单单两个字：时间?

第二天早上，祁言就收到了回复，对方似乎很急，就约定在当天下午。

节前的周日，初一初二不上课，祁言仍在休息，但陆知乔要上班，中午她做好饭陪妞妞吃了，小睡了一会儿，驱车前往 SIENA MODEL。

这家公司在市区，不远处就是商业街，规模很大，与图片中相差无几。

一楼大厅贴满了模特们的照片，虽密集却不显得拥挤，空间布局十分讲究。

祁言穿了件短款黄黑格纹薄外套，随意搭了一条浅色牛仔裤，一双普普通通的平底鞋，拿个电脑包，带着一副悠闲度假的样子步入前厅。

"您好，请问有预约吗？"前台小妹笑容亲切。

祁言表情淡淡，没说话，低头点了几下手机屏幕，拿起来给她看。

"好的，请稍等。"

小妹打了个电话，嘴里喊的称谓是"田助理"。不多会儿，一个穿短裙的年轻女人从侧面电梯通道走过来，朝祁言笑了笑。

"您就是'银河'女士吗？"

祁言轻"嗯"了声，银河是她拍片用的艺名，源于一次长曝光拍摄流星的经历，目前业内还没人知道她的真名。

"我是老板的助理，我姓田。老板已经等您很久了，请随我来吧。"女人的笑容十分职业化，说完转身在前引路。

两人同乘电梯，上到十二楼。

整层楼就一间办公室，瓷白的墙面上没有挂任何铭牌，只有一个类似蛇的符号。

祁言看到那符号愣了一下，感觉有些熟悉，没等她仔细回想，田助理已经通报完毕，请她进去。

祁言礼貌淡笑，握住扶柄轻轻推门而入……

明亮刺目的阳光透过巨大的落地窗投射进来，风吹起杏色纱帘，一道过分高挑的背影站在窗前，俊秀挺拔，对方微卷的及肩黑发在风中拂动，还穿着高跟鞋，看着少说有一米八五。

那瞬间，熟悉感扑面而来，带着一股冷凝的气势。

祁言以为自己早就忘记了那个人的样子，却仍是在看到的这一刻辨认出来。就像那天在电视机前，镜头只是一晃，她便被吸引了注意力。

是她吗？祁言捏紧了手指，屏住呼吸。

那人微微侧头，随后，缓慢地转过身来。

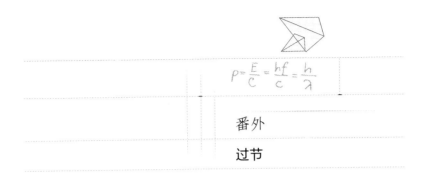

$$p = \frac{E}{c} = \frac{hf}{c} = \frac{h}{\lambda}$$

番外

过节

中元节这天，林女士对祁言千叮咛万嘱咐，晚上八点钟之前必须回家。

老一辈人多少有些迷信思想，祁言嘴上应着，心里并没当回事。不过，她一般晚上不怎么出门，除非与朋友组局，大多数时间她还是更喜欢在家看书和电影。

但是陆知乔今晚要加班，下班后闲得无聊的祁言决定捉弄一下陆知乔。

她和陆葳串通好，制造一场灵异事件，一大一小两个人仅用十分钟就想好了"剧本"，祁言先在小区附近的服装店买了条大红裙子、红披肩，然后回家给自己画了个特效妆。

一切准备就绪，她给陆知乔发消息：几点回来？

陆知乔：九点吧，应该能忙完。

陆知乔：不用等我吃饭。

祁言：好。

陆葳看着披头散发，脸色煞白，身着一袭浓艳大红裙的祁言说："干妈，你这个样子，真的好像女鬼哦。"

325

"哈哈哈，就是要逼真才好啊。"祁言对自己的化妆和做造型技术十分自信。

"可是，万一把妈妈吓坏了怎么办？"

"放心，我自有分寸。"

晚餐还是在 901 吃，祁言给陆葳做了喜欢吃的菜，小姑娘撑得肚子滚圆。大约八点五十分，祁言收到了陆知乔的消息：我出来了。

她的意思是从公司大楼出来。

祁言回了个"好"，掐算着时间，匆匆忙忙回 902 补妆。从陆知乔公司到小区开车回，不堵的话大概十五分钟，她先乘电梯到负一楼的地下车库，躲在直通单元楼的门边。

这会儿已经挺晚了，四周空旷寂静，有些阴森森，感觉怪瘆人的。

没多会儿，两束强劲的灯光从拐角处照过来，熟悉的车子由远及近，漆光黑亮的车身在这阴暗环境中像一匹沉稳的巨兽。

那是陆知乔的车，她来了。

祁言迅速转身，踮着脚小心翼翼地跑进楼梯间。电梯还停在负一楼，她快步钻进去，按住楼层，等到外面传来清晰的脚步声，越来越近……

祁言松开手，几秒后，电梯门自动合上，她转过去背对着门。

下一秒，电梯门又开了。

陆知乔正低头回复微信，门一开，下意识踏进电梯，一抬头就看见穿红衣的女人背对着自己，一动不动地站在里面。

女人披着乱糟糟的头发，裙子很长，遮住了脚踝，露出一双光脚，隐约能看见脚上的瘀青，看着奇奇怪怪的。

她愣了一下，没太在意，转身按下了九楼。

楼层键上除了九楼没有其他层，平常电梯里与同一栋楼的住户同乘电梯，遇到这种情况她都会多问对方一句，帮忙按楼层，可今天不知怎么回事，本能地有种抵触的感觉，想着反正别人去几楼与她无关。

电梯门自动合上了，数字缓缓往上升，到了九楼，陆知乔回头看了一眼，那人还是一动不动，像木偶似的，她快步迈了出去。

陆知乔回到家里，女儿正在客厅看电视。

“妞妞……”陆知乔微微皱眉，放下包，“作业写完了吗？”

“写完了呀。”陆葳看得入神，目光黏在电视机上，头也不回一下。

陆知乔点点头，又看了眼手表。已经九点十分了，平常她要求女儿睡前一小时不可以看电视、玩电脑，以免影响睡眠质量，这会儿都超过了时间，她提醒道：“十点钟就要睡觉了，怎么还在看电视？”

“让我看完这点嘛，哎，妈妈，你好烦哦。”陆葳不满地噘起了小嘴，心里却想准备开始表演了。

陆知乔还想说话，小姑娘突然像是想起了什么，转过来，直勾勾地盯着她问：“对了，妈妈，你回来的时候没有走一楼单元门吧？”

“没有啊，我从车库上来的，怎么了？”

“听说单元门旁边闹鬼呢，好吓人啊。”

笃笃笃——一阵敲门声响起，思绪被打断，陆知乔开了门，穿着睡衣的祁言站在外面，怀里抱着个枕头，可怜巴巴地望着她说：“乔乔……我能住你这儿吗？我害怕。”

祁言卸了妆，脸上干干净净，撒娇的样子像只人畜无害的小猫咪。

陆知乔满头雾水地问：“怕什么？”

只见祁言左右看了看，踏进屋，反手带上门，压低声音说：“闹鬼啊。”

“我不敢一个人睡了。”祁言趁她分神，抱着枕头继续装可怜。

陆知乔有些恍惚，点头道：“那今天晚上你住我这儿吧。”

“嗯嗯。”

计划初步成功，祁言悄悄冲陆葳使了个眼色，径直走向主卧，把枕头往床上一丢。陆知乔看着她小心翼翼的动作，不由得笑了：“这很可怕吗？不要自己吓自己。”

“话是这么说，可今天是七月十五，中元节啊……早上我妈还叮嘱我，八点钟之前必须回家。”祁言不紧不慢地推进计划。

陆知乔一愣，反问：“中元节？”

“对啊，俗称‘鬼节’，‘七月半’。”

陆知乔没有接话。

"虽然这都是迷信，但有些东西呢，可以不信，不能不敬，我就乖乖听我妈的话了。哎，乔乔，你这么晚回来怕吗？路上是不是人特别少？没碰见什么吧？我觉得这个就是骗小孩的说法……"

祁言自顾自地念叨着，陆知乔却想起了电梯里的红衣女人，经祁言这么一说，莫名感觉背后发凉。

小时候家里人也讲过这些，以前她半信半疑，可听话了，长大工作之后才对此嗤之以鼻，所以，她是不信这种说法的，但那个红衣女人实在太诡异……

"我刚才上来的时候，在电梯里看见一个女的，有点奇怪，背对着门，穿红裙子，披头发，光着脚……"陆知乔说着说着头皮有些发麻。

她不会真的遇见了什么不干净的东西吧？怎么可能呢？世界上就没有鬼啊！

陆知乔极力劝说自己，见人上了钩，祁言心里一阵窃喜，继续卖力地表演，故作惊讶道："啊？"

"呸呸呸！"陆知乔打断她，"世上哪有什么鬼。"

说完她逃也似的走开，只丢下一句："我去洗澡了。"

"哦。"

很快，浴室里传来水声，祁言回到客厅冲陆葳比了个手势，悄悄打开门出去了。陆葳一边看电视一边朝浴室方向张望，心思都不在电视上了，大约二十分钟后，陆知乔穿着睡衣出来了。

"妞妞，怎么还在看电视？快去睡觉。"她顺手拿起遥控器关掉了电视机，转身回房间。

"哦。"

陆葳假装闷闷不乐地起身，正要走，陆知乔又出来了，四下环视一圈问："祁老师呢？"

"她说去对面拿点东西。"陆葳说完这句台词就完成了任务，憋着笑越过陆知乔，跑回了自己房间。

陆知乔没多想，把换下来的衣服丢进洗衣机，然后对着镜子抹护肤品，直到抹完了一脸，她才意识到不对劲——祁言怎么还没过来？今晚不是要到这里睡吗？这人的手机都还放在她床上。

她走到门口穿鞋，打开门，准备去对面喊人，屋里的光线随着门缝扩大漏出去，感应灯亮了起来。

一个红衣女人站在走廊中间，披散着乌黑散乱的长发，赤裸着双脚，背对门，雕塑般纹丝不动。

"啊！"

陆知乔吓了一跳，"砰"地关上门。

这时，次卧门开了，陆葳嘟嘟囔囔走出来："妈妈，你喊什么啦，我本来快睡着了，都被你吵醒了。"

"妞妞……"陆知乔背靠着门，胸口剧烈地欺负着，心脏扑通扑通像是要跳出嗓子眼，"我见鬼了，我眼花了……别出声。"

笃笃笃——又一阵敲门声。

陆知乔一个激灵，有些腿软，此时外面突然传来熟悉的声音："乔乔，开门啊，是我。"

是祁言？她稍稍安了心，颤巍巍爬起来打开门。

"乔乔！"

祁言穿着红裙子扑了过去。

"啊啊啊！"陆知乔一屁股跌坐下去，"别过来，别过来……"

"是我啦！"祁言摘掉黑色假发，脱了红裙子，"你看，都是假的，吓唬吓唬你。"

"哈哈哈……"陆葳也没忍住，咯咯笑起来，"妈妈，你胆子好小哦。"

熟悉的面孔，熟悉的声音，陆知乔愣愣地看着祁言，又看了看她手中的道具，顿时明白过来，沉下了脸。

"你们——"

"我错了我错了！"祁言赶紧求饶，双手合十朝她深鞠躬。

陆葳有样学样，也说："我也错了！"

陆知乔好气又好笑，从地上爬起来，冷冷地瞅了"罪魁祸首"祁言一眼，怒道："回你自己屋去，一周不许来！"然后又瞪向做"帮凶"

329

的女儿，"还有你，这个月零花钱没有了！"

说完她就回了房间。

嘭——主卧门关上了，留祁言和陆葳站在客厅，大眼瞪大眼。

（第一册完）